TOD IN DUBROVNIK

Ranka Keser ist in Kroatien geboren und in Deutschland aufgewachsen. Sie schreibt in verschiedenen Genres, sowohl unter ihrem richtigen Namen als auch unter Pseudonym. In ihren Romanen verwendet sie häufig Kroatien als Schauplatz; auch in ihren Sachbüchern präsentiert sie den deutschen LeserInnen ihr Geburtsland.

Sämtliche Orte im Buch sind real, außer dem Dorf Pažina. Dieser Ort entspringt der Phantasie der Autorin und ist wenige Kilometer südöstlich von Dubrovnik angelegt. Sollte es in Kroatien tatsächlich ein Dorf dieses Namens geben, so hat das nichts mit dieser Geschichte zu tun. Das Gleiche gilt für die Handlung und die Personen im Buch – Ähnlichkeiten mit lebenden oder toten Personen sind nicht gewollt und rein zufällig.

RANKA KESER

TOD IN DUBROVNIK

Kriminalroman

emons:

Bibliografische Information der Deutschen Nationalbibliothek
Die Deutsche Nationalbibliothek verzeichnet diese Publikation in der Deutschen Nationalbibliografie; detaillierte bibliografische Daten sind im Internet über http://dnb.d-nb.de abrufbar.

FSC www.fsc.org
MIX
Papier | Fördert gute Waldnutzung
FSC® C083411

Umschlagmotiv: Montage aus shutterstock.com/Ihor Pasternak, shutterstock.com/gyn9037
Umschlaggestaltung: Nina Schäfer
Gestaltung Innenteil: DÜDE Satz und Grafik, Odenthal
Lektorat: Dr. Marion Heister
Druck und Bindung: CPI – Clausen & Bosse, Leck
Printed in Germany 2022
ISBN 978-3-7408-1449-6
Originalausgabe

Dieser Roman wurde vermittelt durch die Literaturagentur Kai Gathemann GbR, München.

Smrt ne gleda ničije lice,
jednako se od nje tlače
siromašne kućarice
i kraljevske te polače;
ona upored meće i valja
stara i mlada, roba i kralja.

Der Tod sieht niemandes Gesicht,
von ihm bedrängt sind gleichermaßen
ärmliche Behausungen
und königliche Paläste;
reihenweise fegt und walzt er hinweg
Alt und Jung, den Sklaven und den König.

Aus der Elegie »Suze sina razmetnoga«
(Tränen des verschwenderischen Sohnes)
von Ivan Gundulić (1589–1638),
Dichter aus Dubrovnik

Der Abend zuvor

Pfarrer Gabrijel Jukić stand nachdenklich am Fenster und sah Marija nach, während sie über den Kiesweg zu ihrem Auto ging. Vierzehn Jahre war Marija mittlerweile bei ihm beschäftigt, doch blieb sie für ihn bis heute auf seltsame Art undurchdringlich. Im Grunde wäre sie nicht seine erste Wahl gewesen – wenn er damals überhaupt eine Wahl gehabt hätte. Aber heutzutage wollten Frauen nicht mehr als Pfarrhaushälterin arbeiten. Es war ihnen peinlich, als wäre das etwas Verwerfliches. Als wäre es redlicher, in diese grässliche Tourismusbranche zu gehen.

Er beobachtete, wie Marija in ihr Auto stieg und sich kurze Zeit später rollend vom Pfarrhaus entfernte, vorbei an der Kirche des heiligen Paulus, für die er Dienst tat. Dann verschwand sie aus seinem Sichtfeld und fuhr bergab zur Hauptstraße.

Langsam wandte er sich vom Fenster ab und ging über den kleinen Flur in die Küche. »Im Kühlschrank sind noch Papaline und Krautsalat von gestern«, hatte Marija gesagt, bevor sie hinausgegangen war. Sprotten mit Krautsalat – darauf freute er sich jetzt, denn Marija wusste diese kleinen Fische hervorragend zuzubereiten, sie so zu backen, dass sie nicht auseinanderfielen und schön knusprig wurden. Überhaupt gab es nichts, was Marija nicht köstlich zubereiten konnte. Für ihn wahrlich ein Segen, denn er war nun einmal ein leidenschaftlicher Esser. Mittlerweile konnte man es nicht mehr übersehen, dachte Pfarrer Gabrijel griesgrämig und nahm sich vor, bald mindestens zehn Kilo abzunehmen. Vielleicht könnte er sogar fünfzehn schaffen, wenn er Kuchen und Desserts reduzieren würde. Schuld war Marija, mit ihrer Backerei. Wie sollte er denn widerstehen, wenn sie nach dem Mittagessen die verlockende Süßspeise vor ihn hinstellte?

Pfarrer Gabrijel öffnete den Kühlschrank und ließ seinen Blick über die gestapelten Tupperware-Boxen schweifen. Unbewusst fing er an zu lächeln. Das war eine der Tugenden, die er an

Marija zu schätzen wusste. Sie war fleißig, gewissenhaft, ordentlich (genau genommen pedantisch), eine hervorragende Köchin und dazu auch noch sparsam. Reste vom Mittagessen verpackte sie in Plastikbehälter und stellte sie in den Kühlschrank. Manchmal forderte er sie auf, etwas mit nach Hause zu nehmen, was sie auch tat, aber nicht ohne anzumerken, dass es eigentlich zu viel für sie allein sei. Anscheinend meinte Marija immer noch, dass er glaubte, sie lebe allein. Als ob er ihr deswegen Vorwürfe machen würde! Seltsamerweise waren die Menschen der felsenfesten Überzeugung, dass sämtliche katholischen Pfarrer über jeden den Stab brechen, der unverheiratet mit jemandem zusammenlebt.

Wie konnte er etwas gegen die Liebe haben, die zwei Menschen einander entgegenbrachten? Allerdings fand er es seltsam, dass einige Menschen ihre Liebe nicht von Gott segnen ließen. Neumodische Flausen, dachte er kopfschüttelnd.

Nachdem er die Papaline und den Krautsalat auf einen Teller verteilt hatte, setzte er sich an den alten Eichentisch und aß gedankenverloren vor sich hin. Zum ersten Mal verspürte er den drängenden Wunsch, sich jemandem anzuvertrauen.

Der Anruf.

Diese entsetzliche Beichte.

Und wie beides miteinander zusammenhing.

Er würde sich befreiter fühlen, wenn er mit jemandem darüber sprechen könnte, doch es käme für ihn niemals in Frage, das Beichtgeheimnis zu brechen. Wenn er sich überhaupt jemandem anvertrauen würde, dann Marija. Es gab nur zwei Menschen, die er aufrichtig gernhatte: Marija und Jere. Doch Jere war zu jung, als dass er sich an ihn wenden würde. Obwohl er mit seinen neunzehn Jahren reifer war als die meisten Jungen in seinem Alter.

Normalerweise nahm Marija die Anrufe entgegen, wenn seine Sekretärin Ana nicht da war und das Telefon in den Flur umgeschaltet war. Ana arbeitete nur drei Tage pro Woche. An jenem Vormittag letzte Woche, als der Anruf kam, war sie nicht hier gewesen. Es musste Dienstag gewesen sein, überlegte der Pfarrer.

Marija war zu ihm in den Garten gekommen, der sich seitlich des Pfarrhauses und schräg gegenüber der Kirche befand.

»Hochwürden?«, hatte sie ihn gerufen und sich vor das Beet der blühenden Pfingstrosen gestellt. »Wir haben keine Butter mehr. Entschuldigen Sie, aber ich habe es heute Morgen vergessen.« Marija ging jeden zweiten Morgen einkaufen, bevor sie zum Arbeiten ins Pfarrhaus kam.

»Das dürfte kein Problem sein, Frau Marija. Dann kaufen Sie die Butter eben nächstes Mal«, war seine Reaktion gewesen.

»Das geht nicht. Ich brauche die Butter doch für das Püree!« Beim Kochen machte sie keine Kompromisse, alles musste perfekt sein. »Ich fahre schnell zum Supermarkt und bin in zwanzig Minuten zurück.« Sie war zum Auto gelaufen, bevor sie den Satz zu Ende gesprochen hatte.

In dieser kurzen Zeitspanne war der Anruf eingegangen.

Er hatte das Telefon gehört, widerwillig die Blumenkelle fallen lassen und war mit zügigen Schritten ins Pfarrhaus gegangen. Diese entsetzliche Beschuldigung! Er hatte sich während seiner sechsundfünfzig Lebensjahre stets bemüht, ein anständiger Mensch und ein tadelloser Pfarrer zu sein – und dann rief jemand an und nannte ihn einen Erpresser! Es war geradezu ein Schock gewesen. Kein Wort hatte er herausgebracht und aus Hilflosigkeit dann einfach den Hörer aufgelegt.

Am selben Tag – es musste kurz vor achtzehn Uhr gewesen sein, weil Marijas Arbeitstag sich dem Ende neigte – fragte sie: »Alles in Ordnung, Hochwürden? Sie sehen irgendwie besorgt aus.«

»Es ist nichts«, war alles, was er sagen konnte, dann war er unter einem Vorwand ins Büro gegangen. Am nächsten Tag hakte sie noch mal nach, und er gab dieselbe Antwort.

Darauf meinte Marija: »Haben Sie Probleme mit der Verdauung?«

Er fragte sich, was das eine mit dem anderen zu tun hatte, aber um seine Ruhe zu haben, sagte er: »Ja, ein bisschen Bauchschmerzen, weiter nichts.« Damals dachte er: Wäre der verflixte Anruf doch nur zehn Minuten später eingegangen! Marija hätte sich gemeldet und dem Anrufer die Leviten gelesen. Ihre spitze Zunge und Schlagfertigkeit wären in dieser Situation so passend gewesen – oder der Anrufer hätte bei Marija einfach aufgelegt.

Der Anruf hatte ihn zermürbt – und dann klärte sich bei dieser schrecklichen Beichte alles auf!

Doch er musste schweigen!

Womit nur hatte er das alles verdient? Dass sich in seiner Gemeinde so widerwärtige Dinge abspielten? Und am Ende sollte er dieser beichtenden Person auch noch persönlich verzeihen! Unter Tränen und Schluchzen war er darum gebeten worden. Sein Glaube lehrte ihn, demütig zu sein und zu vergeben.

»Ja«, hatte er gesagt, »ich vergebe dir.«

Stets hatte er sich bemüht, den Menschen zu helfen, ihnen Trost zu spenden und manchmal auch einen wohlmeinenden Ratschlag mitzugeben. Die Menschen schätzten ihn, das schon. Doch wusste er, dass sein Vorgänger beliebter gewesen war als er, weil dieser immer Scherze gemacht und ein Lächeln im Gesicht gehabt hatte. Ein Dauergrinser und Witzbold. Als ob das einen besseren Pfarrer aus ihm gemacht hätte. Aber so waren die Menschen nun einmal, oberflächlich und empfänglich für eine charmante Fassade.

Nach dem Essen spülte Pfarrer Gabrijel die Plastikbehälter ab und sah im Wohnzimmer eine Weile fern, bevor er zu Bett ging. Seit dieser Beichte fiel es ihm schwer, einzuschlafen. Die Gedanken kreisten in seinem Kopf wie Murmeln, die nicht zum Stillstand kamen und ständig hin und her rollten.

Viel zu oft nahm er eine Schlaftablette, er hatte sich regelrecht daran gewöhnt. Und kaum hatte er beschlossen, das Zeug nicht mehr regelmäßig zu nehmen, war der Anruf gekommen, und ein paar Tage später hatte er dann diese fürchterliche Beichte abnehmen müssen. Es brachte ihn nun wieder um den Schlaf. Und er aß wieder mehr, weil es ihn beruhigte, wie damals als Kind.

Zwei Stunden wälzte er sich hin und her, bis er schließlich die Lampe anknipste, eine Tablette aus der Packung nahm und sie halbierte. Die halbe Dosis würde hoffentlich auch ihren Zweck erfüllen. Eine ganze wollte er nicht nehmen, weil er sonst morgen schwer aus dem Bett kommen würde, und mit seiner Konzentration stünde es dann ebenfalls nicht zum Besten. Er griff nach dem Wasserglas, das stets auf seinem Nachttisch stand, und spülte das chemische Wundermittel hinunter. Dann legte er sich auf den Rücken und wartete auf den Schlaf, der sich allmählich einstellte.

Irgendwann wachte er auf und glaubte, ein Geräusch gehört zu haben. Schlaftrunken blinzelte er und horchte.

Nein, das Geräusch musste Teil des Traums gewesen sein. Vielleicht auch ein Ast, der gegen eines der Fenster schlug. Es wäre nicht das erste Mal, doch er brachte es nicht über sich, dem großen und alten Walnussbaum vor seinem Fenster einen Ast abzusägen.

Schlaftrunken langte er zum Nachttisch und nahm die andere Hälfte der Tablette ein, um so bald wie möglich wieder einzuschlafen.

Er lag auf dem Rücken und lauschte. Mit einem Mal bereute er, den Rest der Tablette geschluckt zu haben.

Denn auch wenn kein Geräusch mehr zu hören war, quälte ihn ein mulmiges Gefühl. Als rational denkender Mensch wusste er, dass sowohl die Vordertür als auch die Hintertür abgesperrt waren. Ja, als rational denkender Mensch, für den er sich hielt, wusste er das. Aber er wusste auch, dass er etwas gehört hatte! Der Wind konnte es nicht gewesen sein, seit Tagen war es vollkommen windstill. Ein Haustier hatte er nicht, das durch die Räume schleichen konnte. Was war das Geräusch, das ihn immerhin aufgeweckt hatte?

Mit aller Macht kämpfte der Pfarrer nun gegen den Schlaf an. Hätte er doch nur nicht die andere Hälfte der Schlaftablette genommen! Er wollte aufstehen und der Sache auf den Grund gehen, doch ihm fielen die Augen zu, der Körper war zu schwer, um sich aufzurichten und nachzusehen …

Schon bald schlief Pfarrer Gabrijel wieder ein. Diesmal für immer.

Tag eins

Zufrieden lächelnd goss Roko Matić seinen Morgenkaffee in die Blümchentasse, die seinerzeit die Lieblingstasse seiner geliebten Nona gewesen war, der Mutter seiner Mutter. Seit er denken konnte, hatte Nona ihren Kaffee daraus getrunken, und er führte dieses Ritual fort. Es gab ihm das Gefühl, ihr auf diese Weise ein bisschen näher zu sein.

Es war ein Donnerstag Mitte Mai, und laut Wetterbericht sollte es ein wolkenloser, sonniger Tag werden. Vor ihm lag ein verlängertes Wochenende. Vid Tudor, sein Vorgesetzter, war gestern auf ihn zugekommen und hatte gesagt: »Wenn Sie wollen, Matić, können Sie sich ein paar Tage freinehmen und Ihre Überstunden abbauen.«

»Und die Ermittlung wegen der mutmaßlichen Brandstiftung?« Wieder einmal war Dalmatiens Hinterland von einem großflächigen Feuer heimgesucht worden. Im Sommer war es die Hitze, doch gab es auch hin und wieder deutliche Anzeichen für Pyromanie. Roko wusste, dass es sich dabei um eine psychische Störung handelte, aber es fiel ihm mitunter schwer, Anteilnahme für zerstörerische Menschen aufzubringen.

Tudor hatte die Schultern gezuckt. »Das kann Marlais auch mal ohne Ihre Hilfe. Also, machen Sie sich vier schöne Tage, ja?«

»Ganz bestimmt sogar, danke«, hatte Roko geantwortet.

Bevor er sich dann in den Feierabend verabschiedet hatte, hatte Maša Marlais ihm zugerufen: »Lassen Sie es krachen, Roko!«

»Was sonst«, war seine Antwort gewesen, denn mittlerweile kannte er Mašas direkte Art. Oft musste er über ihren trockenen Humor lachen, doch es kamen auch Situationen vor, in denen er es sich verkneifen musste, um Professionalität zu wahren. Die beiden wussten noch nicht viel voneinander. Roko war erst kürzlich vom Inspektor zum höheren Inspektor befördert worden, und Maša nahm nun seine vorherige Stellung als Inspektorin ein. Seit sie zusammenarbeiteten, hatten Maša und Roko in Sachen Erpressung, Betrug, Raub und Sexualdelikten ermittelt. Die meisten Fälle, die sie bearbeiteten, waren bereits abgeschlossen. Der Fall der Brandstiftung machte ihnen zu schaffen, da es bis jetzt noch keine Rückschlüsse auf den Täter gab.

Als er erfahren hatte, dass er künftig mit einer Frau zusammenarbeiten würde, war er nicht begeistert gewesen. Dafür schämte er sich ein wenig vor sich selbst, weshalb er es niemandem erzählte. Dabei war er keinesfalls der Meinung, dass eine Frau diesen Job schlechter erledigte als ein Mann; vielmehr empfand er es als Belastung, eine größere Verantwortung zu haben, sie gegebenenfalls beschützen zu müssen. Sollte die selbstbewusste Maša davon erfahren, würde sie zu Recht wütend auf ihn sein.

Seine neue Stellung als höherer Inspektor war Himmel und Hölle zugleich, ein ambivalentes Gefühl. Einerseits hatte er für seine Karriere hart gearbeitet und sein Ziel nun erreicht. Andererseits war es verflucht schwierig, in die Fußstapfen seiner Vorgängerin und Mentorin Vesna Alujević zu treten. Als sie in den Ruhestand ging und Roko ihren Platz einnahm, wurde seine Freude über die neue Position von Schüben der Wehmut getrübt. Vesna war stets souverän, und gleichzeitig strahlte sie Herzlichkeit aus. Trotz ihrer Erfahrung und des Wissens um die Abgründe der Menschen hatte es ihr dennoch niemals an Respekt und Freundlichkeit gefehlt. Sie war in jeder Hinsicht ein Vorbild für Roko, und er war sich klar darüber, dass er von Tudor an ihr gemessen wurde, zumindest während der Anfangszeit.

Auf der Heimfahrt gestern hatte er sich in Gedanken einen Plan für das lange Wochenende erstellt: Sobald er zu Hause gewesen war, hatte er seine Staffelei, Kleidung zum Wechseln und die Malutensilien in den Kofferraum gepackt, und heute würde er Richtung Süden nach Cavtat fahren. Diese Gegend inspirierte ihn immer wieder aufs Neue. Morgen würde seine Ex-Frau Korina den Sohn bringen, damit Luka das Wochenende mit seinem

Vater auf der Halbinsel Pelješac verbringen konnte. Dieses Kind, überlegte Roko und lächelte dabei, liebte er mehr als alles andere auf der Welt. Im September würde Luka in die Schule kommen, und bei diesem Gedanken wurde er fast ein bisschen traurig, weil die Kleinkindzeit für immer vorbei sein würde.

Roko hatte gestern Abend Viko überredet, von Freitag bis Sonntag nach Pelješac mitzukommen, dem Heimatort des Vaters. Das kleine Steinhaus hatten die Urgroßeltern errichtet und diesen Ort zeitlebens nicht verlassen. Erst der Enkel, Rokos und Vikos Vater, hatte sich aufgemacht, Pelješac verlassen und war nach Dubrovnik gegangen. Dort hatte er dann Rokos und Vikos Mutter kennengelernt.

Eventuell würde Viko es sich im Laufe des Tages noch anders überlegen und nicht mitkommen. Viko besaß einige Tugenden, doch Beständigkeit gehörte nicht dazu.

Mit der Blümchentasse in der Hand ging Roko ins Wohnzimmer, um durchs Fenster auf den Stradun – oder wie er offiziell hieß: Placa – zu blicken, die Flaniermeile und das Herzstück der von Wehrmauern eingerahmten und autofreien Altstadt. Rokos Wohnung lag im ersten Stock, an der Ecke des Stradun und einer der alten Gassen, nahe dem Pile-Tor – dem Haupteingang in die historische Altstadt.

Seit die neue Nachbarin gegenüber wohnte und es zu einem unangenehmen Blickkontakt gekommen war, vermied er es, in der Küche aus dem Fenster zu schauen. Zwischen den beiden alten Steinhäusern zog sich eine lange Steintreppe durch die Gasse, die vom Stradun in Richtung der Festung Minčeta führte. Rokos Küchenfenster befand sich direkt gegenüber dem ihren, zwischen ihnen die Steintreppe. Früher hatte dort die alte Magda gelebt, und sie hatten sich manchmal zugewinkt oder ein paar Worte gewechselt. Bis Magda an Altersschwäche gestorben und diese attraktive Frau in die Wohnung eingezogen war. Vor ein paar Tagen hatte er wie immer am Fenster gestanden und seinen Morgenkaffee getrunken, als sie plötzlich am Fenster aufgetaucht war und ihn demonstrativ wütend angestarrt hatte. Wie es aussah, hielt sie ihn für einen Voyeur.

Er hatte die Schultern gezuckt und hinübergerufen: »Was denn? Ich stehe oft morgens mit meinem Kaffee am Fenster. Das hat nun wirklich nichts mit Ihnen zu tun.«

Daraufhin hatte sie mit einer aggressiven Bewegung die Gardinen vorgezogen, ohne ein Wort gesprochen zu haben.

»Was für ein kindisches Verhalten«, hatte Roko verärgert vor sich hin gemurmelt. Konnte man denn nicht mal mehr nachdenklich aus dem Fenster schauen, ohne als Spanner zu gelten?

Während er jetzt an seinem Kaffee nippte, beobachtete er die Touristen auf dem Stradun. Im Mai hielt sich die Anzahl noch in erträglichen Grenzen. Seit im Hafen nur noch zwei Kreuzfahrtschiffe pro Tag anlegen durften, konnte man sich als Einheimischer wieder einigermaßen normal fortbewegen. Es war vorgekommen, dass er von seiner Wohnung zum Parkplatz statt sechs bis sieben Minuten satte zwanzig gebraucht hatte, weil er sich durch die Menschenmassen hatte quetschen müssen.

Rokos Handy klingelte auf der Kommode im Flur. Möglicherweise reagierte Korina auf seine Nachricht und seinen Plan, Luka übers Wochenende nach Pelješac mitzunehmen. Aber weshalb sollte sie etwas dagegen haben, fragte er sich und hoffte, dass es nicht Korina war. Er verstand sich gut mit seiner Ex-Frau, aber wenn es um Luka ging, konnte sie manchmal überbehütend sein.

Immer noch die Kaffeetasse in der Hand, ging Roko in den Flur und blickte auf das Display: Maša Marlais.

Kein gutes Zeichen, wenn sie ihn jetzt anrief, an seinem freien Tag, um Viertel vor acht. Leise seufzte er auf, meldete sich aber mit freundlicher Stimme: »*Dobro jutro*. Was gibt es, Maša?«

»*Dobro jutro*. Tut mir leid, aber wir haben einen Mord.«

»Ach ja?« Auch wenn es irgendwann zu erwarten gewesen war, dass Maša und Roko gemeinsam als neues Team in ihrem ersten Mordfall zu ermitteln hätten, kam es jetzt unerwartet. »Wo ist der Tatort?«

»Ein kleines Dorf namens Pažina. Wissen Sie, wo das ist?«

»Ja, ein paar Kilometer südöstlich von Dubrovnik, in der Nähe von Mlini.«

»Das stimmt«, sagte sie und klang überrascht. »Also ich musste erst nachsehen.«

»Ja, aber Sie sind aus Imotski, und ich habe mein ganzes Leben hier verbracht.«

»Jedenfalls tut es mir wirklich leid, dass Sie Ihre freien Tage nun verschieben müssen.«

»Schon gut.« Was sollte er sonst sagen? Sich darüber aufzuregen brachte schließlich auch nichts. »Sind Sie sicher, dass es Mord war?« Die Tatsache, dass sich die letzte Ermittlung mit Vesna Alujević am Ende als Suizid herausgestellt hatte, veranlasste ihn zu der Frage.

»Tudor hat etwas von durchgeschnittener Kehle und einem Messer erwähnt, das noch in der Brust steckt. Wenn Sie meine Meinung hören möchten: Ich tendiere zu der Annahme, dass es sich hier um Mord handelt.«

»Verstehe.« Auf Mašas Ironie ging er nicht ein. Seine leichte Verärgerung darüber, dass ausgerechnet jetzt ein Mord passieren musste und er sich aus vollkommen anderen Gründen Richtung Cavtat aufmachen würde, schob er nun endgültig beiseite.

»Der Mord ist im Pfarrhaus von Pažina passiert«, ergänzte Maša. »Es ist der Pfarrer. Das Opfer, meine ich, nicht der Täter.«

»Hätte mich auch gewundert. Aber unmöglich ist gar nichts, wie Tudor immer sagt. Wie heißt die Kirche?«

»Kirche des heiligen Paulus. Ich mache mich jetzt auf den Weg, Roko. Wir treffen uns dort, ja?«

»Gut. Hat Tudor bereits Matana verständigt?«

»Sie meinen, ich soll den Chef fragen, ob er daran gedacht hat, dem Gerichtsmediziner Bescheid zu geben?«

»Alles klar. Bis gleich.«

Während er die Taste drückte, schüttelte er den Kopf über seine Kollegin. Selbst am frühen Morgen war Maša redselig und quirlig. Das hatte er an Korina immer zu schätzen gewusst: Sie war ein Morgenmuffel wie er selbst und brachte keine ganzen Sätze zustande, bis sie ihren Kaffee getrunken hatte.

Roko ging ins Schlafzimmer, zog Jeans und T-Shirt aus und

nahm eine schwarze Stoffhose und ein dunkelgrünes Hemd aus dem Schrank. Er hatte kürzlich ein kleines Vermögen dafür ausgegeben, doch das Material und die Farbe hatten ihm gefallen. Für ihn war es wichtig, immer gut gekleidet zu sein und gepflegt auszusehen. Dabei hatte er keinen überquellenden Kleiderschrank, im Gegenteil. Bei seiner Kleidung zählte Qualität statt Quantität. Korina hatte ihn manchmal damit aufgezogen und gemeint, er hätte Designer werden sollen. Nein, hätte er nicht, denn er konnte weder nähen noch Muster oder Formen erfinden. Das Faible für gutes Aussehen hatte er von seiner Mutter. Viko kam nach dem Vater, der immer nur Jeans und Sneakers getragen hatte.

Zwischen Kleiderschrank und Fenster war der Tresor, den er nun aufsperrte, um das Halfter mit der Waffe herauszunehmen. Als Roko sich später im Flur die Schuhe zuband, kam Viko aus dem Gästezimmer.

»Ach, du fährst schon los?«, meinte er gähnend.

Viko trug Boxershorts und Socken, weil ihm an den Füßen immer kalt war. Viko hatte das gleiche dunkelbraune Haar und die gleichen grünen Augen wie Roko, war jedoch etwas stämmiger und ein paar Zentimeter kleiner als sein Bruder.

»Es hat einen Mord gegeben«, erklärte Roko.

»Ach, verdammt. Tut mir leid für dich. Aber vielleicht tröstet es dich, dass es für den Toten noch schlimmer ist.«

Roko steckte Geldbörse und Schlüssel in die Hosentasche. »Du und Maša würdet mit eurem seltsamen Humor gut zusammenpassen.«

»Wie alt ist sie eigentlich, diese Maša?«

»Achtundzwanzig.«

»Ist sie heiß?«, fragte Viko grinsend.

»Keine Ahnung, darauf achte ich nicht.«

»Natürlich nicht. Aber wenn du schon so antwortest, nehme ich an, dass sie heiß ist.«

»Ich arbeite mit dieser Frau zusammen. Es interessiert mich nicht, ob sie heiß ist.«

»Verheiratet?«

»Geschieden.«

»Kinder?«

»Keine.« Er nahm das schwarze Sakko vom Haken und zog es sich über.

»Oh, gut, keine lästigen Anhängsel. Versteh mich nicht falsch.« Mit den Händen machte er eine abwehrende Geste. »Ich liebe Luka, aber das muss ich ja als Onkel, und Luka ist weder verzogen noch nervig.«

Vor drei Wochen war Viko bei Roko aufgekreuzt und hatte gefragt, ob er für eine Weile einziehen könne, bis er etwas anderes gefunden hätte. Wieder einmal war eine von Vikos Beziehungen gescheitert, was keine große Überraschung gewesen war. Er hangelte sich von einer Frau zur anderen und von einer Arbeitsstelle zur nächsten. Zurzeit jobbte er abends in einem Café ein paar Gassen von der Wohnung entfernt. Roko konnte seinem Bruder das Wohnrecht nicht verwehren, denn die Vier-Zimmer-Wohnung hatten sie schließlich gemeinsam geerbt. Vielleicht würde sie später allein Luka gehören, da nicht zu erwarten war, dass Viko noch sesshaft wurde. Ein Kind zeugen konnte er natürlich trotzdem, außerdem war Viko erst vierunddreißig, zwei Jahre jünger als er.

Roko legte die Hand auf die Klinke und warf noch einen Blick auf Viko, bevor er die Tür öffnete. »Ich glaube, ich habe noch nie erlebt, dass du vor halb zehn aufgestanden bist.« Er sah ihn abwartend an.

Viko blinzelte und tat verwirrt. »Ach, das war eine Frage. Ich dachte, du redest laut mit dir selbst. Aber nein, ich steh noch nicht auf, gehe bloß zur Toilette.«

Roko hob die Augenbrauen. »Entschuldige, mein Fehler«, sagte er ironisch und verschwand dann aus der Wohnung.

Kurz bevor er die Tür hinter sich ins Schloss fallen ließ, rief Viko: »Mach dir keine Vorwürfe. Entschuldigung akzeptiert.«

Die Hauptstraße, die aus Dubrovnik Richtung Cavtat führte, war eine angenehme Strecke, zur Linken eine bergige Landschaft, und auf der rechten Seite war der Blick auf die Küste versperrt, obwohl sich das Meer nur ein paar hundert Meter weit weg befand. Erst hinter Srebreno, wenn man weiter Richtung Süden fuhr, konnte man im Ort Mlini das Meer wieder sehen.

Roko rief Korina über die Freisprechanlage an. Sie arbeitete als selbstständige Architektin und war deshalb meistens zu Hause.

»Hallo, Roko«, meldete sie sich.

»Hallo, Korina. Es gibt ein Problem«, kam er gleich zur Sache. »Ein Mordfall. Ich bin gerade auf dem Weg zum Tatort. Du weißt ja, dass ich nicht sagen kann, wie lange das dauern wird. Einen Tag, eine Woche, keine Ahnung.«

»Und wer wurde ermordet?«

»Der Pfarrer von Pažina.«

»Pažina? Wo ist das noch mal?«

»Ein kleines Dorf bei Mlini. Hör zu, Korina, wegen Luka …«

»Ach, mach dir darüber doch keine Gedanken. Ihr holt das nach.«

»Ich dachte, dass du ihn vielleicht trotzdem bringen könntest und Viko tagsüber auf ihn aufpasst. Während einer Ermittlung komme ich zwar spät nach Hause, aber am Wochenende darf Luka ja länger aufbleiben. Viko arbeitet zurzeit abends und ist den ganzen Tag zu Hause. Falls es bei mir spät wird, kann Viko bestimmt mit seinem Chef ausmachen, dass er etwas später zur Arbeit kommt.«

Schweigen am anderen Ende der Leitung.

»Korina, mir ist klar, dass Viko nicht der ideale Kinderhüter ist, aber er müsste versprechen, dass er nicht mit Luka rausgeht. Nur in der Wohnung.«

»Du weißt, dass ich nichts gegen Viko habe, aber ich möchte das lieber nicht. Sei nicht böse, aber du kannst Luka immer zu dir holen, wenn du freihast. Wir haben darüber nie eine Liste führen müssen. Aber Viko auf ihn aufpassen lassen? Damit habe ich ein Problem.«

»Ja, schon klar«, meinte er enttäuscht. »Ich kann dich verstehen.«

»In Ordnung. Ich wünsche dir viel Erfolg bei deinem ersten

Mordfall. Und wegen Luka werden wir uns einig, sobald du wieder Zeit hast, ja?«

»Ja, danke. Mach's gut.«

»Bis bald, Roko.«

Beim Wegweiser Cavtat seufzte er unbewusst auf und bog dann nach links ins Landesinnere. Als er in Pažina Richtung Kirche fuhr, war Cavtat vergessen, und die Sache mit Luka musste nun ebenfalls zur Seite geschoben werden.

Die kleine weiß getünchte Kirche befand sich auf einer Anhöhe, wie das häufig der Fall war. Sie war jüngeren Datums, etwa im 18. Jahrhundert errichtet, schätzte Roko. Außerdem war sie in ihrer Ästhetik bescheidener als die Kirchen früherer Jahrhunderte, die im Stil der Gotik, Renaissance oder des Barocks entstanden waren. Diese Kirche schien aufgrund ihrer klaren Linien und der relativen Schlichtheit zum Stil des Rokoko oder Klassizismus zu gehören.

Zwei Streifenwagen, Mašas Auto und die Fahrzeuge des Gerichtsmediziners und der Spurensicherung waren bereits vor Ort und im Vorhof zwischen Kirche und Pfarrhaus geparkt. Auf einem kleinen Parkplatz, neben dem Pfarrhaus, erblickte er ein ihm unbekanntes Auto. Wahrscheinlich gehörte es einem Angestellten, überlegte Roko. Neben dem Pfarrhaus erstreckte sich ein beeindruckender Garten, der aus verschiedenen Beeten bestand. In gleichen Abständen zueinander wuchsen drei Palmen, welche die Blumenbeete voneinander trennten.

Einer der uniformierten Polizisten war gerade mit dem Absperrband beschäftigt und forderte vier betagte Schaulustige auf, Abstand zu wahren. Aufgereiht hinter dem Absperrband, redeten sie aufgeregt miteinander. Immer wenn Nachbarn die Polizei eintreffen sahen, kamen sie aus ihren Häusern oder Wohnungen und fragten nach, was geschehen war. Danach tauschten sie untereinander ihre Betroffenheit aus – und dann begannen Vermutungen und Spekulationen. Das hatte er oft genug erlebt, als er mit Vesna Alujević unterwegs gewesen war.

Roko stieg aus und schaute sich um. Einen schönen Ausblick hatten die Bewohner dieses idyllischen Ortes inmitten von Olivenbäumen und Pinien. Von dieser Anhöhe aus hatte man einen Blick auf das weite Meer, das näher schien, als es in Wirklichkeit war. Roko nahm den Duft von Lavendel wahr, der um diese Jahreszeit allmählich zu blühen anfing. Er entdeckte zwei Sträucher am Eingang zur Kirche. Roko liebte diesen Duft. Er erinnerte ihn an die Sommerferien auf Pelješac. Seine Nona väterlicherseits hatte kleine Säckchen genäht, mit Lavendelblüten gefüllt und in den Schränken verteilt.

Roko ging auf das Grüppchen zu. Die vier Greise sahen ihn mit einer Mischung aus Neugier und Ängstlichkeit herankommen. *»Pozdrav«*, sagte Roko, da ihm ein *Dobro jutro* in solchen Situationen stets unangemessen erschien. Lieber ein Wort des Grußes, denn ein guter Morgen war es keinesfalls.

Roko erntete Nicken und gemurmelte Begrüßungen.

»Sie sind die Nachbarn?«, fragte er, auch wenn es offensichtlich war. Aber es konnte nicht schaden, sich schon einmal vorzutasten, und diese Frage war der einfachste Einstieg.

»Ja«, bestätigten sie. Eine schwarz gekleidete Frau antwortete zwei Sekunden später als die anderen.

»Inspektor Roko Matić. Polizei Dubrovnik. Wir werden Sie noch befragen, aber vielleicht hat jemand von Ihnen schon jetzt eine hilfreiche Information?«

»Hilfreiche Information?«, wiederholte der älteste unter ihnen, der sich auf seinem Gehstock abstützte. Er sah Roko an, als hätte dieser eine abstruse Frage gestellt.

»Ja. Hat jemand von Ihnen vielleicht etwas beobachtet oder gehört, das uns helfen könnte? Etwas Ungewöhnliches?« Nachdem er nur Schweigen oder Kopfschütteln geerntet hatte, fuhr er fort: »Vielleicht haben Sie eine unbekannte Person gesehen, ein fremdes Auto – oder ein Geräusch gehört?«

»Unsere Häuser sind doch viel zu weit weg, als dass wir was hätten sehen können«, antwortete ein Mann, den Roko auf Mitte siebzig schätzte. »Mein Name ist Đuro Farac.« Er zeigte auf die Frau neben sich. »Das ist meine Frau Celesta.« Dann bewegte er den Arm zur rechten Seite der Kirche und zeigte auf ein Haus, das mindestens dreißig Meter entfernt lag. »Wir wohnen in dem rosa Haus da drüben. Die Farbe hat sich unsere Schwiegertochter ausgesucht, dafür können wir nichts«, fügte er entschuldigend hinzu.

»Das ist wahr«, bestätigte seine Frau.

Roko lächelte, dann blickte er in die Gesichter der beiden anderen Greise. Der Mann mit dem Gehstock stellte sich als Bepo vor und sagte, er könne Roko nicht helfen. Daneben stand eine gebückte Frau, ganz in Schwarz gekleidet, mit unzähligen Falten und Furchen im Gesicht.

»Es gibt also nichts, das jemand von Ihnen mir derzeit sagen könnte?«, hakte Roko nach.

Sie nickten, die gebückte Frau etwas zeitverzögert, was Roko schon vorher aufgefallen war. Deshalb wandte er sich jetzt an sie.

»Haben Sie etwas gesehen?«

»Sie müssen lauter sprechen, junger Mann!«, schrie sie mit ihrem brüchigen Stimmchen.

»Tonka hat nichts gehört, weil sie überhaupt kaum noch was hört«, erklärte Bepo.

»Aber sie hat doch reagiert«, wunderte sich Roko, »den Kopf geschüttelt oder genickt.«

»Sie wartet einfach ab, was die anderen machen, und dann macht sie es nach.«

»Ah, ach so.«

Das hier hatte keinen Sinn, weshalb Roko sich verabschiedete und von der Gruppe entfernte.

Er passierte sich duckend das blau-weiße Absperrband. Die vier alten Dorfbewohner blieben wie angewurzelt stehen und musterten ihn neugierig.

Vor der Kirche stand einer der Streifenpolizisten und nickte ihm grüßend zu, dann zeigte er auf ein Gebäude, vor dem mehrere seiner Kollegen postiert waren. »Der Mord ist im Pfarrhaus passiert, Inspektor.«

»Ja, ich weiß.«

»Herr Butigan möchte später auch die Kirche nach Spuren untersuchen. Deshalb halte ich hier die Stellung.«

»Gut, danke.«

Während Roko zum Pfarrhaus ging, spürte er immer noch die neugierigen Blicke im Nacken. Er sah wieder zu dem prachtvollen Garten. Der Pfarrer musste einen der besten Gärtner der Stadt beschäftigt haben, überlegte Roko.

Nachdem er das Pfarrhaus betreten hatte, gab ihm einer von Butigans Assistenten im Flur die übliche Schutzkleidung. Maša stand in einem anderen Raum und hob kurz die Hand zum Gruß, als sie ihn bemerkte. Während er die Schutzkleidung anlegte, schossen ihm Vikos Worte über Maša durch den Kopf. Im nächsten Moment versuchte er, sie aus seinem Gedächtnis zu verbannen. Darüber wollte er gar nicht erst nachdenken! Außerdem war zwischen Maša und ihm zum Glück keinerlei erotische Spannung. Das hätte ihm gerade noch gefehlt. Maša war auf aparte Weise attraktiv, das musste er zugeben. Ihr mittellanges blondes Haar war immer zu einem tief liegenden Pferdeschwanz gebunden. Die hellblauen Augen schminkte sie mit einer schwarzen Umrandung, was ihren direkten und forschen Blick noch eindringlicher machte. Sie war schlank und sehnig, trug Jeans und Lederjacke und immer weiße Hemden, in den kühleren Monaten unter einem Pullover. Sie musste unzählige weiße Hemden und Blusen besitzen.

Roko ging zu dem Raum, aus dem die üblichen Geräusche eines Ermittlungsteams kamen und in dem Maša stand und nach unten schaute. Noch nie hatte er diese Blässe in ihrem Gesicht gesehen. Er trat ein und entdeckte Stanko Matana, den Gerichtsmediziner, der sich über den Leichnam beugte.

Roko blickte auf das Bett mit der Leiche. Für einen kurzen Moment erstarrte er. »Großer Gott«, murmelte er zu sich selbst, als er das viele Blut sah.

Die Kehle des Mannes war so tief durchgeschnitten, dass sein Kopf zur Hälfte abgetrennt war. Die Klinge des großen Messers steckte fast vollständig in seiner Brust, etwas nach links versetzt. An der Stelle, an der man das Herz vermutete.

Alles war voller Blut. Der Pyjama war gänzlich durchtränkt und nahm nun eine bräunliche Färbung an. Bettdecke, Kissen und Laken waren ebenfalls voller Blut. Auf dem Parkettboden war unübersehbar eine große Lache, die allmählich an den Rändern trocknete. In dem Körper konnte kaum noch ein Liter seines Lebenssaftes verblieben sein.

»Wie ist der Name des Pfarrers?«, wollte Roko wissen, ohne den Blick vom Opfer abzuwenden.

»Gabrijel Jukić«, antwortete Maša. »Grauenhaft, oder?« Im nächsten Moment trat sie zur Seite, um dem Polizeifotografen Platz zu machen.

Matana richtete sich auf und sah Roko an. »Ich habe ja schon viel gesehen, aber so etwas geschieht zum Glück selten.«

Stanko Matana war Ende vierzig und hatte bereits eine Halbglatze, was ihm Schwierigkeiten zu bereiten schien. Wahrscheinlich bearbeitete er deshalb seinen Haarkranz täglich mit einem Rasierapparat. Was Roko an Matana mochte, war die Tatsache, dass er trotz seines Jobs nicht völlig abgestumpft war. Er konnte gelegentlich sogar etwas betroffen wirken, besonders wenn es um junge Opfer ging.

»Wir haben es hier mit einer Übertötung zu tun«, erklärte Matana jetzt überflüssigerweise. »Hinter der Tat steckt wohl viel Hass.« Er beugte sich wieder zur Leiche, um seine Untersuchung fortzusetzen.

»Oder die Lust am Töten«, sagte Maša. »Ich meine, sehen Sie sich das an, Roko. Rache und Hass hin oder her, aber hierbei geht es doch um Blutrausch. Der Stich ins Herz hätte gereicht, oder eine durchgeschnittene Kehle. Aber er hat ihm fast den Kopf abgetrennt.«

Roko nickte, dann wandte er sich wieder an den Gerichtsmediziner. »Können Sie schon sagen, wann ungefähr der Tod eingetreten ist, Stanko?«

Ohne den Kopf zu heben, antwortete dieser: »Ich will mich noch nicht festlegen, aber als wahrscheinlich erscheint mir ein Zeitrahmen zwischen zwei und vier Uhr morgens. Genaueres erfahren Sie morgen früh.«

Frane Butigan, der Kriminaltechniker, öffnete den Spurensicherungskoffer und bat Roko und Maša, nun den Raum zu verlassen. Butigan war immerzu freundlich und gelassen. Selbst dieser Tatort konnte ihn nicht aus der Ruhe bringen.

Bevor er Butigans Bitte nachkam, ließ Roko seinen Blick über das Schlafzimmer des Pfarrers schweifen. Die Möbel waren altmodisch und betagt, allem Anschein nach aus massivem Holz, wahrscheinlich Nussbaum. Keine Tapete, stattdessen ein großes Kruzifix über dem Bett und ein überdimensioniertes Bild, das die Madonna mit dem Jesuskind zeigte. Es hing an der Seitenwand über der Kommode, in einem antiquiert geschnörkelten Bilderrahmen. Es gab kein einziges Foto von jemandem, wie es normalerweise der Fall war. Darüber wunderte sich Roko, denn schließlich hatte auch ein Pfarrer Verwandte.

Als sie hinaustraten und sich zügig von der Schutzkleidung befreiten, fragte er: »Wer hat ihn gefunden?«

»Die Pfarrhaushälterin. Mehr weiß ich noch nicht, bin ja nur zehn Minuten vor Ihnen angekommen.«

»Wo ist die Haushälterin?«

Maša machte eine Kopfbewegung zur Tür neben ihr, gegenüber der Haustür. »In der Küche.«

Durch das Milchglas konnte er eine dunkle Gestalt ausmachen, die sich ein wenig bewegte. »Wie heißt sie?«

»Marija Šain.«

»Haben Sie schon mit ihr gesprochen?«

»Nein. Einer der Streifenpolizisten hat mir ihren Namen mitgeteilt. Die arme Frau sitzt die ganze Zeit in der Küche und wartet auf uns.«

Roko drückte die Klinke nach unten und schob die Tür langsam weiter auf, als befürchtete er, die Haushälterin zu erschrecken. Er erwartete eine schluchzende und aufgelöste Frau. Doch sie saß gefasst und mit geradem Rücken auf der Eckbank und blickte abwartend zur Tür. Auf dem Tisch vor ihr stand ein Glas orangeroter Flüssigkeit, das sie noch nicht angerührt hatte. Rokos Blick fiel auf die Dose mit der Aufschrift »Cedevita«, Geschmackssorte Rote Orange, die auf der Anrichte abgestellt worden war.

Roko schätzte die Haushälterin auf Mitte vierzig. Das schwarze Haar hatte sie zu einem lockeren Dutt hochgesteckt.

Die dunkelblaue Bluse mit hellblauen Perlknöpfen war geschmackvoll, aber auch einen Hauch spießig. Die Goldkette mit dem Kruzifix war ein regelrechter Blickfang, was an der beeindruckenden Größe des Anhängers lag.

Die großen braunen Augen der Haushälterin waren auf Roko gerichtet. Er konnte keine Tränen darin entdecken, und dennoch glaubte er, eine Spur von Traurigkeit zu sehen. Aber vielleicht war es auch Angst. Zu leicht konnte man als Beobachter diese beiden Gefühle verwechseln.

»Sie sind Marija Šain, die Haushälterin?«, fragte Roko und blieb ein paar Schritte vor ihr stehen.

Sie nickte.

»Ich bin Inspektor Roko Matić. Das ist Inspektorin Maša Marlais.«

»Ich habe auf Sie gewartet. Sie möchten mir bestimmt ein paar Fragen stellen, nicht wahr?«

»Das müssen wir, ja. Sie haben den Toten gefunden?«

»Das ist richtig.« Dann sah sie von Roko zu Maša, streckte den Arm zur anderen Seite der Eckbank aus und sagte: »Nehmen Sie doch bitte Platz.«

Sie kamen der Aufforderung nach. Kaum hatten sie sich gesetzt, sagte Roko: »Sie sind sehr gefasst, Frau Šain. Erstaunlich in Anbetracht des brutalen Mordes an dem Menschen, für den Sie gearbeitet haben.«

Für den Bruchteil einer Sekunde deutete sie ein kaum merkliches Lächeln an. »Soll das heißen, ich muss die Erwartungen der Polizei erfüllen, um nicht verdächtig zu erscheinen?«

»Nein, Frau Šain«, erklärte Roko freundlich. »Sie müssen überhaupt nichts, schon gar nicht eine Rolle spielen. Ich bewundere nur Ihre Stärke. Das ist alles.«

Sie sah ihm direkt in die Augen. »Im Grunde können Sie nur vermuten, was in mir vorgeht, aufgrund meiner äußeren Hülle. Nicht mehr und nicht weniger.«

Äußere Hülle? Roko wunderte sich kurz über die etwas gestelzte Ausdrucksweise. Wenn sie sich da mal nicht täuschte, ging es ihm durch den Kopf. Die Hülle verriet nicht selten, was im Inneren vor sich ging. Durch Stimme, Gesten, Gesichtsausdruck und Augen. Aber er wollte sie gern in diesem Glauben lassen. Aus den Augenwinkeln sah Roko, wie Maša Block und Stift aus ihrer Tasche holte.

»Wie lange arbeiten Sie schon für den Pfarrer?«, fragte Maša.

»Vierzehn Jahre.«

»Ist das eine Vollzeitstelle?«

»Selbstverständlich«, antwortete Marija pikiert, als wäre das eine dumme Frage. »Es gibt für mich genug zu tun.«

»Das glaube ich gerne. Leider haben wir keinerlei Kenntnisse über Ihren Beruf.«

»Natürlich nicht, woher auch. Diesen Beruf will heute sowieso kaum noch jemand machen.«

Roko ließ ein paar Sekunden verstreichen, bevor er fragte: »Können Sie sich vorstellen, wer dem Pfarrer das angetan haben könnte? Haben Sie einen Verdacht?«

»Nein, wirklich nicht. Ein krankhaftes Monster hat das getan, aber ich kenne niemanden, der ein krankhaftes Monster ist.«

»Ich nehme an, Sie haben einen Schlüssel fürs Pfarrhaus. Besitzt sonst noch jemand einen Schlüssel?«

»Ja, mehrere Leute.«

»Mehrere?«, fragte Maša überrascht.

»Ja, eben diejenigen, die für die Kirche arbeiten.«

Roko und Maša warteten darauf, dass sie weitersprach, doch sie sah die Beamten nur schweigend an. Maša klang leicht ungeduldig, als sie fragte: »Würden Sie uns dann bitte Namen und Beruf der Leute nennen?«

»Meinetwegen. Da ist zunächst Ana Prović, die Sekretärin. Sie kümmert sich um die Verwaltung, kommt dreimal pro Woche und arbeitet im Büro.« Marija machte eine Kopfbewegung nach links. »Das liegt zwischen Schlafzimmer und Küche. Sie ist aus Pažina, wohnt aber seit einiger Zeit in Dubrovnik.«

»Kommt sie an bestimmten Tagen?«, wollte Roko wissen.

»Sie arbeitet montags, mittwochs und freitags von neun bis fünfzehn Uhr. Mit einer Stunde Pause zwischendrin, denn sie isst mit uns zu Mittag. Hochwürden legte Wert darauf, dass das

Essen Punkt zwölf auf dem Tisch stand. Nach der Arbeit besucht Ana meistens noch ihre Eltern und den Bruder. Das ist die Familie Farac – das Haus mit der hässlichen babyrosa Fassade. Ana kommt fast jeden Sonntag nach Pažina und besucht mit ihrer Familie die heilige Messe. Hochwürden hat Ana eingestellt, weil sie früher Ministrantin war und mit ihrem Aushilfsjob als Lehrerin nicht weit kommt.«

»Sie nennen ihn Hochwürden?«

Marija zuckte die Schultern. »Ein bisschen altmodisch, ich weiß, aber er wurde gerne so genannt, obwohl er es nie gesagt hat. Manches weiß man eben voneinander, wenn man sich lange genug kennt.«

»Gut, erzählen Sie weiter«, lenkte Roko das Thema wieder zu den Angestellten. »Wer arbeitet noch für die Kirche und besitzt einen Schlüssel?«

»Ich, Ana Provič und Ante Mijoč, der Küster.«

»Der Küster. Hm, leider weiß ich auch über diesen Beruf nicht allzu viel, aber das hat erst mal Zeit.«

»Normalerweise sperrt er morgens um acht Uhr die Kirche auf, aber er hat sich diese Woche wegen einer schweren Erkältung krankgemeldet. Folglich übernehme ich diese Woche größtenteils seine Aufgaben. Schließlich bin ich es, die als Einzige hier eine Vollzeitstelle hat. Ana, Senka und Ante sind nebenberuflich tätig. Nun ja, es ist eben eine kleine Gemeinde.«

»Wer ist Senka?«

»Ach ja, Senka Ivandič hat ebenfalls einen Schlüssel. Sie arbeitet als Putzfrau hier, dienstags und freitags von vierzehn bis siebzehn Uhr, hauptberuflich ist sie Zimmermädchen im Hotel Rixos. Eigentlich ist Senka nur für die Kirche und den Hof zuständig, doch sie besitzt auch den Schlüssel zum Pfarrhaus, weil Hochwürden meinte, es könne nicht schaden, falls ich mal nicht kommen könne. Als ob ich jemals nicht zur Arbeit erschienen wäre.« Auf Marijas Gesicht machte sich ein gekränkter Ausdruck breit.

»Na ja«, warf Maša ein, »jeder kann doch mal krank werden.«

»Ich nicht!«, rief sie entschieden. »Ich war noch niemals krank.«

Maša hob für eine Sekunde die Augenbrauen. »Okay«, sagte sie und machte sich eine Notiz.

Marija griff nach ihrem Glas und nahm einen Schluck von der orangeroten Flüssigkeit. Dann setzte sie mit einer hastigen Handbewegung das Glas ab. »Entschuldigen Sie, aber ich habe Ihnen ja gar nichts angeboten! Das ist mir bisher noch nie passiert, wirklich!« Sie legte die rechte Hand auf die Brust. »Mein Gott, wie unhöflich von mir …«

Maša sah sich veranlasst zu sagen: »Bitte beruhigen Sie sich, Frau Šain.«

Die Frau war rot geworden, so peinlich schien ihr das zu sein. »Möchten Sie einen Saft? Limonade? Kaffee?«

Beide lehnten dankend ab.

»Sind das alle, Frau Šain?«, wollte Roko wissen.

»Wie bitte?«, fragte sie irritiert. Anscheinend war sie mit ihren Gedanken noch immer bei ihrem Versäumnis, das für sie geradezu unverzeihlich zu sein schien.

»Haben Sie uns alle Personen genannt, die einen Schlüssel zum Pfarrhaus haben?«

»Soweit ich weiß, dürften das alle sein.«

Maša notierte es und blickte nicht auf, während sie ihr Anliegen äußerte: »Wir brauchen noch die Telefonnummern und Adressen dieser Leute.«

»Kein Problem«, meinte Marija. »Ich habe sie in der Telefonkommode im Flur.«

»Sie waren die ganze Nacht zu Hause, nehme ich an?«, wollte Roko wissen.

Entsetzt sah sie ihn an. »Ja, wo denn sonst um Himmels willen? In einem Nachtclub?«

»Kann jemand bezeugen, dass Sie die ganze Nacht zu Hause waren?«

Marija räusperte sich, bevor sie erklärte: »Ja, mein Lebenspartner Tomislav Franušić. Wissen Sie, ich lebe mit ihm zusammen. Seit vielen Jahren schon, aber von den Leuten hier weiß das niemand.«

Roko bezweifelte, dass sie mit ihrer Annahme richtiglag.

»Tomislav will nicht heiraten, weil er schon zweimal verheiratet war und es ihm peinlich wäre, schon wieder die Verwandten einzuladen und Geschenke anzunehmen.«

»Verstehe. Sie sind also zur Arbeit gekommen, haben die Tür aufgesperrt, sind eingetreten und … was dann? Haben Sie nach dem Pfarrer gerufen?«

»Nein, weil … dieser Geruch in der Luft lag. Der Geruch von Blut, meine ich.«

»Ja, Blut hat einen metallischen Geruch, besonders in dieser Menge. Erzählen Sie bitte weiter, Frau Šain.«

»Die Tür von seinem Schlafzimmer stand offen, was ungewöhnlich war. Ich bin näher getreten und … na ja, Sie wissen ja, was ich dann sah.«

»Haben Sie laut aufgeschrien? Sind Sie aus dem Haus gerannt?«

Sie schüttelte den Kopf. »Nein. Zuerst konnte ich das gar nicht richtig in mir aufnehmen. Ich stand wie angewurzelt da und konnte mich nicht rühren. Dann bin ich zur Toilette und habe mich übergeben. Als ich aus der Toilette kam, habe ich die Polizei angerufen.«

»Hatten Sie keine Angst, dass der Mörder sich noch im Haus befinden könnte?«, fragte Maša.

»Nein, wegen dem getrockneten Blut. Auf dem Boden war dieser riesige Fleck, aber am Rand der Lache war es schon getrocknet. Der Mörder musste längst über alle Berge sein.«

Roko wunderte sich darüber, dass sie in dieser Situation alles so klar überdenken konnte.

Die Tür ging auf. Einer der jungen Streifenpolizisten machte einen Schritt in die Küche, bevor er in strammer Haltung sagte: »Inspektor Matić, Inspektorin Marlais, ich soll Ihnen ausrichten, dass es Einbruchspuren an der Hintertür gibt. Herr Butigan wird sich das später noch genauer ansehen.«

Der junge Beamte schien nervös zu sein. Roko war ihm erst ein paarmal über den Weg gelaufen, er war noch nicht lange dabei.

»Danke«, sagte Roko.

Der junge Polizist nickte ernst. »Inspektor Matić, Inspektorin Marlais«, dann entfernte er sich.

Maša warf Roko einen kurzen Blick zu. Sie biss sich auf die Unterlippe, um ein Lachen zu unterdrücken. Roko beschloss, dem jungen Beamten bei nächster Gelegenheit freundlich mitzuteilen, dass er es nicht übertreiben musste und sie hier nicht beim Militär waren.

Nachdem die Tür wieder geschlossen worden war, meinte Maša: »Einbruchspuren an der Hintertür also. Dann war es doch Einbruch, und der Täter hatte keinen Schlüssel.«

»Kann sein«, kommentierte Roko, dann wanderte sein Blick wieder zur Haushälterin. »Sie kommen immer durch die Vordertür, Frau Šain?«

»Ja, jeder von uns. Die Hintertür nutzte nur Hochwürden, wenn er aus dem Garten kam, weil neben der Hintertür gleich das Bad ist. Er wollte hier nichts schmutzig machen. Hochwürden war sehr rücksichtsvoll und schätzte mein Bemühen um Sauberkeit.«

Maša blickte nachdenklich zu Roko. »Offenbar wurde der Pfarrer im Schlaf ermordet und hat den Einbrecher nicht gehört.«

»Das wundert mich nicht«, sagte Marija. »Hochwürden litt manchmal unter Schlaflosigkeit, weshalb er oft eine Schlaftablette nahm. Das weiß ich deshalb, weil ich beim Arzt das Rezept abgeholt und dann aus der Apotheke die Tabletten mitgebracht habe.«

Roko lehnte sich auf der Eckbank zurück und versuchte, eine entspannte Stimmung herzustellen, soweit dies in dieser Situation möglich war. »Nahm er diese Tabletten regelmäßig?«

»Mehr oder weniger, ja.«

»Erzählen Sie mir ein wenig über Gabrijel Jukić. Sie kannten ihn von allen am besten, nehme ich an. Wie war er als Mensch? Wie war er als Pfarrer?«

Marija atmete hörbar aus, als hätte er ihr eine unlösbare Aufgabe gestellt. Es verging eine Weile, bis sie sagte: »Es fällt mir schwer, ihn zu beschreiben.«

»Bitte, versuchen Sie es.«

»Es gab vieles, das ich an ihm schätzte, aber auch einiges, das ich nicht an ihm mochte. Hochwürden war mit Leib und Seele Pfarrer. Damit meine ich, ein wirklich guter katholischer Pfarrer, wie er sein sollte. Immer nahm er sich Zeit, wenn jemand ein Problem hatte. Er tat sein Bestes, kümmerte sich um Alte und versorgte ein paar arme Familien aus den beiden Nachbardörfern regelmäßig mit Lebensmitteln. Er lebte bescheiden, besaß nicht einmal ein Auto. Das Geld, das ihm zur Verfügung stand, investierte er zu einem großen Teil in die Kirche oder gab es den Bedürftigen. Letztes Jahr wurden die Bänke in der Kirche erneuert, obwohl manche meinten, das sei noch nicht nötig. Für sich selbst hat er aber kaum Geld ausgegeben, nur für das Nötigste.«

Roko sah sich in der Küche um und bemerkte, dass die Möbel aus Eichenholz zwar gepflegt und sauber waren, die besten Zeiten jedoch hinter sich hatten.

»Das klingt ja fast, als wäre er ein Heiliger gewesen«, meinte Maša.

Darüber dachte Marija kurz nach. »Ich weiß nicht, ob ich es so nennen würde. Das Einzige, bei dem er nicht bescheiden war, war das Essen. Hochwürden war ein Genießer und schätzte meine Kochkünste.« Sie lächelte stolz. »Jedenfalls war er als Pfarrer vorbildlich. Trotzdem war die Kirche nie voll, wie bei seinem Vorgänger Ludvig Marelić. Wie ich gehört habe, war dieser sehr beliebt. Irgendwie tat mir das für Hochwürden leid. Die älteren Dorfbewohner erzählen, dass niemand so viel Gutes für die Kirche und die Menschen getan hat wie Pfarrer Gabrijel, und trotzdem haben sie seinen verschwenderischen Vorgänger angehimmelt, nur weil er ihnen Honig ums Maul geschmiert hat. Verzeihen Sie meine Ausdrucksweise.«

Roko fragte sich, wofür sie sich entschuldigte – und ob sie sich schon immer so gewählt ausgedrückt oder sich das beim Pfarrer antrainiert hatte.

»Aber wie hat dieser Vorgänger es geschafft, die Kirche vollzubekommen?«, fragte er. »In diesem kleinen Dorf mit – wie vielen Einwohnern?«

»Pažina besteht aus elf Häusern mit achtundzwanzig Einwohnern. Aber es kommen ja auch die Einwohner der beiden benachbarten Dörfer, die keine eigene Kirche haben.«

»Dann könnte es sein«, überlegte Roko laut, »dass jemand aus einem umliegenden Dorf heute Nacht hierherkam und den Mord verübt hat. Theoretisch, falls es einen Kirchgänger gab, der den Pfarrer aus irgendeinem Grund hasste.«

Marija schüttelte vehement den Kopf. »Das halte ich für ausgeschlossen.«

»Warum?«

»Weil niemand hierherkommen kann, ob zu Fuß oder mit dem Auto, ohne von den Nachbarn beobachtet zu werden.«

»Nachts steht doch niemand mehr am Fenster«, gab Roko zu bedenken.

»Aber sie hören alles«, ergänzte Marija, »außer der alten Tonka, die so gut wie taub ist.«

»Die Nachbarn würden einen Fußgänger hören?«

»Ja, weil im Dorf die beiden Hunde anschlagen würden. Meistens sind sie draußen. Außerdem würde man ein Auto hören, und zu Fuß hier heraufgehen und dann später zu Fuß flüchten? Der Weg führt direkt zur Hauptstraße, und dort hätte er das Auto parken müssen, aber wo? Es gibt keine Möglichkeit dafür. Und auf anderem Wege flüchten kann man nicht, weil Pažina von großen Karstfelsen umgeben ist. Der Mörder müsste ein Klettergenie sein.«

»Frau Šain, weshalb war Pfarrer Gabrijel nicht beliebt, wenn er doch so anständig und wohlwollend war?«

»Na ja ... ein steifer Knochen war Hochwürden schon irgendwie, hat kaum gelächelt oder mal einen Scherz gemacht, hatte keinerlei Sinn für Humor, kein Verständnis für die Jugend mit ihren pubertären Macken – und schon gar nicht für jemanden, der aus der Kirche austrat. Verlorene Seelen nannte er sie.« In bedauernder Mimik verzog sie den Mund. »Es ist schon ungerecht, dass sein Vorgänger so viel beliebter war. Wie ich hörte, konnte der nicht mit Geld umgehen, und er hatte angeblich ein Kind. Ich weiß nicht, ob das alles stimmt, aber als Pfarrer war Hochwürden bestimmt fähiger und loyaler, was die älteren Einwohner auch bestätigen, obwohl sie dem anderen bis heute hinterhertrauern.«

»Hat Gabrijel Jukić Ihnen manchmal Privates anvertraut?«, wollte Roko wissen.

»Nein. Ich weiß kaum etwas über seine Herkunft oder Familie. Er stammt von einer Insel, Brač oder Hvar, ich weiß nicht mehr. Das hat er mal erwähnt. Anfangs habe ich ihm ein paar Fragen über seine Kindheit und seine Familie gestellt, aber dann erkannte ich, dass er über Privates nicht sprechen mochte. Ich habe das akzeptiert.« Marijas Hand wanderte zu der Halskette. Sie legte die Finger um das Kruzifix. »Die Kette hat er mir zum zehnjährigen Jubiläum geschenkt«, sagte sie unvermittelt.

Roko nickte anerkennend, auch wenn er das Wort Jubiläum für die Anstellung einer Haushaltshilfe ziemlich gewichtig fand. »Das war aber sehr aufmerksam von ihm.«

»Ja, schon. Aber der Anhänger ist doch recht … groß. Nun, ich … trage die Kette halt bei der Arbeit, weil ich mich irgendwie verpflichtet fühle und ich Hochwürden nicht kränken wollte.«

»Und an Ihren freien Tagen legen Sie das Ding ab?«, wollte Maša wissen.

Marija biss sich kurz auf die Lippe, bevor sie antwortete. »Ehrlich gesagt lege ich die Kette im Auto an, wenn ich zur Arbeit fahre, und lege sie noch im Auto ab, wenn ich nach Hause komme.«

»Aber jetzt tragen Sie sie, obwohl er es nicht mehr sehen kann.«

»Ja. Jetzt bringe ich es nicht übers Herz, sie abzulegen.«

Roko konnte noch nicht einschätzen, ob Marija Šains sensible Seite authentisch war oder ob sie ihnen etwas vorspielte und das geschickt in die Befragung einfließen ließ. »Hatte er mit jemandem eine freundschaftliche Beziehung, Frau Šain?«

»Nein, nein. Hochwürden und Freundschaften.« Bei dem Gedanken musste sie sogar lächeln.

»Wissen Sie, ob er ein Testament hinterlassen hat?«

»Ein Testameeent?« Sie tat so, als handelte es sich dabei um etwas vollkommen Absurdes.

»Ja.«

»Das weiß ich zwar nicht, aber ich kann es mir nicht vorstellen.«

»Warum können Sie sich das nicht vorstellen, Frau Šain?«, fragte Maša.

»Ich weiß nicht.« Sie rutschte auf der Sitzfläche der Bank herum. »Das passte nicht zu ihm, und er stand doch auch im Dienst der Kirche.«

»Das schon«, gab Roko ihr recht, »aber er hatte doch auch ein Einkommen. Und wenn er so sparsam war, wie Sie sagen, dann dürfte sich im Laufe der Jahre ein ansehnlicher Betrag summiert haben.«

»Er hat einigen Leuten geholfen, kaufte Sachen für sie, und manchmal gab er ihnen auch Geld.«

»Aber er gab bestimmt nicht alles Geld, das er hatte, den Armen?« Maša hatte sich gar nicht erst bemüht, ihre Skepsis zurückzuhalten.

»Nein, das wohl nicht«, meinte Marija.

»Gut.« Roko wollte das Thema fürs Erste abschließen. »Lassen Sie uns noch mal zu heute Morgen kommen. Als Sie angekommen und zur Haustür gegangen sind – und auch als Sie das Haus betreten haben –, ist Ihnen etwas aufgefallen, das anders war als sonst? Möglicherweise eine Kleinigkeit?«

»Nein, das nicht. Aber mir ist etwas anderes aufgefallen, was ich Ihnen noch sagen wollte. Ich weiß allerdings nicht, ob das von Bedeutung ist.«

»Und das wäre?«

»Vor ein paar Tagen hat Hochwürden sich plötzlich verändert.«

Roko stützte die Arme auf dem Tisch ab und sah Marija direkt an. »Inwiefern?«

»Er wirkte besorgt, war nachdenklich und grübelte über etwas. Irgendetwas musste passiert sein, das ihn belastete. Ich habe ihn gefragt, was mit ihm los sei, aber er wollte nichts sagen.«

Sie sah von Maša zu Roko. »Ich glaube, dass er vor irgendetwas Angst hatte.«

»Oder vor irgendjemandem?«

»Das ist möglich, aber ich weiß es nicht. Vielleicht … hatte er nicht vor einem Menschen Angst.«

»Ich verstehe nicht.«

»Wissen Sie, ich kannte ihn gut. Das Wichtigste für ihn waren die Kirche, sein guter Ruf und alles, was damit zusammenhing. Nichts hätte ihn so sehr aufgewühlt, als wenn das auf dem Spiel gestanden hätte.« Sie sah Roko eindringlich ins Gesicht. »Auch wenn es mir schwerfällt, das zu glauben, aber es scheint jemanden zu geben, der ernsthaft etwas gegen ihn hatte.«

»Ich würde sagen, Frau Šain«, sagte Roko behutsam, »in Anbetracht der Umstände ist das noch milde ausgedrückt.«

Marija zog die Schublade des Telefonbänkchens im Flur auf und kramte kurz darin herum. Rokos Blick fiel auf das altmodische Telefon. Es hatte zwar keine Wählscheibe mehr, aber eine Schnur und eine beigebraune Farbe. Als dieses Ding hergestellt wurde, war ein Display mit Anruferkennung noch Zukunftsmusik.

»Ich nehme an, im Büro steht ein ebenso altes Modell?« Er zeigte auf das Telefon.

Marija nickte und nahm ein winziges Notizbuch aus der Schublade, obenauf ein Porträt der Madonna.

Sie übergab Roko das Büchlein. »Darin stehen die Adressen und Telefonnummern von Ana, Senka, Ante und mir.«

Roko blätterte durch das Büchlein. »Hatte er noch lebende Verwandte?«

»Einen Bruder, sonst niemanden. Allerdings wollte Hochwürden nicht über ihn sprechen. Ich weiß nur seinen Namen, Manuel – und dass er keine Kinder hat. Das ist alles.«

»Hier stehen tatsächlich nur die vier Namen und deren Adressen und Nummern, Ihre mitgerechnet, sonst niemand«, stellte Roko verblüfft fest.

Marijas Blick verriet Irritation. »Aber ich sagte doch, dass er keine Verwandten und keine Freunde hat.«

»Ja, das sagten Sie.«

»Warum brauchen Sie das eigentlich? Sie können die Adressen doch leicht herausfinden, oder?«

»Das ist richtig, Frau Šain«, erklärte Roko geduldig, »aber manchmal wohnen die Leute vorübergehend bei jemandem, oder sie ziehen um und haben die neue Adresse noch nicht registrieren lassen.«

»Ach so. Kann ich jetzt nach Hause fahren? Ich störe hier doch bloß. Oder haben Sie noch Fragen?«

»Sie können gehen, Frau Šain. Wir müssen ohnehin die Spurensicherung hier ihre Arbeit machen lassen. Deshalb wäre es gut, wenn sich in den nächsten Stunden niemand außer den Beamten im Haus aufhalten würde. Wir kommen wahrscheinlich bald wieder auf Sie zu.«

Marija schloss kurz die Augen, dann seufzte sie auf und meinte: »Na gut, von mir aus. Obwohl ich schon alles gesagt habe, was ich weiß.«

»Ich würde Sie außerdem bitten, morgen früh hierherzukommen und in jedem Raum nachzusehen, ob etwas fehlt. Falls ja, erstellen Sie bitte eine Liste, so präzise wie möglich. Besonders wichtig sind Testament, Geld und Wertgegenstände. Notieren Sie bitte alles, was fehlt. Jede Kleinigkeit.«

»Wo er das Geld aufbewahrt hat, weiß ich. Private Wertgegenstände hatte er kaum. Und ein Testament hab ich nie gesehen.«

»Manchmal liegt ein solches beim Notar, manche verwahren es zu Hause, oder eine Kopie davon.«

Sie seufzte. »Ich schreib auf, was fehlt«, meinte sie missmutig.

»Wir kommen morgen gegen Mittag.«

Gerade als sie sich umdrehte und gehen wollte, fragte Roko: »Der Name des Gärtners steht nicht in dem Notizbuch.«

Marija blieb stehen und wandte den Kopf. »Welcher Gärtner?«

»Der Garten ist in einem bemerkenswerten Zustand. Wer kümmert sich denn um den Garten?«

»Hochwürden höchstpersönlich. Der Garten war seine große Leidenschaft. Neben seiner Berufung als Pfarrer, meine ich. Ein bisschen was hat auch Ante gemacht. Den Rasen gemäht, das Laub entfernt und solche Dinge.«

»Wer wird sich denn jetzt um den Garten kümmern?«, fragte Maša.

»Tja«, meinte Marija schulterzuckend. »Ich jedenfalls nicht. Vielleicht der Nachfolger. Wollen wir's hoffen.«

Butigan zeigte Roko und Maša die Einbruchspuren an der Hintertür. Das Glas war eingeschlagen worden, um mit der Hand durch die Öffnung zu gelangen und dann die Tür von innen aufzusperren. Der Schlüssel steckte.

»Der Täter könnte gewusst haben, dass der Pfarrer die Angewohnheit hatte, den Schlüssel stecken zu lassen«, mutmaßte Maša, »und hier im hinteren Teil des Hauses haben die Nachbarn das Geräusch nicht hören können.«

»Wahrscheinlich.« Roko betrachtete die Glassplitter auf dem Boden der Diele. »Vielleicht hatte er aber auch noch eine zweite oder dritte Option, die er dann nicht anwenden musste.«

»Also war es wahrscheinlich keiner derjenigen, die einen Schlüssel besitzen.«

»Oder das Ganze ist inszeniert, damit wir genau das glauben.«

Butigan sah ihn lächelnd an. »Wir werden die Tür natürlich auf Fingerabdrücke untersuchen, allerdings ist die Wahrscheinlichkeit gering, dass der Einbrecher so dämlich war, welche zu hinterlassen.«

Roko nickte, meinte dann aber: »Wir wissen jedoch, dass es unter Verbrechern auch verdammt dämliche gibt.«

Butigan lachte leise auf. »Wie wahr, Roko. Zum Glück für euch.«

Kurz darauf gingen Roko und Maša zu ihren Autos. Die vier Alten waren mittlerweile in ihre Häuser zurückgekehrt.

»Wir besuchen zuerst den Küster«, sagte Roko. »Sie können Ihr Auto vor dem MUP abstellen.« Die gesamte Bevölkerung nannte das Ministerium für innere Angelegenheiten so abgekürzt, zusammengesetzt aus den Anfangsbuchstaben. »Dann können Sie zu mir einsteigen. Ante Mijočs Wohnung liegt in derselben Straße wie das MUP.«

Maša öffnete die Wagentür. »In der Straße Ante Starčević?«

»Ja, nördlich unserer Dienststelle.« Er schlug das Büchlein auf und nannte ihr die Hausnummer von Ante Mijoč. »Sie werden bestimmt vor mir dort sein. Bevor ich losfahre, rufe ich noch im MUP an und gebe die Handynummern aus dem Madonna-Büchlein durch. Mal sehen, ob eines der vier Mitarbeiter-Handys heute Nacht hier eingeloggt war. Wenn wir Glück haben, bekommen wir die richterliche Erlaubnis zur Ortung in den nächsten Tagen.«

Maša sah skeptisch aus. »Wie wahrscheinlich ist es, dass ein Mörder sein Handy mit an den Tatort nimmt?«

»Das sollte uns nicht davon abhalten, es zu überprüfen. Ist alles schon vorgekommen. Manche wissen gar nicht, dass man es orten kann, und manche vergessen es.«

Nachdem Maša ihren Wagen vor dem sandfarbenen Polizeigebäude abgestellt hatte, stieg sie zu Roko in den Wagen. Er fuhr die Straße in nördlicher Richtung, vorbei am Gericht, das mit seiner Architektur eher an ein Drei-Sterne-Hotel aus den siebziger Jahren erinnerte als an ein Gerichtsgebäude in dieser historischen Stadt.

»Marija Šain ist eine merkwürdige Frau. Finden Sie nicht auch, Roko?«

»Sie ist etwas unterkühlt, weshalb es mir schwerfällt, mir ein Bild davon zu machen, wie ihre Beziehung zu dem Pfarrer war.« Er warf ihr einen kurzen Blick zu. Mašas schwarz umrandete Augen sahen ihn interessiert an.

»Ist sie Ihnen sympathisch?«, wollte sie wissen.

»Kommt es denn darauf an?«

»Nein, aber ich würde es gerne wissen.«

»Darauf kann ich Ihnen keine klare Antwort geben. Außerdem ist das unwichtig.«

Sie wandte den Kopf und sah aus dem Fenster. Im nächsten Moment tat es ihm leid, dass er ihre Frage so abgeschmettert hatte.

»Es ist unvermeidbar«, begann Roko, »dass man die Dinge manchmal subjektiv beurteilt, aber es kann eben auch die Beurteilung verzerren. Sie sollten sich davon nicht beeinflussen lassen. Ob Ihnen jemand sympathisch ist oder nicht, meine ich.«

Maša musterte ihn, während er geradeaus blickte. »Sie glauben, ich lasse mich zu sehr von meinem Gefühl lenken? Und das tue ich Ihrer Meinung nach, weil ich eine Frau bin.«

»Das ist nicht wahr.«

»Na ja, ich habe Ihnen anfangs angesehen, dass Sie nicht begeistert davon waren, als ich Ihnen zugeteilt wurde. Lügen Sie mich nicht an, indem Sie behaupten, dass es nicht stimmt.«

Er seufzte und suchte nach den richtigen Worten. »Ja, das gebe ich zu. Ich wusste aber, dass Sie kompetent und ehrgeizig sind. Und ja, ich gebe zu, dass es daran lag, dass Sie eine Frau sind. Weil Sie mit Ihren achtundzwanzig Jahren noch jung sind und weil ich es entsetzlich fände, wenn Ihnen etwas passieren würde.«

»Und bei einem achtundzwanzigjährigen Mann fänden Sie es weniger entsetzlich?«

»Das ist nicht fair.«

»Warum sollte mir etwas passieren?« In ihrer Stimme schwang Verärgerung mit. »Ich bin hervorragend ausgebildet.«

Roko hielt Ausschau nach einem Parkplatz. »Sie haben ja recht. Es liegt an mir. Allem Anschein nach leide ich unter einem altmodischen Beschützerinstinkt oder so etwas.« Als er die letzten Worte ausgesprochen hatte, merkte er, dass auch in seiner Stimme eine Gereiztheit gelegen hatte. Sein gesamtes bisheriges Leben hatte er nie ein Mädchen oder eine Frau schlecht behandelt. Selbst als Korina damals ihre Koffer gepackt und erklärt hatte: »Wir haben einfach überstürzt geheiratet. Ich habe dich gern, aber wir passen nicht zueinander«, hatte er unter Schock gestanden, war jedoch ruhig geblieben und hatte weder seine Stimme erhoben noch Vorwürfe geäußert. Einige Wochen später hatte er sie sogar verstanden. Als Korina schwanger geworden war, war er neunundzwanzig gewesen und Korina gerade einmal zwanzig. Sie war nicht damit zurechtgekommen, dass er oft spät am Abend nach Hause kam und nicht selten auch am Wochenende arbeitete.

Roko parkte den Wagen in einer Seitenstraße und schaltete den Motor aus. Maša entfernte gerade ihren Sicherheitsgurt und war dabei, die Tür zu öffnen, als Roko sie aufhielt. »Warten Sie!«

Überrascht drehte sie sich zu ihm um. »Ja?«

»Eines möchte ich noch klarstellen.«

»Okay«, meinte sie und klang dabei verunsichert.

»Ich bin keinesfalls der Meinung, dass eine Frau für diesen Job weniger geeignet ist als ein Mann. Ich möchte, dass Sie das wissen.«

Sie lächelte. »Gut.« Dann fügte sie hinzu: »Ehrlich gesagt wäre es irgendwie bescheuert, wenn Sie diese Meinung überhaupt hätten.«

»Ich habe diese Meinung zwar nicht, trotzdem interessiert es mich, was Sie damit meinen.«

»Ihre Vorgängerin war eine Frau. Sie haben Vesna Alujević vergöttert.«

Verwundert erwiderte Roko: »Vergöttert ist doch ein zu großes Wort, finde ich. Sie war eine großartige Mentorin, und ihre Aufklärungsrate lag bei nahezu hundert Prozent.« Roko hatte sich in Vesnas Gegenwart immer gut gefühlt, wegen ihrer besonnenen Art. Sie war herzlich und gleichzeitig die Ruhe selbst gewesen, in jeder Situation. Roko hatte nie jemanden mit einer größeren Menschenkenntnis getroffen.

Maša sah ihn an und nickte zustimmend.

»Ich vermisse sie sehr«, sagte Roko.

Mašas Lächeln drückte Verbundenheit aus. »Finde ich toll, dass Sie das so offen sagen.«

»Gut. Freut mich, dass wir das geklärt haben.«

»Und mich erst«, sagte sie und stieg dann aus.

Ante Mijoč wohnte in einem großen Steinhaus, wie sie früher gebaut wurden, bevor Beton zum beliebtesten Baumaterial geworden war. Sie sahen die Hausnummer schon von Weitem. Das quadratische Haus hatte grüne Fensterläden und eine Haustür mit Rundbogen in derselben Farbe. Es lag vor der Südspitze der Bucht zwischen der Halbinsel Lapad und dem Hafenviertel Gruž. Auf diesem Areal sah man zwar nicht viele Palmen, aber viel Grün, unterschiedliche Baumarten und Sträucher. Es fand sich hier auch die eine oder andere Bausünde, was der Schönheit seiner Heimatstadt – seiner Ansicht nach die schönste Stadt der Welt – jedoch keinen Abbruch tat. Wer das Paradies auf Erden suche, solle nach Dubrovnik kommen, hatte George Bernard Shaw einst gesagt, weshalb man in Dubrovnik auch nördlich der Altstadt eine Straße nach ihm benannt hatte. Seinen Beinamen »Perle der Adria« hatte Dubrovnik von Lord Byron bekommen. Seltsamerweise waren es die beiden englischen Literaten gewesen, die Dubrovnik seinerzeit zu einem hohen Bekanntheitsgrad verholfen hatten.

In der Marina lagen unzählige Boote auf dem die Sonne reflektierenden dunkelblauen Meer. Mit dem Blick auf die Marina meinte Maša: »Von meinem nächsten Ersparten werde ich mir ein kleines Boot kaufen. Besitzen Sie ein Boot?«

»Ja, allerdings auf Pelješac.«

»Ach ja? Fahren Sie da zur Entspannung hin? Zum Malen und Bootfahren?« Von seinem Hobby hatte sie zufällig erfahren, als er kürzlich den Kofferraum geöffnet und Maša darin die Malutensilien entdeckt hatte. Sie war entzückt gewesen, dass er eine Künstlerseele hatte, wie sie es ausgedrückt hatte.

»Mein Vater stammt von Pelješac. Das Boot ist alt, aber ich verbinde schöne Erinnerungen damit. Es gehörte meinem Nono. Er war Fischer, und manchmal nahm er mich mit, frühmorgens, wo wir dann auf dem offenen Meer nach dem Fang auf den Sonnenaufgang warteten.« Noch heute erinnerte sich Roko lebhaft daran, wie sie Delphine gesichtet hatten und zweimal auch einen Hai. Er hatte sich erschrocken, aber Nono hatte ihn beruhigt und gesagt, dass es die Menschen seien, vor denen der Hai Angst haben müsse und nicht umgekehrt. Damals hatte Roko nicht richtig verstanden, was er damit meinte.

»Ihr Nono war also Fischer?«

»Ja«, antwortete Roko und setzte sich in Bewegung, Maša

folgte ihm. »Aber schon damals konnte man nicht mehr davon leben. Mein Urgroßvater konnte von der Fischerei noch die ganze Familie ernähren. Aber Nono musste sich als Maurergehilfe etwas dazuverdienen. Mein Vater hat mir erzählt, wie Nono ihn als Kind mit in die Spelunke genommen hat, in der die Fischer sich am Nachmittag trafen, über die Arbeit sprachen und über das Leben philosophierten. Mein Vater hat das geliebt. Heute würde man die Polizei rufen, wenn ein Kind bis abends im Gasthaus sitzen und mit den fluchenden, rauchenden Männern Karten spielen würde.«

»Hm«, machte Maša. »Schwierig, das zu werten. Aus heutiger Sicht kann man es jedenfalls nicht gutheißen.«

»Sehe ich auch so. Aber wenn jemand sagt, dass er damit schöne Kindheitserinnerungen verbindet, muss man das eben akzeptieren.«

Während sie auf das Haus zugingen, in dem der Küster wohnte, fragte Maša: »Und Ihre Großeltern mütterlicherseits? Stammen sie aus Dubrovnik?«

»Ja. Meine Mutter entstammt einer alten Patrizierfamilie, die bereits im späten Mittelalter in der Republik Ragusa ansässig war. Meine Vorfahren haben Dubrovnik nie verlassen.«

»Ihre Mutter entstammt einer Patrizierfamilie und hat einen Fischerssohn geheiratet?«, fragte sie verblüfft.

»So ist es.«

»Mein Gott, wie romantisch. Oder war Ihre Mutter eine Rebellin?«

»Ich denke, es war eine Mischung aus beidem.«

Sie kamen zur eisernen schwarzen Eingangspforte. Auf dem Steinpfosten daneben war ein Schild mit der Aufschrift »Apartmani Genoveva« angebracht. Es gab nur eine Klingel, Roko drückte darauf.

»Wow!« Maša war offenbar immer noch von Rokos Herkunft beeindruckt. »Wenn ich Sie wäre, würde ich ständig mit dieser Geschichte angeben.«

Roko sah sie an und lächelte. »Das würden Sie *nicht*.«

»Nein, das war nicht ernst gemeint. Aber es ist schon cool,

finde ich. Über solche Geschichten wurden Opern und Musicals geschrieben. Leben Ihre Eltern noch?«

»Nein, meine Mutter starb vor vierzehn Jahren an Krebs, zwei Monate vor Nona, die einen Hirnschlag erlitt. Mein Vater ist vor sechs Jahren vom Dach gestürzt, als er es nach einem Unwetter reparieren wollte.«

»Sind Ihre Eltern bis zu ihrem Tod zusammengeblieben?«

»Nein, die Ehe hat nicht gehalten. Sie sind aber ganz schön neugierig, Maša.«

»Ihre von Ihnen verehrte Vesna sagte mir gegenüber einmal, dass Neugier eine der wichtigsten Eigenschaften eines guten Polizeibeamten ist.« Im selben Moment ging die Haustür auf. Schnell flüsterte sie ihm noch zu: »Meine Neugier ist demnach ein Pluspunkt.«

»Dobro jutro«, grüßte Roko die Frau in der Eingangstür. Er schätzte sie auf Anfang fünfzig. Sie war schlank, trug das hellbraune Haar mittellang. Der beige Rock und die hellblaue Bluse waren schlicht, aber elegant. »Polizei Dubrovnik, Inspektor Roko Matić.« Mit einer Handbewegung zu seiner Kollegin ergänzte er: »Inspektorin Maša Marlais.«

»Kommen Sie doch bitte näher.«

Die Beamten öffneten die Pforte und gingen die wenigen Schritte auf die Frau zu. Sie blickte kurz auf die Ausweise, die Roko und Maša ihr entgegenhielten.

»Kriminalpolizei?«, fragte sie verwundert, wirkte jedoch nicht erschrocken.

»Wir möchten bitte mit Ante Mijoč sprechen.«

»Mit Ante? Warum? Was ist passiert?« Mit einem Mal sah sie besorgt aus.

»Sie sind die Eigentümerin des Hauses?«, wollte Maša wissen.

»Ja. Ich bin Genoveva Mijoč, Antes Schwester.«

»Ist Ihr Bruder zu Hause?«

Sie deutete ein Nicken an. »Ich führe Sie zu ihm.«

Nachdem sie eingetreten waren, erklärte Genoveva Mijoč: »Ante wohnt in einem der vier Apartments, die ich vermiete.«

Roko sah sich um, während sie durch den Flur mit grauen Fliesen und weinrot getünchten Wänden gingen. Am Ende des Flures klopfte Genoveva an eine weiße Tür mit schwarzer Klinke. Die Einrichtung gefiel Roko. Genoveva hatte entweder einen guten Geschmack oder einen guten Innenarchitekten.

»Ante, mach bitte auf. Hier sind Leute von der … Polizei, die dich sprechen möchten.«

Es wurde zögerlich aufgesperrt, dann ebenso zögerlich die Tür geöffnet. Der Mann trug einen grünen Jogginganzug, der bereits viele Male gewaschen worden war. Ante Mijočs Haare waren vom Liegen zerzaust. Er war groß und dünn, unrasiert und fahl im Gesicht. In seinem Blick lagen Skepsis und Angst. Roko grüßte und stellte sich und Maša vor.

»Was wollen Sie von mir?«, fragte Ante Mijoč geradeheraus.

»Dürfen wir hereinkommen?«

Ante warf seiner Schwester einen ängstlichen Blick zu, worauf diese zu den Beamten sagte: »Darf ich bitte dabei sein? Mein Bruder … Ich … habe mich immer um ihn gekümmert. Ante ist etwas … labil.«

»Ich bin nicht labil!«, blaffte dieser seine Schwester an. »Ich habe nur meine Schwächen, wie alle Menschen.«

Roko sah die Verärgerung im Gesicht des Mannes. Wie es aussah, hatte Ante Mijoč Probleme. Welcher Art auch immer.

Eine Minute später saßen Roko und Maša auf der Couch in Antes Zimmer. Die Möbel waren noch relativ neu, bemerkte Roko. Viel dunkles Holz, mit Weiß kombiniert. Die weinroten Accessoires fügten sich harmonisch ein. Das Zimmer war ordentlich und sauber. Einzig die benutzten Papiertaschentücher auf dem zerwühlten Bett störten das Gesamtbild. Ante saß seitlich auf dem Bett und ließ die Beine baumeln. Ein lautes und ausgiebiges Schnäuzen unterbrach die Stille.

Genoveva blieb stehen, hatte die Hände vor dem Bauch ineinander gekrallt und heftete ihren Blick auf ihren Bruder. Sie wartete mit stoischer Haltung auf das, was folgen sollte. Roko bemerkte, dass sie mit aller Kraft versuchte, sich ihre Anspannung nicht anmerken zu lassen.

»A ča van ja moren pomoć?«, fragte Ante Mijoč mürrisch. Wie kann ich Ihnen denn helfen? – in dalmatinischem Dialekt.

Auch wenn die dalmatinischen Wörter und Wortbildungen noch immer allgegenwärtig waren, war der Dialekt nicht mehr ganz so präsent wie früher, weil die jüngeren Generationen – besonders in den Städten – vermehrt das hochkroatische Štokavisch sprachen oder den Dialekt gewissermaßen abschwächten und mit dem Hochkroatischen vermischten. Rokos Nona und die Mutter wollten, dass Roko und Viko sich gut ausdrückten, und unterdrückten das Dalmatinische. Seine Großeltern auf Pelješac sprachen Dalmatinisch mit Leib und Seele, weshalb Roko den Dialekt bis heute liebte. Sie nannten die Wassermelone nicht *lubenica*, sondern *čatrun* und Kinder nicht *djeca*, sondern *mularija*. Der Vater hatte Dalmatinisch gesprochen, was Nona wie so vieles an Rokos Vater nicht gemocht hatte. Jeder Kroate konnte diesen Dialekt bis auf einige spezielle Wörter gut verstehen. Dennoch hatte seine Nona immer so getan, als spräche ihr Schwiegersohn Chinesisch mit ihr.

Roko schob die Gedanken beiseite und sagte zu Ante Mijoč: »Sie wissen demnach nicht, weshalb wir hier sind? Ich dachte eigentlich, dass Frau Šain Sie in der Zwischenzeit angerufen hat.«

Darüber schien Ante ehrlich verwundert. »Welche Zwischenzeit? Und wieso sollte Marija mich anrufen?«

»Gabrijel Jukić wurde heute Nacht ermordet.«

Schockiert öffnete Ante den Mund, brachte aber kein Wort heraus. Er ließ die Arme sinken, hielt das vollgeschnäuzte Taschentuch fest umklammert und rührte sich dann nicht mehr.

Seine Schwester rief: »O mein Gott!«, dann legte sie betroffen die Hand vor den Mund.

Roko ließ eine Pause entstehen, damit der Mann sich sammeln konnte. Im Zeitlupentempo schüttelte Ante den Kopf.

»Wie, ermordet? Warum? Und wer?« Er sprach die Worte so leise, dass Roko Mühe hatte, ihn überhaupt zu verstehen. Antes Blick war auf Maša gerichtet.

»Er wurde in seinem Bett getötet, während er schlief«, erklärte Maša. »Wir haben die Ermittlungen aufgenommen, Herr Mijoč.

Deshalb müssen wir uns zunächst in seinem nahen Umfeld umhören.«

Ante sah sie unverwandt an. »Aber er hat doch niemandem etwas getan. Er ist doch die Gutmütigkeit in Person.«

»Wir müssen Sie fragen, wo Sie heute Nacht waren, Herr Mijoč.« Maša hielt abwartend den Blick auf ihn gerichtet.

Roko warf ihr einen kurzen, aber vorwurfsvollen Blick zu, den sie für den Bruchteil einer Sekunde auffing. Er hätte mit dieser Frage noch gewartet, wäre nicht so forsch mit der Tür ins Haus gefallen.

»Wo soll ich schon gewesen sein?« Ante machte einen zischenden Laut, um sein Missfallen an dieser Frage zu äußern. »Ich war im Bett!«

Maša schien begriffen zu haben, dass ihre Frage übereilt gewesen war, weshalb sie mit freundlicherer Stimme erklärte: »Wir müssen das jeden fragen, der das Opfer kannte. Ich wollte Sie damit nicht erschrecken, Herr Mijoč.«

Darauf sagte er nichts, behielt jedoch Maša gegenüber seinen misstrauischen Blick bei.

Ein gutes Alibi hatte Ante nicht, überlegte Roko, auch wenn seine Schwester es bezeugen würde. Letztendlich konnte sie das gar nicht, weil Ante sich hätte hinausschleichen können, während sie schlief.

»Wie wurde Hochwürden getötet? Erschossen?«

»Nein«, antwortete Maša. »Mit einem Messer, an Hals und Brust.«

»Mein Gott, mein Gott«, grummelte Ante und schüttelte erneut ungläubig den Kopf. »War es ein Raubmord?« Er hustete in die Armbeuge, während Roko antwortete: »Frau Šain wird morgen in den Räumen nachsehen, ob etwas fehlt, und gegebenenfalls eine Liste erstellen.«

»Ach, da hat Marija ja jetzt einen Grund, sich mal wieder wichtigzumachen.« Er lachte verbittert auf. »Und wahrscheinlich hat sie Ihnen auch brühwarm meinen Lebenslauf erzählt.«

»Ante!«, mahnte ihn seine Schwester.

Roko fragte sich, weshalb sie ihren Bruder rügte. Weil er

schlecht über Marija sprach oder weil er seinen Lebenslauf erwähnte?

»Nein, das hat sie nicht, Herr Mijoč.«

Ante nahm ein frisches Papiertaschentuch aus der fast aufgebrauchten Packung und schnäuzte sich erneut. Als er damit fertig war, sagte er: »Das wundert mich aber. Sie war ja von Anfang an dagegen, dass er mich einstellt.«

»Warum?«, fragte Maša.

»Na ja, Sie werden es ja sowieso herausfinden. Vor acht Jahren war ich für ein paar Monate im Knast.«

»Gefängnis«, verbesserte ihn seine Schwester, als ob es die Sache besser machen würde.

»Wegen Körperverletzung«, fuhr Ante fort. »Eine Schlägerei vor einer Kneipe. Ich wollte den Kerl nicht schwer verletzen, wirklich nicht. Aber er ist mit dem Kopf gegen einen Container geknallt. Jedenfalls ist er eine Weile auf der Intensivstation gelegen. Später ging es ihm gut, und ich hab mich dann auch bei ihm entschuldigt. Aber vorbestraft bin ich deshalb trotzdem. An dem Abend hatte ich zu viel gesoffen …«

»Getrunken«, verbesserte seine Schwester.

Wenn sie nicht mit dem Sprachkurs aufhörte, musste Roko sie bitten, sich zurückzuhalten. Schließlich wollte er, dass der Befragte bei der Unterhaltung so authentisch wie möglich war.

»… und wenn ich was getrunken hatte, dann bin ich aggressiv geworden.« Er lächelte, sah dabei traurig und müde aus. »Im Gefängnis hab ich aufgehört zu trinken. Klar, zwangsläufig, aber seitdem hab ich keinen Alkohol mehr angerührt. Und im Gefängnis hab ich zu Gott gefunden, hab das Alte und das Neue Testament gelesen. Ich wurde ein besserer Mensch. Vom wilden Chaoten zum kleinkarierten Pedanten sozusagen.«

»Ante, sei doch nicht so streng mit dir«, ermahnte Genoveva ihren Bruder.

»Bitte lassen Sie Ihren Bruder dieses Gespräch mit seinen eigenen Worten führen«, sagte Roko. »Wie Sie das ansonsten miteinander handhaben, geht mich nichts an. Aber es bringt niemandem etwas, wenn er sich uns gegenüber verstellt.«

Genoveva wahrte Haltung, doch es war unübersehbar, dass sie konsterniert war. Ante schien verunsichert, wischte sich mit einer fahrigen Bewegung übers Gesicht.

»Ich danke Ihnen«, sagte Roko zu Genoveva, bevor er sich wieder ihrem Bruder zuwandte. »Erzählen Sie bitte weiter.«

Ein kurzer Blick zu seiner Schwester, die mit einem Nicken die Erlaubnis erteilte, dann fuhr Ante fort: »Und dann hat Gott mir geholfen, diese Arbeit zu finden. Meine Schwester hat die Stellenanzeige im Internet gefunden. Ich war Pfarrer Gabrijel gegenüber von Anfang an ehrlich und hab ihm gesagt, dass ich im Gefängnis war. Jedenfalls ist mein Leben von da an besser verlaufen. Bis dahin war ich wirklich eine *pegula*.«

Wenn Genoveva jetzt den Mund aufmachte und ihn mit »Pechvogel« verbesserte, würde Roko sie freundlich bitten, den Raum zu verlassen. Doch sie schwieg. Dass Ante seine Fehler teilweise auf Pech zurückführte und die Verantwortung für seine Taten damit relativierte, war für Roko keine Überraschung. Im Grunde schien Ante sogar mehr Verantwortung zu zeigen als die meisten Kriminellen.

»Wie hat der Pfarrer reagiert, als er von Ihrer Vergangenheit erfuhr?«, fragte Roko.

»Er hat gesagt, dass niemand ohne Fehler ist und dass ich Buße getan habe und bereue, allein darauf würde es ankommen.« Ante ließ den Kopf sinken. »Ich habe in meinem Leben nicht viele Leute respektiert. Meine Schwester respektiere ich, Hochwürden respektierte ich.« Ante hob wieder den Blick und sah Maša an. »Weil er aus den richtigen Gründen Pfarrer geworden ist, verstehen Sie? Aus tiefster Überzeugung. Er ist seiner Berufung gefolgt und wollte immer das Beste für die Menschen und die Kirche, auch wenn er einer vom alten Schlag war. Also halt eher konservativ und so. Die Ministranten haben sich über ihn lustig gemacht, weil er Handys und Fernsehen verteufelte.«

»Seit wann arbeiten Sie dort?«, fragte Maša.

»Seit sieben Jahren.«

»Frau Šain sagte, Sie sind als Küster tätig. Was genau sind denn Ihre Aufgaben?«

»Was ich mache? Alles Mögliche. Ich sperre morgens die Kirche auf und schließe sie abends ab. Ich bereite alles für die Gottesdienste vor, fülle Hostienschale und Kelch, lege den Text für die Predigt bereit und das Gewand für den Pfarrer, zünde die Kerzen an, läute die Glocken, und an Feiertagen schmücke ich die Kirche. Für meine Krippe zu Weihnachten ernte ich immer viel Lob, wissen Sie.« Er wartete tatsächlich auch jetzt auf ein Lob.

Roko tat ihm den Gefallen. »Das ist schön.«

Etwas Besseres war ihm so schnell nicht eingefallen. Maša war das offensichtlich keinen Kommentar wert. Sie war damit beschäftigt, seine Aufzählungen in ihren Notizblock zu schreiben.

»Dann wähle und betreue ich die Ministranten«, erzählte Ante weiter. »Ich helfe bei der Organisation von Beerdigungen, und während des Gottesdienstes gehe ich mit dem Klingelbeutel die Reihen entlang. Außerdem mähe ich den Rasen und kümmere mich um Reparaturarbeiten. Ich bin gelernter Elektriker, erledige aber sämtliche Handwerksarbeiten. Das war's, so alles in allem.«

»Beeindruckend«, kam es von Maša. »Ihre Arbeit ist sehr vielfältig, und Sie haben wahrlich eine Menge zu tun.«

»Ich liebe meine Arbeit, das macht mir deshalb nichts. Die Zeit vergeht wie im Flug. Montags habe ich frei, das genügt mir. Ich kann nur hoffen, dass sein Nachfolger ebenfalls mit mir zufrieden sein wird.« Für einen kurzen Augenblick schloss er die Augen. »Vielleicht halten Sie mich für abgebrüht, dass ich jetzt an so etwas denke, aber ich muss schließlich Geld verdienen, um zu leben.«

»Natürlich, Herr Mijoč«, sagte Roko. »In einer solchen Situation gehen einem Menschen viele Dinge gleichzeitig durch den Kopf.« Er nahm es Ante tatsächlich nicht übel, dass er sich im Moment um seinen Arbeitsplatz sorgte. Die meisten Menschen in derselben Situation hätten es nur einfach nicht ausgesprochen.

»War in letzter Zeit etwas anders als sonst? Ist Ihnen am Pfarrer etwas aufgefallen, oder hat sich etwas Ungewöhnliches ereignet?«

Nach kurzer Überlegung antwortete Ante: »Ja, doch. Seit letzter Woche war Hochwürden so still und nachdenklich.«

»Das hat auch schon Frau Šain geäußert. Können Sie sich daran erinnern, wann die Veränderung stattgefunden hat? Können Sie sich einen Grund dafür vorstellen?«

»Nein, keine Ahnung. Ich wollte ihn nicht fragen. Und wann das genau war, kann ich nicht sagen. Dienstag oder Mittwoch könnte es gewesen sein. Vielleicht ist auch am Montag schon was passiert, aber da habe ich meinen freien Tag.«

Roko stand auf, kurz darauf Maša. »Danke fürs Erste«, sagte Roko. »Bis wann sind Sie krankgeschrieben?«

»Ich war nicht beim Arzt.«

»Ach so?«

»Nein«, sagte er in einem Ton, als fände er Rokos Verwunderung darüber beleidigend. »Warum auch? Was hätte ein Arzt mir raten können, außer Ruhe und Hühnersuppe?«

»Müssen Sie denn kein Attest vorlegen, wenn Sie nicht zur Arbeit erscheinen?«

»Nein, bin ja nicht oft krank, und Pfarrer Gabrijel hat mir vertraut.«

»Gut, dann wünsche ich Ihnen baldige Genesung, Herr Mijoč. Allerdings habe ich eine Bitte. Wäre es Ihnen dennoch möglich, morgen Vormittag zum Pfarrhaus zu kommen?«

»Aber ich bin krank.«

»Ja, ich weiß. Vielleicht geht es Ihnen bis morgen schon etwas besser. Und es wird nicht lange dauern. Wir möchten uns einen Überblick verschaffen. Es gibt vielleicht auch ein paar Fragen, die nur Sie uns beantworten können.«

Ante blickte fragend zu seiner Schwester.

»Ich werde dich hinfahren«, sagte sie. Mit einem vorwurfsvollen Blick zu den Beamten fügte sie hinzu: »In seinem Zustand kann er schließlich nicht selbst fahren.«

Roko musste sich sehr wundern. Sie tat so, als steckte ihr Bruder vom Hals bis zu den Füßen in Gips. Roko hatte schon Arbeitstage mit Fieber und massiven Rückenschmerzen hinter sich.

»Ich werde da sein«, sagte Ante.

»Danke.« Roko legte seine Visitenkarte auf den Tisch. »Melden Sie sich bitte, falls Ihnen etwas einfallen sollte, das uns weiterhelfen könnte.«

»Das mache ich.«

Genoveva Mijoč führte sie wieder durch den langen Flur. Aus einer der Türen trat gerade ein Tourist und sagte: *»Good morning.«*

Genoveva nickte und erwiderte: *»Dobro jutro«*, obwohl es bereits elf Uhr dreißig war und der Morgen sich dem Ende neigte. Roko gefiel es, dass sie auf Kroatisch antwortete. Viele der Dienstleister an der kroatischen Küste antworteten bei Floskeln in der Sprache des jeweiligen Touristen, was Roko ärgerlich fand. Wenn ein Besucher schon nicht bereit war, ein paar wenige Wörter der Begrüßung auswendig zu lernen, dann musste man als Einheimischer den Gruß nicht auch noch selbst auf Italienisch, Deutsch oder Englisch erwidern.

Als sie zur Eingangstür kamen und Genoveva die Klinke in die Hand nahm, fragte Roko: »Wohnt Ihr Bruder schon länger in einem der Apartments?«

»Ante wollte nur für ein paar Wochen bleiben, aber nun sind es schon acht Monate. Sie wissen ja, wie schwierig es ist, in dieser Stadt eine Wohnung zu finden, geschweige denn eine bezahlbare.«

Roko nahm an, dass ihm mit Viko etwas Ähnliches bevorstand und dieser noch für eine ganze Weile bei ihm wohnen würde. »Das ist sehr großzügig von Ihnen, dass Sie ihn aufnehmen. Schließlich haben Sie dadurch Einbußen, weil das Apartment nicht vermietet werden kann. Oder bezahlt er dafür?«

»Nein, natürlich nicht«, antwortete sie mit einer Spur der Empörung in der Stimme. »Wir sind eine Familie, haben nur noch einander.« Schließlich ließ sie die Klinke los und erzählte: »Als wir unsere Eltern bei einem Autounfall verloren haben, war ich vierundzwanzig und Ante zwanzig. Er wurde dadurch … etwas krank. Depressionen und Angstzustände, verstehen Sie.« Genoveva machte eine kleine Pause, bevor sie fortfuhr: »Er war schon als Kind eine Art Einzelgänger. Ich habe mich immer um meinen kleinen Bruder gekümmert. Unsere Eltern besaßen ein

Restaurant und waren kaum zu Hause. Als Ante krank wurde, hat er mich gebraucht. Zu dieser Zeit plante ich gerade meine Hochzeit.« Ein verbittertes Lächeln, dann: »Meinem Freund wurde das alles zu viel, die Trauer um meine Eltern und Antes Erkrankung.« In der nächsten Sekunde bemühte sie sich merklich um Haltung und einen nüchternen Tonfall. »Jedenfalls ging es meinem Bruder dann besser, durch die Medikamente. Aber es gab auch Rückschritte, der Alkohol und ein paar sogenannte Freunde. Er sehnte sich wahrscheinlich danach, irgendwo dazuzugehören, aber diese Kerle hatten einen schlechten Einfluss auf ihn. Das Gefängnis war gut für Ante, so seltsam das klingt. Er entdeckte seinen Glauben und hörte auf zu trinken.«

»Aber …«, fing Maša an und schien nach den richtigen Worten zu ringen. »Deshalb hörte er nicht auf, eine labile Persönlichkeit zu sein, oder? Dafür kann er natürlich nichts, aber wie es aussieht, braucht er einen Halt im Leben, den er dann im Glauben fand.«

»Ich weiß nicht, was Sie damit ausdrücken möchten«, meinte Genoveva gereizt.

»Es war nur ein Gedanke, Frau Mijoč, weiter nichts.«

»Ante ist ein guter Mensch!« Sie blickte von Maša zu Roko. »Er könnte keine Ameise zertreten.«

In Anbetracht der Tatsache, dass er vor acht Jahren einen Mann beinahe zu Tode geprügelt hatte, schien Roko diese Behauptung ziemlich überzogen.

Als sie hinaustraten und Genoveva die Tür ins Schloss fallen ließ, sagte Maša: »Der Mann tut mir leid.«

»Ja? Warum? Hat er sich nicht selbst sein Leben verbaut, indem er Straftaten begangen hat und zum Alkoholiker wurde?«

»Ich meine doch seine Erkrankung. Manche Menschen zerbrechen eben an Schicksalsschlägen.«

Die Putzfrau Senka Ivandić wohnte am Kap Kantafig, im nördlichen Teil des Hafenviertels Gruž, zwischen dem Busbahnhof und der Brücke Franjo Tuđman. Sie fuhren ein Stück bergauf, dann parkte Roko den Wagen vor dem kleinen Haus, das im

Vergleich zu den imposanten Steinhäusern und den neu erbauten Villen geradezu verloren aussah, doch befanden sich die nächsten Nachbarn nicht in unmittelbarer Nähe, weshalb die geringe Größe des Häuschens weniger auffiel. Das kleine Grundstück war sauber und gepflegt, die Fassade des Hauses strahlend weiß und offensichtlich unlängst verputzt worden. Das ziegelrote Dach und die gleichfarbige Eingangstür bildeten einen hübschen Kontrast zum Weiß der Fassade.

Roko und Maša stiegen aus, dann blieb sie kurz stehen und blickte übers Meer nach Babin Kuk hinüber, einem exklusiven Teil der Halbinsel Lapad, der sich am anderen Ufer der Bucht befand.

»Heimweh?«, fragte Roko scherzhaft, weil Maša in Masarykov put am Park Petka wohnte, dem Westteil von Lapad.

»Nein, ich wundere mich nur, dass man nahe dem Hafen und dem Busbahnhof so schön wohnen kann. Wenn man über die Schiffe hinwegblickt, hat man einen tollen Ausblick von hier oben.«

»Sie waren noch nicht in diesem Teil der Stadt?«

»Nein, hier noch nicht. Aber ich kenne natürlich Gruž sehr gut«, fügte sie hastig hinzu. »Nur weil ich aus Imotski bin, heißt das nicht, dass Dubrovnik mir nicht vertraut ist.«

»Maša, Sie müssen sich doch nicht rechtfertigen, wenn Sie nicht jede Straße kennen.«

Seine nett gemeinten Worte hatten nicht die gewünschte Wirkung. Maša sah ihn grimmig an. »Ich wollte mich gar nicht rechtfertigen, sondern es nur erklären.«

»In Ordnung«, meinte Roko versöhnlich.

Während sie auf das Haus zugingen, fragte Maša: »Ist Gruž eigentlich ein neuerer Stadtteil?«

»Nein, die Geschichte von Gruž reicht bis ins 10. Jahrhundert zurück. Es ist die älteste Siedlung außerhalb der Stadtmauern.«

»Sehr facettenreiches Viertel. Mietshäuser, Privathäuser und Villen, Büros und Kleinunternehmen ...«

»Tja, wir Dubrovniker sind eben vielseitig.«

Sie lachte auf. »Das gefällt mir an euch Leuten hier. Ihr zeigt euren Stolz und die Liebe zu eurer Stadt nicht überheblich, sondern lasst es in eurer freundlichen und offenen Art immer wieder subtil einfließen.«

»Wirklich?« Roko lächelte und betätigte die Klingel, auf der »Vištica-Ivandić« stand. Der Familienname von Senkas Lebensgefährten bedeutete Hexe im dalmatinischen Dialekt. Kein allzu häufiger Familienname, doch kam er im südlichen Dalmatien manchmal vor. »Ach, eigentlich haben wir es gar nicht nötig, irgendwas einfließen zu lassen«, meinte Roko scherzhaft.

»Das war jetzt aber gar nicht subtil, lieber Roko.«

Niemand öffnete.

»Dann müssen wir wohl zu dem Hotel fahren, in dem Senka Ivandić arbeitet.« Er fragte nach dem Namen des Hotels, worauf Maša ihren Notizblock aus der Handtasche zog und nachsah.

»Hotel Rixos«, las sie ab.

»Oder wir warten noch eine halbe Stunde. Bis wann arbeitet ein Zimmermädchen? Höchstens bis mittags, nehme ich an.«

»Keine Ahnung«, murmelte sie und steckte den Notizblock wieder ein. »Wissen Sie, wo das Hotel ist? Oder soll ich googeln?«

»Ich weiß, wo es ist. Ein Fünf-Sterne-Hotel auf Lapad, an der Grenze zu Boninovo.«

»Ach so. Ich wohne auf der anderen Seite von Lapad, aber ich bin schon öfter daran vorbeigefahren, fällt mir gerade ein. Wollen wir hinfahren?«

»Lassen Sie uns noch ein bisschen warten, Maša. Ich kann mir nicht vorstellen, dass sie dort bis nachmittags zu tun hat.« Er setzte sich auf die weiß gestrichene Gartenbank, die neben der Eingangstür stand.

Maša nahm neben ihm Platz. »Aber vielleicht geht sie danach noch einkaufen oder besucht eine Freundin. Warum rufen Sie die Frau nicht einfach auf dem Handy an und sagen, sie soll nach Hause kommen?«

»Das tue ich ungern.«

»Warum?«

Roko seufzte. »Auch wenn ich es hasse, die Todesnachrichten zu überbringen, sehe ich dabei gerne den Gesichtsausdruck.«

»Sie sehen das gerne?« Maša verschränkte die Hände vor der Brust.

»Sie wissen genau, was ich meine. Es kann aufschlussreich sein.«

»Ja, aber die Leute können einem auch etwas vorspielen.«

»Natürlich können sie das, aber meistens merkt man es.«

»Aber manchmal auch nicht.«

»Sie können ganz schön anstrengend sein.«

Maša wandte ruckartig den Kopf. »Da hält ein Auto. Wenn wir Glück haben, ist sie das.« Sie standen gleichzeitig auf.

Nachdem die junge Frau ausgestiegen war, fuhr das Auto weiter. Sie ging auf das Häuschen und die Beamten zu. Senka Ivandić war unerwartet attraktiv, und im nächsten Moment fühlte Roko sich schlecht, weil er sie als Zimmermädchen und Putzfrau gedanklich in eine andere Schublade gesteckt hatte. Eine unbestimmte zwar, aber er hatte nicht damit gerechnet, dass sie groß, schlank und ausgesprochen hübsch sein würde. Das brünette Haar trug sie offen, die hellbraunen Augen sahen irritiert in Rokos und Mašas Richtung.

»Frau Senka Ivandić?«, fragte Maša.

»Ja?«

Die Beamten zeigten ihre Ausweise. »Polizei Dubrovnik«, sagte Roko und stellte sich und seine Kollegin namentlich vor.

»Polizei?«, flüsterte Senka wie zu sich selbst.

»Wir würden gerne mit Ihnen sprechen.«

Einen Moment lang stand sie einfach nur da, als ob sie sich nicht dazu entschließen könnte, die Tür aufzusperren. Schließlich tat sie es doch und ließ sie eintreten.

Sie saßen in dem kleinen, minimalistisch eingerichteten Wohnzimmer. Die Möbel waren entweder relativ neu oder in einem sehr guten gebrauchten Zustand. Regale und Kommoden waren aus Kiefernholz, was heutzutage kaum zu bekommen war, da längst aus der Mode. Aber vielleicht war das wieder im Kommen, und Roko wusste es nur nicht.

»Was wollen Sie denn von mir?« Senka wirkte nervös, was

nicht außergewöhnlich war. Willkommen war die Polizei so gut wie nie. Vesna hatte gemeint, nur Zahnärzte seien noch unbeliebter. Senkas tiefe, raue Stimme passte nicht zu der schüchternen und zartgliedrigen Person, fand er.

»Frau Šain und Herr Mijoč haben Sie nicht angerufen?«

Senkas Miene ließ darauf schließen, dass diese Vorstellung für sie befremdlich schien. »Nein. Warum hätten sie mich anrufen sollen?«

»Wir müssen Ihnen leider mitteilen«, setzte Roko an, »dass der Pfarrer Gabrijel Jukić heute Nacht in seinem Bett ermordet wurde.«

Mit einem Mal wurde sie kreidebleich. Plötzlich fing sie an, leicht den Kopf zu schütteln, als wollte sie es nicht wahrhaben.

»Kannten Sie ihn gut?«, fragte Maša.

»Was? Nein, nicht besonders. Ich meine, ich fand ihn nett und so, aber … Das ist ja schrecklich. Ermordet! Wer hat das getan?« Sie schluckte.

»Das wissen wir noch nicht«, antwortete Roko. »Deshalb ist es nötig, dass wir einige Befragungen durchführen.«

Senka nickte wie in Zeitlupe.

»Können Sie sich vorstellen, wer das getan hat?«, fragte Maša.

»Ich? Nein, keine Ahnung. Woher sollte ich das denn wissen?«

»Gibt es etwas, das Ihnen in letzter Zeit aufgefallen ist? Etwas, das anders war als sonst?«

»Was meinen Sie?«

»Haben Sie etwas Ungewöhnliches beobachtet? War der Pfarrer anders als sonst?«

Senka verneinte.

»Hm«, machte Maša, fragte dann: »Möchten Sie nicht erst darüber nachdenken?«

»Frau Šain und Herr Mijoč meinten, der Pfarrer sei seit letzter Woche stiller gewesen als sonst.« Roko sah sie direkt an. »Haben Sie ebenfalls eine Veränderung an ihm beobachtet?«

»Nein, aber ich hatte ja auch viel weniger mit ihm zu tun als Marija und Ante. Zusammengenommen waren es nur ein paar Minuten pro Woche, die wir miteinander gesprochen haben.«

Roko rutschte auf der Couch ein Stück nach vorne, als er freundlich fragte: »Haben Sie sich auch mal länger mit ihm unterhalten?«

»Eigentlich nicht.«

»Nie?«

»Nein. Ich mache einfach meine Arbeit, das ist alles, und er hat mich gegrüßt und in Ruhe gelassen. Kein Lob, aber auch keine Kritik. Das war mir recht so.«

»Sie arbeiten dort nebenberuflich?«

»Ja. Ich bin Zimmermädchen in einem Hotel. Den Putzjob in der Kirche mache ich dienstags und freitags von zwei bis fünf.«

»In Ordnung«, sagte Roko. »Wie gut kennen Sie die anderen Mitarbeiter?«

»Nicht besonders gut. Auf Ana, die Sekretärin, treffe ich nur freitags manchmal. Ante kann hin und wieder anstrengend sein, weil er mir Anweisungen gibt, als wäre er mein Arbeitgeber. Manchmal sage ich ihm, solange Pfarrer Gabrijel mit mir zufrieden ist, braucht er mir keine Verbesserungsvorschläge zu erteilen. Und manchmal ignoriere ich ihn einfach. Das kränkt ihn, obwohl ich es nicht tue, um ihn zu kränken. Ich will nur in Ruhe meine Arbeit machen, das ist alles.«

»Verstehe. Und was ist mit Marija Šain?«

»Was soll mit ihr sein?«, fragte Senka und räusperte sich.

»Kommen Sie gut miteinander aus?«

Senka nahm einen tiefen Atemzug, um Zeit zu gewinnen, die richtigen Worte zu finden. »Marija ist in Ordnung, aber … sie nimmt ihre Arbeit ein bisschen zu wichtig.«

»Wie meinen Sie das?«

»Sie ist Haushälterin, tut aber so, als würde ohne sie alles zusammenbrechen.«

Mittlerweile hatte Roko sich an Senkas raue Stimme gewöhnt und fand sogar, dass sie damit ihre zierliche Gestalt und das offenbar geringe Selbstwertgefühl gewissermaßen relativierte, weil sie sich so robuster anhörte.

»Gab es in letzter Zeit Konflikte in der Pfarrei?«, fragte er.

»Nicht dass ich wüsste.«

»Leider muss ich Sie das jetzt fragen, Frau Ivandić. Heute Nacht waren Sie zu Hause?«

Sie wich ein Stück mit dem Oberkörper zurück. »Ja natürlich. Mein Freund und ich sind um elf Uhr schlafen gegangen und gemeinsam um sechs Uhr aufgestanden.«

»Wem gehört dieses Haus?«

»Bald wird es uns gehören. Veljkos Tante hat es uns günstig verkauft. Veljko, mein Freund, hat dafür einen Kredit aufgenommen. Damit wir die Raten zahlen können. Ich arbeite nebenbei als Putzfrau, und Veljko jobbt auf dem Bau als Maurer und auch nebenbei ...«

Roko begriff, warum sie nicht weitersprach. Senkas Freund arbeitete nebenbei schwarz für Leute, die ein Haus bauten und sowohl günstig als auch unkompliziert einen Maurer brauchten. Die beiden jungen Leute schienen eine Vision zu haben und arbeiteten hart, um ihr bescheidenes Leben solide führen zu können, weshalb er das mit der Schwarzarbeit ihres Freundes einfach ausblendete.

Roko ließ ihr seine Visitenkarte da und forderte sie auf, sich zu melden, wenn ihr noch etwas einfallen sollte. Gerade als Senka sie hinausbegleitete, kam ein Mann auf das Haus zu.

»Veljko!« Senka ging ihm entgegen.

Er war schlank und muskulös, mit tätowierten Armen und einem fransigen Haarschnitt. Seine Jeans und das schwarze T-Shirt waren schmutzig und staubig. Fragend blickte der Mann in die Gesichter der Beamten.

»Das ist die Polizei«, erklärte Senka ihrem Freund. »Pfarrer Gabrijel ist heute Nacht ermordet worden.« Ihre Stimme zitterte.

»Der Pfarrer, für den du arbeitest?«

»Ja.«

»Das ist ja furchtbar! Wer hat das getan?« Er schien beherrscht, aber vielleicht musste er es auch sein, überlegte Roko, mit einer Freundin wie Senka. Offenbar hatte hier jemand Zerbrechliches einen Fels in der Brandung gefunden. Und Veljko hatte ebenfalls einen Halt gefunden, schoss es Roko durch den

Kopf. Nüchterne Menschen sehnten sich manchmal nach jemand Schüchternem, Melancholischem.

»Wir haben die Ermittlungen aufgenommen und suchen nach dem Täter«, beantwortete Roko Veljkos Frage. »Sie kommen immer so früh nach Hause?«

»Nein, aber die Baustelle, auf der ich zurzeit arbeite, ist nicht weit entfernt. Ich habe gerade Mittagspause.« Dann legte er tröstend den Arm um seine Freundin. »Was wollen Sie denn von Senka?«

»Wir befragen jeden, der in regelmäßigem Kontakt zum Opfer stand, Herr …«

»Veljko Vištica.«

»Soll ich denn morgen überhaupt zur Arbeit gehen?«, fragte Senka.

»Ja, bitte kommen Sie morgen dorthin. Es werden sich noch einige Fragen ergeben, und dann ist es gut, wenn alle anwesend sind. Gehen Sie einfach ganz normal Ihrer Arbeit nach.«

»Ganz normal?«, schnaubte Veljko verächtlich, dann legte er auch seinen anderen Arm um Senka und drückte sie an sich.

»Das finde ich seltsam«, sagte Maša, kaum dass sie sich ins Auto gesetzt hatten. »Das Ganze nimmt sie ziemlich mit, obwohl sie mit dem Pfarrer kaum zu tun hatte, wie sie sagt.«

»Vielleicht ist sie generell sensibel oder hat gerade große Probleme, und nun kommt auch noch das hinzu. Man weiß nie.« Roko startete den Wagen, um nach Boninovo zu fahren, das zwischen Gruž und der Altstadt lag, um die Sekretärin Ana Prović zu befragen. Er beschloss, über die Jadranska cesta zu fahren, statt die verkehrsreiche Hauptstraße am Hafen zu nehmen. Die Strecken waren ungefähr gleich lang, doch ging es so wesentlich zügiger.

»Trotzdem ist es merkwürdig«, meinte Maša. »Natürlich ist sie schockiert, aber sie sagt doch, dass sie nur wenig miteinander zu tun hatten.«

»Möglicherweise finden wir heraus, dass das nicht der Wahrheit entspricht.«

»Würde mich nicht wundern. Einige Pfarrer haben ihre Leichen im Keller, nicht wahr? Vielleicht hatte er eine Affäre mit ihr?«

»Ausschließen möchte ich nichts, scheint mir aber unwahrscheinlich. Sie hat den jungen, attraktiven Veljko, mit dem sie eine Zukunft plant, und geht dann eine Affäre mit einem sechsundfünfzigjährigen, übergewichtigen Pfarrer ein? Das ist mir zu skurril.«

»Es gibt die verrücktesten Geschichten. Das wissen Sie doch. Vielleicht hat sie für Geld mit ihm geschlafen.«

»Würde er nicht eher anonym zu einer Prostituierten gehen, statt die Putzfrau für Sex zu bezahlen?«

»Aber vielleicht hat gerade das den Reiz ausgemacht. Die Früchte des Verbotenen. Na, Sie wissen schon.«

Roko hob die Augenbrauen, um Maša zu demonstrieren, dass ihm das Gespräch zu abwegig geriet.

Sie winkte ab. »Schon gut. Ist Ihnen zu unangenehm.«

»Damit hat das nichts zu tun. Wir sollten uns nur nicht vorschnell in solchen Theorien verlieren.«

»Wahrscheinlich haben Sie recht.«

Roko parkte in der Ulica Između tri Crkve, der Straße zwischen drei Kirchen. Die drei Kirchen, nach denen die Straße benannt worden war, standen in kurzen Abständen zueinander. Auf dem Terrain befanden sich außerdem noch ein Kloster und Dubrovniks größter Friedhof, der etwa gleichzeitig mit dem Niedergang der Republik Ragusa 1808 errichtet worden war. Hinter der hohen Steinmauer lagen auch Rokos Mutter und Nona begraben. In früheren Zeiten wurden Adlige und Edelleute auf Lapad beigesetzt, auf dem Friedhof an der Kirche Sveti Mihajlo. Dort hatten auch Rokos Vorfahren ihre letzte Ruhestätte gefunden. Sein Vater sollte nicht im Familiengrab in Boninovo bestattet werden, hatte Nona damals beschlossen, auch wenn die Eltern sich nie offiziell hatten scheiden lassen. Das Grab seines Vaters war auf Pelješac, gemeinsam mit dem seiner Großeltern, auf deren Grabstein nur selten frische Blumen waren. Roko hatte nicht viel Zeit, und Viko besuchte keine Friedhöfe, weil er sie extrem frustrierend fand, wie er es ausdrückte.

Ana Prović lebte in einem Wohnhaus mit sechs Parteien. Das Haus war jüngeren Datums, mit flachem Dach und anthrazitfarbenen Fenstern und Türen.

»Hübsches neues Mietshaus«, kommentierte Maša, als sie ausgestiegen waren.

»Ja, besonders wenn man bedenkt, wie schwierig es ist, in Dubrovnik dauerhaft eine Wohnung zu bekommen.«

Mittlerweile waren Vermieter dazu übergegangen, ihre Wohnungen lieber von Frühjahr bis Herbst an Touristen zu vermieten als ganzjährig an Einheimische. Es brachte eben mehr Geld. Die Nachfrage der Einwohner stand in keinem Verhältnis zum Angebot. Für die meisten Menschen waren die Wohnungen unbezahlbar geworden. Handwerker, Dienstleister und Pflegepersonal – und alle anderen mit niedrigen Gehältern – lebten bei Eltern oder Schwiegereltern, in winzigen Wohnungen, zur Untermiete, oder sie pendelten und verbrauchten dabei jede Menge Benzin.

»Wie sind Sie eigentlich an die Wohnung in Lapad gekommen, Maša?«, fragte Roko, während sie auf den Hauseingang zugingen.

»Meine Eltern haben mir die Wohnung als Hochzeitsgeschenk gekauft. Die Ehe hat nicht lange gehalten, aber ich durfte die Wohnung trotzdem behalten.«

Sie blieben vor der Eingangstür stehen, Roko suchte nach dem Namensschild. Er fand den Klingelknopf neben der Ziffer Zwei, die die Etage anzeigte. »Oreb-Prović«.

»Ein sehr großzügiges Geschenk von Ihren Eltern.«

»Ja. Dabei sind sie alles andere als reich. Einen Teil hatten sie angespart, einen Teil geliehen, und mein Vater hatte einen Kredit aufgenommen. Nach meiner Scheidung wollte ich die Wohnung verkaufen und ihnen das Geld wiedergeben, aber meine Mutter sagte, lieber würde sie sich in den Blauen See stürzen, als das zuzulassen.«

»Oh, Ihre Frau Mutter scheint etwas melodramatisch zu sein.«

»Etwas, ja.«

Endlich ging der Türsummer. Im zweiten Stock erwartete sie eine Frau mit klatschnassem blonden Haar, die zu einer schwarzen Stoffhose ein graues Hemd trug, das ihr mindestens eine Nummer zu groß war. Roko nahm an, dass sie es sich auf diese Weise zu Hause bequem machte.

»*Dobar dan*. Sie sind von der Polizei, nehme ich an?«

Roko bejahte und stellte sich und seine Kollegin vor. »Sie sind Ana Prović?«

Die Frau schüttelte den Kopf. »Ich bin Nina Oreb und wohne mit Ana zusammen. Sie ist auf dem Weg und kommt gleich nach Hause. Kommen Sie bitte herein. Entschuldigen Sie, dass Sie unten warten mussten, aber ich war im Bad.« Die nassen Haare schienen ihre Aussage zu bestätigen. Nina Oreb führte sie ins Wohnzimmer. »Setzen Sie sich doch.«

Sie bedankten sich und nahmen auf der weißen ledernen Dreisitzercouch Platz.

»Möchten Sie etwas trinken?«

»Nein danke«, antworteten Roko und Maša gleichzeitig.

Die junge Frau setzte sich ihnen gegenüber auf den Zweisitzer, zwischen ihnen stand ein grauer Marmortisch.

Roko ließ den Blick über das Wohnzimmer schweifen. Die Einrichtung war kühl, mit weißen und grauen Möbeln. Kein Kruzifix weit und breit, genau wie bei Senka Ivandić. Wie es aussah, war nur Ante Mijoč ein wirklich gläubiger Mitarbeiter der Kirche. Ein Bild in Postergröße hing an der Wand, das Nina und eine andere Frau zeigte, lachend nebeneinander, Nina hatte den Arm um die Frau gelegt.

»Ist das Ana Prović?«, wollte Maša wissen und deutete auf das große Foto.

»Ja«, antwortete Nina, ohne sich nach dem Bild umzudrehen.

Maša wartete kurz, ob sie noch etwas hinzufügen würde, dann fragte sie: »Woher wussten Sie gleich, dass wir von der Polizei sind?«

»Ana hat mich angerufen und erzählt, was passiert ist.«

»Woher weiß sie es?«

»Marija hat sie angerufen.«

Zumindest Marija und Ana schienen miteinander auszukommen, überlegte Roko. Er musterte Nina so unauffällig, wie es ihm möglich war. Sie wirkte unaufgeregt, hatte nonchalant die Arme auf die Knie gestützt und sah ihnen selbstbewusst in die Augen. Nina war keine klassische Schönheit, vielmehr besaß sie das, was man allgemein als das gewisse Etwas bezeichnete.

»Sind Marija und Ana befreundet?«, fragte Roko.

»Befreundet?« Darüber musste sie nicht lange nachdenken. Die Frage schien sie sogar zu erheitern. »Nein, sind sie nicht. Dass sie Ana angerufen hat, ist wohl eher eine Art Pflicht gewesen. Schließlich ist der gemeinsame Arbeitgeber umgebracht worden.«

Eine recht nüchterne Bezeichnung, fand Roko, aber letztendlich war das Opfer für Nina Oreb nur der Arbeitgeber ihrer Freundin. Dass Marija sich nur bei Ana gemeldet hatte, teilte er Nina nicht mit.

»Sie sagten, Ihre Freundin komme gleich. Wo ist sie gerade?«

»Ana arbeitet dienstags und donnerstags als Aushilfslehrerin an der Wirtschaftsschule. Sie unterrichtet dort Rechnungswesen. Schon lange versucht sie, eine Festanstellung an einer Schule zu bekommen, aber das ist nicht so einfach.«

»Dann würde sie den Job in der Kirchenverwaltung aufgeben müssen.«

»Ja, wahrscheinlich.« Nina lächelte kurz darüber. »Sie hängt immer noch an Pažina, obwohl sie es nicht zugeben würde.«

»Wie kommt es, dass Sie um diese Zeit zu Hause sind, Frau Oreb?«

»Ich habe heute meinen freien Tag, Inspektor.«

»Und was machen Sie beruflich?«

»Ich arbeite am Flughafen, bin Fluglotsin.«

Für eine Sekunde war Roko überrascht, wie bescheiden sie das erzählte, wenn man bedachte, wie anspruchsvoll dieser Beruf war.

Im nächsten Moment war der Schlüssel in der Eingangstür zu hören. Kurz darauf kam Ana Prović ins Wohnzimmer. Roko schätzte sie auf Anfang dreißig, im selben Alter wie Nina. Sie trug das brünette Haar in einem Pagenschnitt, die Jeans und das rote Shirt mit einer eleganten Lässigkeit. Sie hatte ein nettes Gesicht mit einer bewundernswert glatten Haut. Die etwas kräftige Nase tat dem Gesamtbild keinen Abbruch. Nach einer Begrüßung setzte Ana sich neben Nina auf die Couch.

»Marija hat mich in meiner Mittagspause angerufen.« Sie klang etwas außer Atem. »Deshalb dachte ich, dass Sie mich befragen wollen. Deswegen bin ich nach meinem Dienst gleich nach Hause geeilt.« Sie fing an, den Kopf zu schütteln. »Ich fasse das einfach nicht. Warum bringt jemand Pfarrer Gabrijel um? Dieser Mann war doch die Gutmütigkeit in Person.«

Als Roko fragte, ob ihr in letzter Zeit Veränderungen aufgefallen seien, beschrieb sie es ähnlich wie Marija und Ante. »Pfarrer Gabrijel war auf einmal so niedergeschlagen. Gefragt habe ich ihn nicht danach. Eigentlich ist Marija diejenige, die ihn am besten kannte – und Jere wahrscheinlich auch.« Roko wollte gerade fragen, wer das sei, doch Ana kam ihm zuvor: »Das ist der Sohn der Didovićs. Er ist neunzehn und Ministrant. Jere und Pfarrer Gabrijel hatten einen guten Draht zueinander. Als Kind hat er viel Zeit mit Pfarrer Gabrijel verbracht.«

»Danke für die Information, Frau Prović.« Aus den Augenwinkeln sah er, dass Maša sich Notizen machte.

»Übrigens, ich war die ganze Nacht zu Hause und habe geschlafen. Nina kann das bezeugen.«

Sowohl Nina als auch Roko und Maša waren kurz etwas überrascht darüber, wie unvermittelt Ana das in den Raum geworfen hatte.

»Ähm … ja klar kann ich das bezeugen«, sagte Nina.

Roko hob kurz die Hände. »Wir haben zwar noch nicht danach gefragt, aber gut zu wissen.«

Ana versuchte ein Lächeln. »Ich meine ja nur, weil Sie das doch bestimmt wissen müssen. Von den Leuten, die ihn kannten. Ich wollte es einfach gesagt haben.«

»Das ist in Ordnung, Frau Prović. Erzählen Sie uns bitte, wie gut Sie den Pfarrer kannten.«

»Ich komme aus Pažina, und vor ein paar Jahren bin ich von dort weggezogen. Sonntags fahre ich nach Pažina und besuche mit meinen Eltern den Gottesdienst. Ehrlich gesagt mache ich das weniger für mich als vielmehr für meine Eltern und den Pfarrer, weil ich sie alle drei gernhabe und es ihnen viel bedeutet.« Ana machte eine bedauernde Grimasse und warf ihrer Freundin einen Blick zu. »Nina meint, dass ich in dieser Hinsicht unaufrichtig bin, weil ich … na ja … nicht besonders gläubig bin, aber ich mag meinen Job, liebe meine Eltern und schätzte Pfarrer Gabrijel. Deshalb bringe ich dieses …«, mit den Fingern in wörtliche Rede gesetzt, »Opfer.«

»Kann ich verstehen«, meinte Roko.

»Ich kannte ihn also recht gut, wenn man das so sagen kann.«

»Wie kamen Sie mit ihm aus? Was war er für ein Mensch?«

Ana lehnte sich auf der Couch zurück und seufzte. »Ich finde es schwierig, ihn zu beschreiben.« Etwas Ähnliches hatte auch schon Marija gesagt.

»Versuchen Sie's bitte«, insistierte Roko.

»Ich hatte ihn gern. Er war immer höflich, aber ins Herz geschlossen habe ich ihn nicht. Pfarrer Gabrijel hatte so eine Schutzmauer um sich rum, etwas Distanziertes. Anders kann ich es nicht beschreiben. Er war in jeder Hinsicht ziemlich oldschool. Computer und Handys waren für ihn Teufelszeug.«

Maša sah Ana nickend an. »Sie arbeiten im Pfarrhaus nicht mit einem Computer?«

»Wo denken Sie hin. Alles wird manuell erledigt. Auf die gute alte Art – wie der Pfarrer zu sagen pflegte. Ich habe versucht, ihm zu erklären, es sei wahrscheinlicher, dass ich einen Fehler mache als der Computer. Darauf meinte Pfarrer Gabrijel freundlich, ich solle halt bitte keine Fehler machen.«

Nina rutschte ein kurzes Lachen heraus, woraufhin sie sich verlegen die Hand auf den Mund legte.

Roko fand es etwas unpassend, dass sie sich kurz nach seiner Ermordung über den verschrobenen Pfarrer amüsierte, doch er verurteilte sie nicht. Es war nun einmal ein Unterschied, ob man das Opfer persönlich gekannt hatte oder nicht. »Haben Sie sich auch mal über private Dinge mit ihm unterhalten?«

»Über Privates? Nein, nie. Er ging nie auf die private Ebene, hatte keine Ahnung von meinem Leben oder ich von seinem. Dabei hätte es mich schon interessiert, aus was für einer Familie er kam und wie er als junger Mensch war. Das hätte ich mich aber nicht zu fragen getraut. Es war ein Tabu, und das wusste ich, ohne dass er es aussprechen musste.«

»Wie ist es bei den anderen Angestellten?«

»Ich bezweifle, dass es bei denen anders war.«

»Und wie gut kennen Sie sich untereinander?«

Ana zuckte die Schultern. »Also Senka kenne ich so gut wie gar nicht. Freitags treffen wir manchmal aufeinander, aber insgesamt haben wir keine hundert Worte gewechselt. Sie ist scheu wie ein Reh, und ich habe Angst, dass sie vor Schreck den Mopp fallen lässt, wenn ich sie ansprechen würde. Und Ante, den lässt man am besten in Ruhe. Wenn er schlecht gelaunt ist, blafft er einen nur an. Aber seine Arbeit macht er gut, ist zuverlässig und fleißig.«

»Und was ist mit Frau Šain?«

»Ach Gott, Marija.« Ana lächelte milde. »Sie hält sich für unabkömmlich. Manchmal hat sie Pfarrer Gabrijel verhätschelt wie ein Kind. Wir haben immer gemeinsam zu Mittag gegessen, weil Pfarrer Gabrijel mich mochte und es zu schätzen wusste, dass ich jeden Sonntag von Boninovo nach Pažina fahre, um zur heiligen Messe zu gehen. Ante und Senka hätten übrigens auch mitessen können. Pfarrer Gabrijel hat sie mehrmals eingeladen, aber sie wollten nicht. Ich schätze, Senka aus Schüchternheit und Ante, weil er nicht gerade ein geselliger Typ ist. Bei Tisch unterhält man sich miteinander und muss die eine oder andere Frage beantworten, was Ante wahrscheinlich zum Kotzen gefunden hätte. Entschuldigen Sie.«

»Schon gut«, sagte Maša. »Sie sagten, Marija hätte den Pfarrer verhätschelt. Können Sie das näher beschreiben?«

Ana beugte sich nach vorne und stützte die Arme auf den Knien ab, wie Nina es zuvor getan hatte. Dadurch sahen sie für Roko so aus, als würden sie für ein Foto posieren. »Marija hat nie eine Gelegenheit ausgelassen, ihn zu loben, wenn er aufgegessen hat, oder ihn zu kritisieren, wenn er nicht genügend Gemüse auf den Teller tat.«

»Aha«, sagte Maša und sah Ana nachdenklich an. »Frau Šain hatte ihn offenbar gern.«

Darauf reagierte Ana nicht.

»Sie scheint eine starke Frau zu sein und trägt seine Ermordung mit Fassung.« Maša sah Ana immer noch abwartend an.

»Ja, was soll sie auch machen«, meinte Ana. »Für uns alle ist es ein Schock, aber letztendlich … Na ja, wir waren mit ihm nicht verwandt oder befreundet, dass wir jetzt am Boden zerstört wären.« Bedauernd presste sie die Lippen aufeinander und sah die Beamten an.

»Hoffentlich haben sie das jetzt nicht falsch verstanden«, sagte Nina zu ihrer Freundin.

Ana blickte von Maša zu Roko. »Sie verstehen doch, was ich meine?«

»Ja, tun wir«, versicherte Roko. »Machen Sie sich darüber keine Gedanken. Eines wüsste ich noch gerne. Verzeihen Sie meine Neugier, aber das bringt der Beruf so mit sich. Sind Sie beide ein Paar?«

Nina lehnte sich zurück und wartete darauf, was Ana antworten würde.

»Ja.« Ana hob die Handflächen nach oben. »Warum interessiert Sie das? Es hat doch nichts mit dem Mord zu tun?«

»Wie gesagt, berufsbedingt möchte ich so viele Informationen wie möglich. Aber ich kann verstehen, dass Sie die Frage als zu persönlich empfinden. Obwohl es heutzutage doch keinen Grund mehr gibt, es verdeckt zu halten.«

»Erklären Sie das doch mal meinen katholisch-konservativen Eltern.« Anas Stimme hörte sich eher traurig als unfreundlich an.

»Sie wissen es nicht?«

»Nein, natürlich nicht.«

»Ach, sicher wissen sie es«, erwiderte Nina.

»Unsinn«, meinte Ana.

»Zumindest ahnen sie es.«

»Auf keinen Fall.«

Nina sah ihrer Freundin ins Gesicht. »Als ich es meinen Eltern sagte, haben sie zugegeben, dass sie es schon immer geahnt hätten.«

»Deine Eltern sind ja auch liberale Akademiker. Meine Eltern sind mit Hühnern und der Bibel aufgewachsen.«

Nina verdrehte die Augen. »Wie du meinst.«

»Sie haben einen anderen Familiennamen als Ihre Eltern«, sagte Maša. »Waren Sie mal verheiratet?«

»Ja. Vor acht Jahren habe ich geheiratet, aber schon nach einem Jahr ist das in die Brüche gegangen. Wegen … Sie wissen schon. Ich dachte damals, dass ich mich vielleicht dazu zwingen könnte, aber das konnte ich nicht, und ich wollte das auch nicht mehr. Danach fühlte ich mich befreit, aber Ivan hat mir auch leidgetan. Er war ein guter Mensch, und irgendwie hat er das alles lange nicht verstanden. Wir sind aber immer noch befreundet.«

»Das ist erfreulich«, sagte Roko ehrlich. Er stand auf und legte seine Visitenkarte auf den Tisch. »Melden Sie sich bitte, falls es noch etwas gibt, das wir wissen sollten. Aber wir sehen uns morgen wieder.«

»Ach ja?«, fragte Ana überrascht.

Maša erhob sich nun ebenfalls. »Erscheinen Sie morgen bitte ganz normal zur Arbeit. Die Kirche wird durch den Mord ja nicht aufgelöst. Und der nächste Pfarrer benötigt ebenfalls Personal. Weshalb sollte er sich nach neuen Leuten umsehen, wenn dort schon ein eingespieltes Team ist.«

»Ja klar.« Ana stand auf, um sie zur Tür zu begleiten. »Es kommt irgendwann ein anderer Pfarrer, aber dann wird alles anders. Es war so verdammt unkompliziert, für Pfarrer Gabrijel zu arbeiten.«

»Der Küster und die Putzfrau wirken betroffen. Die Haushälterin und die Sekretärin nicht besonders. Sollte uns das etwas sagen?«

Roko blickte durch die Frontscheibe des Autos. »Nicht unbedingt. Wissen Sie was? Sie fahren.«

Beide stiegen gleichzeitig aus und tauschten die Plätze. Maša ließ den Wagen an. »Es macht Ihnen nichts aus, dass ich Ihr Auto fahre? Männer sind ja in dieser Hinsicht etwas eigen.«

»Ich habe Sie mal sagen hören, dass Sie von diesen Männer-Frauen-Klischees genervt sind. Jetzt bedienen Sie selbst eines.«

Maša schmunzelte, als sie losfuhr. »Okay, das stimmt. Sie haben mich erwischt.«

»Ich fahre nicht gern Auto. Genau genommen fahre ich nur, weil ich muss.«

»Wirklich? Also ich fahre gern.«

»Gut, dann genießen Sie es. Wenn Sie einverstanden sind, essen wir einen Happen im ›Pantarul‹, bevor wir in den MUP fahren.«

»In Ordnung.«

Dann hingen sie eine Weile ihren Gedanken nach, bevor Maša den Wagen auf die Straße Put od Republike lenkte.

Roko blickte nach links aus dem Fenster, an Maša vorbei.

Wie so häufig an den Straßenrändern Dubrovniks bildete ein Ensemble kräftigen Grüns die Trennlinie zwischen dem Asphalt und dem Meer. Manchmal war die Vegetation eine wilde Mischung, die eine hübsche Einheit markierte. Kleinere und größere Palmen, Pinien, Zypressen, Kakteen, Agaven … Das Meer dahinter war tiefblau und ruhig, noch nicht von unzähligen Booten, Yachten und Jetskis belagert. In wenigen Wochen würde sich das ändern.

»Ich muss gerade daran denken, wie ich mich während meiner Ausbildung in Zagreb nach dem Meer gesehnt habe.«

Maša warf ihm einen kurzen Blick zu, dann sah sie wieder geradeaus. »Ich bin ja nicht am Meer aufgewachsen, aber ich kann verstehen, dass man es vermisst, wenn man fortgeht. Haben Sie sich in Zagreb nicht wohlgefühlt? Ich hatte dort jedenfalls eine gute Zeit.«

»Ja, ich auch. Trotzdem war ich froh, wieder daheim zu sein.«

»Das Schöne an Dubrovnik ist, dass man mitten in der Stadt das Flair eines Städtchens hat. Zweispurige Straßen, üppiges Grün, mediterrane Häuser und kleine Läden. Und die Touristen quetschen sich in der Altstadt aneinander. Ich beneide Sie nicht, dass Sie in der Altstadt wohnen.« Einen Moment später sagte sie: »Doch, eigentlich beneide ich Sie darum.«

Roko lachte auf. »Sie sind so erfrischend ehrlich.«

»Ist das gut?«

»Meistens schon.«

»Ja, ich weiß. Manchmal muss man lügen, um professionell zu sein oder gemocht zu werden.«

Das »Pantarul«, was auf Dalmatinisch Gabel bedeutete, lag nicht weit vom MUP entfernt. Es erforderte einen Umweg von nur wenigen Minuten. Roko mochte die schnörkellose Einrichtung und die Kombination von traditioneller und moderner Küche.

Sie bestellten eine Flasche Mineralwasser, für Maša die Tagessuppe und für Roko ein vegetarisches Risotto.

»Werden Sie davon satt?«, fragte Roko.

»Mir genügt eine Suppe. Ich bin eher ein Abendesser. Wenn ich nach Hause komme, koche ich. Und Sie? Werfen Sie ein Schälchen Nudeln in die Mikrowelle oder schieben eine Pizza in den Ofen?«

»Warum glauben Sie, dass ich nicht kochen kann?«

»Können Sie's?«

Seine Antwort kam verzögert. »Nein, eigentlich nicht. Aber das konnten Sie ja nicht wissen.«

»Offensichtlich konnte ich es doch.«

»Zurzeit wohnt mein Bruder bei mir. Er ist ein hervorragender Koch. Ich frage mich, warum er nie in Erwägung gezogen hat, als Koch zu arbeiten.«

Der Kellner brachte das Mineralwasser und zwei Gläser.

»Was macht Ihr Bruder beruflich?«, wollte Maša wissen.

»Mal dies, mal das. Momentan jobbt er abends in einem Café. Haben Sie Geschwister?«

»Einen älteren Bruder. Er arbeitet in der Krankenhausverwaltung. Wir haben viel gemeinsam.« Sie lächelte kurz darüber. »Beide waren wir nur ein paar Monate verheiratet, und wir haben beide keine Kinder. Unser Vater geht damit einigermaßen gut um, aber unsere Mutter … Na ja, sie ist eine Drama-Queen.

Keine Enkel, womit hat sie das nur verdient – Sie wissen schon. Und wie lange waren Sie verheiratet, Roko?«

»Drei Jahre.«

»Auch nicht allzu lange. Ebenfalls schwer verliebt gewesen und dann überstürzt geheiratet?«

»Kann man so sagen. Es gab vieles, das wir vorher hätten klären sollen, aber das haben wir irgendwie versäumt. Wegen meiner Karriere war ich nur selten zu Hause, und Korina war noch jung, als wir heirateten, erst zwanzig.«

»War sie schwanger?«

»Ja.«

»Aber Sie hätten ja noch nicht heiraten müssen.«

»Korinas Eltern sind ziemlich konservativ.«

»Ach ja, man nimmt vielleicht zu viel Rücksicht auf die Eltern, was das eigene Leben angeht. Irgendwann wollte ich das einfach nicht mehr. Als mich mein Mann betrogen hat, hab ich die Scheidung eingereicht. Es war mir egal, was jemand davon hält. Ich war einfach der Meinung, wenn er mich jetzt schon betrügt, was soll dann erst später werden.«

Roko beugte sich nach vorne und sah sie direkt an. »Das sehen Sie richtig, finde ich.«

Der Kellner servierte das Essen. Eine Weile aßen sie schweigend, dann hob Maša den Kopf und hielt mit dem Löffeln inne. »Bis vor Kurzem waren Sie in meiner Position. Hat es Situationen gegeben, in denen Sie sich bei Vesna gerne mehr eingebracht hätten, vielleicht nicht befürwortet haben, wie sie vorging oder eine Befragung durchführte?«

»Nein. Sie hat mir immer Gelegenheit gegeben, mich einzubringen, und ihre Methoden fand ich immer gut. Warum? Möchten Sie mir etwas sagen, Maša?« Er war um einen verständnisvollen Tonfall bemüht. Wenn es etwas gab, das sie loswerden musste, dann wollte er ihr jetzt die Gelegenheit dazu geben. »Gibt es etwas, das Sie stört?«

Sie schüttelte den Kopf. »Nein, im Gegenteil. Ich bin eher überrascht, dass Sie mir Spielraum lassen und nicht den Chef raushängen.«

Darüber war er tatsächlich erleichtert. Ihr erster gemeinsamer Tag bei einer Ermittlung und dann schon Kritik? Er hätte es verkraftet, trotzdem hatte es etwas Befreiendes, dass Maša sich nicht übergangen fühlte.

»Gibt es etwas, das Sie an *mir* auszusetzen haben?«

Als Roko ihren angespannten Gesichtsausdruck bemerkte, brachte er es einfach nicht übers Herz, ihr zu sagen, dass sie bei der Befragung von Ante Mijoč zu schnell nach seinem Alibi gefragt hatte. In diesem Moment beschloss er, es ihr zu sagen, falls es noch mal vorkommen sollte.

»Nein, alles in Ordnung«, antwortete er.

»Ich habe Ihren Blick bemerkt.«

»Welchen Blick denn?«

»Als wir bei Ante Mijoč waren. Ich bin mit der Tür ins Haus gefallen, habe vorschnell nach seinem Alibi gefragt. Ich weiß jetzt, dass das ein Fehler war.«

Roko stocherte in seinem Risotto herum. »Es war ein bisschen übereilt, ja. Man sollte die Leute erst einmal reden lassen. Aber Sie haben es ja selbst gemerkt. Deshalb wollte ich Sie nicht kritisieren.«

Maša lächelte. »Danke«, sagte sie und nahm einen Löffel Suppe. »Kann ich Sie etwas fragen?« Ohne seine Antwort abzuwarten, sprach Maša weiter: »Sie führen erst die Befragungen durch, ohne viel über die Leute zu wissen. Warum machen Sie es nicht umgekehrt?«

»Was meinen Sie?«

»Ich würde zuerst in den MUP fahren, um zu sehen, was die Daten über die Personen liefern, erst dann würde ich meine Befragungen durchführen. Zeugen ausgenommen, die würde ich natürlich gleich befragen.«

»So ist es mir lieber. Vesna hat das auch immer so gemacht. Sie sagte, dass man sich auf diese Weise unvoreingenommen ein erstes Bild machen kann. Wenn man erst einmal weiß, dass jemand vorbestraft ist, fünfmal verheiratet war oder alle zwei Monate den Wohnort wechselt, ist der Blick bereits getrübt.«

»Okay, vielleicht haben Sie recht.«

»Was meinen Sie, Maša? Hatte einer von den Leuten, die wir bereits befragt haben, ein Motiv?«

»Sie wollen meine Meinung hören?«

»Selbstverständlich.« Es war unübersehbar für Roko, dass sie sich für einen kurzen Moment darüber freute, es aber nicht offen zeigen wollte.

»Marija Šain hätte nicht so viele Jahre damit gewartet, wenn sie einen Grund dafür gehabt hätte. Senka Ivandić wäre vermutlich nicht zu einem Mord fähig; zumindest erweckt sie diesen Anschein. Ana Prović geht es finanziell nicht schlecht, und sie scheint zufrieden mit dem Job im Pfarrhaus. Wenn Sie mich fragen, sollten wir am ehesten den Küster in den Fokus rücken.«

»Soso. Dabei tut er Ihnen doch leid.«

»Na und? Deshalb gehört er trotzdem verhaftet, wenn er eine Straftat begangen hat. Das eine hat mit dem anderen doch nichts zu tun. Vielleicht tut er mir auch deshalb leid, weil er mich an jemanden erinnert.«

»An Ihren Mann?«

»Sind Sie verrückt?«, entfuhr es ihr. Im nächsten Moment hob sie die Hände und entschuldigte sich.

»Schon in Ordnung.«

»Ich meine, ich hätte doch nicht einen Kerl wie den geheiratet.«

»Das ist mir nur als Erstes in den Sinn gekommen. An wen erinnert er Sie also?«

»An meinen Großvater. Natürlich hat mein Nono nichts mit seiner Lebensweise gemein, war weder Alkoholiker, noch war er kriminell. Aber er sieht ihm ein bisschen ähnlich, auch die Art, wie er spricht, und diese Ruppigkeit.«

Der Kellner kam zum Abräumen, und Roko bat um die Rechnung.

»Gut, und warum meinen Sie, wir sollten bei unseren Ermittlungen unseren Fokus auf Ante Mijoč richten?«

»Na ja, wenn ich die Assoziation zu meinem Nono ausblende und meine Arbeit gut machen will, dann ist er für mich jemand, den wir im Auge behalten sollten. Sie haben ihn doch gesehen, und Sie haben gehört, wie seine Schwester über ihn spricht. Er ist labil, vielleicht auch jähzornig.«

»Viele Menschen sind jähzornig, manche nennen es dann fälschlicherweise Temperament. Außerdem ist die Tat nicht im Jähzorn passiert, sondern wurde geplant.«

»Schwer vorstellbar, dass es einer von den anderen war. Die scheinen mir nicht abgebrüht genug, um einen Mord zu planen. Aber okay, wir haben ja noch nicht mit allen gesprochen. Trotzdem kann ich nicht umhin zu behaupten, dass Ante Mijoč am ehesten den Eindruck macht, als wäre er zu so etwas fähig.«

»Mördern sieht man nur selten an, wie abgebrüht sie sind.«

»Ja, ich weiß. Aber Marija scheint kein Motiv zu haben und hätte sich eben nicht so viele Jahre Zeit gelassen, wenn sie einen Vorteil davon gehabt hätte. Und Senka dürfte der Nebenjob samt Pfarrer ziemlich egal sein, weil sie so einen Job jederzeit wieder findet. Tja, und Ana bekommt einen so guten Teilzeitjob inklusive Mittagessen nicht so leicht wieder, was sie wiederum als Mörderin unwahrscheinlich macht.«

»Maša«, begann er behutsam. »Aber Sie wissen doch, dass solche Fakten nur ein Teil der Konstellation sind. Es kann sich um Gier oder Rache handeln. Es können tausend Dinge eine Rolle spielen, von denen die anderen nichts mitbekommen haben. Vielleicht eine alte Geschichte, eine aufgerissene Wunde. Vielleicht aber auch etwas, das sich kürzlich ereignet hat, ein falsches Wort oder eine Lüge. Alles ist möglich.«

»Natürlich ist alles möglich. Ich habe ja nicht gesagt, dass wir heute noch den Staatsanwalt bitten sollen, beim Richter einen Haftbefehl gegen Ante Mijoč zu beantragen. Ich habe nur meinen ersten Eindruck geschildert.«

»Das ist auch in Ordnung. Ich will nur nicht, dass Sie sich zu sehr auf Ihren ersten Eindruck verlassen. Ich muss zugeben, dass ich das anfangs auch getan habe. Später habe ich begriffen, dass der erste Eindruck verdammt trügerisch sein kann.«

»Wenn Vesna Alujević nicht gewesen wäre, wären Sie damit ein paarmal auf die Nase gefallen?«

»Ganz genau.«

Maša zuckte die Schultern. »Das bedeutet schließlich nicht, dass ich die gleichen Fehler machen werde wie Sie damals.«

Verdutzt sah er seine junge Kollegin an. Selbstbewusst war sie ja, alle Achtung. Roko wusste nicht so recht, was er darauf sagen sollte, ohne sich einerseits zu rechtfertigen oder andererseits tadelnd zu klingen. Deshalb ließ er es einfach gut sein.

Das kleine Büro von Lorena Škrabo lag neben dem des Chefs. Vid Tudors Raum war durch eine Verbindungstür mit dem ihren verbunden, allerdings war sein Büro dreimal größer als das seiner Sekretärin. Ein weiterer Unterschied bestand darin, dass Lorenas Tür stets offen stand.

Roko und Maša blieben vor ihrer Tür stehen und sahen sie hinter dem Computerbildschirm tippen. Lorena hob kurz den Kopf, nahm ihre randlose Brille ab und sagte: »Tudor wartet schon auf Sie. Gehen Sie rein.«

Der Chef war der Einzige, der beim Nachnamen genannt wurde und die anderen beim Nachnamen nannte, ansonsten nannten sie sich untereinander beim Vornamen und siezten sich, so wie es in ganz Kroatien üblich war, wenn man sich zwar gut kannte, aber nicht privat befreundet war. Diejenigen, die sich länger kannten, gingen dann irgendwann zum Du über.

Roko bedankte sich, dann fragte er: »Gibt es schon etwas Neues bezüglich der richterlichen Anordnung für die Handys?«

Lorena setzte diesen mahnenden Gesichtsausdruck auf, den Roko mittlerweile gut kannte. Leicht genervt, abgemildert durch ein nachsichtiges Schmunzeln. Lorena war dreiundsechzig und musste einmal eine schöne Frau gewesen sein, was sie für ihr Alter auch immer noch war. Ihr Haar war blond gefärbt, die Augen waren graugrün, und das Gesicht wies kleine Fältchen um Mund und Augen auf. Roko bezweifelte, dass es sich dabei um Lachfältchen handelte, denn er konnte sich nicht erinnern, dass er diese Frau auch nur ein einziges Mal hatte lächeln sehen, geschweige denn lachen. Ihre Bewegungen waren souverän, die Stimme war klar und eine Spur zu laut. Roko fand, dass sie mindestens genauso viel Autorität ausstrahlte wie Vid Tudor, der mit seinen fast zwei Metern und der stämmigen Figur allein schon wegen seines Äußeren eine imposante Erscheinung war.

»Sobald ich etwas erfahre, gebe ich Ihnen Bescheid«, sagte Lorena mit dem Tonfall einer Erwachsenen, die Kindern die Welt erklärte.

»Das wollen wir doch hoffen.« Meistens tolerierte Roko Lorenas Art, aber es geschah auch, dass er sich darüber ärgerte. Das Gefühl verflog schnell wieder, weil er wusste, dass er das Verhalten der Menschen nicht ändern konnte. Die griesgrämige Sekretärin konnte nun einmal nicht nett sein, weil sie eben so war, wie sie war. »Eine Bitte noch, Lorena.«

Sie sah ihn abwartend an, ohne es für nötig zu befinden, eine Floskel wie »Ja bitte?« oder »Was kann ich für Sie tun?« zu äußern. Mitunter konnte man ein schlechtes Gewissen bekommen, sie um etwas zu bitten oder ihr gar etwas aufzutragen. Roko war sicher, dass sie irgendwann jemand anschreien und daran erinnern würde, dass sie die Sekretärin war und es zu ihren Aufgaben gehörte.

»Können Sie in Erfahrung bringen, ob Gabrijel Jukić ein Testament hinterlassen hat?«

»Gabrijel Jukić ist das Mordopfer«, warf Maša ein, worauf sie von Lorena einen eisigen Blick erntete.

»Das ist mir durchaus bekannt. Ich bin im Bilde, Maša.«

Roko wollte die Spannung, die nun in der Luft lag, so schnell wie möglich unterbrechen. »Jedenfalls wäre es hilfreich, wenn wir so bald wie möglich erfahren würden, ob er ein Testament hinterlassen hat.«

»Was Sie nicht sagen.« Sie sah auf ihre Armbanduhr und meinte vorwurfsvoll: »Halb vier. In dreißig Minuten ist meine Arbeitszeit zu Ende. In dieser Zeit kann ich kaum alle Notare der Stadt anrufen.«

»So viele sind es ja nicht, Lorena.« Roko hatte freundlich klingen wollen, doch war es ihm nicht gänzlich gelungen.

»Und alle werde ich wohl nicht erreichen.«

Nun beschloss Roko, Lorenas Taktik auszuprobieren. Er sah sie schweigend und abwartend an.

Sie griff nach dem Hörer. »Wenn ich nicht alle erreiche, versuche ich es gleich morgen früh wieder.«

»Danke.« Er wandte sich ab, Maša folgte ihm.

Bevor er an Tudors Tür klopfte, fragte Maša flüsternd: »Warum toleriert der Chef dieses Getue bei ihr? Das habe ich von Anfang an nicht verstanden.«

Roko hielt den Arm in der Luft und antwortete leise, bevor er anklopfte: »Weil sie schon vor ihm hier gearbeitet hat und weil er keine bessere Sekretärin finden könnte.«

Vid Tudor bat die beiden, sich auf die zwei Stühle vor seinem Schreibtisch zu setzen. Nicht etwa mit Worten, vielmehr mit einer Handbewegung. Der Vorgesetzte saß hinter seinem Schreibtisch und blickte auf seinen Bildschirm. Roko bemerkte den neuen Bürostuhl. Wahrscheinlich hatte Tudors Gewicht einen neuen gefordert. Das kräftige graue Haar war wie immer nach hinten gekämmt und der graue Bart gepflegt.

»Also? Wie läuft euer erster gemeinsamer Mordfall?« Er wandte den Blick vom Bildschirm ab und stützte die Arme auf dem Schreibtisch ab. »Klären Sie mich auf, Marlais.«

Roko war überrascht, dass er nicht von ihm einen Bericht erwartete, sondern sich an Maša wandte, für die es der allererste Mordfall überhaupt war. Aber Tudor würde seine Gründe haben, vermutete Roko.

Mehrere Sekunden lang saß Maša auf ihrem Stuhl und blickte Tudor an. Wie es aussah, war auch sie darüber verwundert. Dann erzählte sie vom Ablauf und den Befragungen. Sie schilderte den Fall nicht zu knapp und nicht zu detailverliebt, was für Tudor eine Qual gewesen wäre. Er war zugänglich und freundlich, hasste jedoch Abschweifungen und Ausschmückungen.

»Ein Pfarrer. Unglaublich. Das hatten wir hier noch nie«, sinnierte Tudor. »Und was werden Sie als Nächstes tun, Marlais?«

»Nun, wir werden jetzt natürlich erst einmal die Datenbank zu den Personen durchforsten, die wir bereits vernommen haben. Und wir wollen heute noch mit dem Bruder sprechen, den die Haushälterin als einzigen noch lebenden Verwandten erwähnt hat, und selbstverständlich werden wir die Nachbarn befragen. Abends sind sie ja dann alle von der Arbeit zurück.«

Maša hatte sich in dieser neuen und unerwarteten Situation gut geschlagen, fand Roko.

»Warum lächeln Sie, Matić?« Tudor sah ihn direkt an, während er seine verschränkten Hände auf der Tischplatte auf und ab bewegte.

»Mir ist nur ein Gedanke durch den Kopf geschossen, tut nichts zur Sache.«

»Alles klar. Machen Sie sich jetzt an die Arbeit.« Tudor wandte sich wieder dem Bildschirm zu. Kurz bevor sie die Tür hinter sich schlossen, sagte er, ohne den Blick vom Bildschirm abzuwenden: »Fragen Sie die Haushaltshilfe, wann genau sich das Verhalten des Pfarrers verändert hat.« Als sie nicht innerhalb der nächsten Sekunde reagierten, blickte er beide über den Rand des Bildschirms hinweg an. »Sie sagt, dass er sich verändert hat und nachdenklich geworden ist. Dafür gab es bestimmt einen Auslöser. Finden Sie's heraus.«

Roko hatte ohnehin vorgehabt, Marija diesbezüglich noch einmal anzusprechen, doch wenn er das jetzt sagte, würde es sich unglaubwürdig anhören, weshalb er es bei einem neutralen »Ja, sicher fragen wir sie das« beließ.

In der Datenbank fanden sie nichts Außergewöhnliches zu Marija Šain und Ana Provič. Zu Ante Mijoč und Senka Ivandić gab es einiges mehr an Informationen. Senka hatte vor fünf Jahren ihren Führerschein verloren, wegen Trunkenheit am Steuer. Sie hatte einen Unfall verursacht, immerhin ohne Personenschaden.

»Sieh mal einer an«, kommentierte Maša. »Das schüchterne Persönchen ist besoffen Auto gefahren.«

Ante war, wie er selbst erzählt hatte, vor acht Jahren wegen schwerer Körperverletzung im Gefängnis gewesen. Aber dass er im Alter von sechsundzwanzig Jahren eine Wechselstube ausgeraubt hatte und deshalb ebenfalls im Gefängnis gewesen war, hatte er ihnen verschwiegen. »Aber er weiß doch, dass wir es herausfinden werden.« Maša drehte sich zu Roko um, der neben ihr saß, während seine Kollegin recherchierte.

»Vielleicht wollte er es vor seiner Schwester nicht erzählen.«

»Könnte es wirklich sein, dass sie nichts davon weiß?«

»Möglicherweise weiß sie es, aber sie kehren das unter den Teppich, als ob es niemals stattgefunden hätte. Sie wissen doch, wie manche Familien funktionieren.«

»Das könnte natürlich sein.«

»Suchen Sie nach dem Bruder des Pfarrers. Wie hieß er noch? Emanuel?«

»Manuel«, berichtigte Maša. Während sie tippte, sprach sie vor sich hin: »Maaanueeel Juukiiić.«

»Schnelles Tippen ist wohl nicht Ihre Stärke?«

Sie starrte auf den Bildschirm und ignorierte den scherzhaften Kommentar. »Er wohnt in einem Seniorenheim.«

»Seniorenheim? Wie alt ist er denn?« Roko näherte sich dem Bildschirm und las die Daten ab. »Sechzig. Geradezu blutjung fürs Seniorenheim.«

»Wer weiß. Vielleicht konnte er nirgends anders hin.«

»Dabei soll der Pfarrer doch so human und hilfsbereit gewesen sein.«

Sie drehte den Bürostuhl in seine Richtung. »Eine innige Brüderverbundenheit bestand nicht, wie es aussieht. Was zwischen den beiden wohl vorgefallen ist?«

»Wir sollten ihn danach fragen.«

Kurz darauf kamen sie an Lorenas offener Bürotür vorbei. Roko ging einen Schritt zurück und warf einen Blick hinein. Lorena zog sich gerade die Jacke an. »Kein Glück gehabt?«, fragte er.

»Nein. Bei denjenigen, die ich erreicht habe, gibt es kein Testament von Gabrijel Jukić.« Sie griff nach ihrer Handtasche und fing an, darin herumzukramen. »Wo ist denn mein Autoschlüssel?«, murmelte sie genervt. Sie hob den Kopf und erwiderte Rokos Blick. »Die zwei, die ich nicht erreichen konnte, rufe ich morgen früh an.«

»Vielleicht in der Jackentasche?«

»Wie bitte?«

»Der Autoschlüssel.«

»Nein, ich stecke ihn immer in die Handtasche.« Trotzdem griff sie in eine ihrer Jackentaschen, hielt inne – und fischte einen Schlüsselbund heraus. »Na so was«, meinte sie, während sie ungläubig das Fundstück anstarrte. Dann fiel ihr offenbar wieder ein, dass Roko anwesend war. »Ich werde allmählich vergesslich. Alles ist viel einfacher, wenn man jung ist. Denken Sie an meine Worte, wenn Sie mein Alter erreicht haben.«

Roko lachte kurz auf. Und dann sah er Lorena zum ersten Mal lächeln.

Das Seniorenheim lag etwas versteckt in der Nähe des Hafenviertels.

»Sehen Sie«, meinte Maša, als sie den Wagen parkte, »das ist der Vorteil, wenn man vorher die Datenbank durchstöbert. Dann hätten wir jetzt nicht nach Gruž zurückfahren müssen.«

»Ich bleibe bei meiner Vorgehensweise.«

Wenige Minuten später klingelten sie an der Tür des Seniorenheims. Ein junger Mann öffnete die Tür. Er trug ausgewaschene Jeans, Sneakers und ein schwarzes T-Shirt mit dem Nike-Label. Roko schätzte, dass er ein Student war, der nebenberuflich hier arbeitete.

Nachdem Roko sie vorgestellt hatte, fragte der junge Mann scherzhaft: »Ist einer unserer lieben Alten in ein Kapitalverbrechen verwickelt?«

Darüber musste Roko lächeln. »Nicht dass wir wüssten. Aber wir würden gerne mit Manuel Jukić sprechen. Es geht um einen Mord an jemandem, den er kennt. Können wir bitte zu ihm?«

»Kommen Sie rein.« Der junge Mann trat zur Seite und ließ sie eintreten. »Ich kann Sie schon zu ihm bringen, aber er hat kein eigenes Zimmer, sondern teilt sich eines mit einem anderen Bewohner. In den Gemeinschaftsräumen sind ebenfalls andere Leute. Vielleicht wäre es am besten, wenn ich Sie in unser Büro bringen würde, da können Sie ungestört mit ihm reden.«

»Hervorragend, vielen Dank. Und sagen Sie ihm bitte nichts von dem Todesfall. Das möchten wir selbst übernehmen.«

»Klar, ist mir recht, wenn ich nicht der Todesbote bin.« Er führte sie ins Büro, wo sie sich auf die beiden Stühle setzten, die vor dem Schreibtisch zur Verfügung standen. Als der Mann nach etwa fünf Minuten zurückkam, brachte er Manuel Jukić und einen weiteren Stuhl mit. Er stellte ihn so, dass Manuel den Beamten gegenübersaß, dann ging er aus dem Büro und schloss die Tür hinter sich.

Sogleich ließ Manuel sich auf den Stuhl fallen, als ob er todmüde wäre. »Miro sagt, Sie sind von der Polizei?« Sein Blick war offen und klar. Der halb ergraute Bart stand ihm gut und passte zu dem ovalförmigen Gesicht. Er war um einiges schlanker als sein Bruder. »Und worum geht es?«

»Wir müssen Ihnen bedauerlicherweise mitteilen, dass Ihr Bruder letzte Nacht in seinem Bett ermordet wurde.«

Schweigen. Manuel Jukić rührte sich nicht. Er starrte Roko nur an.

»Aus diesem Grund müssen wir Ihnen ein paar Fragen stellen.«

»Ermordet, sagen Sie? Gabrijel? Wer hat ihn ermordet?«

»Das wissen wir noch nicht.«

»Aber …« Er brach ab.

»Hatten Sie Kontakt zu Ihrem Bruder, Herr Jukić?«, wollte Maša wissen.

»Nein, nein, seit vielen Jahren nicht mehr.«

»Unser Beileid zum Tod Ihres Bruders.«

Er sah Roko ins Gesicht. »Nett von Ihnen, aber …« Manuel schwieg eine Weile. Roko wollte ihm die Zeit geben. Schließlich fragte Manuel: »Aber ich verstehe nicht, dass er ermordet wurde. Hat er jemandem etwas angetan? Oder vielleicht hat man ihn mit jemandem verwechselt. Wieso sollte ihn denn jemand umbringen?«

»Dass er jemandem etwas angetan hätte, ist uns bisher nicht bekannt. Eine Verwechslung halten wir für ausgeschlossen, Herr Jukić. Wir sind auf der Suche nach Motiv und Täter. Sie sind sein Bruder, und deshalb möchten wir auch mit Ihnen sprechen.«

»Armer Gabrijel, trotz allem. So etwas hat er dann doch nicht verdient.«

»Wusste er denn, dass Sie im Seniorenheim leben?«

Manuel hob die Hände, um sie kurz darauf wieder fallen zu lassen. »Das letzte Mal, dass ich ihn gesehen habe, war vor ungefähr acht Jahren. Damals habe ich meine Arbeit verloren und stand kurz davor, aus meinem Apartment geworfen zu werden. Ich bin zu ihm gegangen und habe ihn gefragt, ob er mir etwas Geld leihen könnte, bis ich wieder auf die Beine komme.« Bei der Erinnerung lächelte er traurig. »Er lehnte ab und scheuchte mich weg. Eigentlich hatte ich nichts anderes erwartet, aber ein Fünkchen Hoffnung ließ mich zu ihm gehen. Bin dann bei einem Freund untergekommen. Irgendwann habe ich wieder Arbeit gefunden, aber letztes Jahr wurde die Firma insolvent, bin dann wieder arbeitslos geworden. Von meiner kleinen Rente bezahle ich die Unterbringung hier, was eigentlich nicht reicht. Den Rest übernimmt der Staat. Von Gabrijel bekam ich jedenfalls keine Hilfe.«

»Verstehe«, sagte Roko. »Wie kommt es, dass das Verhältnis zwischen Ihnen und Ihrem Bruder so angespannt war?«

»Angespannt, eine schöne Umschreibung.« Er senkte den Blick. »Da weiß ich gar nicht, wo ich anfangen soll. Wir haben uns schon als Kinder nicht leiden können. Gabrijel war verknöchert und spießig, saß nur über seinen Büchern und der Bibel. Sogar unseren Eltern ging das auf die Nerven, obwohl sie gläubig waren und uns christlich erzogen haben. Trotzdem war Gabrijel ihr Lieblingskind, mich hielten sie für schwach und faul.« Er hob den Kopf und blickte geradeaus ins Leere. »Die Wahrheit ist, das muss ich zugeben, dass mein Bruder immer Bestnoten hatte und ich nur mit Mühe versetzt wurde. Er war gehorsam und ich rebellisch. Dann studierte er Theologie, und ich machte eine Lehre als Dachdecker. Leider habe ich zu spät gemerkt, dass ich nicht schwindelfrei bin, deswegen habe ich mich später von Job zu Job durchgekämpft. Für meine Eltern war ich eine Enttäuschung, und Gabrijel hat mich weder respektiert noch gemocht. Seiner Meinung nach war ich ein Nichtsnutz, ein Schmarotzer.«

»Ein Schmarotzer?«, wiederholte Roko. »Aber Sie haben für Ihren Lebensunterhalt doch gearbeitet?«

»Das schon.« Er ließ ein paar Sekunden verstreichen, bevor er fortfuhr. »Aber … dann sind unsere Eltern gestorben, ich war mit der falschen Frau zusammen und hab meinen Anteil am Verkauf unseres Elternhauses in Supetar dann ziemlich schnell durchgebracht.«

»Sie kommen ursprünglich von der Insel Brač?«

»Ja. Als ich zehn und Gabrijel sechs war, haben meine Eltern beschlossen, nach Split zu gehen. Unser Vater hat dort Arbeit als Lkw-Fahrer gefunden. Nach ein paar Jahren ging die Firma bankrott. Wir sind dann nach Dubrovnik übergesiedelt, weil ein Verwandter hier lebte und ihm sagte, dass in Dubrovnik Lkw-Fahrer gesucht wurden.«

»Das Haus Ihrer Eltern in Supetar haben Sie beide verkauft und das Geld aufgeteilt?«

»Ja. Natürlich war es mein Fehler, dass das Geld so schnell weg war, aber wie ich schon sagte, war ich zu jener Zeit mit der falschen Frau zusammen. Ich war einfach verblendet, und sie hat mich nur ausgenutzt. Als von dem Geld nichts mehr übrig war, ist sie abgehauen, und ich hab kurz darauf meine Arbeit verloren. Dann bin ich zu Gabrijel gegangen. Als ich ihm von meiner Lage erzählte, schäumte er vor Wut. Mein Bruder nannte mich einen Idioten und einen Versager. Das war das letzte Mal, dass wir miteinander gesprochen haben, wenn man es so nennen will.« Gedankenverloren blickte er zum Fenster hinaus. »Es hat beinahe etwas Komisches.«

»Was meinen Sie damit?«

Er sah Roko an. »Mein Bruder war schon immer der Bibel verpflichtet, aber es fehlte ihm an Selbstreflexion, wenn Sie mich fragen. Kennen Sie die sieben Todsünden?«

»Ich glaube, ich bekäme sie nicht zusammen«, gab Roko freimütig zu.

Maša tat so, als hätte sie furchtbar wichtige Notizen zu machen.

»Wollust und Geiz will ich ihm nicht unterstellen«, sagte

Manuel, »aber Zorn, Völlerei, Neid, Trägheit und Hochmut. Fünf von sieben Todsünden sind für einen Pfarrer beschämend viel.« Er zuckte die Schultern. »Aber vielleicht habe nur ich ihn so wahrgenommen.«

»Herr Jukić, wir müssen Sie das jetzt fragen«, begann Maša so behutsam wie möglich. »Gibt es Zeugen, die bestätigen können, dass Sie heute Nacht hier waren?«

»Nein, bin erst um zwei Uhr morgens hergekommen.«

»Und wo waren Sie bis zwei Uhr morgens?«, fragte Roko.

»Unten, am Hafen. Da bin ich gerne abends und nachts, wenn ich mal wieder nicht schlafen kann. Ich sehe mir das Treiben an, gehe an den riesigen Kreuzfahrtschiffen entlang und male mir aus, wie es sich anfühlen würde, die Welt zu bereisen. Manchmal sitze ich auch in einem der Cafés und bestelle mir einen Cappuccino, wenn ich ein paar Münzen übrig hab. Letzte Nacht war ich aber in keinem Café, habe lange auf der Bank am Hafen gesessen.«

»Gibt es dafür Zeugen, Herr Jukić?«

»Sie verdächtigen mich doch nicht etwa?«, fragte er ängstlich.

Roko kam mit dem Oberkörper näher zu ihm heran, um Vertrauen herzustellen. »Wir müssen das jeden fragen, der mit dem Opfer verwandt, befreundet oder bekannt war. Nehmen Sie das bitte nicht persönlich. Es ist zunächst nichts weiter als eine Routinefrage. Also? Gibt es Zeugen?«

»Es gibt wohl Hunderte, Tausende Zeugen. Etliche Leute sind an mir vorbeigelaufen.«

»Haben Sie mit jemandem gesprochen?«

»Nein.«

»Nun gut, Herr Jukić, das war's fürs Erste.«

»Fürs Erste? Sie werden wiederkommen, oder? Weil ich nicht beweisen kann, dass ich am Hafen war, als mein Bruder umgebracht wurde.«

Darauf ging Roko nicht ein. »Es geschieht oft, dass wir jemanden erneut befragen müssen, weil sich noch die eine oder andere Frage ergibt.«

Manuel nickte einsichtig. »Gut. Ich werde hier sein.«

Als sie kurz darauf das Gebäude verließen, meinte Maša: »Da hat sich viel angestaut.«

»Ja, sieht so aus. Gabrijel war das Lieblingskind, und es stellt sich die Frage, ob die Wunden aus der Kindheit irgendwann verheilt sind. Später verweigert Gabrijel dem Bruder seine Hilfe, was ziemlich heftig ist.«

»Manuel könnte sich gerächt haben. Und dann die Erklärung, warum er erst um zwei Uhr morgens wieder in der Unterkunft war. Ich weiß ja, dass Menschen manchmal verrückte Zeitvertreibe haben, aber stundenlang am Hafen sitzen und dabei Leute und Schiffe beobachten? Ich weiß nicht recht. Was sagen Sie dazu?«

»Ja, es klingt etwas schrullig. Andererseits: Warum sollte er sich nicht die Zeit damit vertreiben, am Hafen zu sitzen, wenn er nicht schlafen kann?«

»Fahren wir nach Pažina, um die Bewohner zu vernehmen?« Maša startete den Wagen.

»Ja, nach Pažina, aber vorher möchte ich noch zu Marija Šain. Ich muss sie nach dem genauen Zeitpunkt fragen. Wann der Pfarrer sich verändert hat, meine ich.«

»Rufen Sie sie doch an.«

»Ich will sie in ihrem privaten Bereich sehen, will wissen, wie sie lebt und mit wem.«

Maša fuhr los. »Okay, liegt sowieso auf dem Weg.«

»Ja? Sie haben sich die Adressen aus dem Madonna-Notizbüchlein aber schnell eingeprägt.«

»Muss schließlich für etwas gut sein, Klassenbeste gewesen zu sein.«

»Waren Sie das?«

Es war Maša sichtlich unangenehm, als sie antwortete: »Ich habe das jetzt nicht gesagt, um anzugeben.«

»Das habe ich auch nicht behauptet. Jedenfalls ist mir jetzt klar, warum Sie es so jung so weit gebracht haben.«

Sie blickte schweigend geradeaus, als müsste sie sich enorm aufs Fahren konzentrieren.

Zuerst fand er Maša's Verhalten seltsam, dann glaubte er zu wissen, weshalb sie so reagiert hatte. Sie befürchtete, er könne annehmen, dass sie klüger war als er. Um dem Ganzen die Spannung zu nehmen, sagte er: »Ich habe die fünfte Klasse übersprungen.«

»Ich habe zwei Klassen übersprungen«, konterte sie.

»Ich habe als Einziger an der Schule eine Mathematikaufgabe gelöst.«

»Ich war die Beste meines Jahrgangs.«

»Gut. Nach einem Haufen wunderbarer Lügen kommen wir jetzt zu den hässlichen Seiten unserer Persönlichkeit. Ich hatte, bis ich fünfzehn war, eine Zahnspange und eine grauenhafte Hornbrille.«

»Ich war ein fettes Kind.«

»Wirklich?«

»Ja, wirklich. In der Schule hatte ich den Spitznamen *tortica*. Dabei weiß ich nicht, ob sie mich wegen der Form Törtchen nannten oder weil ich sie so gerne aß.«

Roko fing an zu lachen. Zuerst warf sie ihm einen vorwurfsvollen Blick zu, dann musste auch sie darüber lachen. Als sie wieder ernster wurden, meinte Roko: »Nachdem wir nun unsere Abgründe kennen und gerade unseren ersten gemeinsamen Mordfall haben, können wir uns auch duzen, wenn Sie einverstanden sind.«

»Klar bin ich einverstanden.«

Auf seinem Handy ging eine Nachricht ein. Er zog es aus der Hosentasche. Viko fragte, wann er heute Abend nach Hause käme, weil er gefüllten Tintenfisch machen wollte. Roko verdrehte die Augen. Das war, als ob zu Hause ein Hausmütterchen auf ihn wartete. »Kann ich noch nicht sagen«, schrieb er zurück. Er steckte das Handy wieder in die Hosentasche.

»Du musst mir versprechen, dass du das mit dem Törtchen niemandem erzählst«, sagte Maša.

»Also das hättest du mir eine Minute früher sagen müssen, hab's gerade in die MUP-Gruppe geschrieben.«

Sie erstarrte.

»Großer Gott! Du glaubst das wirklich? Ich habe meinem Bruder geschrieben!«

Erleichtert lehnte sie sich zurück.

Marija wohnte in einem Zweifamilienhaus nahe dem Strand von Srebreno.

Auf der unteren Klingel stand »Franušić-Šain«. Er drückte darauf. Marija erschien im Türrahmen und sah nicht begeistert aus, die Beamten so schnell wiederzusehen. »Entschuldigen Sie die Störung, aber wir benötigen noch eine Information von Ihnen.«

»Kommen Sie herein.« Sie führte Roko und Maša ins Wohnzimmer. Aufgrund der offenen Küche konnten sie Marijas Freund am Esstisch sehen. Der Duft von Rosmarin und Knoblauch stieg Roko in die Nase. Er warf einen Blick auf den Teller. Er hatte richtig vermutet: Gregada, geschmorter Fisch mit Kartoffeln. Es war eine alte Spezialität aus der Tradition der Fischer. Rokos Vater hatte es regelmäßig gekocht, wenn er auf dem Markt Zahnbrasse, Dorade und Seeteufel eingekauft hatte.

»Das ist Tomislav Franušić, mein Lebenspartner.«

»Dass du mich so förmlich vorstellen musst!«, rief der Mann heiter und stand auf.

»Und das, Tomo, sind die beiden Beamten, von denen ich dir erzählt habe.«

Der Mann machte freundlich lächelnd einen Schritt auf sie zu und schüttelte ihnen ausgiebig die Hände. Er war vielleicht ein paar Jahre älter als Marija, etwa Ende vierzig. Er trug dunkle Jeans und ein weinrotes T-Shirt. Marijas Kochkünste hatten auch bei ihm ihre Spuren am Bauchumfang hinterlassen, wenn auch nicht so gravierend wie beim Pfarrer.

»Angenehm«, sagte der Mann. »Darf man das überhaupt sagen? Wegen dem Mord und so?«

»Keine Sorge, Herr Franušić«, beruhigte ihn Roko. »Das ist in Ordnung.«

»Na, Gott sei Dank.«

»Ihr Familienname, Franušić … Sind Sie von Pelješac?«

Das Gesicht des Mannes heiterte sich noch eine Spur mehr auf. »Ich bin in Dubrovnik geboren, aber meine Eltern stammen von Pelješac. Aus Orebić. Mein Onkel war einer dieser reichen Kapitäne, die sich am Ufer von Orebić eine Villa gebaut haben. Warum? Stammen Sie auch von Pelješac?«

»Mein Vater.«

»Ach? Woher genau kommt denn Ihr Vater?«

»Aus Hodilje, nördlich von Ston.«

Er winkte lachend ab. »Ich weiß doch, wo Hodilje ist, das müssen Sie mir nicht erklären. Jede Ferien und jeden Urlaub habe ich auf Pelješac …«

»Tomo!«, unterbrach Marija ihren Freund. »Die beiden untersuchen einen Mordfall und haben keine Zeit für Plaudereien.« Mit einem Blick zu Roko: »So ist es doch?«

Wie sollte er darauf reagieren? Ein Nein wäre ebenso ungünstig wie ein Ja. Er wollte den Mann nicht vor den Kopf stoßen, weshalb er sagte: »Eine Minute Plauderei wird die Ermittlungen nicht behindern. Aber Sie haben natürlich recht, dass wir wegen etwas anderem hier sind.«

»Soll ich rausgehen, oder darf ich bleiben?«, fragte Tomislav.

»Essen Sie ruhig zu Ende, Herr Franušić.«

»Gut, danke.« Tomo ging zurück zum Tisch und setzte sich.

Marija bot ihnen einen Platz an, aber sie lehnten dankend ab. »Wir möchten Sie nicht lange aufhalten, Frau Šain«, erklärte Roko. »Außerdem sind wir auf dem Weg nach Pažina, um mit den Nachbarn zu sprechen. Um diese Zeit dürften die meisten von ihnen zu Hause anzutreffen sein.«

»Ja, wahrscheinlich.«

»Wohnen im oberen Stockwerk Verwandte, oder wohnen Sie hier zur Untermiete?«

»Zur Untermiete«, war die knappe Antwort.

»Was wir unbedingt noch von Ihnen wissen möchten, Frau Šain: Wann genau hat sich der Pfarrer verändert?«

»Aber das sagte ich doch schon. Es muss Anfang letzter Woche gewesen sein. Ich bin mir jetzt ziemlich sicher, dass es Dienstag war.«

»Denken Sie bitte genau darüber nach«, insistierte Roko. »Wann sind Sie zuerst darauf aufmerksam geworden?«

Marija überlegte, dann antwortete sie: »Während des Essens.«

»Und am Morgen war er noch wie immer?«

»Ja, doch.«

»Was ist dazwischen passiert? Ist er irgendwo hingegangen? Kam jemand zu Besuch?«

»Nein.« Dann wandte sie sich ab und ging ein paar Schritte, während sie nachdachte. »Ich … Ja, das war, als ich kurz eine Besorgung machte. Wir hatten keine Butter mehr, und ich wollte Püree machen. Ich bin zu ihm in den Garten und habe gesagt, dass ich schnell zum Supermarkt fahre, um die Butter zu kaufen.«

»Und später war er dann verändert? Nachdenklich und besorgt?«

Sie nickte.

»Könnte in der Zwischenzeit jemand vorbeigekommen sein?«

»Nein, nein. In dieser kurzen Zeitspanne wäre mir das Auto entgegengekommen, oder ich hätte denjenigen noch im Pfarrhaus vorgefunden.«

»Ein Anruf?«

»Ein Anruf? Hm, ja, möglich. Wenn Ana nicht da ist, dann nehme ich die Anrufe im Flur entgegen.«

»Ach so. Aber da Sie nicht da waren, hat sich vielleicht der Pfarrer gemeldet.«

»Ein Anruf, ja.« Marija hing immer noch ihren Gedanken nach, wirkte etwas abwesend, als sie hinzufügte: »Warum bin ich nicht selbst darauf gekommen? Es kann nur ein Anruf gewesen sein, der ihn so mitgenommen hat.«

»Gut, danke. Wir werden herausfinden, wer am Dienstag bei ihm angerufen hat.«

»Es muss so gegen elf Uhr gewesen sein.«

Der Tatort war noch immer abgesperrt und die Fahrzeuge der Spurensicherung noch an derselben Stelle geparkt. Stanko Matana hatte seine Arbeit vor Ort erledigt, denn der Wagen des

Gerichtsmediziners befand sich nicht mehr auf dem Grundstück. Der Leichnam Gabrijel Jukićs würde hoffentlich bis morgen obduziert werden.

Sie stiegen aus. »Fangen wir an«, sagte Maša. »Elf Häuser mit achtundzwanzig Einwohnern. Kann schnell gehen, kann aber auch lange dauern. Kommt wohl auf die Leute und ihre Beobachtungen an.«

Sie gingen auf das erste Haus zu. Es war dasjenige mit der rosa Fassade. Đuro Farac, der seine Schwiegertochter für die Farbe verantwortlich gemacht hatte, saß auf einer kleinen Holzbank vor dem Haus. Nach der Begrüßung erfuhren Roko und Maša von dem redseligen alten Mann, dass sie in drei der Häuser niemanden antreffen würden.

»Die Vidaks sind mit den beiden Kindern bei Verwandten auf Vis, die Nižićs bei ihrer Tochter in der Schweiz, und die Kraljs sind bei so einem Magenspezialisten in Split, weil Dijana es gewaltig mit dem Magen hat.«

»Ist jemand von diesen Leuten erst heute weggefahren?«, wollte Maša wissen.

»Nein, die Vidaks und die Nižićs sind schon seit ein paar Tagen weg, und die Kraljs sind gestern Morgen gefahren.« Đuro Farac stand auf und lud sie ein, ins Haus zu kommen. Roko hatte das positive Gefühl, dass der Mann gut über die Nachbarn Bescheid wusste, was für die Ermittlungen hilfreich sein konnte.

Im Haus saß seine Frau Celesta vor dem Fernseher. Auf dem Wohnzimmertisch lag die Zeitschrift Gloria, die ihre Leserinnen wöchentlich darüber informierte, was es bei den Prominenten Neues gab. Als sie eingetreten waren, hatte Frau Farac das Fernsehgerät sogleich ausgeschaltet. Sie unterbrachen sie bei ihrer Daily Soap, was an den dramatischen Stimmen unschwer zu erkennen gewesen war.

Roko hatte die alte Frau zwar heute Morgen schon getroffen, aber nun sah er sie etwas genauer an. Celesta Farac war zierlich, hatte graue Locken und war mit einer altmodischen Rüschenschürze bekleidet. Đuro und Celesta waren über siebzig, ihre Tochter Ana Prović etwa Anfang dreißig. Sie hatten spät Nachwuchs bekommen, was für diese Generation ungewöhnlich war. Roko vermutete, dass sie sich entweder spät gefunden hatten oder dass sie nicht gleich Kinder hatten bekommen können.

Celesta bot ihnen einen Platz an und brachte innerhalb kürzester Zeit Limonade und Kekse aus der Küche. »Vielleicht möchten Sie einen Kaffee?«, fragte sie freundlich.

»Nein, vielen Dank«, sagte Roko.

Er sah sich kurz um. Die beiden lebten bescheiden, mit Spitzendeckchen auf den gepflegten Möbeln aus dunkler Eiche. Der Duft von Möbelpolitur hing in der Luft. Das farbenfrohe Kruzifix stach ihm ins Auge, weniger wegen seiner Größe, als vielmehr weil Jesus darauf noch nicht gestorben war, die Arme ausgebreitet, mit wehendem Gewand.

»Ihre Tochter haben wir bereits kennengelernt«, berichtete Roko. »Wir haben sie heute besucht.«

»Ach?« Auf Đuros Gesicht stellte sich ein stolzes Lächeln ein. »Sie ist ja so fleißig und gläubig, wissen Sie. Ana arbeitet im Pfarrhaus und geht jeden Sonntag zur Kirche.«

»Hm,«, pflichtete er dem alten Mann bei, wenn auch halbherzig aufgrund von Anas Informationen zu dem Thema.

»Nur mit der Familienplanung hat es bei unserer Ana nicht geklappt. Sie war nur kurz verheiratet, weil sie nicht zusammengepasst haben. Was auch immer das heißt. Wer versteht schon die jungen Leute heutzutage. Bei denen muss alles perfekt sein. Jetzt wohnt sie, bis sie hoffentlich bald wieder heiratet, mit ihrer Freundin zusammen.«

»Mit ihrer besten Freundin«, beeilte Celesta sich zu erklären, was wiederum bedeutete, dass zumindest die Mutter etwas ahnte. Für einen kurzen Moment fühlte Roko tiefes Bedauern für Ana, weil sie ihren Eltern gegenüber nicht vollkommen sie selbst sein konnte. Aber für diese Generation war Homosexualität nicht erklärbar. Außerdem glaubten die alten Menschen, dass es früher so etwas nicht gegeben hatte.

»Darf ich fragen, ob auch Sie spät geheiratet haben?«

»Dürfen Sie«, rief Đuro lachend. »Weil unsere Ana noch jung ist und wir so alt sind, nicht wahr?«

Seine Frau kicherte.

»Wir haben mit Ende zwanzig geheiratet, ein Jahr darauf wurde unser Martin geboren. Tja, dann ist nichts mehr passiert, um's mal so zu sagen. Wir haben uns damit abgefunden, und dann geschah das Wunder, unsere Gebete wurden erhört. Martin war neun, als Ana geboren wurde.«

Roko sah die beiden an und lächelte, dann nahm er einen Schluck von der Limonade, und Maša griff ebenfalls nach ihrem Glas. »Herrlich erfrischend«, sagte Roko und stellte das Glas wieder ab.

Maša trank und hielt dann das Glas vor ihr Gesicht. »Ich glaube, das ist die beste Limonade, die ich je getrunken habe.«

»Das freut mich«, sagte Celesta. »Bei mir ist nämlich alles *domaće*.«

Roko fragte sich, ob es hierzulande jemanden gab, für den *domaće*, das Hausgemachte, nicht ein Zauberwort war. Selbst auf industriell verarbeiteten Lebensmitteln prangte nicht selten die Aufschrift mit dem Zauberwort. Celestas Limonade war gesüßt, und Roko meinte, dass es raffinierter Haushaltszucker war, doch die alte Frau erklärte: »Ungesundes und Chemie kommen mir nicht ins Haus, nur bei Putzmitteln.«

Maša nahm den Notizblock und ihren Kugelschreiber aus der Tasche. »Könnten Sie mir noch mal die Namen und die dazugehörigen Hausnummern sagen von den Leuten, die verreist sind?«

Đuro Farac kam der Aufforderung nach, daraufhin erzählte er freimütig: »Unser Sohn Martin wohnt mit seiner Frau Stela und den Töchtern oben«, wobei er den Zeigefinger zur Decke streckte. »Martin ist selbstständiger Gärtner und sehr gefragt, weil er fleißig ist. Er war immer so ein guter Schüler, und ich dachte, dass er mal was ganz Großes wird. Meine Frau sagt, dass ich ihm auf die falsche Weise Tüchtigkeit beigebracht habe, weil ich immer zu ihm sagte: *Nema kruha bez motike*.« Roko kannte das Sprichwort. Kein Brot ohne Hacke. »Vielleicht hat er das als Kind falsch verstanden und ist dann deswegen Gärtner geworden.«

»Ach, was redest du denn da«, mahnte ihn seine Frau.

»Ihr Sohn wohnt also mit seiner Frau und den Kindern im ersten Stock?«

»Genau. Unsere Enkelinnen sind wunderbare Kinder. Nicht wahr, Celesta?« Die Zustimmung seiner Frau wartete Đuro gar nicht erst ab. »Marta ist zwölf, und Matea ist zehn.«

»Für Kinder ist das bestimmt schön, wenn die Großeltern im selben Haus leben«, meinte Maša.

Roko bezweifelte, dass es für die mittlere Generation ausschließlich Vorteile hatte. Großeltern mischten sich nicht selten in die Kindererziehung ein und verteilten ungefragt Ratschläge und Kommentare. Sie meinten es natürlich jedes Mal gut, doch nerven konnte es trotzdem. Weshalb auch Rokos Vater irgendwann seinen Koffer gepackt hatte und fortgegangen war.

»Ach, nur Stela macht uns manchmal Kopfzerbrechen. Sie ist eine gute Frau, aber alles muss immer so gemacht werden, wie sie sich das in den Kopf …«

»Đuro«, kam es sanft mahnend von seiner Frau. »Ich denke nicht, dass sich die Polizei für so etwas interessiert. Du hast ihnen doch schon dein Leid wegen der Fassadenfarbe geklagt.«

»Wem gehört denn das Haus?«

»Uns«, antwortete Đuro. »Als wir es damals bauten, haben wir gleich für Martin vorgesorgt und das Haus mit der oberen Etage gebaut. Ana wird später, wenn wir sterben, im Erdgeschoss leben, so hoffen wir.«

Nichts Ungewöhnliches, schoss es Roko durch den Kopf. Am liebsten würden seine Landsleute auch noch die Urenkel abgesichert wissen.

Celesta rutschte auf dem Sessel ein Stückchen näher, als sie ängstlich fragte: »Glauben Sie, dass es jemand aus dem Dorf war?«

»Möglicherweise«, antwortete Roko unverbindlich.

Die beiden Alten sahen verängstigt aus.

»Mochten Sie den Pfarrer?«, fragte Maša.

»Ja«, antwortete die alte Frau. »Er war ein netter Mensch und ein guter Pfarrer.«

Mit einem Ausdruck des Widerspruchs verzog Đuro den Mund. »Ehrlich gesagt fand ich ihn ein bisschen unterkühlt.«

»Unterkühlt? Wie meinen Sie das?«

»Wenn er von Weitem jemanden sah, wandte er schon mal den Kopf ab, weil er sich nicht gern unterhalten hat. Jedenfalls war das mein Eindruck. Ein herzlicher und offener Mensch war er nicht gerade.«

Celesta schüttelte den Kopf. »Mich hat er immer freundlich gegrüßt und sich nach meinem Befinden erkundigt. Sein Tod macht mich sehr traurig.« In Celesta Faracs Sätzen lag etwas seltsam Konstruiertes, als wären die Worte zurechtgelegt gewesen. Aber vielleicht war es auch einfach nur ihre Art zu sprechen, überlegte Roko. »Wir dürfen nicht vergessen, dass er uns geholfen hat«, sagte Celesta und sah ihren Mann dabei vorwurfsvoll an.

»Ja, stimmt schon«, gab dieser zu.

»Wie hat der Pfarrer Ihnen geholfen?«

»Erzähl du es«, forderte Celesta ihren Mann auf.

»Vor sechs Jahren hat die Bura unser Dach stark beschädigt. Fast die Hälfte war weggefegt. Der Pfarrer hat mit angepackt und darauf bestanden, die Hälfte der Kosten zu übernehmen.«

Celesta nickte. »Das war sehr großzügig von ihm.«

»Sicher«, bestätigte Đuro, »das war es, aber …« Er brach ab.

»Ja?«, hakte Roko nach.

»Ich weiß auch nicht, aber ich hatte das Gefühl, dass er den Menschen half, um Anerkennung zu finden. Als ob er spürte, dass man ihn zwar schätzte, aber nicht liebte. Bis auf Marija und Jere vielleicht. Die beiden haben ihn vergöttert.«

Celesta machte ein missmutiges Gesicht. »Ach, plappere doch nicht so einen Unsinn, Đuro. Wer liebt schon seinen Pfarrer? Er hat uns doch nicht geholfen, damit wir ihn lieben.«

»So habe ich das auch nicht gem…«

»Er hat uns geholfen, weil er ein Guter war.«

Resigniert seufzte Đuro auf. »Na meinetwegen. Dann war er halt ein Guter.«

Als Roko und Maša sich kurz darauf von Celesta Farac verabschiedeten und ihr Mann sie zur Haustür begleitete, sagte Roko: »Wir werden uns in nächster Zeit wahrscheinlich wieder bei Ihnen melden.«

»Kommen Sie, wann immer Sie wollen«, sagte Farac, als ginge es dabei um eine neue Bekanntschaft zwischen ihnen. Dann deutete Đuro auf die linke Seite des Hauses. »Sie müssen links rum, wenn Sie zu Martin wollen, seitlich ist eine Treppe.«

»Herr Farac, könnten Sie mir von hier aus erklären, wer in welchem Haus lebt?«

»Ja sicher.« Er schien erfreut, der Polizei helfen zu dürfen. Zunächst zeigte er auf die drei Häuser, deren Besitzer verreist waren. »Und in dem Haus mit der zerbrochenen Scheibe, da wohnt niemand mehr, seit ungefähr dreißig Jahren. Die Familie ist damals nach Schweden ausgewandert und seitdem nicht wiedergekommen. Komisch, oder? Sie besuchen die Heimat gar nicht mehr, als würde ihnen die Herkunft nichts bedeuten. In dem Haus daneben wohnt die alte Tonka. Sie haben sie ja heute Morgen gesehen. Sie ist über neunzig und so gut wie taub. Die hat den Pfarrer bestimmt nicht ermordet.« Dann wies Đuro mit dem Zeigefinger auf ein kleines Häuschen, das etwas abseits stand. »Und da wohnt der alte Bepo, das ist der Mann mit dem Gehstock. Er ist seit zwei Jahren Witwer und schwer auf den Beinen. Der hat den Pfarrer ganz sicher auch nicht ermordet. Bepo kann keine zehn Schritte gehen, ohne eine Pause einzulegen. Er geht zwar jeden Sonntag zum Gottesdienst, aber einer der Nachbarn muss ihn dann stützend nach Hause begleiten, weil er es allein nicht schafft. So, und auf der anderen Seite …« Đuro ließ seinen ausgestreckten Arm nach links wandern, zur Rechten des Pfarrhauses, welches sich mitten im Dorf befand. »In dem großen weißen Haus leben die Krmeks mit ihren Zwillingsjungen, sind beide Ministranten.«

»Wie alt sind die Jungen?«, fragte Roko.

»Dreizehn. Und klingeln Sie lieber an der Pforte, weil Lola keine Fremden mag.«

»Wer ist Lola?«

»Die Hündin. Nicht einfach reingehen! Klingeln Sie an der Pforte!«

»Verstanden.«

»Lola ist lieb zu Leuten, die sie kennt, aber bei Fremden rastet sie aus. Fragen Sie mal den neuen Postboten. Der hat Lola kennengelernt, nachdem er die Pforte geöffnet hatte, sag ich Ihnen. Aber jetzt mag sie ihn. Er bringt ihr immer ein Leckerchen mit, das Schlitzohr.«

»Wirklich clever. Und das Haus neben den Krmeks? Das mit der abblätternden Fassadenfarbe?«

»Da wohnen die Korunićs, sind erst vor ein paar Wochen hergezogen, weil sie das alte Haus gekauft haben und jetzt renovieren. Die sind jung, haben noch keine Kinder, und wenn Sie mich fragen, sind das Athisten.«

Roko und Maša verzichteten darauf, ihm zu sagen, dass es Atheisten hieß.

»Die waren noch nie in der Kirche. Ich weiß nicht, was mit den jungen Leuten heute los ist. Die glauben doch an gar nichts mehr und sagen, wenn man tot ist, ist man tot. Na, jedenfalls wohnen in dem weißen Haus mit dem knallroten Dach die Barbirs mit ihrer siebenjährigen Tochter Roza. Die Familie Barbir ist nicht von hier, sondern aus Ploče. Haben dort ein Stück Land verkauft, das früher kaum was wert war, aber jetzt steht da ein Supermarkt, und dafür haben sie eine Stange Geld bekommen. Die haben auch einen Hund, aber der ist lieb. Ein Collie. Badel heißt er.«

»Badel?«, fragte Roko. »Wie die Spirituosenfirma?«

Đuro nickte. »Genau. Weil die Tochter unbedingt einen Hund wollte, und als Mislav seinen vierzigsten Geburtstag feierte und gut gelaunt-betrunken war, hat die Tochter ihm das Versprechen entlockt, ihr einen Hund zu kaufen. Er wollte ihr am nächsten Tag nicht das Herz brechen und zurückrudern. Mislav sagt, der Šljivovica von Badel ist es geschuldet, dass der Hund da ist, deshalb sollte er danach benannt werden.«

»Auf was für Ideen manche Leute kommen«, meinte Maša und fügte kurz darauf hinzu: »Gut, dass er ihn nicht Šljivovica genannt hat.«

Đuro grinste. »Das dürfen Sie laut sagen.« Er blickte wieder über die Häuserreihe. »Und dann ist da noch das Haus der Didovićs. Jere ist neunzehn und ebenfalls Ministrant. Pfarrer Gabrijel hat der Familie geholfen, als Šime arbeitslos geworden war.«

Maša verstaute Notizblock und Stift in ihrer Tasche. »Kommen die Nachbarn gut miteinander aus?«

»Ach, wissen Sie, unser Dorf ist wie andere Dörfer auch«, meinte Đuro schulterzuckend. »Man hilft einander, und man lästert übereinander, man lobt und kritisiert, man gönnt und neidet …«

»Das kommt mir bekannt vor«, sagte Maša lächelnd. »Ich bin ebenfalls in einem Dorf aufgewachsen. Es ist eine Art Hassliebe.«

»Kann man wohl so sagen.« Mit einem Blick auf Roko fragte er: »Und Sie? Sind Sie auch in einem Dorf aufgewachsen?«

»Wenn ich mir das alles so anhöre, muss ich sagen: Gott sei Dank nicht.«

Der alte Mann berührte lachend Rokos Schulter. »Ein wahres Wort, Inspektor.«

Martin und Stela Farac waren gerade mit dem Abendessen fertig, als Roko und Maša auftauchten.

Sie saßen auf der überdimensionierten braunen Couch des Wohnzimmers, als Stela die Töchter in ihre Zimmer schickte. Die Mädchen gehorchten sofort, was in diesem Alter eher ungewöhnlich war. Đuro hatte seine Schwiegertochter als dominant beschrieben, wenn er das Wort auch nicht verwendet hatte. Stela war eine in jeder Hinsicht durchschnittliche Frau. Unscheinbar, ohne eine Spur von Ausstrahlung. Brünett, mittelgroß und mittelschlank. Martin war um einiges attraktiver als seine Frau. Groß, breitschultrig, das dunkelblonde Haar etwas länger. Wegen der kantigen Gesichtszüge strahlte er eine leichte Härte aus, die manche Frauen angeblich anziehend fanden.

Roko und Maša stellten ihre üblichen Fragen, doch ihnen war nichts Außergewöhnliches aufgefallen, und sie konnten nichts über den Pfarrer sagen.

»Wir gehen sonntags zur Kirche«, berichtete Stela. »Das war's. Der Pfarrer war eben ein Pfarrer, als Mensch hat er uns kaum interessiert. Weder mochten wir ihn, noch mochten wir ihn nicht.«

Stela Farac sprach für sich und ihren Mann. Er machte gar nicht erst den Versuch, sich einzubringen, weshalb Roko den direkten Weg ging.

»Sehen Sie das auch so, Herr Farac?«

»Natürlich sieht er das auch so«, antwortete Stela stellvertretend. »Wir sind uns in allem immer einig.«

Roko bezweifelte, dass Martin das ebenso sah. »Danke, Frau Farac«, sagte er freundlich. »Lassen wir Ihren Mann darauf antworten.«

Martin reagierte zuerst nicht, als ob er mit dieser Situation überfordert wäre, dann meinte er: »Ja sicher. Er war uns ziemlich egal.« Martin schluckte, was in Roko den Verdacht weckte, dass er aus irgendeinem Grund nervös war. Oder es war ihm peinlich, dass Roko seine Frau dazu auffordern musste, Martin zu Wort kommen zu lassen.

»Der Mord ist in den frühen Morgenstunden passiert. Sie waren zu Hause im Bett?«

Roko bekam von Stela die Antwort, mit der er gerechnet hatte: »Ja natürlich.«

»Haben Sie hin und wieder mal ein Wort mit dem Pfarrer gewechselt?«

»Nein, haben wir nie.« Es war natürlich Stela, die in beider Namen antwortete.

Roko sah Martin an. »Herr Farac?«

Er schüttelte den Kopf. »Nein, habe ich nicht.«

Zumindest sprach der Mann nur für sich, im Gegensatz zu seiner Frau.

»Gab es von den Nachbarn negative Äußerungen über den Pfarrer?«

»Nicht dass wir wüssten«, antwortete Stela.

»Herr Farac?«

»Nein, da fällt mir nichts ein, Inspektor.«

Als sie gingen, begleitete Martin Farac sie hinaus. »Sie sind

Gärtner, wie wir hörten«, sagte Roko. »Und was macht Ihre Frau beruflich?«

»Stela ist Arzthelferin bei einem Internisten. Sie überlegt gerade, ob sie kündigen soll.«

Roko fand den Mann sympathisch. Er fragte sich, weshalb er eine Frau wie Stela geheiratet hatte. Vielleicht war sie zu jener Zeit noch anders gewesen, vielleicht hatte er sich in etwas an ihr verliebt, was auf den ersten Blick allen anderen verborgen blieb.

»Ihre Frau möchte vielleicht kündigen? Gibt es Probleme auf der Arbeit?«

»Hat mein Vater das nicht erzählt?«

»Nein, was denn?«

»Wir haben letzten Monat in der Lotterie gewonnen.«

»Tatsächlich?«

»Ja, im Eurojackpot. Fünf Richtige, ohne Eurozahlen.«

»Einen hohen Betrag?«

»Knapp neunzigtausend Euro.«

»Eine hübsche Summe, herzlichen Glückwunsch.«

Er lächelte gequält. »Danke. Eigentlich wollten wir das geheim halten, aber mein Vater kann einfach nichts für sich behalten. Deshalb hat er Ihnen gegenüber wohl nichts erwähnt, weil ich wütend geworden bin, dass er das herumposaunt. Aber da war es eigentlich schon zu spät, weil es bereits das ganze Dorf weiß. Pfarrer Gabrijel äußerte sich enttäuscht über uns.«

»Enttäuscht? Warum denn das?«

»Weil wir Lotto spielen. Für ihn waren Glücksspiele Verführungen des Teufels.«

»Verstehe.«

»Eto«, meinte er schulterzuckend, »so war er eben.«

»Und wegen des Gewinns überlegt Ihre Frau, ob sie die Arbeit aufgeben soll?«

»Ja.«

Roko wunderte sich darüber. Der Betrag war eine Summe, mit der man weit kam, die eine gute Basis für Investitionen oder zum Anlegen war, aber er reichte bestimmt nicht, um ausgesorgt zu haben.

»Stela ist sehr sparsam«, unterbrach Martin Farac Rokos Gedanken. »Sie würde nicht den ganzen Tag zu Hause sitzen wollen und braucht nur eine Auszeit. Wir haben das Geld auf der Bank gelassen. Sie will, dass wir die Hälfte anlegen und mit der anderen Hälfte in einen Souvenirladen in Dubrovnik investieren, wo sie dann arbeiten würde.«

»Und was wäre Ihr Wunsch gewesen?«, fragte Roko.

Ihm entging nicht, dass die Frage Unbehagen in Martin auslöste. Sie lebten in einem Haus, das mal zur Hälfte ihm gehören würde. Seine Frau entschied über Finanzen und anscheinend auch über alles Übrige, auch über die Fassadenfarbe. Das alles ließ Martin als Pantoffelhelden dastehen, für einen dalmatinischen Mann eine enorme Beleidigung. Die Dinge hatten sich in den letzten Jahrzehnten stark verändert. Die jungen Frauen waren selbstbewusster geworden, achteten heute mehr auf die eigenen Bedürfnisse, wurden darin nicht zuletzt auch durch die eigenen Väter bestärkt, die sich für ihre Töchter ein emanzipiertes Leben wünschten. Doch Stelas Verhalten hatte damit nichts zu tun, überlegte Roko, ebenso wie Machogehabe nichts mit Souveränität zu tun hatte.

»Mein Wunsch?« Martin schüttelte den Kopf und sagte mit gespielter Leichtigkeit: »Das ist schon in Ordnung so. Ich bin ja damit einverstanden.«

Davon war Roko keineswegs überzeugt. Es hätte ihn interessiert, wie Martin über den Gewinn entschieden hätte, aber Roko wusste, dass diese Information nicht aus ihm herauszuholen war.

Roko und Maša verabschiedeten sich und gingen die Stufen hinunter.

»Ich weiß nicht, wie du ihn beschreiben würdest«, fing Maša an, kaum dass sie außer Hörweite waren, »aber für mich ist er eine Art liebenswerter *šonjo*.«

Roko lächelte über den Ausdruck. Das Wort beschrieb einen anschmiegsamen Weichling. »Ja, sieht so aus.«

»Warum lässt er das zu?«, wunderte sich Maša.

»Vielleicht braucht er das, wer weiß. Paare finden sich, weil sie sich ergänzen. Sie braucht einen *šonjo* und er eine Frau, die ihm sagt, wo es langgeht.«

»Ob das auf Dauer gut geht? Irgendwann hört sie auf, ihn zu respektieren, und irgendwann fängt er an, sie zu hassen. Unterdrückte Leute sind manchmal gefährlich, das wohlbekannte Pulverfass.«

Sie kamen an dem verlassenen Haus vorbei, dessen Besitzer nach Schweden ausgewandert waren, und blieben davor stehen.

»Schade um das hübsche alte Haus«, meinte Maša. »Man könnte es wieder herrichten, allerdings müsste man einiges an Geld und Zeit investieren.«

Es musste uralt sein, erbaut aus unterschiedlich großen Steinblöcken, mit einem braunen Dach. Eine kleine Treppe führte vom Hauptweg nach oben zum Hauseingang, vor dem noch ein gut erhaltener achteckiger Brunnen stand, aus Tagen, an denen es noch kein fließendes Wasser gegeben hatte und man mit einem Blecheimer das Wasser per Seil hochzog. Viele der Brunnen hatte man aus nostalgischen Gründen bei Renovierungen beibehalten.

Im unteren Teil des Hauses war einst der Stall gewesen, eine typische Bauweise vergangener Zeiten. Die dicke, bogenförmige Stalltür war noch in gutem Zustand. Der Efeu gab dem Haus zusätzlich etwas Malerisches, und den verwilderten Garten hätte man mit etwas Aufwand wieder zum Erblühen bringen können.

»Hier zu wohnen könnte die pure Idylle sein«, sagte Maša. »Oben ist sogar ein kleiner Balkon.« Sie zeigte auf das verrostete Geländer. »Von da hat man einen wundervollen Ausblick auf das Meer. Ach, ich vermisse das Landleben und komme immer mehr zu der Erkenntnis, dass die Stadt nichts für mich ist. Diese Anonymität in einem Mietshaus, die Straße direkt vor der Haustür, ständig Menschen um einen herum.« Sie seufzte auf.

»Dann verkauf doch die Wohnung und kauf dieses Haus«, sagte er scherzhaft.

Wider Erwarten schien sie diesen Gedanken nicht abwegig zu finden. »Mal sehen, wie sich die Ermittlungen entwickeln. Und ob es eine Freude wäre, in Pažina zu leben.« Sie sah ihn von der Seite an. »Schließlich lebt hier wahrscheinlich ein Mörder.«

»Ja, wahrscheinlich«, meinte Roko, während sie sich vom Haus entfernten. »Aber wir werden ihn ins Gefängnis bringen, und dann kannst du beruhigt nach Pažina ziehen.« Sie lachten kurz darüber.

Die Besuche bei der alten tauben Frau und dem gebrechlichen Mann währten nur kurz. Roko hatte ohnehin schon am Morgen gefragt, ob sie ihm etwas sagen könnten. Die Frau bekam wegen der Schwerhörigkeit nichts mit, und der alte Mann sagte, dass er eigentlich nur für den Kirchgang sein Haus verließ. Seine Enkelin brachte ihm einmal pro Woche Lebensmittel.

Als sie vor dem Haus der Familie Krmek standen, hatte Roko Đuros Warnung nicht vergessen. Er klingelte an der Pforte, und fast zeitgleich drang Hundegebell aus dem Haus. »Lola!«, hörte man eine tiefe Männerstimme. Die Tür ging auf, und ein Mann in mittlerem Alter rief: »Ja bitte?«, während er die knurrende Schäferhündin am Halsband festhielt.

»Polizei Dubrovnik«, rief Roko.

»Oh, ach so. Warten Sie bitte kurz. Ich sperre den Hund ins Schlafzimmer, während Sie hier sind.«

»Das wäre zauberhaft«, sagte Maša zu Roko. »Und ein Warnschild an der Tür wäre auch nicht verkehrt.«

Einen Augenblick später erschien er wieder auf der Schwelle. »Kommen Sie rein«, rief er ihnen zu, machte die Tür weit auf und tat einen Schritt zur Seite.

Erik Krmek war der Typ, der es sich zu Hause gern gemütlich machte. Er trug einen dunkelblauen Jogginganzug und Pantoffeln mit braunem Cordstoff. Reichlich konservativ für sein Alter, fand Roko. Seine Frau Mirjana hielt mehr auf sich als ihr Mann. Der schwarze Glockenrock und die beigefarbene Bluse standen ihr nicht nur gut, sondern waren auch nicht ganz billig, wie Roko auf den ersten Blick bemerkte. Wie sie erfuhren, arbeitete Mirjana Krmek in einer Boutique und kam gerade erst von der Arbeit.

»Und Erik ist Filialleiter in einem Supermarkt«, erzählte Mirjana. »Wir kommen beide spät nach Hause.«

Sie saßen im Wohnzimmer, während der Fernseher ohne Ton lief. Es roch nach neuen Möbeln. Alles wurde von der Farbe Weiß dominiert, mit gelegentlichen Unterbrechungen in Schokoladenbraun und Ocker.

»Sind Sie erst kürzlich in das Haus gezogen?«, wollte Maša wissen.

»Nein, wie kommen Sie darauf?«, fragte Erik überrascht.

»Alles ist so neu.«

»Wir haben alles erneuert, weil es mal wieder nötig war. Erik ist befördert worden und verdient jetzt auch ein bisschen mehr. Na ja, meine Eltern haben auch etwas gesponsert«, erzählte sie offen. »Genau genommen gehört das Haus noch meinen Eltern. Sie haben es gebaut, als ich noch klein war. Ich bin darin aufgewachsen. Auch deshalb haben sie uns bei der Renovierung finanziell geholfen.«

»Dafür sind Eltern doch da«, sagte Maša ironisch.

Erik sah sie erschrocken an. »Aber doch nicht nur dafür.«

Maša hob kurz die Hand und winkte abwehrend. »Nein, das war nur ein kleiner Scherz, Herr Krmek.«

»Ach so.« Er zwang sich zu einem Lächeln und warf Maša dann einen misstrauischen Blick zu.

Bei diesem Paar war Roko die Frau angenehmer als der Mann, der ihm ziemlich steif und humorlos erschien.

Es sei ihnen nichts aufgefallen, beteuerten beide auf Rokos Fragen. »Wir hatten ein gutes Verhältnis zu Pfarrer Gabrijel und mochten ihn sehr«, erzählte Mirjana. »Unsere beiden Jungs sind Ministranten in seiner Kirche, wissen Sie. Ich kann einfach nicht fassen, was ihm zugestoßen ist.«

Erik nickte mechanisch und sagte ebenso mechanisch: »Ja, ganz furchtbar.« Es klang ganz und gar emotionslos.

»Sie beide gehen regelmäßig zur Kirche?«

Mirjana bejahte. Ihr Mann sagte freiheraus: »Meine Frau ist gläubig, und meine Söhne sind Ministranten. Was bleibt mir übrig.«

»Verstehe. Sind Ihre Söhne … freiwillig Ministranten geworden?«

Zumindest war Mirjana aufrichtig, als sie antwortete: »Es war mehr mein Wunsch als ihr eigener.«

»Wo sind Ihre Kinder jetzt?«

»In ihren Zimmern. Sie machen noch Hausaufgaben.«

»Wir würden gerne mit ihnen sprechen.«

»In Ordnung. Ich hole sie.« Mirjana stand auf, als Roko fragte: »Ist der Hund wirklich gefährlich?«

Sie blickte zu ihm herab. »Nein, so kann man das nicht sagen. Lola beschützt einfach das Haus.«

»Wo ist sie nachts? Draußen oder im Haus?«

»Mal so, mal so. Wie es ihr beliebt.«

»Wo war sie letzte Nacht?«

»Draußen.«

»Würde sie bellen oder knurren, wenn jemand ins Dorf kommen würde?«

»Ja natürlich. Aber nicht, wenn sie jemanden kennt.« Als Mirjana es ausgesprochen hatte, stand ihr der Schreck ins Gesicht geschrieben. »O mein Gott«, flüsterte sie.

»Könnte ein Fremder sie mit Fleisch oder Wurst ruhigstellen?«, fragte Maša.

»Wie bitte?« Mirjana machte den Eindruck, als wäre die Vorstellung vollkommen verrückt.

»Ich bitte um Entschuldigung, aber wir hatten nie einen Hund, immer nur Katzen.«

»Nein, ein Fremder keinesfalls«, sagte Mirjana und schüttelte den Kopf.

Roko bat Mirjana, nun die Söhne zu holen.

»Es ist eine gruslige Vorstellung«, sagte Erik, »dass es jemand aus dem Dorf getan haben könnte. Verstehen Sie mich nicht falsch, der arme Pfarrer und so, aber diese kranke Bestie lebt möglicherweise mitten unter uns.«

»Wir tun unser Bestes, um denjenigen so schnell wie möglich zu finden«, versicherte Maša.

Mirjana kam mit den Zwillingssöhnen ins Wohnzimmer. Sie waren nur durch die Frisur auseinanderzuhalten. Ihre Mutter stellte denjenigen mit den kurzen Haaren als Robert vor, den mit struppigem Haar als Albert. Die Jungen sahen älter aus als dreizehn.

Ob es vielleicht besser wäre, die Kinder getrennt von ihren Eltern über den Pfarrer zu befragen? Im nächsten Moment verwarf Roko den Gedanken. Die Kinder waren minderjährig, und er konnte und wollte nicht von den Eltern verlangen, den Raum zu verlassen, schon gar nicht in ihrem eigenen Haus.

Die beiden Jungen grüßten höflich und setzten sich neben ihren Vater auf die Couch.

»Ihr wisst, was dem Pfarrer zugestoßen ist?« Roko versuchte, so ruhig wie möglich zu sprechen. Die Kinder waren wegen des tragischen Ereignisses bestimmt verstört.

»Ja«, antworteten beide fast zeitgleich.

»War der Pfarrer in letzter Zeit anders als sonst?«

»Er redete nicht so viel wie sonst«, antwortete Albert, der Zwilling mit den zerzausten Haaren.

»Und irgendwie unkonzentriert war er«, ergänzte Robert.

»Hat er etwas darüber gesagt?«

Sie schüttelten die Köpfe.

»Habt ihr euch gut mit dem Pfarrer verstanden?«, fragte Maša.

Albert zuckte die Schultern, Robert sah seinen Bruder grinsend an. »Erzähl ihnen von dem Handy.«

Albert grinste ebenfalls kurz, dann erzählte er. »Ich hab mal vergessen, mein Handy auszuschalten, und es hat geklingelt. Darauf ist der Pfarrer ein bisschen sauer geworden. Er hat gesagt, dass Handys Teufelszeug sind.«

»Er hat Teufelszeug gesagt?«, fragte die Mutter verwundert.

»Ja.« Robert nickte heftig. »Und dass Albert sich damit zum gesellschaftlichen Sklaven macht. Und das Fernsehen ist auch nicht viel besser, hat er gesagt. Nur Pistolen und nackte Körper, die den Menschen auf die schiefe Bahn führen, in den Abgrund von Gewalt und Wollust.« Er sah seinen Vater an. »Was ist das eigentlich, Wollust?«

Der Vater wurde etwas rot und strich sich übers Haar, als ob er fiktive Locken zähmen müsste.

Roko hegte den Verdacht, dass der Junge sich dumm stellte,

um seinen Vater zu veralbern und seinen Bruder zum Kichern zu bringen, was ihm beides gelang.

»Das erklär ich dir später«, sagte Erik zu seinem Sohn.

»Ja, und Glücksspiel, Nikotin und Alkohol sind alles Verführungen des Teufels«, berichtete Albert weiter. »Drogen hat er nicht einmal erwähnt. Ich glaube, er wusste gar nicht, dass es das gibt.«

»Drogen, also wirklich«, kommentierte Erik, als ob das etwas wäre, was es nur am anderen Ende der Welt gab.

»Das hör ich alles zum ersten Mal.« Mirjana sah von ihren Söhnen zu ihrem Mann. »Hast du davon gewusst, Erik?«

»Nein.«

»Ihr habt nie etwas erzählt.«

»Tja, weiß auch nicht.« Albert verschränkte die Arme vor der Brust.

»Hat der Pfarrer mal etwas gesagt oder getan, das euch unangenehm war?«, fragte Maša.

Robert antwortete: »Nein, nur dieses witzige Zeug hat er manchmal gesagt, das wir grad erzählt haben, und dann haben wir ihn später nachgemacht.«

Albert rammte seinem Bruder mahnend den Ellbogen in die Rippen, worauf dieser aufstöhnte, dann dasselbe bei seinem Bruder tat, worauf dieser wiederum aufstöhnte.

»Okay, noch eine Frage«, lenkte Maša die Aufmerksamkeit wieder auf das Wesentliche. »Also nur witziges Zeug wie Teufelszeug und Wollust. Aber Unangenehmes ist nie passiert?«

»Nein«, antwortete Albert. »Pädophil war der nicht.«

Für einen Moment erfüllte eine Mischung aus Spannung und Peinlichkeit den Raum. Roko und Maša nahmen diese Information zur Kenntnis, während die Eltern schockiert darüber schienen, dass ihre kleinen Buben ein so hässliches Wort in den Mund nahmen.

»Frau Krmek«, setzte Roko an, »es ist doch gut, dass die Kinder heute aufgeklärt sind und solche Begriffe und deren Bedeutung kennen.«

»Was? Ja, schon … vielleicht …«, stammelte sie.

»Habt ihr den Pfarrer gemocht?«, fragte Roko. »War er nett zu euch?«

Nun veränderten sich die Gesichter der Zwillingsbrüder. Robert antwortete: »Ja, eigentlich schon. Er war meistens nett, hat uns zum Geburtstag immer Geschenke gekauft, und mich hat er mal wegen einer schlechten Note getröstet und gesagt, dass die Welt davon nicht untergeht.«

Albert ließ sich mit der Antwort etwas Zeit. »Manchmal war er nervig, aber meistens war er echt lieb.«

Seine Mutter legte ihre Hand auf seine Schulter. »Ich kann es noch gar nicht richtig begreifen, dass er nicht mehr lebt.«

Etwa eine halbe Minute sagte niemand etwas, bis Mirjana das Schweigen brach. »Mir fällt gerade etwas ein, aber ich weiß nicht, ob das wichtig für Sie ist.«

Roko nickte ihr aufmunternd zu. »Erzählen Sie es bitte, Frau Krmek.«

»Vor zwei Wochen waren die Maler hier im Haus. Als sie mit der Arbeit fertig waren, wurde mir bewusst, dass ich ganz vergessen hatte, zur Bank zu gehen. Ich habe den Malern gesagt, dass ich zur Bank muss, aber sie waren ungeduldig und meinten, dass sie zum nächsten Termin müssten. Ich dachte, von wem könnte ich mir spontan bis morgen viertausend Kuna leihen? Niemand hat so viel Geld im Haus.«

»Nicht einmal Martin und Stela«, meldete Erik sich zu Wort. »Sie haben nämlich in der Lotterie gewonnen.«

»Ja, das wissen wir.«

»Ach so? Đuro hat gesagt, dass Stela nichts davon anrühren will und alles auf der Bank liegt.«

»Jedenfalls«, setzte seine Frau in leicht gereiztem Ton ihren Bericht fort, »dachte ich, dass vielleicht Pfarrer Gabrijel mir das Geld bis zum nächsten Tag leihen könnte. Ich meine, die Kirche hat doch immer Geld. Aus diesem Grund habe ich dann im Pfarrhaus geklingelt, Marija öffnete die Tür, und ich erzählte von meinem Problem. Sie informierte den Pfarrer, und er hat mich dann hereingebeten. Ana arbeitete an diesem Tag nicht. Er ging mit mir ins Büro und zog eine Schublade auf, halb voll mit Geldscheinen. Ich wunderte mich, dass das Geld einfach so in der Schublade lag. Der Pfarrer nahm einen Stapel Scheine heraus und zählte viertausend Kuna ab. Am nächsten Tag ging ich zur Bank und übergab Marija das Geld an der Tür.«

»Wie viel Geld war ungefähr in dieser Schublade?«, fragte Roko.

»Das kann ich unmöglich schätzen.«

»Der Betrag von viertausend Kuna, den er entnommen hat – war das ungefähr die Hälfte des Schubladeninhalts, zwei Drittel?«

Mirjana dachte nach. »Grob geschätzt war es etwa ein Viertel.«

»Sehr fahrlässig«, kommentierte Erik.

Im Stillen gab Roko ihm recht. »Noch eine Frage, Frau Krmek. Haben Sie jemandem davon erzählt? Dass der Pfarrer so viel Geld herumliegen hatte, meine ich.«

»Na ja …« Mirjana wippte nervös mit dem Fuß. »In dem einen oder anderen Gespräch mit den Nachbarn hat sich das ergeben.«

»Und wem haben Sie es erzählt?«

»Das weiß ich nicht mehr genau. Die haben es halt dann auch weitererzählt, nehme ich an. Ich habe doch damit kein Geheimnis ausgeplaudert. Schließlich wussten es auch Ana und Marija, und er selbst hat ja offensichtlich auch kein Geheimnis daraus gemacht.«

Bei dem jungen Paar Korunić hielten Roko und Maša sich nicht lange auf. Vor drei Wochen waren sie aus der Nähe von Split hierhergezogen. Sie bezeichneten sich selbst als Atheisten, und mit dem Pfarrer hätten sie nie ein Wort gewechselt, ihn nur manchmal von Weitem gesehen, wenn er im Garten arbeitete. Vom Dorfleben bekamen sie nichts mit, kehrten erst abends von der Arbeit nach Hause und kannten die Bewohner noch gar nicht alle, schon gar nicht deren Namen.

Auch die Familie Barbir lebte noch nicht lange in Pažina, erst seit vier Monaten, allerdings waren sie integrierter in der

Gemeinde und hatten Kontakt zu Nachbarn und Kirche. Mislav Barbir schätzte Roko auf vierzig, seine Frau Valentina war etwa zehn Jahre jünger. Die siebenjährige Tochter Roza wurde von der Mutter freundlich gebeten, auf ihr Zimmer zu gehen, weil Mama und Tata »über die hässliche Geschichte mit dem Pfarrer« reden mussten.

Mislav und Valentina Barbir waren ein Paar, das Rokos Nona mit *skorojevići* bezeichnet hätte. Neureiche Emporkömmlinge, die bei den Oberen dazugehören wollten. Roko mochte diese Etikettierungen nicht, aber manchmal konnte man mit einem Wort alles beschreiben. Die beiden waren offen und gastfreundlich, boten zu trinken und zu essen an, was die Beamten dankend ablehnten.

Mislav Barbir hatte eine Designer-Sonnenbrille aufgesetzt. Als ob ihn im Haus die Sonne blenden könnte, wunderte sich Roko. Außerdem trug der Mann eines dieser teuren Polohemden mit dem Firmenlogo auf der Brust. Eine giftgrüne Farbe, die in Kombination mit der braunen Stoffhose und Mislavs stattlichem Bauchumfang umso schlimmer wirkte. Valentina war eine durchaus attraktive Frau mit langem schwarzen Haar, jedoch mit zu viel Schmuck behangen, fand Roko. Vielleicht war es sogar teurer Schmuck, aber wegen der Quantität sahen die Armbänder, Ringe und Halsketten billig aus. Die Wohnungseinrichtung war eine geschmacklose Mischung aus IKEA und Antiquitäten, zu viel verschiedenes Holz und zu viele Farben.

Roko und Maša saßen mit Mislav und Valentina Barbir in der großen gemütlichen Wohnküche, während der Collie Badel in der Ecke in seinem Korb lag und sie beobachtete. An der Kühlschranktür klebten Bilder, die wahrscheinlich die siebenjährige Roza gemalt hatte. Die Häuser darauf waren größer als die Bäume, die Wolken hatten lachende Gesichter, und die Hunde sahen aus wie Hasen.

»Herr Barbir, darf ich Sie bitten, die Sonnenbrille abzunehmen, solange wir uns unterhalten?« Roko wollte dem Mann in die Augen sehen und nicht auf ein Stück schwarzes Plastik.

Mislav kam der Aufforderung sofort nach. »Oh, entschuldigen Sie. Ich habe ganz vergessen, sie abzunehmen, als ich ins Haus gekommen bin.« Er legte die Sonnenbrille auf dem Küchentisch ab.

»Kein Problem«, meinte Roko und lächelte. Er sah zu dem Collie hinüber. »Ein wirklich schöner Hund.«

»Ja, nicht wahr?« Nachdem Mislav einen liebevollen Blick auf das Tier geworfen hatte, erklärte er: »Eigentlich war ich lange dagegen, aber meine Tochter wollte unbedingt einen Hund. Und jetzt? Mein Herz blüht auf, wenn ich nach Hause komme und Badel glücklich an mir hochspringt. Sie können sich nicht vorstellen, wie sehr man ein Tier lieben kann. Haben Sie einen Hund?« Er blickte von Roko zu Maša.

»Bei uns zu Hause hatten wir immer nur Katzen«, antwortete Maša.

Roko verneinte Mislavs Frage. »Meine Familie war dagegen, in der Altstadt einen Hund zu halten, und später hatte ich keine Zeit für ein Tier.«

»Sie leben in der Altstadt?«, fragte Mislav sichtlich beeindruckt.

»Ja. Sie kommen aus Ploče?«

»Oh!«, rief Mislav und lachte. »Da haben Sie Ihre Informationen von den Nachbarn schon bekommen. Aber uns stört das nicht. Ja, wir kommen aus Ploče. Ich habe vor vielen Jahren ein Stück Land geerbt, das kaum etwas wert war. Ich habe es an eine Supermarktkette verkauft, und wir haben viel Zaster dafür bekommen. Aber das wissen Sie bestimmt schon. Die Leute tratschen über uns, stimmt's?«

Seine Frau hatte da ihre eigene Theorie. »Ach, Mislav. Die Leute sind doch nur neidisch.«

Roko verzichtete darauf, ihr zu sagen, dass Đuro Farac nicht den Eindruck gemacht hatte, neidisch zu sein. Er sah wieder zu dem Hund, der behaglich in seinem Korb lag und mittlerweile eingeschlafen war.

»War Badel heute Nacht draußen?«, wollte Roko wissen.

»Ja, wie immer.« Valentina schüttelte mit geschlossenen Augen den Kopf, um ihre Verwunderung zu untermauern. »Badel ist tagsüber am liebsten im Haus, aber nachts will er draußen sein. Komisch.«

»Sind manche Hunde nicht gerne draußen?«

»Doch, aber umgekehrt wäre es doch logischer. Tagsüber geht er nur zum Pinkeln raus.«

»Hat er heute Nacht gebellt oder geknurrt?«

»Nein.«

»Würde er bellen, wenn jemand Fremdes ins Dorf käme?«

»Selbstverständlich.«

Maša fragte, ob sie etwas Ungewöhnliches beobachtet oder gehört hätten, doch sie verneinten entschieden.

»Nein, nein, gar nichts«, kam es von Mislav.

»Wir wissen von nichts und kannten den Pfarrer kaum«, erklärte Valentina, als würde sie den Satz ablesen.

»Gingen Sie sonntags zur Kirche?«

»Ja, wir gehen jeden Sonntag in die Kirche.«

»Haben Sie sich mit dem Pfarrer mal unterhalten?«

»Nein, nie«, antwortete Valentina auf Mašas Frage.

»Kein einziges Wort?«

»Nein, nur gegrüßt haben wir uns drei oder vier Mal.«

Mislav rutschte auf seinem Stuhl herum. »Glauben Sie, dass es bei dem Mord gezielt um den Pfarrer ging, um Geld vielleicht, oder lebt ein Irrer unter uns?«

»Wir sind dabei, das herauszufinden«, antwortete Roko.

»Weil, wenn es ums Geld geht«, begann Mislav in ängstlichem Ton, »dann sind wir vielleicht auch in Gefahr. Es bleibt ja nicht verborgen, dass es uns nicht schlecht geht. Bald werden wir einen Swimmingpool bauen, und wir haben ein paar Statuen für den Garten bestellt.«

Ausgezeichnete Idee, hätte Roko am liebsten ironisch gesagt. Auf einer Anhöhe an der Küste Statuen in den Garten zu stellen, die bei der nächsten Bura umfallen wie Pappkartons.

»Wir sind nämlich wohlhabend, wissen Sie.«

Großer Gott!, dachte Roko. Die beiden waren nett, aber auch naiv und nicht sonderlich intelligent. Er konnte ihnen schlecht sagen, dass sie, wenn sie weiterhin so protzten, möglicherweise wirklich in Gefahr waren. Roko versuchte es auf einem anderen Weg: »Hängen Sie es einfach nicht an die große Glocke«, empfahl er, auch wenn er glaubte, dass es dafür schon zu spät war.

»Ja, da haben Sie recht.« Mislav nickte heftig. Ihrer Miene nach zu urteilen, schien seine Frau nicht begeistert von dem Vorschlag, ihren Wohlstand zukünftig nicht zur Schau zu stellen.

»Sie kannten den Pfarrer also kaum?«, hakte Roko noch einmal nach.

»Kann man so sagen.« Mislav wirkte angespannt. Er wich Rokos Blick aus, dann machte er den Rücken gerade und sah Roko an, als hätte er sich vorgenommen, sich zusammenzureißen. »Ich fühle mich sehr unwohl«, erklärte er. »Wer weiß, wer der Nächste ist?«

Roko fragte sich, ob das der Grund für seine Nervosität war oder ob es damit zu tun hatte, dass Roko wissen wollte, wie gut sie den Pfarrer gekannt hatten. Vielleicht hatte Mislav gemerkt, dass er nervös wirkte, und sich deshalb eine Erklärung zurechtgelegt. Beides war denkbar, doch Roko vermutete, dass Mislav einfach nur ein verängstigter Mann war, der gern auf cool und wichtig machte.

»Sie sind aus beruflichen Gründen nach Dubrovnik gezogen?«

»Ja, aus beruflichen Gründen«, antwortete Mislav mit Stolz in der Stimme. »Möchten Sie wirklich nichts trinken?« Er wandte sich an seine Frau. »Tina, haben wir noch etwas von dem Vitalac im Kühlschrank? Der ist in der Mikrowelle gleich aufgewärmt.«

»Nein, wirklich nicht«, sagte Roko entschieden. »Vielen Dank.«

»Wir haben ihn in einem guten Restaurant bestellt.«

»Trotzdem, nein danke.« Roko hatte schon lange keinen Vitalac mehr gegessen. Die Spezialität von der Insel Brač wurde aus den Innereien eines Lamms zubereitet. Was für manchen Fremden unappetitlich klang, war tatsächlich eine Delikatesse, dem Erfindungsreichtum einst armer Inselbewohner entsprungen. Roko hatte schon vor ein paar Jahren seinen Fleischkonsum reduziert, und bei Befragungen kam es ohnehin nicht in Frage, sich mit den Leuten an deren Esstisch zu setzen.

»Sie sagten, Sie seien aus beruflichen Gründen hierhergezogen?«

»Ja genau«, antwortete Mislav. »Wir haben im Süden der Stadt, in der Nähe des Strandes Đivovići, ein älteres Apartmenthaus gekauft und es renoviert.«

»Ah, schön. Wie viele Apartments bietet denn das Haus?«

»Sechs.«

»Dann wünsche ich Ihnen damit viel Erfolg.«

»Lieb von Ihnen, Inspektor.« Valentina fummelte an ihren Halsklunkern herum. »Jere wird uns helfen, was die Website angeht. Er sagt, dass der Erfolg von kleinen und großen Unternehmen heute wesentlich von der Website abhängt. Wir wissen natürlich nicht, ob das stimmt, weil wir uns da nicht auskennen, aber wir vertrauen Jere. Er macht uns eine schöne Website für nur zweitausend Kuna.«

Roko dachte über den Namen nach. »Jere? Ist das nicht … Maša?«

»Der Didović-Sohn«, antwortete sie sogleich. »Unsere nächste und letzte Station.« Seine Kollegin hatte wirklich ein unglaubliches Gedächtnis.

»Ja, Jerolim Didović ist sein richtiger Name. Er kennt sich waaaahnsinnig gut mit dem Computer aus.«

Roko bezweifelte, dass Valentina das beurteilen konnte, da sie sich doch selbst nicht auskannte.

»Melden Sie sich bitte, falls es doch noch etwas gibt, das Sie uns erzählen möchten«, sagte Roko bei der Verabschiedung.

Auf dem Weg zum Haus der Didovićs bemerkten sie, dass die Spurensicherung in der Zwischenzeit weggefahren war. Rokos Auto wirkte verlassen auf dem Grundstück, ohne die großen Fahrzeuge der Kollegen.

»Komische Leute, diese Barbirs«, kommentierte Maša. »Sie sind ja wirklich gastfreundlich und herzlich, ohne das vorzuspielen, glaube ich. Aber wie sie mit ihrem Geld angeben, ist abartig.«

»Ja, das ist vulgär – und leichtsinnig.«

Ein Mann Mitte vierzig öffnete missmutig die Tür, starrte auf die Ausweise und knurrte: »Es ist halb zehn.«

»Šime Didović?«

»Ja.«

»Die Störung tut uns leid, aber wir haben einen Mordfall zu klären.«

»Ja, ich weiß.« Er ließ sie eintreten. »Wir gehen früh schlafen und sind es nicht gewohnt, so spät Gäste zu empfangen.«

»Oh, betrachten Sie uns bitte nicht als Gäste«, sagte Maša. »Es ist nicht nötig, uns zu bewirten, sie müssten nur ein paar Fragen beantworten.«

»Was denn für Fragen?«

»Fragen über den Pfarrer«, erklärte Roko. »Wollen wir noch weiter im Flur herumstehen, oder können wir uns irgendwo setzen und ein kurzes Gespräch führen?«

»Oh, ach ja. Kommen Sie bitte ins Wohnzimmer.«

Sie setzten sich in Bewegung und folgten dem kleinen, glatzköpfigen Mann im karierten Morgenmantel. Im Wohnzimmer angekommen, zeigte er auf die dunkelgrüne Eckcouch.

»Setzen Sie sich«, befahl er.

Roko und Maša nahmen Platz.

»Ich hole meine Frau. Vielleicht ist sie schon im Schlafanzug, weil wir spätestens um zehn ins Bett gehen.« Es klang vorwurfsvoll. Der mürrische Mann drehte sich um und ging aus dem Wohnzimmer. Maša grinste amüsiert über den genervten Hausherrn.

Roko sah auf den ersten Blick, dass die Familie alles andere als gut situiert war, doch befand sich alles an seinem Platz, gepflegt und sauber, mit goldfarbenen Bilderrahmen und Deckchen mit Goldborten.

Šime kam nach wenigen Minuten zurück. Seine Frau folgte ihm im pink-grün gestreiften Schlafanzug. Ob ihr Mann sie überredet hatte, sich umzuziehen, um den Beamten den späten Besuch unter die Nase zu reiben? Roko konnte es sich jedenfalls vorstellen. Jasna Didović war im selben Alter wie ihr Mann, aber etwas größer, schlanker und freundlicher.

Nachdem Roko sich für die späte Störung entschuldigt hatte, hob sie die Hände.

»Aber ich bitte Sie. Natürlich müssen Sie sich bei den Nachbarn umhören und Ihre Fragen stellen.« Sie setzte sich auf die andere Seite der Eckcouch, ihr Mann ließ sich in den dunkelgrünen Sessel fallen.

»Ich frage mich, wozu«, rief er und schüttelte verständnislos den Kopf.

»Was meinen Sie damit – wozu?«, wollte Roko von Šime Didović wissen.

»Na, der Mann ist doch tot!« Er sah die Beamten an, als hätten sie den Verstand verloren, jetzt nach dem Mörder zu suchen.

Roko hatte während der Ermittlungen mit Vesna Alujević schon die eine oder andere befremdliche Situation erlebt, aber dass jemand eine Mordermittlung als überflüssig empfand, war ihm noch nicht untergekommen.

»Was redest du denn da?«, ermahnte Jasna ihren Mann. »Was sollen denn die Beamten denken? Schließlich müssen sie herausfinden, wer das getan hat.«

»Das macht den Mann auch nicht wieder lebendig«, brabbelte Šime leise vor sich hin.

»Herr Didović«, versuchte Roko es geduldig, »Sie verstehen doch, dass wir herausfinden müssen, wer der Mörder von Gabrijel Jukić ist? Diese Person muss dann bestraft werden und kommt ins Gefängnis.« Es war nicht Rokos Absicht gewesen, den Mann wie einen Fünfjährigen zu behandeln, aber er sah sich dazu veranlasst. Mit einem Blick auf Maša bemerkte er, dass sie sich gerade auf die Unterlippe biss, um ein Lachen zu unterdrücken.

»Ja, ja. Dann stellen Sie mal Ihre Fragen.« Šime machte eine rotierende Handbewegung, um zu signalisieren, dass er das Ganze so schnell wie möglich hinter sich bringen wollte. »Wir können Ihnen jedenfalls nicht weiterhelfen. Wir haben heute Nacht weder etwas gehört noch gesehen. Und davor auch nicht. Sag's ihnen, Jasna.«

Seine Frau machte eine mahnende Grimasse, an die Beamten

gewandt bestätigte sie ruhig und höflich, was ihr Mann gesagt hatte. »Das letzte Mal mit ihm gesprochen haben wir vor ein oder zwei Wochen, eine kurze Plauderei. Da war es wie immer. Letzten Sonntag waren wir in der Kirche, aber gesprochen haben wir nicht mit ihm. Vielleicht kann Jere, unser Sohn, Ihnen mehr sagen. Er ist Ministrant. Allerdings haben wir uns heute natürlich über den Pfarrer unterhalten, und Jere hat ebenfalls keine Hinweise auf ein Verbrechen bemerkt, sagt er. Er meint, dass Pfarrer Gabrijel in letzter Zeit in sich gekehrt war.«

»Ist Ihr Sohn zu Hause?«

»Ja, er ist in seinem Zimmer. Soll ich ihn holen?«

»Nein, wir möchten gerne allein mit ihm in seinem Zimmer sprechen.« In diesem Fall war der Junge volljährig, und Roko wollte die Eltern lieber nicht dabeihaben.

»Allein?« Šime runzelte die Stirn. »Warum?«

»Warum nicht, Herr Didović?«

Šime sagte nichts, machte nur einen Brummton der Missbilligung.

»Sie kannten den Pfarrer gut?«, fragte Roko.

Von Đuro wusste er, dass der Pfarrer ihnen unter die Arme gegriffen hatte, als Šime arbeitslos gewesen war. Roko wollte ihnen die Gelegenheit geben, selbst davon zu erzählen.

»Wir kannten ihn ziemlich gut«, antwortete Jasna. »Wie gesagt, wir gehen regelmäßig zur Kirche, Jere ist Ministrant und … es gab eine schwierige Phase, in der er uns geholfen …«

»Ach, das interessiert doch niemanden!«, fiel Šime ihr ins Wort.

»Doch, doch«, widersprach Maša. »Das interessiert uns durchaus.«

Also erzählte Jasna zu Ende. »Er hat uns geholfen, vor etwa sieben Jahren war das. Als Kassiererin verdiene ich sowieso nicht viel, und dann hat Šime die Arbeit als Baggerfahrer im Steinbruch verloren, weil sein Rheuma immer schlimmer wurde. Es hat fast ein Jahr gedauert, bis er wieder Arbeit gefunden hat.«

»Und was arbeiten Sie jetzt?«

»Busfahrer«, lautete die knappe Antwort auf Mašas Frage.

»Und der Pfarrer hat Sie in dieser Zeit finanziell unterstützt?«

Jasna sah ihren Mann an, damit dieser antwortete. Als das nicht geschah, übernahm sie das selbst. »Ja, unter anderem. Er hat uns aber auch Lebensmittel gebracht oder Marijas Einkaufszettel für uns erweitert. Marija war auch sehr lieb und verständnisvoll, muss ich sagen. Sie hat uns manchmal Tupperboxen mit Essen gebracht. Ich weiß gar nicht, ob sie Pfarrer Gabrijel darüber informierte. Ich wollte nicht fragen.«

»Hat der Pfarrer hin und wieder über Privates mit Ihnen gesprochen?«

Jasna schüttelte den Kopf. »Nein, gar nicht. Ich habe ihn mal nach seiner Familie gefragt, aber er hat geschickt das Thema gewechselt. Wir wissen eigentlich überhaupt nichts über ihn. Ich habe auch Jere gefragt, ob Pfarrer Gabrijel mal was über sich erzählt hat, aber er hielt sich wohl immer bedeckt.« Sie lächelte, sah dabei aber traurig aus. »Ein seltsamer Mensch war er schon irgendwie. Aber er hatte ein gutes Herz, war ein ganz lieber Mensch. Nicht wahr, Šime?«

»Ja«, stieß ihr Mann widerwillig hervor. »Ich weiß zwar nicht, was meine Gefühle dem Pfarrer gegenüber zur Sache tun, aber bitte. Er war ein ganz lieber Mensch.«

Dann wandte er das Gesicht ab und seufzte genervt. Es schien Šime Didović nicht zu interessieren, wer den Menschen getötet hatte, der ihm und seiner Familie in einer Lebenskrise geholfen hatte.

»Ich frage mich jede Sekunde dieses furchtbaren Tages, wer das getan hat«, sagte Jasna mit Tränen in den Augen und zittriger Stimme.

Šime verzog den Mund, dann sagte er: »Nun fang bloß nicht an zu heulen. Der Mann ist tot. Das bringt doch alles nichts.«

Es fiel Roko schwer, sich zurückzuhalten und den Mann nicht zurechtzuweisen, doch es würde nichts bewirken. Roko glaubte, gut einschätzen zu können, wann es sich lohnte, jemanden mit seinem Verhalten zu konfrontieren, und wann man es besser nicht tat. Das Gegenüber konnte dann völlig blockieren und auch wütend werden – besonders wenn die Zurechtweisung im Beisein eines Familienangehörigen geschah.

»Wir danken Ihnen«, sagte Roko, »dass Sie sich so spät noch mit uns unterhalten haben. Nun würden wir gerne mit Ihrem Sohn sprechen. Sie beide können jetzt endlich zu Bett gehen.«

Jasna und Šime Didović sahen einander verunsichert an. »Was wollen Sie eigentlich von unserem Sohn wissen?«, fragte Šime.

»Er war beim Pfarrer Ministrant«, erklärte Roko geduldig, »und deshalb haben wir ein paar Fragen, das Übliche.«

»Ich zeige Ihnen, wo Jeres Zimmer ist.« Jasna stand auf und führte sie zum Ende des Flurs.

Aus dem Zimmer war kein Mucks zu hören. Jasna drückte die Klinke und trat ein. Sie sahen den Neunzehnjährigen auf dem Bett liegen, mit geschlossenen Augen und Kopfhörern. Seine Mutter trat ans Bett und hob eines der Ohrpolster an.

»Die Polizei will mit dir reden, Jere.«

Der junge Mann öffnete die Augen und nahm die Kopfhörer ab. Als er die Beamten erblickte, erhob er sich, blieb aber auf dem Bett sitzen. Jasna ging aus dem Zimmer und schloss die Tür.

»Dobra večer«, grüßte Jerolim Didović höflich. »Sie wollen mit mir über den Pfarrer sprechen?«

»Ja«, antwortete Maša.

»Klar, wenn Sie meinen, dass ich Ihnen vielleicht helfen kann.«

»Welche Musik hören Sie?«, fragte Maša und zeigte auf die Kopfhörer, die jetzt neben ihm auf dem Bett lagen.

»Oh, das ist John Mayall.«

»Der britische Bluessänger?«, fragte sie überrascht.

»Ja. Musikmäßig lebe ich eher in der Vergangenheit.«

Während Maša mit dem Jungen einen kleinen Musikexkurs unternahm, überflog Roko die Buchrücken im Regal. Zoran Ferić, Slavoj Žižek, Elena Ferrante, Sally Rooney … Eine interessante Mischung, fand Roko. Auf der Regalzeile darunter waren verschiedene Ausgaben der Bibel. Bibel für Kinder, Ausgaben in Leder und Leinen, in Rot und Schwarz. Er nahm an, dass dies Geschenke des Pfarrers gewesen waren.

»Sie können sich auf den Schreibtischstuhl setzen«, forderte Jere Roko auf. »Und für Sie habe ich etwas, das perfekt zu Ihrem weißen Hemd passt«, meinte er lächelnd in Mašas Richtung. Dann stand er auf und ging zur Ecke seines Zimmers, wo er einen dreibeinigen Hocker mit strahlend weißer, zotteliger Sitzfläche hervorholte.

»Sehr freundlich von Ihnen, danke«, sagte Maša belustigt.

Jere setzte sich wieder auf sein Bett und sah sie mit seinen honigfarbenen Augen interessiert an. Er war groß und schlank, hatte mittellanges Haar, brünett mit zwei blond gefärbten Strähnen, die ihm auf verwegene Art ins Gesicht fielen.

»Sie müssen mich wirklich nicht siezen«, sagte er an Maša gerichtet.

»In Ordnung. Wir haben nur ein paar Fragen an dich, es wird nicht lange dauern.«

»Ja, sicher. Kein Problem.«

»Es war bestimmt ein Schock für dich.«

Jere drehte die Handflächen nach oben. »Klar. Irgendwie hab ich das noch gar nicht richtig kapiert. Ich frage mich die ganze Zeit, welches kranke Arschloch ihn umgebracht hat. In unserem Dorf wohnt zwar der eine oder andere Freak, aber niemand ist so durchgeknallt, so was zu tun.«

»Und wer sind diese Freaks?«

»Tja, wahrscheinlich jeder auf seine Art.«

»Du bist Ministrant?« In Mašas Frage lag eine Spur Erstaunen, was Roko nachvollziehen konnte. Auch er tat sich schwer damit, sich Jerolim Didović als Ministranten vorzustellen.

»Ja, das war ich, aber jetzt werde ich das nicht weiterführen.«

»Warum nicht?«, wollte Roko wissen.

»Ach, wegen dem Studium und weil ich samstags eben gerne feiern gehe und sonntags ausschlafen will.«

»Du studierst?«

»Ja, hier an der UNIDU, Elektrotechnik und Informatik.«

»Wissen deine Eltern, dass du nicht mehr Ministrant sein willst?«

»Noch nicht, aber ich glaube, sie werden damit kein Problem

haben. Es war ja damals meine Entscheidung, auch wenn ich noch ein Kind war.«

»Und wie kam das?«

»Als Pfarrer Gabrijel nach Pažina kam, war ich fünf. Manchmal ist mein Ball in seinen Garten gerollt, und dann hat er sogar mal mit mir Fußball gespielt und hat sich von da an oft mit mir unterhalten. Er war immer sehr nett zu mir. Während meiner Kindheit waren meine Eltern tagsüber nicht zu Hause, weil sie arbeiten mussten. Ich war viel allein, und andere Kinder in meinem Alter gab's im Dorf nicht. Und so hab ich viel Zeit mit dem Pfarrer verbracht.«

»Und wie habt ihr diese Zeit so verbracht?«

»Ganz unterschiedlich. Manchmal sind wir nur draußen gesessen und haben geredet. Er hat mir auch gezeigt, wie man ein Blumenbeet anlegt, und ich durfte auf der Orgel spielen. Als ich in die Pubertät gekommen bin, gab's mit meinen Eltern immer nur Stress. Aber Pfarrer Gabrijel hat mir zugehört und mich niemals wegen etwas verurteilt. Klar, bei ihm ging es viel um Gott, den Glauben und Sünden. Aber ich mochte seine philosophischen Momente und die Art, wie er mir zuhörte, aufmerksam und verständnisvoll. Jedenfalls bin ich ihm zuliebe Ministrant geworden, weil er mich gefragt hat und ich ihm das nicht abschlagen wollte. Außerdem war ich ja noch ein Kind.«

»Bist du denn gläubig?«

»Ich habe viel über mich nachgedacht, auch über Religionen und darüber, ob ich das für mich … wie soll ich sagen … brauche. Ich bin letztendlich zu der Erkenntnis gelangt, dass ich im Grunde meines Herzens spirituell, aber konfessionslos bin. Aber ich brachte es nicht übers Herz, darüber mit Pfarrer Gabrijel zu reden.«

»Kann ich verstehen«, meinte Roko. »Du hast dich ihm gegenüber auf gewisse Weise verpflichtet gefühlt?«

Jere nickte.

»Gab es denn auch mal ein negatives Erlebnis? Hat er dich auch mal gekränkt?«

»Ich kann mir denken, worauf Sie hinauswollen.«

»Nein, ich will auf gar nichts Konkretes hinaus«, versicherte Roko entschieden. »Aber ich vermute, was du jetzt vermutest.«

Jere schüttelte den Kopf. »Es ist ja viel durch die Medien gegangen über das Thema, und jetzt stehen die Kleriker bei vielen Leuten unter Generalverdacht. Ich kann nur sagen, dass unser Pfarrer nie jemandem wehgetan hätte.«

»Okay«, meinte Maša. »Wie wir gehört haben, waren du und Marija seine einzigen Vertrauten. Kann man das so sagen?«

»Ja, schon. Freunde oder gute Bekannte hatte er nicht. Pfarrer Gabrijel war eben ein eigener Typ. Er hatte keine besonders hohe Meinung von den Menschen im Allgemeinen. Obwohl er gerne half und großzügig war. Klingt widersprüchlich, ich weiß.«

»Wir verstehen schon«, versicherte Roko. »Vieles an uns Menschen ist widersprüchlich.«

»Aber er war nicht doppelmoralisch. Ich meine, er hat nicht etwas gepredigt, woran er sich nicht selbst gehalten hätte.«

»Der Pfarrer soll in letzter Zeit etwas niedergeschlagen gewirkt haben.«

»Ja, das stimmt«, sagte Jere prompt. »Seit letzter Woche. Irgendwas ging ihm im Kopf rum. Manchmal bin ich zu ihm, wenn er im Garten gearbeitet hat, und am Sonntag nach der Messe haben wir uns auch kurz unterhalten. Ich habe gefragt, ob es ihm gut geht, weil er so still ist. Eigentlich habe ich keine offene Antwort erwartet, weil er über sich und sein Leben nie etwas erzählt hat.«

»Und? Hat er geantwortet?«

»Nicht wirklich. Er sagte nur, dass er von den Menschen immer wieder enttäuscht wird. Aber mehr habe ich nicht erfahren. Keine Ahnung, vielleicht hängt es mit Ludvig Marelić zusammen. Das ist der Pfarrer, der vor ihm hier gedient hat. Pfarrer Gabrijel hat darunter gelitten, dass er im Schatten seines Vorgängers stand, nach all den Jahren noch. Bescheuert so was, aber so war's. Sogar mein Vater schwärmt heute noch von diesem Ludvig Marelić, an den ich mich nicht mehr erinnern kann. Mein Vater hat mit ihm Schach gespielt, sie sind zusammen auf die Jagd, sind durch die Weinkeller gezogen … Pfarrer

Gabrijel sagte mal zu mir, dass der Kerl – genauso hat er sich ausgedrückt – jeden mit seinem Charme eingelullt hat, damit die Leute nicht merken, was für ein mieser Pfarrer er ist.«

»Pfarrer Gabrijel hat deinem Vater aber geholfen, als er arbeitslos wurde.«

»Für kurze Zeit war er ihm auch dankbar deswegen, aber ich glaube, dass er meint, ein Pfarrer müsse der Gemeinde nun mal helfen – und dass Marelić ihm noch mehr geholfen hätte.«

»Wenn man die Nachbardörfer nicht hinzuzählt«, überlegte Maša laut, »kannten den Vorgänger in Pažina außer der Familie Didovic die Familie Farac und die Familie Krmek.«

»Und vielleicht auch die drei Familien, die momentan nicht in Pažina sind«, erinnerte sie Roko.

»Ach ja, die habe ich für eine Minute vergessen.«

Dass Maša mal etwas vergaß, wunderte Roko. Aber er nahm an, dass sie mittlerweile hungrig und müde war.

»Sind denn diese drei Familien alteingesessene Bewohner und kannten Pfarrer Ludvig Marelić noch?«

»Nur Dijana Kralj. Ich glaube, die sind gerade bei so einem Spezialisten in Split. Dijana ist so um die vierzig, die ist hier aufgewachsen. Ihre Eltern leben nicht mehr, und ihr Mann stammt aus Dubrovnik. Darko ist nach der Heirat hierhergezogen, kurz nachdem Pfarrer Gabrijel nach Pažina gekommen war.«

»Geht Dijana Kralj regelmäßig zur Kirche?«

Jere grinste. »Nein. Und für Pfarrer Gabrijel war sie eine Persona non grata.«

»Und warum?«

»Na ja, Dijana raucht wie ein Schlot und flucht wie ein Kutscher. Darko ist ihr dritter Ehemann, und Dijana geht nicht zur Kirche, weil sie das Ganze gähnend langweilig findet, wie sie mal gesagt hat. Ihr Mann besucht aber manchmal die Sonntagsmesse.«

»Und wie ist Dijana Kralj mit Ludvig Marelić ausgekommen? Hat sie damals die Sonntagsmesse besucht?«

»Nein, wie ich gehört habe, ist sie nur als Kind mit ihren Eltern zur Kirche gegangen. Angeblich hat Marelić sie aber trotzdem immer nett gegrüßt.«

»Interessant«, kommentierte Maša. Mit einem Blick zu Roko fügte sie hinzu: »Lobeshymnen über Ludvig Marelić haben wir bis jetzt nicht gehört, obwohl er so beliebt war.«

Jere stieß ein Prusten aus. »Die halten sich mit allem zurück, was Persönliches angeht. Was glauben Sie, was ich schon alles beobachtet habe, wenn ich hier vor dem Fenster an meinem Schreibtisch sitze und hinausblicke?«

Maša sah ihm interessiert ins Gesicht und beugte sich mit dem Oberkörper ein Stück nach vorne. »Was denn zum Beispiel?«

»Das war nur ein Scherz. Wirklich.« Er schüttelte den Kopf. »Ich wollte nur Ihr Gesicht sehen. Seien Sie nicht böse und sehen Sie's mir nach. Ich bin noch jung und dumm.«

Maša schenkte ihm ein nachsichtiges Lächeln. »Nein, dumm bist du bestimmt nicht.«

Roko fragte sich, ob es wirklich nur ein Scherz gewesen war oder ob Jere sich verplappert hatte und dann vor der Wirkung seiner Worte zurückgeschreckt war.

»Der Pfarrer ist in den frühen Morgenstunden getötet worden«, sagte Maša. »Warst du zu Hause?«

Über die Frage schien Jere irritiert, antwortete dann aber: »Ja, ich war zu Hause und habe geschlafen.«

»Hast du geschlafen?« Maša wandte den Kopf und blickte auf den Monitor und die Bücher auf dem Schreibtisch. »Oder bist du vor dem Fenster gesessen?«

Eine drückende Spannung schwebte plötzlich im Raum. Jere schloss für einen Moment die Augen. »Es war wirklich nur ein blöder Scherz.«

»Warst du am Fenster, Jere?«, fragte Maša etwas leiser.

»Nein!«

Maša ging um Rokos Auto herum, öffnete die Beifahrertür und ließ sich in den Sitz fallen. Als Roko hinter dem Steuer Platz nahm, sagte sie: »Fahr dein Auto bitte selbst.«

»Ich dachte, du fährst so wahnsinnig gerne Auto.«

»Ja, aber jetzt bin ich total müde, und hungrig bin ich auch.«

Er startete den Wagen und fuhr los. »Warum isst du auch nur ein Süppchen zu Mittag?«

»Ich wusste nicht, dass dieser Tag so lang werden würde.«

»Bei meinem ersten Mordfall mit Vesna war ich auch komplett fertig. Spät Feierabend, Wochenende und Feiertage gestrichen. Daran musste ich mich erst gewöhnen.«

»In der Theorie wusste ich, dass es so sein würde. Ich kann es kaum erwarten, vor dem MUP in mein Auto zu steigen und nach Hause zu fahren.«

»Und dann noch kochen?«

»Nein, bestimmt nicht. Heute gibt es Tiefkühlpizza.« Sie blickte eine Weile durchs Fenster in die Dunkelheit. »Ich frage mich, ob es wirklich ein Scherz gewesen ist. Das mit dem Fenster, meine ich.«

»Das beschäftigt mich ebenfalls. Weißt du, was mir außerdem in den Sinn kam? Vielleicht hat das veränderte Verhalten des Pfarrers nichts mit einem Anruf zu tun, sondern mit einer Beichte.«

Maša sah ihn an. »Mit einer Beichte?«

»Ja. Könnte doch sein.«

»Jemand beichtet dem Pfarrer einen Mord und bekommt dann Angst, dass er nicht dichthält?«

»Es muss nicht gleich ein Mord sein.«

»Aber wegen etwas weniger Drastischem bringt man doch nicht den Pfarrer um. Das passt nicht zusammen.«

»War nur ein Gedanke. Außerdem kann ja niemand in der Zeit, als Marija beim Butterkaufen war, eine Beichte abgelegt haben.«

Rokos Handy klingelte. Er zog es aus der Hosentasche und sah kurz auf das Display: Viko. Schon wieder? Das durfte doch nicht wahr sein. Roko meldete sich mit: »Willst du mich schon wieder fragen, wann ich nach Hause komme, Viko?«

Er hörte Maša leise lachen.

»Hey, beruhige dich. Deshalb rufe ich nicht an. Ich brauche morgen unbedingt dein Auto.«

»Was?«

»Nur ausnahmsweise. Bitte. Es ist wirklich nur für morgen.«

»Warum?«

»Weil ... Es gibt eine gute und eine schlechte Nachricht.«

»Wenn du schon so anfängst.«

»Die schlechte Nachricht ist, dass ich heute gefeuert wurde.«

Es kostete Roko Überwindung, nichts darauf zu sagen, aber er schaffte es.

»Und das nur, weil ich zwei süßen Touristinnen Cappuccino aufs Haus spendiert habe. Egal. Karlo war sowieso ein Idiot von einem Chef. Ich bin einkaufen gegangen, habe gekocht und nachgedacht.«

»Könntest du bitte zum Punkt kommen?«

»Gut. Ich habe mich an deinen Laptop gesetzt und nach einem neuen Job gesucht. Morgen habe ich ein Vorstellungsgespräch in Trsteno.«

»Aber wie willst du jeden Tag nach Trsteno und zurück kommen?« In Trsteno befand sich eines der ältesten Arboreten der Welt, eine schöne Gegend, doch lag es etwa fünfzehn Kilometer entfernt.

»Es gibt eine großartige Erfindung namens Bus.«

Roko war sich ziemlich sicher, dass Viko der Aufwand bald zu viel werden würde.

»Ich will mich morgen von meiner besten Seite zeigen«, meinte Viko enthusiastisch, »und unterwegs noch ein paar neue Klamotten kaufen. Deshalb brauche ich dein Auto.«

»Was ist das für ein Job?«

»In einem Weinkeller führe ich Touristen herum und biete Verköstigungen an.«

»Und du verstehst etwas von Wein?« Roko wusste, dass Vikos Weinkenntnisse bestenfalls überschaubar waren. Viko trank Mineralwasser, Kaffee und Bier – wobei es hier nur die Marke Zmajska sein durfte. Ein Glas Wein trank Viko nur hin und wieder mit, wenn Roko sich eines einschenkte.

»Ich verstehe nicht sooo viel von Wein, aber der Besitzer sagt, das kann man alles lernen. Hauptsache, ich kann gut mit Menschen umgehen, und ich kann Englisch. Und ich sagte, ich sei in beidem hervorragend.«

»Warte kurz.« Er sah zu Maša hinüber. »Mein Bruder braucht morgen mein Auto, deshalb müssten wir deines benutzen. Kannst du mich morgen um halb acht abholen und abends nach Hause fahren?«

»O Gott!«, rief sie erschrocken. »Wo soll ich denn am Pile-Tor parken?«

»Keine Panik. Am Parkplatz in der Ulica iza grada. Da stelle auch ich meinen Wagen immer ab. Das ist gegenüber von Vrata od Buže, dem Nordtor.«

»Ah, okay. Ja, kein Problem.«

»Danke.« Er legte das Handy wieder ans Ohr. »In Ordnung.«

»Großartig. Sag der lieben Maša vielen Dank.«

»Wann musst du denn morgen früh los?«

»Die Kaufhäuser machen um acht Uhr auf, und um zehn Uhr soll ich in Trsteno sein. Für die Fahrt brauche ich zwanzig Minuten. Wir können dann zusammen um halb acht zum Parkplatz gehen. Außerdem will ich unbedingt mal diese Maša sehen. Die Frau, mit der du so viel Zeit verbringst.«

»Alles klar.«

»Und weil ich so früh aufstehen muss, gehe ich jetzt ins Bett. Der Tintenfisch ist im Kühlschrank. Gute Nacht, Bruder.«

»Gute Nacht.« Roko steckte das Handy wieder ein. »Weinkeller, also wirklich«, sprach er seinen Zweifel laut aus.

»Was hast du gesagt?«, fragte Maša.

»Ach nichts. Das hat sich sowieso bald erledigt.«

Tag zwei

Roko stand mit der Kaffeetasse am offenen Küchenfenster und blickte auf die wenigen Menschen, die um diese Zeit in der engen Gasse über die Steinstufen gingen. Zwei alte Frauen, wahrscheinlich auf dem Weg zum Markt. Aus der anderen Richtung kamen vier junge Männer, mit »Game of Thrones«-Shirts unschwer als Touristen erkennbar. Manche der Touristen waren eingefleischte Fans und kamen aus fernen Ländern, um King's Landing zu sehen und die Drehorte zu fotografieren.

Er liebte seine Gasse, in der er aufgewachsen war. Jede Gasse in der Altstadt war ein eigener Mikrokosmos, mit einer eigenen Geschichte und einem eigenen Flair. Doch als Ensemble hatten sie eine gemeinsame Vergangenheit und spiegelten die Mentalität der alteingesessenen Dubrovniker wider, die auf Außenstehende widersprüchlich wirken konnte: bodenständig und erhaben, liebenswürdig und stolz, robust und sanftmütig.

Roko nippte an seinem Kaffee, als er hörte, wie im Haus gegenüber ein Fenster geöffnet wurde. Er blickte auf und entdeckte die Frau, die ihn für einen Voyeur gehalten hatte. Die hatte ihm jetzt gerade noch gefehlt! Aber er sah einfach nicht ein, dass er wegen ihrer Fehlinterpretation mit der Gewohnheit brechen und seinen Morgenkaffee nicht mehr am Küchenfenster trinken sollte.

»Dobro jutro!«

Überrascht sah er zum Fenster gegenüber. Es war dieselbe Frau, allerdings mit freundlichem Gesicht. Erst jetzt fiel ihm auf, dass sie wirklich gut aussah. Sie hatte schulterlanges hellbraunes Haar und ein schönes Lächeln. Auch wenn er ihre Figur nicht gänzlich sehen konnte, schien sie für seinen Geschmack ein bisschen zu dünn. Ein paar Kilo mehr hätten ihr jedenfalls nicht geschadet, wie er fand.

»Dobro jutro«, antwortete Roko.

»Ich wollte mich bei Ihnen entschuldigen. Wie ich von den

Nachbarn erfahren habe, sind Sie nicht das, wofür ich Sie gehalten habe.«

»Gut zu wissen, dass wir dieses Missverständnis aus dem Weg räumen konnten.«

»Das stimmt. Ehrlich gesagt ist mir das Ganze nun etwas peinlich.«

Und das völlig zu Recht, dachte er, sagte aber: »Machen Sie sich darüber keine Gedanken.«

»Die Nachbarn haben eine hohe Meinung von Ihnen, Herr Inspektor.«

»Ach ja?«

»Ich bin Doris.«

»Ich bin Roko, und es freut mich zu hören, dass ich in der Nachbarschaft einen guten Ruf genieße. In Ihrer Wohnung hat früher eine alte Dame gelebt, Magda. Wir haben morgens immer einen Plausch gehalten. Haben Sie die Wohnung von Magdas Kindern gekauft?«

»Ja, das habe ich. Während der Frühlings- und Sommermonate werde ich in Dubrovnik leben, deshalb habe ich die Wohnung gekauft.«

»Woher kommen Sie?«

»Aus Zagreb.«

Roko fragte sich, wie eine Frau von schätzungsweise Mitte dreißig sich eine Wohnung in der Dubrovniker Altstadt leisten konnte. Als hätte sie seine Gedanken gelesen, erzählte sie: »Ich habe in Zagreb drei Boutiquen mit Kleidung und Accessoires aufgebaut. Meine Schwester hat nun die Geschäftsleitung übernommen, weil es mich zu langweilen begann.«

»Für den Ruhestand sind Sie aber noch reichlich jung.«

Sie lachte. »Ja, mit fünfundvierzig bin ich das wohl.«

Fünfundvierzig? Unglaublich! Roko wollte sich seine Verblüffung nicht anmerken lassen.

»Ich bin rastlos, und nun brauche ich ein bisschen Zeit für mich. Viele Jahre habe ich hart gearbeitet, und jetzt muss etwas Neues her. Ich brauche einfach Zeit, um zur Ruhe zu kommen, zum Nachdenken. Übrigens, hübsche Blümchentasse.«

»Was?« Er hob die Hand mit der Tasse ein wenig höher und betrachtete sie, als sähe er sie zum ersten Mal. »Ach so, ja. Die hat meiner Nona gehört. Sie hat ihren Kaffee immer daraus getrunken.«

Doris machte ein Gesicht, als sähe sie die Schlussszene einer Schmonzette. »Gott, ist das süß.« In einer Geste der Rührung legte sie die Hand auf ihre Brust.

Bis heute verstand er nicht, weshalb Frauen allen Ernstes glaubten, dass Männer *süß* als Kompliment sehen konnten. Er würde auch keine Frau als süß bezeichnen. Ein Baby oder ein Kleinkind vielleicht, ein Kätzchen oder einen Welpen, aber doch keinen erwachsenen Menschen.

»Hören Sie, Roko, ich will mein Verhalten von neulich wiedergutmachen, und deshalb möchte ich Sie gerne zu einem Kaffee einladen, hier in der Nähe.«

»Das ist sehr nett von Ihnen, aber ich muss gleich zur Arbeit.«

»Und heute Abend?«

»Ich arbeite gerade an einem Mordfall und weiß nicht, wann heute Schluss ist. Bis der Fall aufgeklärt ist, geht das meist bis spätabends.«

»Oh.« Es war nicht zu übersehen, dass es ihr unangenehm war, weil sie das soeben als Abfuhr verstanden hatte.

»Wie wäre es mit morgen früh?«, beeilte er sich deshalb vorzuschlagen. »Acht Uhr?« Normalerweise fing er um acht Uhr mit der Arbeit an, aber es wäre wohl keine Katastrophe, wenn er einmal eine Stunde später anfing. »Ich weiß, dass das eine unzumutbare Zeit ist, aber …«

»Ich bin Frühaufsteherin. Das macht mir also nichts aus.«

»Hervorragend. Treffen wir uns morgen um acht unten vor unseren Haustüren?«

»Einverstanden, Roko.«

»Ach … nur um das klarzustellen: Sie sind nicht verheiratet oder so was?«

Sie lachte.

»Ich meine, es ist kein richtiges Date, aber ich möchte es nicht mit einem eifersüchtigen Kerl zu tun bekommen.«

»Nein«, antwortete sie, immer noch lachend. »Ich bin weder verheiratet, noch habe ich einen Freund. Für eine Beziehung hatte ich keine Zeit.«

Hinter Roko tauchte Viko auf und begrüßte die neue Nachbarin. »Das ist mein Bruder Viko. Er wohnt vorübergehend bei mir.«

»Ich weiß. Die Nachbarn haben es mir erzählt. Schönen Tag euch beiden.« Doris winkte zum Abschied und schloss dann das Fenster.

Natürlich haben die Nachbarn bereits ganze Arbeit geleistet, dachte Roko. Getratscht wurde in dieser Stadt seit jeher gern. Wobei die *kundurica*, wie sie früher in der Altstadt zu finden gewesen war, in dieser Form nicht mehr existierte. Nona und ihre Freundinnen hatten stets das Weite gesucht, wenn die *kundurice*, die gern am Stradun oder vor ihren Häusern in den Gassen beieinanderstanden, am Brunnen oder vor dem Rektorenpalast saßen und über Politik, Gesellschaft und die Nachbarn herzogen. Es waren einfache Frauen in einfachen Kleidern und später in Hauskitteln gewesen, die ihre Analysen und Kommentare nicht selten auch mit einer Spur intelligentem Zynismus und Weisheit wiedergaben. Sogar eine Radiosendung hatte es jahrzehntelang in Dubrovnik gegeben, in der die Charaktere Mara und Kata als *kundurice* die Hörer zum Lachen gebracht hatten. Die hohen, dicken Wehrmauern waren errichtet worden, um sich vor Feinden zu schützen, doch niemand konnte sich vor der Neugier und den spitzen Zungen der Nachbarn schützen.

Kaum hatte Roko das Fenster geschlossen, sagte Viko: »Den letzten Teil eurer Unterhaltung habe ich unfreiwillig mit angehört. Bitte besorge dir eine neue Kaffeetasse. Das ist wirklich peinlich. Du und deine Nona.«

»Sie war doch auch deine Nona.«

»Komm schon, Roko, fang nur nicht damit an. Nicht so früh am Morgen.«

»Was?« Er stellte die Blümchentasse in die Spüle.

»Nona hat dich vergöttert, weil du wie unsere Mutter bist. Mich hat sie verachtet, weil ich wie unser Vater bin.«

Roko wusste, dass Nona dem Vater und Viko gegenüber ungerecht gewesen war, ständig Parallelen zwischen dem Vater und Viko gezogen hatte. Er wusste ebenfalls, dass Nona ihn über alle Maßen geliebt hatte und dass Viko ihm das nie vorgehalten hatte. Jetzt, als Viko vor ihm stand, wollten Roko nicht die richtigen Worte einfallen.

Dafür sagte Viko noch etwas: »Du kannst ja nichts dafür. Aber du erinnerst mich immer mehr an sie, weil du an mir herumnörgelst und mir ständig das Gefühl gibst, alles falsch zu machen.«

Eine unangenehme Pause entstand. Er musste etwas sagen! »Es tut mir leid, Viko. Wirklich. Wenn ich an dir herumnörgle, dann nur, weil ich mir Sorgen mache.«

»Was denn für Sorgen? Ich habe immer für meinen Lebensunterhalt gearbeitet, auch wenn du meine Jobs immer niedergemacht hast. Und entschuldige, wenn ich das so sage, aber dass ich hier wohne, steht mir zu. Wir haben die Wohnung zu gleichen Teilen geerbt.«

»Ja natürlich.«

»Und aus Dankbarkeit dafür, dass ich mich nicht an den Nebenkosten beteiligen muss, putze und koche ich, und ich weiß, was Strom, Wasser, Müllabfuhr und das ganze Zeug kosten. Jedenfalls musst du dafür keinen Finger im Haushalt rühren.«

Roko sah eine Verletzlichkeit im Gesicht seines Bruders, wie er sie zuletzt in der Kindheit gesehen hatte. In diesem Moment geschah etwas in Roko. Er wusste, dass Viko recht hatte. Dass er aufhören musste, seinen Bruder zu behandeln, wie Nona ihren Schwiegersohn behandelt hatte.

»Ich denke, du hast mit allem recht, was du gesagt hast.«

Viko schien mit einer anderen Reaktion gerechnet zu haben, was an seinem verwirrten Blinzeln zu erkennen war. Dann sammelte er sich und meinte: »Na gut.«

»Jetzt lass uns gehen.« Er hatte mit Viko nie tiefe Gespräche geführt, was er vielleicht hätte tun sollen. »Ich weiß, dass sie dir gegenüber ungerecht war, aber sie hatte dich natürlich gern.«

»Wäre ja noch schöner, wenn sie mich nicht einmal gerngehabt hätte. Ich hatte sie auch gern, mehr aber auch nicht.«

»Kann ich verstehen.«

Auf dem Weg in den Flur fragte Roko: »Wie findest du Doris?«

Viko begriff, dass sein Bruder von der Nachbarin sprach. »Hübsch, scheint nett zu sein.«

Roko steckte das dunkelblaue Hemd in die schwarze Stoffhose. »Wie alt schätzt du Doris?«

»Fünfunddreißig?«

»Sie ist fünfundvierzig.«

»Wirklich? Hm, verdammt gut gehalten.« Viko verstaute seine Geldbörse in der Hosentasche. »Hast du so etwas wie eine Neunjahresfixierung?«

Roko nahm den Autoschlüssel von der Kommode. »Wie bitte?«

»Korina war neun Jahre jünger, und die hier ist neun Jahre älter.«

»Wir treffen uns auf einen Kaffee und gehen nicht aufs Standesamt.«

»Und woher kommt sie?«

»Zagreb.«

Viko öffnete die Haustür und stöhnte: *»Uf, purgerica.«*

Roko lächelte nachsichtig. Es war eine wenig schmeichelhafte Bezeichnung für eine Zagreberin. Eines der kroatischen Vorurteile besagte, dass die *purgeri* arrogant und selbstgefällig waren. Die Mentalitätsunterschiede und Vorurteile hierzulande pflegte man selbstbewusst und teilweise kokett, befürwortete mit größtem Stolz den Regionalpatriotismus und rümpfte gern die Nase über »die anderen«.

Vielleicht lag es daran, überlegte Roko, dass Kroatien ein kleines Land mit vier Millionen Einwohnern war. Doch wenn es darauf ankam, hielt man zusammen. Wenn die Erzfeinde und Ultras Bad Blue Boys aus Zagreb und Torcida aus Split ihre Mannschaften Dinamo Zagreb und Hajduk Split anfeuerten, bebte der Boden unter dem Stadion. Doch als Dalmatien von heftigen Bränden heimgesucht worden war, kamen die Bad Blue Boys als Helfer zum Löschen. Als Zagreb ein paar Jahre darauf einem Erdbeben zum Opfer gefallen war, fuhr die Torcida nach Zagreb, um mit anzupacken. Im Fernsehen sagte einer der Ultras damals: »In Zeiten der Not müssen wir Kroaten zusammenhalten. Wenn das überstanden ist, sind wir wieder Gegner.«

So war das eben, im Land der Regionalpatrioten.

Von Rokos Wohnung waren es höchstens vierzig Meter Luftlinie bis zur langen Gasse Prijeko, die nördlich parallel zum Stradun verlief. Die Steintreppen, die bis zu ihr hinaufführten, ließen die Strecke um einiges länger erscheinen, als sie in Wirklichkeit war.

»Endlich«, stöhnte Viko, als sie in die Gasse einbogen.

Sie kamen an kleinen Pensionen, Cafés und Restaurants vorbei, deren Tische um diese Zeit noch spärlich besetzt waren. Wenn er damals als Kind mit Nona durch diese Gassen gegangen war, hatte sie manchmal auf ein Haus gezeigt und erzählt, wer früher darin gelebt hatte. Roko konnte sich an viele dieser Geschichten erinnern. In den Häusern, in denen einst Nonas Freunde und Nachbarn ihr Leben verbracht hatten, waren heute Restaurants oder Souvenirläden untergebracht. Viele der alteingesessenen Bewohner waren aus der Altstadt weggezogen, weil das Leben hier zu teuer geworden war und sie der Menschenmassen überdrüssig geworden waren. Also hatten sie ihre Wohnungen oder Erdgeschossräume, in denen dann Läden oder Cafés eröffneten, verkauft oder vermietet. Die vielen rechteckigen Steine, aus denen ein Haus bestand, waren Zeugen von Komischem und Tragischem, von Umbrüchen und Fortschritt. Während der Errichtung des Minčeta-Turms im 15. Jahrhundert hatte ein Mangel an Steinen geherrscht, weshalb von der Stadt beschlossen worden war, dass jeder Besucher Dubrovniks einen Stein mitbringen musste, in der Größe entsprechend der körperlichen Verfassung.

Roko fand es erstaunlich, auf welch profane Weise früher Probleme gelöst wurden. Als würde man heute bei Wasserknappheit von Besuchern verlangen, einen Zehnliterkanister Wasser mitzubringen.

Roko und Viko bogen in die Boškovićeva ulica ein, und nach

zwei Minuten erreichten sie das nördliche Tor der Altstadt, Vrata od Buže. Nachdem sie die kurze Unterführung passiert und die Treppe nach oben genommen hatten, waren sie am Parkplatz angelangt. Maša stand neben dem Auto und hob den Arm, als sie die beiden entdeckte. Wirklich nett von ihr, dachte Roko. So blieb ihnen bei den vielen Autos eine lange Suche erspart.

Zwischen Maša und Viko schien die Chemie von Anfang an zu stimmen. Roko wusste nicht, ob er froh darüber sein sollte oder nicht. Er konnte nur hoffen, dass die beiden keine Telefonnummern austauschten. Dass sein Bruder und seine Kollegin zusammenkommen könnten, fand er keine angenehme Vorstellung. Wenn man das Berufliche vom Privaten trennte, hielt man sich Ärger vom Hals.

»Ich wünsche Ihnen viel Glück für Ihr Vorstellungsgespräch, Viko.« Maša setzte sich ans Steuer.

Roko übergab Viko seine Autoschlüssel und zeigte ihm, wo der Wagen stand. »Ich hoffe, du bekommst den Job.«

»Danke. Euch beiden auch viel Glück bei der Mördersuche.«

Roko öffnete die Beifahrertür und setzte sich neben Maša, als Viko sich hinunterbeugte und durch das geöffnete Fenster zu Maša sagte: »Kommen Sie doch mal zum Essen zu uns. Ich bin ein hervorragender Koch.«

»Ja gerne.« Sie klang ehrlich erfreut.

Nachdem sie losgefahren war, hupte sie zum Abschied und winkte Viko lächelnd zu. Er winkte zurück.

Roko wunderte sich ein wenig über sie. Wie es aussah, gab es eine berufliche und eine private Maša.

»Fahren wir in den MUP?« Sie hatte immer noch ein Lächeln im Gesicht, als sie ihm einen Blick zuwarf.

»Nein, das kostet nur unnötig Zeit. Mit Lorena kann ich auch telefonieren, und Matana und Butigan rufen sowieso auf dem Handy an, bevor sie den Bericht schicken.«

»Apropos Bericht. Gestern sind wir ja nicht mehr dazu gekommen. Sollten wir nicht heute einen schreiben?«

»Eigentlich schon, aber das finde ich reine Zeitverschwendung. Das hat erst mal Zeit. Fahren wir nach Pažina.«

»Okay, Chef. Übrigens, dein Bruder ist sehr sympathisch. Ein völlig anderer Typ als du.« In einer Geste der Verlegenheit verzog sie die Lippen. »Das war jetzt ungünstig formuliert. Ich meine, dass ihr beide sympathisch seid, aber auf unterschiedliche Art.«

»Ja, schon klar, wir sind beide nette Kerle.«

Sie lachten kurz darüber.

Roko legte sich gerade die Worte zurecht, falls sie Vikos Einladung zum Essen thematisieren sollte. Er wollte ehrlich sein, das schien ihm der beste Weg. Er würde Maša einfach die Wahrheit sagen: Dass er sie schätzte und mochte, es jedoch für besser hielt, wenn sie auf private Treffen zunächst verzichteten.

»Das finde ich ja nett, dass er mich zu euch zum Essen eingeladen hat.«

»Also, was das angeht …«

»Weißt du was, Roko? Ich will ganz ehrlich sein, okay? Ich freue mich sehr darüber. Es ist nicht so, dass ich mit dem Alleinsein nicht klarkäme, das ist schon in Ordnung. Aber ich habe hier keine Verwandten und keinen einzigen Menschen, mit dem ich befreundet bin. Meine freien Tage verbringe ich zu Hause vor dem Fernseher, im Kino, oder ich sitze mit einem Buch in einem Café. Deshalb …« Sie wandte ihm zufrieden lächelnd das Gesicht zu, »nehme ich die Einladung gerne an.« Sie blickte wieder geradeaus, und Roko betrachtete nachdenklich ihr Profil.

Es war ihm vollkommen unmöglich, jetzt noch seine zurechtgelegten Worte anzuwenden. Wie sollte er ihr das antun? Ebenso hätte er ihr einen Schlag in die Magengrube versetzen können.

»Ja«, hörte er sich sagen. »Es wäre schön, wenn du mal zum Essen zu uns kämst.«

Auf dem Weg nach Pažina, Richtung Cavtat, wandte Roko den Blick nach rechts und sah aus dem Fenster. Von hier aus hatte man einen schönen Blick auf die Altstadt von Dubrovnik, auf die Festung Sveti Ivan, einst als Hafenschutz gegen Eindringlinge errichtet. Vor ihm lag die Insel Lokrum, unbewohnt und voller historischer und natürlicher Schätze. Lokrum war einer seiner Lieblingsorte zum Malen und Entspannen. Am liebsten war ihm die Zeit frühmorgens, wenn sich am alten Hafen noch keine langen Schlangen für die Überfahrt gebildet hatten und er die Insel fast für sich hatte.

Roko nahm sein Handy aus der Hosentasche und rief Lorena an. Als sie gestern von Marija erfahren hatten, dass vorletzten Dienstag möglicherweise ein Anruf den Pfarrer betrübt hatte, war Lorena bereits im Feierabend gewesen. Er teilte Lorena mit, dass sie eine richterliche Anordnung über die Anrufe im Pfarrhaus am vorletzten Dienstag benötigten.

»Wenn's weiter nichts ist«, meinte sie.

»Danke«, sagte Roko, bemüht, sich seine Verärgerung über diese Frau nicht anmerken zu lassen.

Doch dann verflog sein Ärger, als Lorena erzählte: »Ich habe gerade bei den zwei Notaren angerufen, die ich gestern nicht mehr erreicht habe. Beim ersten bekam ich die Information, dass dort kein Testament von Gabrijel Jukić liegt, und beim letzten auf der Liste hat mir die Sekretärin mitgeteilt, dass die Notarin nicht da sei und sie sie auch in den nächsten Stunden nicht erreichen könne. Aber die Sekretärin wird die Chefin so bald wie möglich darüber informieren, und sie wird sich dann bei mir melden.«

»Danke, Lorena.«

Sie legte grußlos auf.

Ein Stück Absperrband, das sich gelöst hatte, flatterte im Wind. Laut Wetterbericht sollte es heute aber noch ein sonniger, windstiller Tag werden. Maša parkte den Wagen neben Marijas. Als sie kurz darauf am Pfarrhaus anklopften, ging beinahe gleichzeitig die Tür auf. Marija sah müde aus, als hätte sie in der Nacht kein Auge zugemacht. Sie trug einen grauen Rock und einen kurzärmligen anthrazitfarbenen Strickpullover. Um ihren Hals baumelte das überdimensionierte Kruzifix, das sie gestern schon getragen hatte.

»*Dobro jutro*, kommen Sie rein.« Marija trat zur Seite. »Wenn Sie einverstanden sind, trinken wir zuerst mal einen Kaffee.«

Das mochte Roko ihr nicht abschlagen. »Die fünf Minuten nehmen wir uns gerne Zeit dafür.«

Er würde einfach das Angenehme mit dem Nützlichen verbinden und ihr ein paar weitere Fragen stellen.

Kurze Zeit später saßen sie am Küchentisch und tranken Kaffee mit aufgeschäumter Milch und einem Hauch Kakaopulver darauf. Auf der Untertasse lag ein Kokos-Krokant-Keks. Roko hätte es nicht gewundert, wenn Marija ihn selbst gebacken hätte. Diese Frau war für jeden Haushalt eine Perle – und der nette Tomo konnte sich glücklich schätzen, täglich kulinarisch so verwöhnt zu werden.

»Haben Sie etwas dagegen, wenn ich das Absperrband entferne? Es wird doch nicht mehr benötigt, oder?«

»Sie können es entfernen, Frau Šain«, antwortete Roko. »Ich nehme an, Sie haben noch nicht nachgesehen, ob etwas fehlt?«

»Doch. Ich bin seit halb sechs hier, weil ich nicht schlafen konnte.«

»Das kann ich nachvollziehen. Und, fehlt etwas?«

»Nur das Geld, ansonsten ist noch alles da.«

»Welches Geld? Wo war das Geld?«

»In der Schreibtischschublade im Büro und in der Kommodenschublade im Schlafzimmer.«

»Wie viel Geld war da jeweils drin?«

»Das weiß ich nicht genau, da müssen Sie Ana fragen. Ich weiß nur, dass die Schublade im Büro immer voller Geldscheine war. Ich weiß auch, dass er in seinem Schlafzimmer Geld aufbewahrt hat, aber darüber kann ich leider gar nichts sagen, weil niemand von uns in seiner Schlafzimmerkommode gewühlt hat.«

»Aber Sie haben ihm doch bestimmt die Wäsche in die Schublade gelegt, nehme ich an?«

»Das schon, aber in der obersten Schublade lagen seine persönlichen Gegenstände, Geld und Dokumente. Es gab für mich keinen Grund, sie regelmäßig zu öffnen. Heute Morgen habe ich es getan. Die Dokumente sind noch da, das Geld nicht.«

»Mirjana Krmek hat uns erzählt, dass sie sich viertausend Kuna geliehen hat«, sagte Maša. »Die Schreibtischschublade war voller Geldscheine. Und das war immer so?«

»Ja.«

»Woher kam dieses Bargeld genau? Sein Gehalt bekam er doch auf das Konto überwiesen?«

»Selbstverständlich.« Leicht gereizt sagte sie dann: »Wie gesagt, Ana wird Ihnen darüber mehr sagen können.«

Es klopfte an der Haustür, und im nächsten Moment ging sie auf. Durch die geöffnete Küchentür sahen sie den Küster eintreten. Nach einem grüßenden Nicken schnäuzte er sich demonstrativ. Vermutlich um zu signalisieren, dass er mit seinem Erscheinen ein Opfer brachte.

»Ante, trink doch einen Kaffee mit uns.«

»Nein. Ich habe schon mit meiner Schwester gefrühstückt. Sie hat mich dann hergefahren.«

»Aha«, kam es von Marija.

Roko stand auf. »Wir müssen uns jetzt an die Arbeit machen.«

»Stela ist gerade wütend mit den Kindern ins Auto gestiegen und weggefahren«, berichtete Ante seelenruhig.

Marija zuckte die Schultern. »Stela fährt die Kinder doch jeden Morgen zur Schule.« Sie warf einen Blick auf die Uhr an der Wand. »Allerdings dürften sie heute wohl zu spät kommen.«

Ante führte das Taschentuch wieder zur Nase, um sich ausgiebig zu schnäuzen, dann trat er einen Schritt in die Küche. »Die hat gerade ihren Mann verlassen.«

»Was redest du denn da, Ante?«

Marija und Ante unterhielten sich, als wären Roko und Maša nicht anwesend oder unsichtbar – was Roko nur recht sein konnte.

»Wenn ich es dir doch sage. Er stand oben an der Treppe und rief ihr nach: ›Ja, dann verschwinde doch aus meinem Leben, aber das alleinige Sorgerecht wirst du nicht bekommen!‹ Darauf hat Stela geschrien: ›Ich bin nur froh, dass ich von dir wegkomme, du elender Betrüger!«

Vor Erstaunen öffnete Marija den Mund. »Sie hat ihn elender Betrüger genannt?«

»Ja. Und Stela wird mit den Mädchen bei ihren Eltern wohnen, hat sie gebrüllt, dann hat sie die Autotür zugeknallt und ist mit quietschenden Reifen losgefahren. Martin hat den Arm gehoben und ihr den Mittelfinger gezeigt.«

»Jetzt hör aber auf, Ante. Martin hat ihr doch nicht den Mittelfinger gezeigt.«

»Frag doch Mislav Barbir, der hat's auch gesehen.«

Rokos Handy klingelte. Der Gerichtsmediziner.

»Ja, Stanko?«, meldete sich Roko und ging nach draußen.

»Ich habe meine Obduktion beendet, Roko. Den Bericht schicke ich Ihnen dann in den nächsten Tagen.«

»In Ordnung.«

»Gabrijel Jukić wurde mit großer Wahrscheinlichkeit im Schlaf ermordet. Ich konnte Spuren von Diazepam nachweisen.«

»Was ist das?«

»Ein starkes Schlafmittel.«

»Die Haushälterin hat erwähnt, dass er regelmäßig auf Schlafmittel zurückgriff. War es viel?«

»Mäßig, aber er hat es anscheinend in der Nacht zweimal genommen. Die erste Dosis hat ihm nicht viel gebracht, nehme ich an. Tja, und wie Sie wissen, wurde dem Opfer die Kehle durchgeschnitten – was jedoch zwischen den Verletzungen mit dem Messer geschah. Reihenfolge: Stich in die linke Herzkammer, Schnitt in den Schildknorpel, Stich in die Lungenarterie. Der Täter wollte unbedingt sichergehen, dass er nicht überlebt.«

»Ja, mit Sicherheit. Gibt es sonst noch etwas, Stanko?«

»Was die Obduktion angeht, nicht. Aber ich wollte Sie noch darüber informieren, dass der Leichnam am Montag nach Brač überführt werden soll. Der Bischof hat im MUP angerufen und mit Tudor gesprochen. Er sagte, dass der Pfarrer in Supetar beerdigt werden wollte. In diesem Gespräch hat er Tudor übrigens darüber informiert, dass Mitte nächster Woche ein junger, neuer Pfarrer nach Pažina geschickt wird. Das wollte ich Ihnen nur mitteilen, weiß nicht, ob das wichtig für Sie ist.«

»Danke, Stanko.« Als Roko sich umdrehte, sah er Ante Mijoč die Kirche aufsperren und eintreten.

»Warum haben Sie uns nicht erzählt, dass Sie mit sechsundzwanzig eine Wechselstube überfallen haben?«

Ante zündete gerade eine der Kerzen an, als er erschrocken aufblickte und Roko entdeckte. »Ich … wollte es nicht vor meiner Schwester erzählen.«

»Sie weiß nichts davon?«

»Nein.«

»Würde es denn etwas zwischen Ihnen ändern?«

Ante dachte kurz darüber nach. »Wahrscheinlich nicht, aber ich will sie nicht noch mehr enttäuschen.«

»Nun gut.« Roko ging ein paar Schritte auf Ante zu und besah sich dabei die kleine Kirche. Sie war nicht ganz so pompös wie die meisten Kirchen. Auf den Bänken lagen weinrote Sitzkissen, und auf den Ablagen der Bänke waren Gebets- und Gesangsbücher akkurat nebeneinander aufgestellt worden. Die Wände waren gelb gestrichen, die weißen Lisenen fügten sich geschmackvoll in das Gesamtbild ein. An der linken Seitenwand hing ein großes Kruzifix, an der rechten war eine Skulptur Johannes des Täufers. Der Altar befand sich unter einem Rundbogen und war relativ schlicht gehalten.

Plötzlich geschah etwas Unerwartetes. Zuerst konnte Roko das Geräusch nicht deuten. Es kam von Ante. Er ging auf den Mann zu, der ihm jetzt den Rücken zuwandte und vor dem Altar stand. Seine Schultern zuckten mit jedem Laut, bis Roko erkannte, dass Ante bitterlich weinte.

Roko trat neben ihn. »Herr Mijoč? Ihr Verlust tut mir leid.«

Seltsamerweise wurden Beileidsbekundungen so gut wie immer nur Verwandten gegenüber ausgesprochen. Doch manchmal trauerten Freunde oder Kollegen nicht weniger als Angehörige. Ob Antes Trauer echt war oder ob er eine Show abzog, weil Roko gerade hier war, würde sich noch zeigen.

Ante zog ein Taschentuch aus seiner Hosentasche und wischte sich übers Gesicht. »Danke, Inspektor.«

»Ich habe soeben erfahren, dass nächste Woche ein neuer Pfarrer kommen wird. Vielleicht werden Sie ihn irgendwann ebenso gernhaben.«

Ante hob resigniert die Hände. »Wenn ein Hündchen stirbt, kauft man sich eben ein neues, nicht wahr?«

Hatte der Küster den Pfarrer soeben mit einem Hündchen verglichen? Ein schräger Vergleich, aber vielleicht war Ante nur durcheinander.

»Sein Leichnam wird am Montag nach Supetar auf Brač überführt. Die Beerdigung wird dann wahrscheinlich am Dienstag stattfinden. Werden Sie hingehen?«

»Nein, das könnte ich nicht ertragen.«

Als Roko kurz darauf nach draußen ging, sah er ein drittes Auto im Hof. Er nahm an, dass in der Zwischenzeit die Pfarrsekretärin Ana Prović eingetroffen war. Roko ging zum Pfarrhaus, wo er in der Küche Marija, Ana und eine säuerliche Maša antraf.

»Wo bist du gewesen?«, fragte sie.

»Ich habe mich ein wenig mit dem Küster unterhalten. Übrigens habe ich eine Neuigkeit für Sie, Frau Šain und Frau Prović. Nächste Woche kommt ein neuer Pfarrer.«

Ana wirkte erfreut, Marija zeigte keinerlei Regung. »Woher kommt er, und wie heißt er?«, fragte sie trocken.

»Das weiß ich leider nicht. Ich weiß nur, dass er jung ist.«

»Auch das noch«, murmelte Marija grantig.

»Wie meinen Sie das?«

»Ach, ältere Leute sind stiller und genügsamer. Die Jungen quasseln mir zu viel.«

»Oh, na ja«, meinte Roko. »Wie ich vom Gerichtsmediziner erfahren habe, sagte der Bischof zu meinem Vorgesetzten, dass der Leichnam des Pfarrers am Montag nach Supetar überführt wird, so wie es sein Wunsch war.«

»Tatsächlich?«, wunderte sich Marija. »Na ja, wenn es sein Wunsch war. Da weiß der Bischof wohl mehr als ich.« Eine Spur von Kränkung lag in ihrer Stimme.

»Werden Sie auf die Beerdigung gehen?«

»Das weiß ich noch nicht.« Nun hörte sie sich beinahe an wie ein bockiges Kind, fand Roko.

Mit einem Blick auf Ana fragte er: »Und Sie, Frau Prović?«

»Keine Ahnung.«

»Frau Prović, könnten wir bitte ins Büro gehen? Ich habe einige Fragen an Sie.«

»Natürlich.« Ana führte Roko und Maša ins Büro, zog die silberfarbenen Alu-Rollos hoch und setzte sich auf den Bürostuhl. »Soll ich Ihnen zwei Stühle aus der Küche holen?«

»Nicht nötig, danke. Es gibt hier also keinen Computer. Zeigen Sie uns Ihre Buchführung?«

»Ja sicher, Inspektor.« Ana öffnete eine der Schubladen, griff nach einem dicken schwarzen Buch und klappte es auf. »Das hier ist das aktuelle, von diesem Jahr. Die anderen stehen dort drüben im Regal.« Sie zeigte auf etwa zehn Bücher, die alle gleich aussahen, bis auf die Prägung der Jahreszahlen im Buchrücken.

Das Telefon klingelte, laut und schrill. Ana hob den Hörer von der Gabel des altmodischen grauen Apparats und meldete sich kurz und knapp mit *»Župni ured«*, Pfarrbüro. Nachdem der Anrufer sein Anliegen geäußert hatte, sagte Ana: »Ihre Trauung findet deshalb natürlich trotzdem statt. Nächste Woche kommt ein neuer Pfarrer. Außerdem heiraten Sie doch erst in drei Monaten, Herr Pešić. Keine Sorge. Ja, ich weiß. Es ist schrecklich. Wir können es alle nicht fassen.«

Zunächst einmal hatte der Anrufer seine Hochzeit abklären wollen, bevor er auf den tragischen Tod des Pfarrers zu sprechen kam, nahm Roko zur Kenntnis. Aber so funktionierten die meisten Menschen, erst einmal dachten sie an sich selbst.

Nachdem das Telefongespräch beendet war, erklärte Ana: »Ein junger, verliebter Mann aus einem der beiden Nachbardörfer.«

Sie griff nach dem schwarzen Buch und zeigte ihnen sämtliche Eintragungen, die sie in diesem Jahr getätigt hatte. Sie notierte die Kollekte – das Geld, das während der Messe durch Antes Klingelbeutel eingenommen wurde. Ebenso die Beträge aus den

Kirchenkästen für karitative Zwecke und die Summen, die Leute für Gedenkgottesdienste bezahlten.

»Durch Taufen, Erstkommunionen, Firmungen, Trauungen und Beerdigungen hatte er ebenfalls Einnahmen.«

Ana zeigte auf die entsprechenden Stellen. In der anderen Spalte fanden sich die Ausgaben, für Lebensmittel und Haushalt sowie für Spenden und Hilfeleistungen für Kirchenmitglieder.

»Führen Sie auch Buch über sein Gehalt?«

»Das war schließlich sein privates Geld, Inspektor. Darüber führte ich nicht Buch.«

Das Telefon klingelte wieder. Es war Celesta Farac, Anas Mutter. »Ja, Mama. Ich weiß. Wir sehen uns später.«

Noch während Ana auflegte, sagte Roko: »Ich möchte Sie bitten, während unseres Gesprächs nicht mehr ans Telefon zu gehen.«

Bedauernd presste sie ihre Lippen aufeinander, dann meinte sie: »Wie gedankenlos von mir. Die Macht der Gewohnheit. Entschuldigen Sie.«

»In Ordnung. Nun, Frau Prović, das viele Geld, das normalerweise in der Schublade liegt, stammte demnach aus den Einnahmen, über die Sie Buch führen? Es hat sich mit der Zeit summiert, war mal mehr und mal weniger. Kann man das so sagen?«

»Genau. Aber warum sagen Sie, dass es ›normalerweise‹ in der Schublade liegt?« Ana zog besagte Schublade auf und verharrte. Sie blickte schockiert zu den Beamten. »Es ist weg. Hat der Mörder es gestohlen?«

»Ja«, antwortete Maša. »Wissen Sie, wie viel drin war?«

»Keine Ahnung. Ich habe zwar über alles Buch geführt, aber Pfarrer Gabrijel nahm regelmäßig auch etwas aus der Schublade, aus unterschiedlichen Gründen.«

Das Telefon klingelte wieder, Ana ignorierte es.

»Können Sie in etwa schätzen, wie viel Geld es war?«

Ana starrte nachdenklich in die leere Schublade. Ohne aufzublicken, sagte sie: »Vielleicht fünfzehntausend Kuna, möglicherweise auch mehr.«

»Sie wissen nicht zufällig, wie viel Geld in der Schlafzimmerkommode war?«

Sie blickte zu ihm hoch. »Ich wusste nicht, dass er auch dort Geld aufbewahrt hat.«

»Warum hat er es eigentlich hier aufbewahrt und nicht zur Bank gebracht?«

»Weil er es früher oder später ausgegeben hat, deswegen hat die Summe in der Schublade variiert. Er hat hin und wieder Menschen geholfen, es gespendet oder etwas rausgenommen, wenn er etwas brauchte oder Marija ihm die Rechnung vom Einkaufen vorlegte.«

Endlich hörte das verdammte Telefon zu klingeln auf.

»Wenn er dieses Geld hier für Einkäufe und für seine Zwecke nahm, dann war das nicht unbedingt anständig, oder?« Als Ana nicht antwortete, fuhr Roko fort. »Dafür hätte er doch eigentlich auf sein Gehalt zurückgreifen müssen.«

»Ja, aber er hat es doch auch dafür verwendet, anderen zu helfen, zu spenden, und er hat in die Kirche investiert.«

Roko lächelte Ana freundlich an. »Das mag sein. Aber angenommen, wir würden nun stundenlang die Bücher durchgehen und ausrechnen, wie viel er durch die Kirche eingenommen und wie viel er für humanitäre Zwecke und Investitionen für die Kirche ausgegeben hat. Ich wette, da würde eine ansehnliche Summe übrig bleiben, die nirgends auftaucht, trotz sorgfältiger Buchführung. Weil er dieses Geld für sich genutzt hat, statt auf sein Gehalt zurückzugreifen. Verstehen Sie mich nicht falsch, Frau Prović. Mir ist das gerade nicht wichtig, und ich weiß, dass Sie darauf keinen Einfluss hatten. Aber ich stelle fest, dass seine Großzügigkeit und Bescheidenheit nur eine Seite der Medaille sind.«

Es war nicht zu übersehen, dass Ana Prović sich unwohl fühlte. »Darüber habe ich mir nie viele Gedanken gemacht. Ich habe hier nur meine Arbeit erledigt.«

Er drehte sich um und entdeckte Marija im Türrahmen. Zumindest den letzten Teil des Gesprächs musste sie durch die offene Tür gehört haben. Ihren Gesichtsausdruck konnte Roko nicht deuten. Sie sah merkwürdig neutral aus.

»Ich dachte, es ist wohl am besten, wenn wir alle so normal wie möglich weitermachen«, erklärte sie. »Zumal in Kürze ein neuer Pfarrer kommt. Jedenfalls werde ich wie immer Mittagessen kochen, Ana. Ich werde auch Ante fragen, ob er nicht heute ausnahmsweise mitessen möchte. Sie beide sind freilich auch herzlich eingeladen.« Marija zwang sich zu einem kleinen Lächeln.

»Danke, Frau Šain«, sagte Roko. »Das ist sehr freundlich von Ihnen, aber wir müssen ablehnen. Wann kommt noch mal Senka Ivandić?«

»Um vierzehn Uhr.«

»Ich bin in einer halben Stunde wieder da«, sagte Ana und stand von ihrem Bürostuhl auf. »Normalerweise besuche ich meine Eltern nach der Arbeit, aber Marija hat mir vorhin erzählt, dass Stela abgehauen ist. Ich sehe kurz nach meinem Bruder.«

»Ist er nicht bei der Arbeit?«

»Er hat sich heute freigenommen, weil er Papierkram erledigen wollte.«

»Okay, gehen Sie zu Ihrem Bruder, Frau Prović.« Maša klang verständnisvoll. »Tut mir leid für die Familie.«

»Nett von Ihnen, aber das ist für Martin das Beste, was ihm passieren konnte.«

Roko fand, dass sich dieser Satz seltsam anhörte. Meinte Ana nur die schlechte Ehe, oder kam Stelas Entscheidung aus irgendeinem Grund zu einem guten Zeitpunkt? »Wie meinen Sie das?«, fragte er deshalb.

Für den Bruchteil einer Sekunde schien sie irritiert. »Sie führten eine lieblose Ehe, Inspektor. Stela ist ein Drachen, und Martin hat ihr von Anfang an viel zu viel durchgehen lassen, bis sie am Ende über alles bestimmte. Kein Wunder, dass …« Sie brach ab.

»Kein Wunder – was?« Roko sah sie direkt an, doch Ana wandte den Blick ab. »Kein Wunder, dass die Ehe scheiterte.«

Roko hatte das Gefühl, dass Ana etwas anderes gemeint hatte.

Als die Pfarrsekretärin zur Tür hinaustrat, klingelte Rokos Handy. Es war Butigan. Roko ging mit Maša nach draußen.

»Können Sie sich bitte eine Minute gedulden?«, fragte Roko

den Kriminaltechniker. »Ich möchte, dass Maša über den Lautsprecher mithört, aber in diesem Dorf haben die Häuser Ohren. Wir gehen schnell zum Auto.«

»Kein Problem.«

»Danke.« Kurz darauf saßen sie im Auto, und Roko schaltete den Lautsprecher ein. »Legen Sie los, Frane.«

»Zunächst einmal: An der Hintertür gab es keine fremden Fingerabdrücke. Nur von Gabrijel Jukić, Marija Šain und Ante Mijoč.«

»Ante Mijočs Fingerabdrücke sind in der Datenbank, und Marija Šain haben Sie gestern danach gefragt, und sie hat zugestimmt?«

»Genau, wobei das alles müßig ist, da ihre Fingerabdrücke im Haus wahrscheinlich millionenfach zu finden sind. Jedenfalls haben wir im Schlafzimmer unzählige Spuren sichergestellt, Haare und Fasern.«

»Unzählige Spuren im Schlafzimmer?«

»Das hat nichts zu bedeuten, weil diese vom Pfarrer oder der Reinigungskraft durch Kleidung oder Schuhe hineingelangt sein können. Wie die Haushälterin sagte, hat der Pfarrer nie Hausschuhe getragen, somit lässt sich das erklären. Für uns ist das natürlich ungünstig.«

»Ja, verdammt ungünstig.«

»In der Kirche haben wir uns auch nach eventuellen Spuren umgesehen, aber wie Sie sich denken können, wäre eine Suche nach Fasern und Fingerabdrücken reine Idiotie. Außerdem ist die Kirche nicht der Tatort. Ich wollte aber trotzdem nachsehen. Etwas Aufschlussreiches haben wir nicht gefunden.«

Nach dem Gespräch lehnte Roko sich im Sitz zurück und blickte zu Maša. »Warum hat der Mann keine Hausschuhe getragen?«

»Ärgerlich.«

»Bevor wir nicht einen Verdächtigen haben, kommen wir nicht weiter.«

Maša nickte nachdenklich vor sich hin. »Der Pfarrer war ja ein ziemlicher *muljator*.«

»Ja, er hatte wohl zwei Seiten. Hilfsbereit und großzügig war er ja, was einige Leute bestätigen. Aber er war auch ein Schummler und Blender, wie du es beschreibst. Und wie es aussieht, hatte er eine Art Existenzangst, weshalb er das Geld hortete. Ich glaube, letztendlich hat er den Leuten nur deshalb finanziell geholfen, um beliebt zu werden. Er hat sie dafür bezahlt, dass sie ihn mögen. Was dann aber nicht so ganz gelungen ist.«

»Ich finde es ziemlich heftig, dass er seinem Bruder nicht helfen wollte. Auch wenn man nicht die ganze Geschichte kennt, aber trotzdem. Mein Onkel ist ein Fiesling, aber als sein halbes Haus abbrannte, hat mein Vater ihm geholfen. Ich frage mich, wer die Beerdigungskosten für den Pfarrer übernehmen wird.«

»Das Bistum Dubrovnik, nehme ich an.«

»Worüber hast du mit Ante Mijoč gesprochen?«

»Er hat geweint.«

»Wegen dem Mord am Pfarrer?«

»Wegen was denn sonst.«

»War es echt?«

»Er hat geschluchzt, und es waren echte Tränen. Ich bin mir ziemlich sicher, dass es echt war.«

»Glaubst du, dass Stelas Abhauen indirekt etwas mit dem Mord zu tun haben könnte?«

»Kann ich mir nicht vorstellen, aber wir sollten trotzdem mal mit Martin Farac sprechen.«

Roko blickte auf sein Handy, das er immer noch in der Hand hielt. »Warum ruft Lorena nicht an? Sie wollte sich doch wegen der Notarin melden.«

»Das wird sie schon, sobald es etwas Neues gibt.«

Roko steckte das Handy wieder ein und öffnete die Autotür. »Lass uns mal einen Blick in diese Kommodenschublade im Schlafzimmer werfen.«

»Das Geld darin ist doch weg.«

»Ja, aber ich will einen Blick auf die Dokumente werfen. Vielleicht gibt es eine Lebensversicherung oder etwas anderes Interessantes.«

Auf dem Weg zum Pfarrhaus sahen sie Jere aus dem Haus

kommen. Er winkte ihnen kurz zu und ging zum Auto, das wahrscheinlich seinen Eltern gehörte.

»Auf dem Weg in die Uni?«, rief Maša.

»Ja«, rief Jere herüber. »Bin spät dran, hab verschlafen.« Dann stieg er ein.

Maša wunderte sich. »Es ist halb elf. Einen gesunden Schlaf hat der Junge, wenn er so lange schläft.«

Sie betraten das Haus. Es roch nach Fisch. Natürlich, heute war Freitag. Im Flur stand Marija und blickte aus dem Fenster. Sie sah Jere nach, wie er über den Kiesweg davonfuhr.

»Wie die Zeit vergeht«, sinnierte sie. »Gestern war er noch ein Kind, das tagtäglich hier in der Küche saß oder mit Hochwürden im Garten war.«

»Ihnen ist er wohl auch ans Herz gewachsen?«, fragte Maša.

Eine direkte Antwort vermied die Haushälterin, antwortete stattdessen: »Leider habe ich keine Kinder, wissen Sie.« Marija verschränkte die Hände vor dem Bauch. »Vor ein paar Wochen stand Hochwürden an derselben Stelle wie ich jetzt und sah Jere nach, wie er davonfuhr. Ich kam aus der Küche, und Hochwürden sagte: ›Jere ist erwachsen geworden. Jetzt braucht er mich nicht mehr.‹ In diesem Moment tat er mir furchtbar leid. Ich sagte ihm, dass Jere die schönen Erinnerungen an ihn für immer bewahren würde und dass er immer einen Platz in Jeres Herzen haben würde.« Ein flüchtiges Lächeln huschte über Marijas Gesicht. »Normalerweise bin ich nicht so schwülstig, aber ich wollte ihn trösten, und es war ehrlich gemeint.«

»Natürlich, Frau Šain.«

»Wir werden uns jetzt mal im Schlafzimmer umsehen«, sagte Maša. »Übrigens, Ihr Fisch duftet köstlich.«

»Ich mache heute Bakalar. Nicht die Pastete, sondern Gulasch.«

Roko liebte dieses Gericht, das zwar aufwendig, aber unglaublich köstlich war. Getrockneter Kabeljau wurde über Nacht eingeweicht, geputzt und dann mit Kartoffeln, Tomaten, Weißwein, Knoblauch und Kräutern weiterverarbeitet.

»Wie gesagt, Sie können gerne mitessen, es ist genug da.«

»Nein, wirklich nicht, danke.«

»Ich verstehe schon. Das dürfen Sie nicht.«

Die Tür ging auf, und Ana kam herein.

»Wie geht es Martin?«, fragte Marija.

»Wie soll es ihm schon gehen? Phantastisch. Wir können nur hoffen, dass sie nicht zurückkommt.«

»Warum hat Ihre Schwägerin denn so überstürzt das Haus verlassen?« Maša hatte einen vertraulichen Ton angeschlagen.

»Keine Ahnung, worüber sie gestritten haben«, antwortete Ana. Roko glaubte ihr kein Wort. Es war klar, dass sie ihren Bruder nach dem Auslöser gefragt und dass dieser darauf geantwortet hatte. »Hauptsache, sie ist weg. Für Marta und Matea ist die Situation natürlich nicht einfach, aber zum Glück sind sie mit zwölf und zehn einigermaßen alt genug, um mitentscheiden zu können, bei wem sie wie lange bleiben möchten.«

Marija seufzte. »Ja, die Kinder leiden wohl am meisten. Hochwürden sagte immer, dass es jede Ehe wert sei, aufrechterhalten zu werden, wegen der Kinder.«

Roko musste sich zusammennehmen, um auf diesen Unsinn nichts zu sagen. Er bezweifelte jedoch, dass Marija das selbst glaubte. Es war die typische Verklärung eines kürzlich Verstorbenen.

Der Geruch von Blut lag immer noch in der Luft, als sie die Tür zum Schlafzimmer öffneten. Aber vielleicht bildete er sich das nur ein, mit Blick auf den eingerollten Teppich, der das viele Blut des Pfarrers aufgesogen und einen großen, ovalen Fleck hinterlassen hatte. Die Bettwäsche war von Marija abgezogen worden. Die Matratze stand zum Trocknen senkrecht auf dem Lattenrost. Das obere Drittel war mit Blut durchtränkt.

»Wird sie die Matratze nicht wegwerfen?«, wunderte sich Maša. »Ich kann mir kaum vorstellen, dass der neue Pfarrer darauf schlafen möchte.«

»Wahrscheinlich hat sie das noch vor.«

In der Kommodenschublade entdeckten sie die Geldbörse des Pfarrers. Ohne Geldscheine darin, mit ein paar Kuna im Münzfach. Roko zog eine Bankkarte aus dem Einschubfach.

»Zagrebačka banka«, las er laut ab. »Die hat der Mörder freundlicherweise nicht mitgenommen, weil er ohne PIN damit nichts anfangen kann.«

Maša öffnete weitere Schubladen und Schranktüren, doch lag darin nichts Interessantes. Roko durchsuchte die Schublade nach weiteren Hinweisen. Er fand kein Testament, auch keine Kopie davon, nur Kleidungsstücke und Wäsche.

»Eine Lebensversicherung hatte er anscheinend nicht.«

Maša zuckte die Schultern. »Warum sollte er eine abschließen? Eigentlich macht man das doch nur, wenn man jemanden abgesichert haben will. Aber Ehefrau und Kinder hatte er nicht.«

»Ja, da hast du auch wieder recht. Ich dachte eher an die Auszahlung nach einem bestimmten Zeitraum. Aber diese Art der Geldanlage ist heutzutage nicht mehr attraktiv, soweit ich weiß.«

Rokos Handy klingelte. Lorena. Endlich! Er schaltete den Lautsprecher ein.

»Gute Nachrichten, Roko. Die richterliche Anordnung wurde erteilt.«

»Das ging recht schnell diesmal.«

»Ich habe etwas Druck gemacht.«

»Oh, danke.«

»Sobald ich weiß, ob eines der Handys der Mitarbeiter eingeloggt war, und die Anrufrückverfolgung vom vorletzten Dienstag vorliegt, melde ich mich.«

»In Ordnung. Bis dann, Lore…«

»Und noch etwas.«

»Ja?«

»Die Sekretärin hat zurückgerufen. Es gibt ein Testament, bei der Notarin Helena Božić.«

»Hervorragend.«

Lorena gab ihm die Adresse durch. »Die Sekretärin sagte, Frau Božić kann Sie heute bis zwölf Uhr empfangen. Danach hat sie einen Termin bei Gericht und mit einer Klientin. Das kann sie nicht verschieben.«

Roko warf einen Blick auf seine Armbanduhr. Kurz nach elf. »Wir fahren sofort hin.«

Er hörte, wie Lorena auflegte.

Helena Božić hatte ihr Büro in der Srđ ulica, nordöstlich der Altstadt, unter dem Berg Srđ. Kaum hatten sie den Raum betreten, ging Maša zu dem großen Fenster hinter dem Schreibtisch der Notarin und blickte hinaus.

»Was für ein atemberaubender Ausblick«, meinte sie fasziniert.

Da musste Roko ihr recht geben. Vor ihnen lag die Insel Lokrum mit ihrem üppigen Grün mitten im dunkelblauen Meer. Auf der rechten Seite blickte man auf die Altstadt, die majestätisch das bekannte Postkartenmotiv darbot.

»Ich möchte wirklich nicht unhöflich sein«, begann Helena Božić, »aber ich stehe etwas unter Zeitdruck.«

Sie war eine leicht unterkühlt wirkende Frau Mitte vierzig, die ihrer geringen Körpergröße mit extrem hohen Absätzen trotzte. Das dunkelbraune Haar trug sie mit einem akkuraten Mittelscheitel in einer Hochsteckfrisur. Das verlieh ihr etwas Biederes, aber auch Elegantes, fand Roko.

Maša wandte sich vom Fenster ab. »Natürlich, Frau Božić. Wir können gerne gleich zur Sache kommen.«

Die Notarin nickte und bot ihnen einen Platz auf der Lederbank mit Chromgestell an, doch sie lehnten ab, da Helena Božić neben ihrem Schreibtisch stand und nicht den Eindruck machte, sich setzen zu wollen. Sie nahm eine braune Mappe vom Schreibtisch und öffnete sie.

»Ich habe mir das vorhin noch mal angesehen und von meiner Sekretärin für Sie eine Kopie anfertigen lassen.« Sie holte ein paar Blätter heraus und überreichte sie Maša.

»Danke, sehr freundlich, Frau Božić.« Nachdem Maša einen flüchtigen Blick darauf geworfen hatte, rief sie: »O mein Gott!«

»Was ist?«, fragte Roko.

Sie überreichte ihm die Papiere und zeigte auf eine Summe: zwei Millionen Kuna!

»Wow!«, entfuhr es Roko.

»Seine Erben bekommen außerdem sein Erspartes, das er auf der Zagrebačka banka hinterlassen hat«, erklärte die Notarin.

»Seine Erben«, wiederholte Roko, während er nach den Namen suchte.

Helena Božić kam ihm zuvor. »Sein Erbe geht zur Hälfte an seine Haushälterin Marija Šain, fünfundzwanzig Prozent erhält sein Bruder, und weitere fünfundzwanzig Prozent gehen an humanitäre Einrichtungen.«

Roko und Maša sahen sich an. »Marija Šain bekommt die Hälfte?«, fragte Maša verblüfft. »Und ein Viertel geht an den Bruder?«

»Wir fahren gleich mal zur Bank und sehen, wie viel da noch zu erben ist.«

»Die Erben werden in den nächsten Wochen vom Nachlassgericht per Einschreiben über das Erbe in Kenntnis gesetzt«, erklärte die Notarin das Prozedere.

»Zwei Millionen!« Maša konnte es anscheinend immer noch nicht fassen.

»Ich denke, dass dieser Betrag vom Hausverkauf stammen könnte«, gab Roko zu bedenken. »Sein Bruder hat doch erzählt, dass sie das Haus der Eltern verkauft haben. Eine Frage noch, Frau Božić.«

»Ja, Inspektor?«

»Hat Gabrijel Jukić irgendetwas darüber geäußert, weshalb er sich für diese Erben entschieden hat? Ich meine, hat er es irgendwie kommentiert?«

Frau Božić schüttelte lächelnd den Kopf. »Das wurde vor über drei Jahren aufgesetzt. Wissen Sie, wie viele Gespräche ich seitdem geführt habe? Ich kann mich beim besten Willen nicht mehr an Gabrijel Jukić erinnern.«

»Schade«, meinte Roko.

»Aber in der Regel rechtfertigen sich die Leute nur dafür, wenn sie jemanden enterben oder nicht im Testament berücksichtigen. Nur selten rechtfertigen sie sich dafür, wen sie als Erben festlegen.«

»Verstehe. Gab es denn ein Testament davor? Hat er vielleicht sein Testament geändert?«

Sie dachte kurz über etwas nach. »Moment. Jetzt fällt es mir wieder ein. Er sagte so etwas wie: ›Ich habe beschlossen, mein Testament zu machen, man weiß ja nie.‹ Das ist das Einzige, woran ich mich erinnern kann. Demnach war es sein erstes Testament, und das letzte.«

Der grauhaarige Filialleiter bei der Bank beschrieb Gabrijel Jukić als sympathischen, freundlichen Menschen. Kein Wunder, dachte Roko. Schließlich war der Pfarrer mit seinen hohen Geldbeträgen hier ein gern gesehener Kunde.

Roko und Maša hatten im Büro des Filialleiters Vladimir Buljat Platz genommen, der gerade hinter seinem Schreibtisch saß und in seinen Computer tippte.

»Wir haben immer gerne miteinander geplaudert«, erzählte der Filialleiter, ohne den Blick vom Bildschirm zu nehmen. »Wirklich, ein sehr netter Mann. Als mir Frau Lončar vorhin sagte, dass die Kriminalpolizei hier ist, weil Herr Jukić ermordet wurde, war ich fassungslos, vollkommen fassungslos.«

Roko fand, dass seine Worte nicht so recht zur Stimmlage und zum Verhalten passten, das keine Spur von Fassungslosigkeit erkennen ließ. Vielmehr schien Vladimir Buljat ein Mann zu sein, der sich unter Kontrolle hatte.

»Herr Jukić hat mir mal sein Leid geklagt, über seinen Bruder.« Endlich riss er sich vom Bildschirm los und sah die Beamten an. »Ich weiß nicht, ob das für Sie wichtig ist, aber es fällt mir gerade ein.«

»Bitte erzählen Sie«, forderte Roko ihn auf.

»Die beiden verkauften das Haus und das Grundstück auf Brač, das sie von den Eltern geerbt hatten. Sie bekamen dafür vier Millionen Kuna, die sie dann aufgeteilt haben. Sein Bruder hat das Geld mit vollen Händen ausgegeben, während Gabrijel Jukić so vernünftig war, es in unserer Bank aufzubewahren. Ferner hatte er …«, mit einem kurzen Blick zum Monitor, »dreihundertfünfzigtausend Kuna zusätzlich auf demselben

Sparkonto. Das hat er sich fleißig und redlich zusammengespart.«

Darauf wollte Roko nicht eingehen. »Und das Geld hat er wie angelegt?«

Der Filialleiter streckte den Zeigefinger in die Luft. »Gute Frage. Er hatte es auf einem ordinären Sparkonto. Ich habe immer wieder an ihn appelliert, es intelligenter anzulegen, aber Herr Jukić war in dieser Hinsicht etwas ängstlich.«

»Wie viel hatte er auf seinem Girokonto?«

Wieder ein kurzer Blick auf den Monitor. »Nur siebenundzwanzigtausend Kuna.«

Nur?, wunderte sich Roko. Aber in Anbetracht der Gesamtsumme konnte er sich die Bagatellisierung von siebenundzwanzigtausend sogar erklären. »Was hat Gabrijel Jukić über sich und sein Leben erzählt? Über andere Leute aus seinem Umfeld?«

Herr Buljat schüttelte seinen grauhaarigen Kopf. »So gut wie nichts. Wir haben über Geld und neutrale Themen gesprochen, Politik und Wetter und so etwas. Nur ein einziges Mal ist er privat geworden. Er hat mir erzählt, dass er sich Sorgen um seinen Bruder macht, der sein Leben einfach nicht in den Griff bekam. Das muss ihn sehr beschäftigt haben, weil er plötzlich damit anfing, sich ansonsten aber über alles ausschwieg.«

Als sie kurz darauf im Auto saßen, schlug Maša vor, als Erstes mit Marija Šain zu sprechen.

»Nein«, erwiderte Roko. »Wir fahren erst zu Manuel Jukić, erst dann fahren wir nach Pažina zurück. So sparen wir Zeit.« Er startete den Motor und fuhr Richtung Gruž zum Seniorenheim.

»Ist das nicht unglaublich, Roko?«

»Was?«

»Dass Marija Šain die Hälfte erbt?«

»Genau genommen ist es das nicht. Er hat doch die meiste Zeit mit ihr verbracht, und sie hat bei ihm wohl einen guten Job gemacht.«

»So gesehen stimmt das natürlich, aber kann es wirklich sein, dass sie nichts davon wusste?«

Er streckte den Zeigefinger in die Luft. »Gute Frage!« Womit er den Filialleiter Vladimir Buljat imitierte.

Maša lachte.

»Nein, im Ernst. Wenn sie es wusste, dann hat sie vielleicht nichts gesagt, aus Angst, verdächtigt zu werden.«

»Oder sie wusste es und hat ihn kaltgemacht, um endlich das Geld in die Finger zu bekommen.«

»Aber dann hätte sie ihn eher langsam vergiftet oder etwas Ähnliches. Die Art der Tötung war ziemlich brutal, und es fällt mir schwer zu glauben, dass sie imstande wäre, ihn auf diese Weise zu töten. Außer sie ist eine eiskalte Psychopathin. Aber falls nicht, würde das ein Trauma bei ihr hinterlassen.«

»Einverstanden. Tatsache ist doch aber auch, dass sie zur Untermiete lebt, mit einem Durchschnittsgehalt über die Runden kommt und ihr Freund auch kein reicher Unternehmer ist. Wenn sie gewusst hat, dass sie insgesamt etwa eins Komma zwei Millionen Kuna erbt, dann könnte sie das kopflos gemacht haben. Immerhin ist das ein verdammt hoher Betrag. Wie viel in Euro? Hundertsechzigtausend?«

»Jetzt fängst du auch schon an, in Euro zu rechnen. Gehörst du auch zu denen, die sich allmählich auf den Euro einstimmen?«

Maša ignorierte seine Frage. »Überleg doch mal, Roko, wozu Menschen für viel geringere Beträge fähig sind.«

»Da muss ich nicht überlegen, das weiß ich.« Er hielt an einem Zebrastreifen und sah seine Kollegin an. »Ich bin eher darüber erstaunt, dass er seinem Bruder ein Viertel überlassen hat. Er hat ihm nicht geholfen, als er seine Hilfe am meisten brauchte, äußert dem Filialleiter gegenüber aber, dass er sich Sorgen um ihn macht, und hinterlässt ihm einen ansehnlichen Geldbetrag. Ich glaube, Gabrijel Jukić war einer der widersprüchlichsten Menschen, von denen ich je gehört habe.«

»Ja, absolut. War sein Groll auf den Bruder so schlimm, dass er sich von der Kindheit bis weit ins Erwachsenenalter gezogen hat?«

»Offensichtlich schon.«

Es war Miro, derselbe junge Mann wie gestern, der die Tür des Seniorenheims öffnete.

»Oh, Sie schon wieder«, sagte er beim Anblick der Beamten. Allerdings klang es nicht unfreundlich, vielmehr überrascht.

Kurz darauf saßen sie wieder in dem kleinen Büro und warteten auf Manuel Jukić, der mit ängstlichem Blick und einem Stuhl unter dem Arm schlurfend in den Raum trat. Er murmelte einen Gruß, schloss die Tür hinter sich und stellte den Stuhl ab. Nachdem er sich gesetzt hatte, legte er seufzend seine Hände auf die Knie.

»Was könnte ich Ihnen noch erzählen, das ich nicht gestern schon berichtet habe?«

»Herr Jukić«, begann Roko in freundlichem Ton. »Wir haben erfahren, dass Ihr Bruder ein Testament hinterlassen hat. Sie erben zu fünfundzwanzig Prozent.«

Zuerst reagierte Manuel nicht, dann schob er seine Brille zurecht und fragte: »Das ist ein Viertel, oder?«

Roko konnte nicht glauben, dass die Frage ernst gemeint war. Wahrscheinlich war der Mann einfach nur durcheinander. Trotzdem bejahte Roko seine Frage.

»Aber wieso hat er mir was hinterlassen? Er hat mich doch gehasst.«

»Ich glaube nicht, dass er Sie gehasst hat, Herr Jukić. Aber ich weiß natürlich nicht, was in ihm vorgegangen ist und welche Motive ihn dazu bewogen haben, sich Ihnen gegenüber so zu verhalten.«

»Wie viel erbe ich denn?«

»Knapp sechshunderttausend Kuna.«

»Was?« Manuel kippte mit dem Oberkörper nach hinten. Ein Lächeln stellte sich ein, das vielmehr dümmlich als heiter wirkte. »Wirklich? Wer hätte das gedacht? Dass ich noch mal eine zweite Chance bekomme …« Plötzlich schien ihm bewusst zu werden, dass seine zweite Chance mit der brutalen Ermordung seines Bruders zusammenhing. »Natürlich würde ich jederzeit auf das Geld verzichten, wenn Gabrijel dann noch am Leben wäre.«

Da war sich Roko nicht so sicher.

»Aber schließlich ist es besser, dass ich es bekomme als irgendein dahergelaufener Kirchenschleimer.«

»Ich kann Ihre Gedanken nachvollziehen«, bemerkte Maša in leicht sarkastischem Ton.

»Und wer bekommt die anderen drei Viertel?«, wollte Manuel wissen.

»Ein Viertel geht an humanitäre Einrichtungen«, erklärte Maša. »Und die Hälfte des Erbes erhält die Haushälterin.«

»Die Haushälterin?« Manuels Stimme war laut geworden. Er sah wütend aus. »Mit der hatte er bestimmt etwas am Laufen. Ein hinterhältiges Luder wird das sein, das ihn verführt und ihm den Kopf verdreht hat.« Er schnaubte verächtlich. »Womit verdient sich eine Köchin und Putzfrau das, wenn nicht mit ihrem Körper?«

Durch das Sonnenlicht, das durchs Fenster schien, sah Roko aus Manuels Mund winzige Speichelpartikel entweichen. Mit einem Mal fing er an zu begreifen, weshalb die Beziehung unter den Brüdern so schlecht gewesen war. Manuel hatte ein zweites Gesicht, einen fragwürdigen Charakter, den niemand besser gekannt hatte als derjenige, der mit ihm aufgewachsen war. Dafür, dass er damals das Geld verprasst hatte, übernahm er keine Verantwortung, sondern schob es auf die falsche Frau. Wahrscheinlich hatte dieser Mann nie Verantwortung für etwas übernommen. Nun verstand Roko, weshalb Gabrijel Jukić seinem Bruder die Hilfe verweigert hatte. Und am Ende hatte er sich dann sogar entschlossen, ihn versorgt zu wissen.

»Und warum sind Sie hier?«, fragte Manuel. Er war nun wieder zum sanften Modus zurückgekehrt, klang ausgeglichen und sah völlig entspannt aus. »Sie glauben doch nicht, dass ich etwas mit seinem Tod zu tun habe, Inspektor? Gabrijel und ich haben uns seit Jahren nicht mehr gesehen.«

»Verstehen Sie mich nicht falsch.« Roko schaute ihm in die Augen. »Aber nur weil Sie das behaupten, muss es nicht wahr sein.«

»Hm … Wie könnte ich das falsch verstehen?«, meinte Manuel in ironischem Ton. »Aber was ich sage, ist die Wahrheit.

Vielleicht fragen Sie noch ein paar Leute, die ihn kannten. Niemand wird Ihnen erzählen, dass mein Bruder und ich Kontakt hatten.«

»In Ordnung, Herr Jukić. Vielleicht ist es so. Nachdem wir vom Inhalt des Testaments erfahren hatten, wollten wir mit Ihnen sprechen. Das werden Sie doch verstehen? Ihre Reaktion auf die Nachricht, dass die Haushälterin die Hauptbegünstigte ist, fand ich übrigens … interessant. Es hat Sie ziemlich wütend gemacht, nicht wahr?«

Manuel Jukić sah ihn ernst an, dann rutschte er auf dem Stuhl ein Stück nach vorne und sagte ganz ruhig: »Sie wären in meiner Situation bestimmt ein Heiliger, nicht wahr? Wenn Ihr Bruder die Hälfte seines Erbes der Putzfrau hinterlassen würde, würden Sie sich für sie freuen, nehme ich an. Sie würden sich entspannt zurücklehnen und sagen, dass Sie den Wunsch Ihres Bruders respektieren.«

»Vielleicht würde ich das, Herr Jukić. Ich weiß es nicht.« Roko wusste es wirklich nicht. Das Einzige, das er wusste, war, dass er es nie so weit kommen lassen würde, dass Viko und er sich voneinander entfremdeten und dem anderen die Hilfe verweigerten.

Als Roko und Maša kurz darauf nach draußen traten, sagte sie: »Ich würde es gerne sachlicher formulieren, Roko, aber ich sage es freiheraus: Der Kerl ist gruselig. Würde mich nicht wundern, wenn er vorletzte Nacht nicht auf der Bank am Hafen gesessen wäre, sondern in Pažina war.«

»Das ist ja das Problem«, sagte Roko, während er neben Maša herging. »Es ist verdammt unwahrscheinlich. Er hat kein Auto, und ich halte ihn nicht für so verblödet, dass er jemanden bitten würde, ihn zu fahren, oder dass er sich ein Taxi nehmen würde. Mit dem Bus kann er nachts auch nicht gefahren sein, und zu Fuß ist er sicherlich nicht dorthin.«

»Ja, das stimmt alles, aber …«

»Aber?«, hakte Roko nach.

»Wer so etwas plant, findet immer einen Weg.«

Bevor sie den Weg zurück nach Pažina nahmen, machten sie südlich des Hafens einen Abstecher in die »Konoba Tabak«, um auf die Schnelle etwas zu essen. Es war ein einfaches und günstiges Lokal mit bodenständigen Gerichten, das von Arbeitern und Nachbarn besucht wurde.

Roko bestellte zweimal Riba na gradele, Fisch vom Rost, mit Pommes frites und gemischtem Salat. Sie saßen an einem der Tische im Außenbereich. Die Kellnerin stellte Mineralwasser für Roko und eine Coca-Cola Zero für Maša auf den Tisch.

»Iss dich diesmal satt, damit du mir bis heute Abend nicht verhungerst.«

Maša grinste. »Ja, schon klar. Ich frage mich nur, warum du so selbstverständlich für mich Fisch mitbestellt hast.«

»Oh, entschuldige«, sagte er bedauernd. »Hättest du lieber etwas anderes gewollt? Ich dachte nur, weil heute Freitag ist.«

»Ah ja.« Maša nahm einen Schluck Cola. »Du bist ja schlimmer als meine Großmütter.«

»Gewohnheit. Gab es bei euch nicht auch immer freitags Fisch?«

»Doch. Ist das nicht irgendwie Blödsinn? Ich meine, an diesem Tag darf man als Katholik kein Fleisch essen, Fisch aber schon? Das ist doch gewissermaßen auch Fleisch.«

»Nein, es ist Fisch.«

»Ja, witzig.« Nachdenklich drehte sie ihr Glas hin und her. »Darf ich fragen, ob du …? Du weißt schon.«

Roko dachte scharf darüber nach, was sie meinen könnte, doch er hatte keine Ahnung. »Was denn?«

»Ich weiß, es ist eine ziemlich intime Frage. Du musst ja nicht antworten, wenn du nicht willst.«

»Ich weiß nicht mal, was die Frage ist – geschweige denn, ob ich darauf antworten möchte.« Was zum Teufel meinte sie?

»Bist du ein gläubiger Katholik?«

»Das war die Frage?«

»Ja.«

»Warum so geheimnisvoll und gehemmt?«

»Was soll ich sagen? Wenn du in unserem Dorf gesagt hättest, dass du dich dem katholischen Glauben nicht verbunden fühlst, hätten deine Eltern ihr restliches Leben nur noch mit einer Papiertüte über dem Kopf das Haus verlassen.«

»Übertreib doch nicht.«

»Vielleicht übertreibe ich ein bisschen, aber du weißt, was ich meine.«

»Bei uns zu Hause ging es ebenfalls ziemlich katholisch zu. Als Kind habe ich es gehasst, zur Kirche zu gehen, und Viko noch viel mehr. Heute sehe ich das alles entspannt. Ich gehe in die Kirche, bei Taufen, Hochzeiten und Beerdigungen. Manchmal gehe ich in eine Kirche, um nachzudenken. Ich mag die Atmosphäre, die mich mitunter sogar meditativ werden lässt. Und ich esse freitags Fisch.«

»Oho, da bringst du ja ein gewaltiges Opfer.«

»Und wie steht es mit dir?«

»Ich bin eine ähnliche Doppelmoralistin wie du«, sagte sie freiheraus. »Ich bin gerne katholisch, solange es nicht allzu anstrengend wird. Ja, und manchmal will ich so gerne daran glauben, dass es einen Gott gibt. Ich fände es großartig, wenn die Guten in den Himmel und die Bösen in die Hölle kämen.« Sie machte eine Kunstpause. »Vielleicht ist es ja so, wir wissen es nicht.«

»Na klar«, meinte er nur und wusste, dass es nicht überzeugend klang.

Die Kellnerin brachte das Essen. Als sie wieder verschwand, sagte Maša: »Gott sei Dank ist das Essen da. Ich habe nämlich keine Lust mehr auf das Thema.«

»Du hast doch damit angefangen.«

»Sieht der Fisch nicht köstlich aus? Aber die haben meine Zitrone vergessen.« Sie drehte sich nach der Kellnerin um.

»Vergiss die Zitrone! Für so etwas haben wir keine Zeit.« Er hielt seine Zitronenhälfte über den Teller und quetschte ein paar Tropfen heraus. »Hier, nimm meine«, sagte er und legte die halbe Frucht an den Rand von Mašas Teller.

Sie bedachte ihn mit einem leicht grimmigen Blick. »Oh, Roko, wie zauberhaft von dir«, säuselte sie, »und so aristokratisch.«

»Ich bin ja auch kein Aristokrat, nur ein Nachfahre.«

Maša nahm die Zitrone und presste sie aus. Dann sah sie Roko lächelnd an und zwinkerte ihm kameradschaftlich zu. »Danke.«

Auf dem Weg nach Pažina klingelte Rokos Handy. Viko.

»Störe ich gerade?«, fragte er verhalten.

»Nein, ist in Ordnung. Was gibt es? Hast du den Job bekommen?«

»Ja!«, rief er begeistert. »Habe ich!«

»Gratuliere, Viko. Das freut mich.«

»Diesmal habe ich ein richtig gutes Gefühl, Roko. Janja und Jure sind so tolle Leute. Das ist das Ehepaar, dem der Weinkeller gehört. Sie haben mich herumgeführt und mir alles gezeigt und erklärt. Ich sollte ein paar der Weine probieren, aber ich bin doch mit deinem Auto da, und deshalb durfte ich nichts trinken. Jetzt hat er mir ein paar Proben mitgegeben, sozusagen als Hausaufgabe.« Viko lachte. »Früher habe ich Hausaufgaben gehasst, aber diese hier gefällt mir.«

»Das glaube ich«, sagte Roko lachend.

»Also, ich fahre jetzt nach Hause. Wir sehen uns heute Abend. Grüß Maša von mir.«

»Mache ich, bis dann.« Er steckte das Handy weg und richtete die Grüße an Maša aus.

»Es freut mich, dass er Glück hatte.«

»Ja, vielleicht behält er die Arbeit diesmal etwas länger«, überlegte Roko laut. »Viko ist ein grundanständiger Kerl, aber Arbeit und Beziehungen halten bei ihm nicht lange.«

»Vielleicht war bis jetzt einfach nicht das Richtige dabei. In beiderlei Hinsicht, meine ich.«

»Ja, vielleicht.« Nach einer kurzen Pause erzählte er: »Wir hatten heute Morgen ein etwas unangenehmes Gespräch. Unsere Nona hat Viko nicht immer nett behandelt. Vermutlich weil er sie an ihren Schwiegersohn erinnert hat. Zu mir war sie immer großartig, weil ich nach unserer Mutter komme. Das scheint Viko als Kind sehr verletzt zu haben.«

»Bestimmt hat es das. Was hat euer Vater eigentlich beruflich gemacht?«

»Er war Schlosser, sein Leben lang.«

»Und eure Mutter?«

»Sie war nie berufstätig.« Roko bog ab und fuhr den Weg nach Pažina hinauf.

»Seltsam«, meinte Maša.

»Was denn?«

»Euer Vater hat sein ganzes Leben gearbeitet und eure Mutter nicht. Und Viko soll angeblich nach dem Vater kommen, weshalb eure Nona ihn nicht mochte. Das ergibt nicht viel Sinn, oder?«

Roko brachte den Wagen an derselben Stelle zum Stehen wie gestern und heute Morgen. »Ja, er hat von unserem Vater das Aussehen und die Wesensart.«

»Du meinst seine Freundlichkeit und Aufgeschlossenheit? Und das soll schlecht sein?«

Nachdenklich schaltete er den Motor aus.

»Sei nicht böse, Roko. Eure Nona war bestimmt eine tolle Frau, aber sie hat bei deinem Bruder unnötigen Schaden angerichtet.« Als er darauf nicht antwortete, sagte sie: »Vielleicht nicht irreparabel, aber es muss eine verdammt tiefe Wunde hinterlassen haben.«

Roko reagierte nicht. Mit einem Mal hatte Maša etwas an die Oberfläche geholt, was bis heute tief vergraben gewesen war: Seine Nona hatte die ganze Familie zerstört. Das Leben ihrer Tochter, die später nie wieder einen Mann in ihr Leben gelassen hatte. Das Leben ihres Schwiegersohns, der indirekt gezwungen worden war, seine Familie zu verlassen. Das Leben ihres Enkels Viko, dessen Kinderseele tief getroffen war. Nur Roko hatte sie verschont und geliebt – aber sie hatte ihm die Eltern genommen.

»Alles in Ordnung?«, riss Maša ihn aus seinen Gedanken.

»Ja.«

»Vielleicht hätte ich das nicht sagen sollen.«

»Nein, nein«, winkte er ab. »Du hast ja nichts Falsches gesagt.«

Roko ließ ein paar Sekunden verstreichen, dann schob er die Gedanken an seine Familie beiseite. Er blickte aus dem Fenster und entdeckte Ante, der gebückt über einem der Gartenbeete stand und das Unkraut zupfte.

Als sie auf halbem Weg zum Pfarrhaus waren, sahen sie Lola, die gerade aus den Büschen hinter dem Pfarrhaus auftauchte.

»*Ajme!*«, stieß Maša überrascht aus.

»Keine Angst!« Ante hatte sich aufgerichtet und machte eine beruhigende Handbewegung. »Lola geht einfach nur selbstständig Gassi und schnuppert ein wenig herum. Sie ist nur dann mit Vorsicht zu genießen, wenn man ihr Territorium betritt.«

Die Hündin kam im Laufschritt auf sie zu. Rokos Herz klopfte ein wenig schneller. Ob sie sich auf Antes Worte verlassen konnten? Lola blieb vor ihnen stehen, wedelte leicht mit dem Schwanz und blickte zu ihnen hoch. Sie war ein wirklich schönes Tier, eine Schäferhundmischung.

»Will sie, dass wir sie streicheln?«, fragte Maša.

»Woher zum Teufel soll ich das wissen?«

Maša streckte ihre zitternde Hand aus und wartete anscheinend darauf, dass Lola näher kam. Sie machte ein paar Schritte auf Maša zu, schnupperte an ihrer Hand und wedelte dann freudig mit dem Schwanz. Maša berührte Lola oben am Kopf, um sie zaghaft zu streicheln.

Lola wich ein wenig zurück.

»Nicht oben am Kopf streicheln!«, rief Ante herüber. »Das mögen Hunde nicht. Lieber an der Seite oder neben der Schnauze.«

»Oh, ach so. Ich hatte immer nur Katzen!«, rief sie zu Ante hinüber.

Roko sah seine Kollegin amüsiert an. »Du solltest dir den Satz tätowieren lassen.«

Maša wagte einen zweiten Versuch, und diesmal schien Lola es zu genießen. »Ich glaube, sie mag mich.«

»Schön, freut mich für euch beide. Aber jetzt sollten wir dringend mit Marija Šain sprechen.«

Als sie kurz darauf die Haustür öffneten, sahen sie die Haushälterin beim Abwaschen. Eine Spülmaschine hatte der Pfarrer für sie anscheinend nicht kaufen wollen.

»Frau Šain?« Roko stellte sich in den Türrahmen. »Wir müssen mit Ihnen sprechen.«

Marija bewegte sich im Zeitlupentempo. Sie ließ einen Teller in die Spüle sinken, trocknete sich die Hände ab und drehte sich dann Richtung Tür.

»Warum? Gibt es etwas Neues?«

»Setzen wir uns.«

Nachdem alle drei auf der Eckbank Platz genommen hatten, kam Roko gleich zur Sache. »Wir haben erfahren, dass der Pfarrer Ihnen die Hälfte seines Nachlasses hinterlassen hat.«

Marija blinzelte ein paarmal. »Wirklich? Na so etwas.« Sie wich seinem Blick aus.

»Sie wussten es nicht?«, fragte Maša.

Marija schüttelte den Kopf. »Nein.« Es klang mehr wie eine Frage als wie eine Antwort.

»Tatsächlich?«, hakte Roko nach.

»Ich … hatte ja keine Ahnung.«

»Frau Šain«, begann Roko geduldig. »Sie sind keine gute Schauspielerin, wenn ich das so sagen darf.«

Die Nervosität war Marija nun deutlich anzumerken. Sie schluckte, und ihr ganzer Körper wirkte angespannt. Plötzlich atmete sie lange und hörbar aus, als ob sie sich damit von etwas befreien wollte. »Na gut. Ich gebe es zu. Es muss vor etwa zwei Jahren gewesen sein. Hochwürden und ich hatten einen kleinen Konflikt. Ich weiß gar nicht mehr, worum es dabei ging, aber es war nichts Schlimmes. Jedenfalls habe ich in meinem Unmut geäußert, dass ich, wenn ihm meine Arbeit nicht passt, ja kündigen und mir eine neue Stelle suchen kann. Darauf hat Hochwürden gekränkt reagiert, ist dann aber milde geworden und hat gesagt: ›Ach, Marija. Nun werden Sie doch nicht pathetisch. Ich schätze Sie und die Arbeit, die Sie leisten. Schließlich habe ich Sie in meinem Testament bedacht, und das hätte ich nicht getan, wenn ich nicht große Stücke auf Sie halten würde.‹ Exakt so hat er es gesagt. Das weiß ich noch genau.« Marija blickte gehetzt von Roko zu Maša. »Aber ich hätte ihm niemals etwas antun können. Sie glauben doch nicht, dass ich ihn getötet habe, um an das Erbe zu kommen?«

Eine Antwort blieb Roko ihr schuldig, fragte stattdessen: »Warum haben Sie uns das nicht gleich erzählt?«

»Ich hatte Angst, dass Sie mich, wenn ich Ihnen das erzähle, ernsthaft verdächtigen könnten.«

»Dass Sie es verschwiegen haben, macht Ihre Situation allerdings nicht besser.«

Marija umklammerte das große Kruzifix, das um ihren Hals baumelte. »Sie müssen mir glauben, Inspektor! Ich hatte Hochwürden gern. Natürlich habe ich mich gefreut, dass ich möglicherweise mal etwas erben würde, aber es wäre mir nicht einmal in den schlimmsten Alpträumen in den Sinn gekommen, ihn deshalb zu ermorden.«

»Nun gut, Frau Šain. Belassen wir es dabei.«

Sie öffnete den Mund, um etwas zu sagen, machte dann aber einen Rückzieher.

»Wollten Sie etwas sagen?«, fragte Roko.

»Ich ... habe Angst, dass Sie es falsch interpretieren.«

»Sie möchten wissen, wie viel Sie erben?«

Zögerlich sagte sie: »Ja, nur so aus Neugier.«

Roko erzählte ihr vom Inhalt des Testaments.

»O mein Gott. Wirklich?« Marijas Hand zitterte, als sie sie vor den Mund legte.

»Das meiste Geld stammt vom Verkauf des Hauses und des Grundstücks, das er und sein Bruder auf Brač geerbt haben.«

Sie nahm ihre Hand vom Mund. »Ach so, ja. Meine Güte, so viel Geld!«

»Ja«, schaltete Maša sich ein. »Damit können Sie sich ein hübsches Häuschen kaufen.«

Marija lächelte traurig. »Das könnte ich wohl. Ich weiß nur nicht, ob ich darin glücklich werden würde. Ich glaube, dass ich immer im Kopf hätte, wie ich zu meinem Eigenheim gekommen bin.«

»Ich denke, mit der Zeit vergehen diese Gedanken.«

Roko ging etwas durch den Kopf. »Wissen Sie, worüber ich mich wundere? Warum hat er Jere nichts hinterlassen? Er hat den Jungen aufwachsen sehen, viel Zeit mit ihm verbracht, und es ist vielleicht nicht übertrieben zu sagen, dass er Jere geliebt hat.«

»Und ob er das hat«, antwortete Marija prompt. »Aber ich schätze, dass es dafür zwei Gründe gibt. Erstens war Jere immer ein guter Schüler, war ehrgeizig und intelligent. Hochwürden wusste, dass Jere es zu etwas bringen würde.«

Als sie nicht weitersprach, fragte Roko: »Und der zweite Grund?«

»Na ja, ein bisschen enttäuscht war er schon von ihm. Hochwürden hatte zwar Verständnis dafür, dass Jere flügge wurde und ihn nun weniger brauchte, aber wahrscheinlich hat Hochwürden sich insgeheim so etwas wie eine lebenslange Vater-Sohn-Verbindung gewünscht.«

»Das leuchtet ein«, kommentierte Maša.

Roko erhob sich. »Ist Senka Ivandić zur Arbeit erschienen?«

»Ja, sie ist längst da. Vera hat sie hergefahren, wie immer.«

»Wer ist Vera?«

»Senkas Schwester. Sie fährt Senka um zwei hierher und holt sie um fünf wieder ab. Senka hat keinen Führerschein.«

»Arbeitet Senkas Schwester denn nicht, wenn sie sie herumfahren kann?«

»Soweit ich weiß, arbeitet sie in einer Buchhandlung, hat aber dienstags ihren freien Tag und freitags die Frühschicht, weshalb sie Senka an diesen Tagen herfahren und wieder abholen kann.«

»Das nenne ich eine nette Schwester.«

»Ja, das ist sie in der Tat.«

»Frau Ivandić hat der Tod des Pfarrers sehr betroffen gemacht.«

Marija stand nun ebenfalls auf. Sie blickte verständnislos in Rokos Gesicht. »Wir alle sind bestürzt, Inspektor. Ist das denn eine ungewöhnliche Reaktion, wenn jemand ermordet wird?«

»Natürlich nicht, Frau Šain. Frau Ivandić zählte aber nicht zu seinem engeren Bekanntenkreis wie etwa Sie, der Küster oder Jere.«

»Senka ist ein zartes Pflänzchen, sehr schüchtern und sensibel. Sie hat so geweint, als Martin versehentlich die Katze der Didovićs überfahren hat.«

»Verstehe.«

»Wissen Sie zufällig, ob Jere schon von der Uni zurück ist?«, fragte Maša die Haushälterin.

»Ja, ich habe ihn vor etwa einer Stunde heimkommen sehen.«

Auf dem Weg zur Kirche wollte Roko wissen, weshalb sie sich nach Jeres Anwesenheit erkundigt hatte.

»Wir sollten noch mal nachhaken, Roko. Wegen dem, was er gesagt hat, und ob es wirklich nur ein Scherz war.«

»In Ordnung. Wir unterhalten uns kurz mal mit der Putzfrau, dann gehen wir zu Martin Farac und anschließend zu Jere.«

»Zu Martin Farac? Du meinst, er wird uns erzählen, weshalb seine Frau ihn verlassen hat?«

»Wohl kaum, Maša. Mit dem Mord haben ihre Eheprobleme wahrscheinlich nichts zu tun, aber man kann nie wissen. Ich will, dass er uns die Adresse von seinen Schwiegereltern gibt, zu denen sie geflüchtet ist.«

»Okay.« Sie blieben vor der Kirchentür stehen. »Was meinst du, können wir Marija glauben, dass sie nicht wusste, wie viel sie erbt?«

»Ich weiß nicht. Sie klang glaubwürdig, aber vollkommen überzeugt bin ich nicht.«

»Geht mir genauso.«

Beim Eintreten sahen sie Senka über eine der Holzbänke wischen. Die Gebets- und Gesangsbücher lagen auf der oberen Ablage der vorderen Bank. Senka hob den Kopf und begrüßte die Beamten. Sie erwiderten den Gruß, traten näher und stellten sich neben die Bank. Senka hörte zu putzen auf, hielt den Lappen in der Hand und schaute die Beamten an.

»Haben Sie noch Fragen an mich?«

»Oh, wir wollten nur mal vorbeischauen«, sagte Maša.

Senka fing an, die Bücher abzuwischen. »Stört es Sie, wenn ich weiterputze?«

»Machen Sie nur.« Roko nahm eines der Bücher und sah es sich an. »Von den Büchern wischen Sie ebenfalls den Staub?«

»Selbstverständlich.«

»Also entweder brauche ich eine Brille, oder Sie wischen Staub, wo keiner ist.«

»Hochwürden war …«, sie neigte verlegen den Kopf, »ein bisschen pingelig. Anfangs hat er meine Arbeit kontrolliert, war dabei aber immer freundlich. Ich musste dann nachbessern, aber dann hat er sich auf mich verlassen und keine Kontrollgänge mehr gemacht.«

»Sagten Sie nicht, dass auch der Küster an Ihnen herumgemäkelt hat?«

Das schien ihr unangenehm zu sein. Möglicherweise glaubte Senka, dass der Eindruck entstanden war, sie würde keine gute Arbeit verrichten. »Das ist einfach Antes Art«, erklärte sie. »Er zwingt einen manchmal dazu, ihn zu bremsen, wenn er mal wieder den Chef spielt. Manchmal kommt es über ihn, aber mittlerweile habe ich mich daran gewöhnt, und dann ist es auch wieder gut.«

Roko legte das Buch wieder zurück. »Die Ermordung des Pfarrers hat Sie sehr getroffen.«

Senka hielt mit dem Wischen inne. »Ja natürlich«, sagte sie, ohne ihn anzusehen.

»Dabei hatten Sie nicht viel mit ihm zu tun.«

»Nein, hatte ich nicht. Wäre es nicht viel seltsamer, wenn mich sein Tod kaltlassen würde?«

In ihren Augen bildeten sich Tränen, wie er bemerkte. Doch Senka blinzelte sie weg und fing an, hektisch über eines der Bücher zu wischen.

»Da haben Sie ganz recht, Frau Ivandić. Übrigens, nächste Woche kommt ein neuer Pfarrer nach Pažina.«

»Ja, ich weiß. Marija hat es mir gesagt.«

»Dann wollen wir Sie nicht länger aufhalten.«

»Ja, gut.«

Sie traten aus der Kirche ins Freie.

»Roko?«

»Ja?« Er drehte sich zu seiner Kollegin um.

»Ich habe mal einen Vorschlag.«

»Ich höre.«

»Was hältst du davon, wenn du allein zu Martin Farac gehst und ich allein zu Jere?«

»Warum sollten wir uns denn aufteilen?«

Maša stemmte die Hände in die Hüften. »Vielleicht wäre es keine schlechte Idee, wenn du mit Martin von Mann zu Mann sprechen würdest. Du weißt doch, wie Menschen funktionieren. Die Wahrscheinlichkeit, dass er sich öffnet, ist größer, wenn ich nicht dabei bin. Und ich gehe allein zu Jere, weil ich allein größeres Vertrauen schaffen kann. Du verstehst? Hübsche junge Frau und hübscher junger Mann unter sich.«

Das rang ihm ein Lächeln ab. »Ich weiß, was du meinst, aber was wird Tudor sagen, wenn er das in unserem Bericht liest?«

»Du musst es ja nicht begründen. Wenn er fragt, sagst du, das haben wir gemacht, um Zeit zu sparen.«

Roko zögerte.

»Komm schon. Man kann doch gelegentlich die Vorteile nutzen, was Geschlecht, Alter, Aussehen, Religion, Nationalität oder so was angeht. Ist doch legitim. Vielleicht bringt es nichts, möglicherweise aber doch.«

»Na gut. Wir treffen uns dann am Auto.«

»Wir treffen uns *im* Auto, hab nicht abgesperrt.«

Mit einem Brummton machte Roko sein Missfallen deutlich.

»Es gibt nichts zu stehlen«, erklärte Maša. »Und wer könnte so verrückt sein, mitten im Dorf bei helllichtem Tag das Auto eines Polizeibeamten zu durchwühlen?«

»Mit hoher Wahrscheinlichkeit gibt es in Pažina aber einen Verrückten, der noch viel Schlimmeres getan hat.«

Martin Farac öffnete die Tür und ließ Roko sichtlich widerwillig eintreten. Ana saß in der Küche, auf dem Tisch standen zwei Tassen halb ausgetrunkenen Kaffees.

»Entschuldigen Sie, Frau Prović«, sagte Roko, »aber ich würde gerne mit Ihrem Bruder unter vier Augen sprechen.«

Ana blickte kurz zu ihrem Bruder, dessen ganze Körperhaltung angespannt wirkte.

Sie stand auf und griff nach dem Riemen ihrer Handtasche, die sie über die Stuhllehne gehängt hatte. »Dann schaue ich noch kurz bei unseren Eltern vorbei, Inspektor, und fahre dann nach Hause. Sie brauchen mich doch heute nicht mehr?«

»Nein, Frau Prović, danke.«

Sie ging zu ihrem Bruder, gab ihm ein Küsschen auf die Wange und verabschiedete sich.

»Möchten Sie einen Kaffee?«, fragte Martin.

»Nein, vielen Dank. Können wir uns setzen?«

»Oh, ja ... sicher. Entschuldigung ... ich ...«, stammelte Martin. Kaum hatten die beiden Männer Platz genommen, sagte er: »Ich wundere mich, dass Sie wieder zu mir kommen, Inspektor.«

»Das mit Ihrer Frau tut mir leid.«

Martin Farac sah ihn skeptisch an. »Das ist zwar freundlich von Ihnen, aber es hat doch nichts mit Ihren Ermittlungen zu tun.«

»Ich möchte es Ihnen gerne erklären, Herr Farac. Gestern Morgen wurde in diesem Dorf ein Mord verübt. Heute verlässt eine Ehefrau überstürzt ihren Mann. Ich weiß, tagtäglich gehen Ehen in die Brüche, und tagtäglich gibt es Zufälle. Es ist nun einmal meine Pflicht, sämtlichen Dingen auf den Grund zu gehen, die sich während der Ermittlungen ergeben.«

»Ja, schon klar.« Martin wippte mit seinem rechten Bein, sein Blick war auf den Boden gerichtet. Es dauerte eine Weile, bis er den Kopf hob und Roko ansah. »Jetzt würden Sie gerne den Grund erfahren, oder? Aber es ist ungünstig für Sie, wenn Sie mich direkt fragen, warum meine Frau mich verlassen hat. Sehe ich das richtig?«

»Das sehen Sie richtig, Herr Farac«, antwortete Roko ruhig.

»Mit dem Mord hat das selbstverständlich rein gar nichts zu tun. Unsere Ehe ist schon lange kaputt. Wir sind nur wegen der Kinder zusammengeblieben. Es ist gut, dass Stela weg ist. Wir werden uns das Sorgerecht teilen, und ich kann endlich wieder frei atmen.«

»Ja, manchmal ist eine Trennung die beste Lösung.«

»Das ist wahr.«

»Geben Sie mir bitte die Adresse Ihrer Schwiegereltern?«

Martins Gesichtszüge entgleisten. »Was? Warum denn?«

»Wir würden gerne mit Ihrer Frau sprechen.«

»Warum?«, wiederholte Martin seine Frage.

»Wir möchten uns einfach mit ihr unterhalten.«

Martin schüttelte heftig den Kopf. »Ich verstehe das nicht. Warum haben Sie sich auf unsere Trennung so eingeschossen? Meine Frau hat mich verlassen. Na und? Was wollen Sie denn jetzt noch von Stela?«

»Geben Sie mir bitte die Adresse, Herr Farac«, forderte Roko ihn freundlich auf. »Wer nichts getan hat, braucht nichts zu befürchten. So einfach ist das. Wir wollen nur kurz mit ihr sprechen, keine große Sache.«

Martin stand auf, riss ein Blatt Papier vom Block und schrieb die Adresse auf. Seine Hand zitterte, als er Roko den Zettel überreichte.

Roko war auf dem Weg zu Mašas Auto, wie sie vereinbart hatten. Er kam am Garten des Pfarrhauses vorbei, der gerade von Ante gewässert wurde.

»Herr Mijoč?«

Ante blickte herüber und drehte dann das Wasser am Schlauch ab. »Was ist?«, rief er in seiner grimmigen Art.

»Was mich angeht, können Sie nach Hause fahren. Für heute benötigen wir Ihre Hilfe nicht mehr.«

»Aber der Garten benötigt meine Hilfe. Außerdem geht es mir schon besser, hab mir heute ein paar Tabletten eingeworfen, und die Arbeit tut mir gut. Ich gehe wieder ganz normal zur Arbeit. Der neue Pfarrer kommt ja nächste Woche, da soll alles perfekt sein. Der erste Eindruck ist wichtig, wissen Sie.«

»Ja, da haben Sie recht, Herr Mijoč.«

In diesem Moment hörte Roko ein Auto heranfahren. Er

sah eine junge Frau hinter dem Steuer eines schon etwas älteren blauen Renault Clio. Sie parkte neben Marijas Auto und stieg aus. Das musste Senkas Schwester Vera sein, die Marija erwähnt hatte. Die Schwestern sahen sich ähnlich, nur dass Vera ein Stückchen größer war und im Gegensatz zu Senka nicht brünettes, sondern dunkelblondes Haar hatte.

»Dobar dan«, rief sie in Antes Richtung und kam näher. »Du fährst mit uns mit, Ante?« Sie hatte die gleiche raue Stimme wie Senka.

»Ja. Senka hat mir angeboten, dass ihr mich mitnehmen könnt, dann muss Genoveva nicht extra herfahren. Morgen fahre ich wieder mit meinem eigenen Auto. Danke, Vera.« Ante fing an, im Eiltempo den Wasserschlauch aufzurollen.

»Ist doch kein Problem«, sagte sie lächelnd. Sie sah zu Roko herüber und kam ein paar Schritte näher. »Ich nehme an, Sie sind der Inspektor?« Die Frau reichte ihm die Hand. »Vera Ivandić. Ich bin Senkas Schwester.«

Er ergriff ihre Hand. »Roko Matić.« Er hörte die Tür des Pfarrhauses zuschlagen und sah, wie diese von Marija abgesperrt wurde. Beinahe gleichzeitig kam Senka aus der Kirche. Als Marija näher trat, sagte Vera in mitfühlendem Ton: »Es tut mir sehr leid für Sie, Marija. Sie sind zwar keine Verwandte, aber trotzdem möchte ich Ihnen mein Beileid aussprechen.«

Marija Šain lächelte betrübt. »Das ist sehr nett von Ihnen, liebe Vera.«

»Wie gut kannten Sie den Pfarrer?«, fragte Roko an Vera gewandt.

»Ich habe ihn zweimal getroffen, als ich Senka abgeholt habe. Beim ersten Mal habe ich mich kurz vorgestellt, und wir haben eine kurze Unterhaltung geführt, Small Talk übers Wetter und so was. Beim zweiten Mal ist er aus dem Pfarrhaus gekommen und hat mir Kuchen gebracht, weil er einen Kerzenständer umgestoßen hatte und Senka das Wachs vom Boden entfernen musste, was eine Weile gedauert hat. Deshalb ist er rausgekommen und hat mir dann diesen Kuchen gebracht und sich für die Wartezeit entschuldigt.«

»Ja, so war er«, kam es melancholisch von Marija.

Lola wurde von einem der Krmek-Zwillinge gerufen. Sie tauchte wie aus dem Nichts auf, sah zu dem Jungen und hatte anscheinend vor, sich erst einmal Streicheleinheiten abzuholen, bevor sie nach Hause ging. Abwechselnd wurde sie von Marija, Vera und Senka gestreichelt. Dann kam Ante hinzu und tätschelte sie unbeholfen.

Zuletzt stellte Lola sich vor Roko. Zögerlich streckte er den Arm aus und berührte sie. Das schien die Hündin nicht zu begeistern, weshalb sie sich umdrehte und zu ihrem jungen Herrchen lief.

»Wir können doch alle gehen, oder, Inspektor?«, fragte Marija.

»Ja natürlich. Sollte sich etwas ergeben, haben wir ja Ihre Telefonnummern und Adressen.«

Nachdem Vera mit Senka und Ante davongefahren war und Marija kurz darauf ebenfalls den Weg aus Pažina genommen hatte, stieg Roko in Mašas Wagen und wartete auf seine Kollegin.

Er saß eine halbe Stunde im Auto, bis er Maša endlich aus dem Didović-Haus kommen sah. Kaum hatte sie sich auf den Fahrersitz sinken lassen, fragte er: »Was zum Teufel hast du so lange da drin gemacht?«

»Wir haben Musik gehört und geschmust.«

»Sehr witzig.«

»Erzähl du erst mal«, forderte Maša ihn auf. Er berichtete von seinem Besuch bei Martin, dem Zusammentreffen mit Vera Ivandić und dem kurzen Gespräch, bevor die Angestellten nach Hause gefahren waren.

»Von Martin hast du außer der Adresse seiner Schwiegereltern nichts erfahren?«

»Nein, er war total blockiert. Wir kennen diesen Mann nicht, aber irgendwie habe ich das Gefühl, dass er etwas Wichtiges zurückhält.«

»Tja«, kam es munter von Maša. »Ich hatte mehr Glück als du.«

»Ach ja?«

Sie nickte. »Es hat gedauert, aber dann habe ich ein paar psychologische Tricks angewendet und meinen Charme spielen lassen.«

Roko hob seine Hand und machte eine drehende Bewegung, um seine Ungeduld zu demonstrieren. »Und?«

»Ich musste Jere versprechen, dass wir niemandem sagen, dass die Informationen von ihm kommen.«

»Diese Fenstersache war kein Scherz?«

»Richtig.«

»Was hat er gesehen? Nun erzähl schon!«

»Ich habe ihm mein Wort gegeben.«

»In Ordnung.«

»Okay, also: Martin Farac und Mirjana Krmek haben eine Affäre.«

Roko faltete die Stirn. »Tatsächlich?«

»Ja. Möglicherweise hat Stela davon erfahren und Martin deshalb verlassen. Ob Erik über seine Frau und Martin Bescheid weiß? Ich will ja nicht fies klingen, aber bei einem Mann wie Erik Krmek hätte ich vielleicht auch eine Affäre. Sie ist attraktiv, und er läuft mit Schlabberhose und Filzpantoffeln herum. Er macht weder einen warmherzigen noch einen humorvollen Eindruck.«

»Was hat Jere denn konkret durchs Fenster gesehen?«

»Er hat gesagt, dass er zuerst nur eins und eins zusammengezählt hat. Wenn Martin und Mirjana weggefahren oder nach Hause gekommen sind, war das immer mit einer Zeitverzögerung von wenigen Minuten. Das hätte Zufall sein können, wenn es nicht ständig passiert wäre.«

»Das ist alles?«

»Nein. Und dann wurde seine Vermutung bestätigt. Das war vor ein paar Wochen. Mirjana hat abends etwas aus dem Auto geholt, Martin war unten bei seinen Eltern und ist gerade die Treppen nach oben gegangen. Er hat sich umgedreht, als Mirjana die Autotür zuschlug. Dann haben sich ihre Blicke getroffen, Martin hat seine Hand auf die linke Brust gelegt und so gemacht.« Maša legte ihre Hand auf die Brust und klopfte ein paarmal mit der flachen Hand darauf. »Also, mal ehrlich, Roko. Würdest du das bei einer Frau machen, die einfach nur deine Nachbarin ist?«

»Wohl kaum. Nun ja, Martin und Mirjana haben vielleicht eine Affäre, aber für unsere Ermittlungen ist das nicht unbedingt wichtig zu wissen.«

»Es kann aber auch nicht schaden, es zu wissen. Du willst nicht noch einmal zu Martin Farac?«

»Nein, aber ich könnte natürlich das Sondereinsatzkommando schicken, weil er eine Affäre hat.«

Sie verdrehte die Augen.

»Na gut, es kann nicht schaden, von der Affäre zu wissen, das stimmt. Aber die Frage ist, ob Jere das richtig interpretiert hat. In diesem Alter muss immer alles dramatisiert werden. Würde mich nicht wundern, wenn Martin beim Treppensteigen einfach nur gehustet und sich dabei auf die Brust geklopft hätte, als er sich nach Mirjana Krmek umdrehte, die gerade die Autotür zugeschlagen hatte.«

»Wie du meinst.« Maša klang ein bisschen beleidigt. »Als wir mit Ana im Büro waren und Stelas Weggehen thematisiert wurde, hat Ana den Satz mit ›Kein Wunder, dass …‹ angefangen. Dann hat sie abgebrochen, und du wolltest wissen, was sie sagen wollte. Sie meinte dann: ›Kein Wunder, dass die Ehe kaputtging.‹ Was sie wirklich sagen wollte, war: Kein Wunder, dass Martin eine Affäre hat.«

»Das ist nur eine Vermutung.«

»Aber eine starke Vermutung.«

»Jetzt fahren wir erst einmal nach Komolac, um mit Stela Farac zu sprechen.« Roko griff nach dem Sicherheitsgurt. »Vielleicht geht sie mehr aus sich heraus, wenn ihr Mann nicht dabei ist – und wenn sie eine Wut auf ihn hat.«

Maša schnallte sich ebenfalls an und fuhr los. »Da ist noch etwas, das Jere mir erzählt hat.«

»Und das wäre?«

»Gabrijel Jukić soll seinen Vorgänger Ludvig Marelić richtig gehasst haben.«

»Dass der Pfarrer einen Groll gegen seinen Vorgänger hegte, wissen wir bereits.«

»Da ist noch mehr. Der Pfarrer soll sehr schlecht über Ludvig Marelić gesprochen haben. Jere meint, er habe ihn regelrecht verleumdet. Ich wollte Details wissen, doch dann überkam Jere das schlechte Gewissen dem Pfarrer gegenüber, und er hat abgeblockt.«

»Gut, der Pfarrer hat seinen Vorgänger gehasst. Aber du tötest doch nicht einen Menschen, nur weil dieser neidisch auf dich ist und schlecht über dich spricht.«

»*Ich* nicht, aber Ludvig Marelić vielleicht. Ein guter Ruf ist für einen Pfarrer unglaublich wichtig. Wenn Gabrijel Jukić ihn verleumdet hat, dann könnte es sein, dass Marelić deswegen irgendwann sehr zornig wurde.«

»Möglich.« Roko nahm sein Handy in die Hand. »Vielleicht ist Lorena noch im Büro, dann kann sie mir die Adresse von Marelić durchgeben. Mich interessiert, ob ihm die Verleumdungen zu Ohren gekommen sind und welcher Art diese waren. Auch wenn ich bezweifle, dass er offen darüber sprechen wird. Das sollten wir morgen Marija Šain fragen. Allmählich geht es mir auf die Nerven, dass sie ständig Informationen zurückhält.«

»Ja, da fragt man sich doch, warum sie das tut.«

»Fahr doch bitte rechts ran und notiere die Daten von Marelić.«

Sie lenkte den Wagen auf einen kleinen Rastplatz direkt vor dem Ortsschild Čibača und schaltete den Motor aus.

Lorena meldete sich nach dem fünften Klingeln, Roko drückte auf den Lautsprecher. Lorena verzichtete auf einen Gruß. »Ich wollte Sie gerade anrufen, bevor ich nach Hause gehe und diesen langen Tag hinter mir lasse.«

»Es gibt also Neuigkeiten?«, rief Roko erfreut.

»Nein, nicht wirklich. Das heißt, die Anordnung wurde genehmigt, nur haben wir noch keine Ergebnisse zu den Handys und der Rückverfolgung. Morgen, wenn wir Glück haben.«

»Danke, Lorena.«

»Kommen Sie heute noch in den MUP und schreiben Ihren Bericht?«

Roko und Maša warfen sich einen Blick zu. Hatte Lorena jetzt Tudors Rolle übernommen? Es war kurz nach achtzehn Uhr, deshalb antwortete Roko: »Wir müssen heute noch zwei Befragungen durchführen, demnach würde das sehr spät werden. Und da wir gerade dabei sind, Lorena: Ich wollte Sie anrufen, damit Sie mir bitte die Daten von Ludvig Marelić durchgeben.«

Am anderen Ende hörte er Lorena seufzen, danach tippen, bis sie ihm unleidlich die Telefonnummer und die Adresse durchgab. Maša schrieb die Daten in ihren Block.

»Alles klar«, sagte Roko und wollte in der nächsten Sekunde das Gespräch beenden.

»So, kann ich jetzt endlich zum Punkt kommen?«

»Wie bitte?«

»Ich wollte Sie auch deshalb anrufen, um zu fragen, wann Sie vorhaben, Tudor den Bericht vorzulegen.«

»Ach so, er hat Ihnen gesagt, dass Sie mich …«

»Tudor hat überhaupt nichts gesagt«, unterbrach Lorena ihn schroff. »Hören Sie, Roko. Sie können tun und lassen, was Sie für richtig halten, aber Sie sollten heute noch einen Zwischenbericht schreiben.«

»Vesna hat während einer Ermittlung tagelang keinen geschrieben, und wenn ich einen schreiben wollte, hat sie gesagt, sie brauche mich für Wichtigeres.«

»Vesna konnte sich so etwas erlauben. Sie sind davon noch viele Jahre entfernt.«

Er wusste nicht, was er davon halten sollte. Ging Lorena nicht ein bisschen zu weit?

»Nehmen Sie meinen Ratschlag an, Roko! Schreiben Sie heute noch den Bericht und legen ihn auf Tudors Schreibtisch. Und wenn es um Mitternacht ist!«

Es entstand eine Pause.

»Ja gut. Ich tue es. Danke und …«

Lorena legte auf.

Verwirrt blickte er zu Maša.

»Wenn du willst, Roko, fahre ich dich später heim, und ich schreibe dann den Bericht. Es macht mir wirklich nichts aus.«

»Nein, nein. Sonst verliert unsere liebe Lorena endgültig den Respekt vor mir.«

»Nun ja, wenn man mal vom Tonfall und dem grußlosen Auflegen absieht, war das doch eigentlich nett von ihr.«

»Aber nur, wenn sie Tudor nichts davon erzählt. Wenn sie ihn darüber informiert, dass sie mir das geraten hat, ist es alles andere als nett.«

»Das wirst du ja dann morgen sehen, an Tudors Reaktion auf den Bericht.«

»Ja, das stimmt. Apropos morgen. Ich komme morgen früh eine Stunde später ins Büro, hab noch etwas Wichtiges zu erledigen.«

»Etwas Unangenehmes?«

Roko hoffte, dass er sein morgendliches Treffen mit Doris nicht als unangenehm erleben würde. »Nein, nein«, sagte er leichthin, »keine große Sache. Ich muss nur etwas klären, und bei den vielen Überstunden, die ich noch guthabe, erlaube ich mir die Stunde.«

»Na klar, Roko.«

»Mir geht gerade etwas durch den Kopf. Es wäre sinnvoll, morgen zuerst mit den Leuten in Pažina über die Verleumdungen zu sprechen und erst danach mit Marelić.«

»In Ordnung. Dann streichen wir ihn heute von der Liste. Er wird uns ohnehin nicht seine Unzulänglichkeiten offenbaren, wenn wir nicht vorher darüber Bescheid wissen.«

Stela Faracs Eltern lebten in der Region Rijeka Dubrovačka, die nordöstlich der Stadt lag und aus mehreren kleinen Orten bestand, die sich vor Hunderten von Jahren als Siedlungen hier gebildet hatten. Das Gebiet lag in einer Bucht und umfasste hufeisenförmig den Fluss Rijeka Dubrovačka. Im Westen entsprang der Karstfluss Ombla, einer der kürzesten Flüsse der Welt, der in die Rijeka Dubrovačka mündete. Der Ombla wurde bis heute als Trinkwasserquelle der Dubrovniker genutzt, erstmals im 15. Jahrhundert, als die Republik Ragusa ihre erste Wasserleitung verlegte.

Stelas Eltern wohnten in einem einstöckigen Gebäude über einem Supermarkt. Es befand sich in der Nähe des Sommerschlosses Sorgo-Sorkočević und des Friedhofs an der Kirche Sveti Duh. Einst wurden hier Bauern und Leibeigene beigesetzt. Rijeka Dubrovačka erstreckte sich am nördlichen Fuß des Berges Srđ, der majestätisch über Dubrovnik thronte. Seinen Namen hatte der Berg vom ersten Schutzpatron der Stadt Sergius bekommen, bevor er dann vom Schutzpatron Vlaho abgelöst wurde.

Die Wohnung von Stelas Eltern war hell und geräumig, und sie saßen mit ihr zusammen in der offenen Wohnküche. Stela Farac hatte nicht überrascht gewirkt, als sie die Tür geöffnet und die Beamten erblickt hatte.

»Sind Sie allein zu Hause?«, fragte Roko.

»Meine Eltern sind mit den Mädchen zum Shoppen gefahren, um sie auf andere Gedanken zu bringen. Mein Mann und ich haben die ganze Nacht gestritten, und heute Morgen habe ich ihn verlassen, wie Sie bestimmt schon wissen. Das hat Marta und Matea sehr mitgenommen.«

Auf dem runden Küchentisch stand in der Mitte eine Kristallschale mit Bajadera, Rokos Lieblingspralinen.

»Verständlich«, meinte Maša. »Sie werden sich bestimmt einig, was die Kinder angeht. Das Schlimmste ist, wenn Kinder als Erpressungs- oder Rachemittel missbraucht werden.«

Stela schüttelte den Kopf. »Das würde mir im Traum nicht einfallen. Martin ist ein lausiger Ehemann, aber ein großartiger Vater.«

Mit diesem Eingeständnis hatte Roko nicht gerechnet. Vor ihm saß eine Frau, die heute anders auf ihn wirkte. Gestern war sie ihm nicht sonderlich sympathisch gewesen mit ihrer forschen Art.

Sie schob sich eine Strähne ihres braunen Haares hinters Ohr. »Warum sind Sie hier?«, fragte Stela. »Doch nicht, weil ich meinen Mann verlassen habe?«

»Nicht direkt, Frau Farac«, antwortete Roko. »Aber wenn sich etwas Ungewöhnliches ereignet, gehen wir dem nach.«

Stela lachte bitter auf. »Es hat aber rein gar nichts mit dem Mord zu tun.«

»Möchten Sie uns trotzdem erzählen, wie es dazu kam?«, fragte Maša. »Dann werden wir gleich wieder verschwinden. Versprochen.«

Ihre Antwort ließ auf sich warten. »Als ich mich in Martin verliebt habe ...«

O Gott!, schoss es Roko durch den Kopf. Bitte jetzt nicht die ganze Lebensgeschichte!

»... fand ich seine Schüchternheit anziehend. Ich dachte: keines dieser Großmäuler, kein männliches Gehabe. Deshalb war ich innerhalb kürzester Zeit in ihn verliebt. Aber dann hat sich herausgestellt, dass ich es war, die Entscheidungen treffen musste, dass ich die Macherin war, dass ich jedes Mal den Mund aufmachen musste, wenn es erforderlich war. Irgendwann bin ich morgens aufgewacht und habe mich gefragt, wie es dazu kommen konnte, dass ich ein Weichei als Mann hatte. Aber das war gar nicht ich, Martin hatte sich selbst in diese Rolle gebracht.« Sie sah Maša an und sagte: »Ich glaube, dass er mich betrügt. Beweise habe ich nicht, es ist nur eine Ahnung. Kleine Indizien sozusagen. Er blickt verträumt aus dem Fenster und hat ein dummes Grinsen im Gesicht. Solche Dinge eben.«

»Und mit wem betrügt er Sie?« Mašas Stimme klang etwas schrill.

Roko vermutete, dass sie sich gerade an das Versprechen erinnerte, das sie Jere gegeben hatte.

»Das weiß ich nicht. Vielleicht eine Kundin, der er während der Gartenarbeit nähergekommen ist. Wie und wo hätte er sonst jemand anderes kennenlernen können?«

Maša nickte. »Sie haben die ganze Nacht gestritten und ihn heute Morgen verlassen. Dafür muss es doch einen Auslöser gegeben haben?«

Stela presste die Lippen aufeinander, als müsste sie ihre Wut unterdrücken.

»Ich weiß, dass meine Frage sehr persönlich ist, Frau Farac. Und ich weiß auch, dass das Ganze mit höchster Wahrscheinlichkeit nichts mit unserem Fall zu tun hat. Trotzdem bitte ich Sie, es uns zu erzählen.«

»Ich war gestern auf der Bank«, sagte Stela unvermittelt. Sie klang wütend. »Wir haben fast neunzigtausend Euro in der Lotterie gewonnen, wie Sie bestimmt wissen.«

»Ihr Mann hat es uns erzählt«, sagte Roko. »Wer von Ihnen beiden hat eigentlich die Zahlen getippt und den Schein bezahlt?«

»Das war ich. Keine Geburtstage oder Jahreszahlen, ich habe einfach willkürlich angekreuzt. Fünfundachtzigtausend Euro lagen auf der Bank. Viertausend haben wir behalten, um uns ein paar lang gehegte kleine Wünsche zu erfüllen. Jedenfalls war ich gestern auf der Bank, um für Martin und mich einen Beratungstermin zu vereinbaren, um zu besprechen, wie wir den Großteil des Geldes anlegen sollen. Wir hatten ein paar Pläne geschmiedet, aber ich wollte nicht alles ausgeben oder investieren.« Stela blickte von Maša zu Roko. »Können Sie sich vorstellen, wie schockiert ich war, dass Martin zehntausend Euro abgehoben hatte, ohne es mir zu sagen?«

Maša sah Roko an, der darauf wartete, was Stela noch zu sagen hatte. »Er konnte noch nie mit Geld umgehen, aber das hier ist schließlich etwas anderes. Ich habe ihn gefragt, wofür er das Geld gebraucht hat, aber er wollte es mir nicht sagen. Die ganze Nacht haben wir gestritten, und ich habe es einfach nicht aus ihm herausbekommen.«

»Haben Sie eine Vermutung?«, wollte Roko wissen.

»Wahrscheinlich braucht er es für diese ... diese Frau, mit der er mich betrügt. Ich nehme an, dass sie über den Lotteriegewinn Bescheid weiß und ihm etwas von ihren Geldsorgen vorgeheult hat. Martin ist furchtbar naiv, man kann ihn innerhalb kürzester Zeit um den Finger wickeln, wenn man es richtig anstellt. Und falls er Gefühle für sie hat, was ich annehme, dann dürfte es für diese *kučka* ein Leichtes gewesen sein.« Das Wort, welches Stela im Zorn gebraucht hatte, beschrieb eine Hündin oder ein Miststück.

Stelas Wut konnte Roko durchaus nachvollziehen. Nicht genug damit, dass sie betrogen wurde, nun hatte ihr Mann auch noch einen hohen Geldbetrag abgehoben – von dem Geld, das genau genommen Stela gehörte, da sie die eigentliche Gewinnerin war. Aber warum sollte er Mirjana so viel Geld geben? Falls es wirklich Mirjana war, mit der er eine Affäre hatte, und Jere recht hatte. Den Krmeks ging es nicht schlecht. Mirjana arbeitete in der Boutique, und ihr Mann war Filialleiter in einem Supermarkt. Bestimmt verdienten sie kein Vermögen, aber sie lebten in Mirjanas Haus und mussten keine Miete bezahlen. Eigentlich sollten sie keine Geldsorgen haben.

Als Roko die Haustür aufsperrte, war es ungewöhnlich ruhig in der Wohnung. Wenn Viko zu Hause war, dann ging es normalerweise niemals ruhig zu. Entweder dröhnte der Fernseher, oder Viko hantierte in der Küche, oder er telefonierte lautstark. Es war kurz nach zweiundzwanzig Uhr, und Roko wunderte sich darüber, dass Viko bereits zu Bett gegangen war und vergessen hatte, in der Küche das Licht auszuschalten.

Müde zog er sich die Schuhe aus und gähnte dabei ausgiebig. Nach dem Gespräch mit Stela Farac hatte Maša ihn zum MUP gefahren, und er war eineinhalb Stunden damit beschäftigt gewesen, den Bericht zu schreiben. Nachdem er ihn auf Tudors Schreibtisch gelegt hatte, hatte er die Buslinie 1a genommen und war nach Hause gefahren.

Roko betrat die Küche und sah seinen Bruder am Küchentisch sitzen, vor ihm unzählige kleine und große Weinflaschen sowie mehrere Gläser.

Viko streckte die Arme in die Luft und rief: »Ej, Roko!«, als hätte dieser gerade ein Tor geschossen. »Mein Lieblingsbruder ist endlich zu Hause.« Dann ließ er die Arme sinken und lallte: »Hast du den Mörder überführt?«

»Noch nicht. Bist du betrunken?«

»Ich mache hier doch nur meine Hausaufgaben.«

»Ich glaube nicht, dass deine Arbeitgeber verlangt haben, dass du am ersten Tag literweise Wein in dich reinschüttest.«

»Was soll ich sagen? Ich bin eben ein Streber.« Er hob eine der größeren Rotweinflaschen in die Luft. »Hast du mal Dingač probiert?«

»Natürlich. Schließlich kommt er aus Pelješac, von der Rebsorte Plavac mali.«

»Das stimmt. Du solltest dich auch bewerben.«

»Nächstes Jahr vielleicht«, meinte Roko ironisch. Er warf einen Blick auf den Herd. Wie es aussah, war Viko heute nicht zum Kochen gekommen.

»Ein vollmundiger Wein mit einem ausgeprägten Bouquet«, klärte Viko ihn auf.

»Ah ja.« Darüber musste Roko grinsen. »Das hast du selbst so analysiert?«

»Nein.« Viko griff nach einer Mappe, die auf dem Stuhl neben ihm lag. »Das steht hier. Lektüre, weißt du. Muss ich auswendig lernen.«

»Mein Auto steht heil auf dem Parkplatz?«

»Total bestens alles, kein einziger Kratzer.«

»Sollen wir Essen bestellen oder etwas in der Mikrowelle warm machen?«

»Oh, Roko!« Viko hob wieder die Arme in die Luft. »Ich habe heute nicht gekocht. Ich bin so spät heimgekommen, und dann hab ich mich an meine Hausaufgaben gesetzt.«

»Du musst dich nicht dafür entschuldigen, dass du nicht gekocht hast.«

»Jaaa …« Viko wandte den Kopf und verlagerte sein Gewicht auf die rechte Seite, wobei er beinahe vom Stuhl kippte. »Aber es gibt etwas anderes, wofür ich mich entschuldigen muss.«

»Was denn?«

»Ich wollte noch ein Glas aus dem Schrank nehmen, dabei bin ich irgendwie auf deine Nona-Tasse gestoßen und … und jetzt ist sie hin.«

Roko schloss die Augen, um abzuwarten, bis der Schmerz darüber schwächer wurde.

Schwerfällig hob Viko wieder die Arme hoch. »Du glaubst

doch jetzt nicht, dass ich das absichtlich gemacht hab, oder? Wegen unserem Gespräch heute Morgen, meine ich.«

Roko öffnete die Augen und ging zum Kühlschrank. »Nein«, antwortete er trocken. »Wenn du fünf Jahre alt wärst, könnte ich auf diesen Gedanken kommen.«

»Es tut mir so leid, Roko.«

»Ja, ich weiß. Was hältst du von Rühreiern mit Zwiebeln und Gemüse?«

»Klingt phantastisch. Willst du ein Glas Wein?«

»Warum nicht? Aber nur ein Gläschen.«

Tag drei

Roko war fünf Minuten zu früh. In mancherlei Hinsicht war er ein bisschen altmodisch. Es war ihm unangenehm, wenn eine Frau auf ihn warten musste. Sein Kopf brummte noch ein wenig, deshalb freute er sich auf einen doppelten Espresso. Gestern Abend war es spät geworden – und es war keine gute Idee gewesen, Weißwein und Rotwein zu mischen. Eigentlich hatte Roko sich nur ein bisschen durch die Sorten probieren wollen, aber irgendwann hatte er dann mit Viko diese typischen Betrunkenengespräche geführt, bei denen abwechselnd gelacht und debattiert wurde. Roko wusste nicht mehr genau, worum es gegangen war. Viko und er waren heute Morgen mit Kopfschmerzen aufgewacht und hatten beide zwei Aspirin eingenommen, bevor sie die Wohnung verließen.

Roko trug eine graue Jeans und ein weißes Hemd, in der Hoffnung, dass er damit ein wenig frischer aussah.

Die schwere Holztür des gegenüberliegenden Hauses ging endlich auf. Doris sah großartig aus, munter und ausgeschlafen. Sie trug ein ellenbogenlanges grasgrünes Shirt aus feinem Strick und eine anthrazitfarbene Stoffhose. Die schwarzen Pumps und die gleichfarbige Handtasche waren lässig-elegant.

»Dobro jutro«, rief Doris ihm lächelnd zu.

Roko erwiderte den Gruß und meinte sogleich entschuldigend: »Schade, dass wir nicht mehr Zeit haben, aber ich sollte spätestens um neun im MUP sein.«

Sie gingen nach links und kamen kurz darauf zum Stradun.

»Das macht doch nichts. Wenn unser Kaffeetrinken gut läuft, dann werden wir uns in aller Ruhe wieder treffen, und Sie zeigen mir ein bisschen Ihre Stadt. Wenn nicht, dann werden wir uns in Zukunft am Fenster nur freundlich zunicken.«

Wie rational sie an die Sache heranging! Ehrlich war sie jedenfalls, was im Grunde eine gute Eigenschaft war. Aber es so offen auszusprechen, fand er dann doch etwas unpassend. »Darf ich ebenfalls ehrlich sein?«, fragte Roko, worauf sie kurz stehen blieb und ihn neugierig ansah.

»Aber sicher.«

»Ich kann Ihnen nicht verbieten, dass Sie mich hiermit einer Prüfung unterziehen. Aber ich setze mich nicht unter Druck deswegen. Verstehen Sie, was ich meine, Doris? Wenn wir uns sympathisch finden, dann ist das schön. Aber ich werde mich nicht verbiegen, nur damit Sie mich toll finden. Also machen wir beide keinen Big Deal daraus, sondern gehen einfach Kaffee trinken. Einverstanden?«

»Einverstanden.« Doris setzte sich wieder in Bewegung, und sie gingen weiter auf dem Stradun. »Sie sind ein sehr interessanter Mann, finde ich. Wo führen Sie mich hin, Roko?«

»Ins ›Arsenal‹. Von dort hat man einen wunderbaren Blick auf den alten Hafen.«

»Klingt zauberhaft.«

»Das Lokal gibt es seit 1895. An der Stelle war früher eine Werft und eben ein Arsenal.«

»Ah, daher der Name.«

Kurz vor Ende des Stradun, beim Torbogen und Glockenturm, bogen sie rechts in die Ulica pred dvorom, die Straße vor dem Palast – so war die Gasse auf einfache Weise zu ihrem Namen gekommen, weil sie am Rektorenpalast begann. Roko kam mit Doris an der Orlando-Säule zur Rechten vorbei und dem kleinen Onofrio-Brunnen zur Linken – der im Gegensatz zum gleichnamigen Brunnen am anderen Ende des Stradun um einiges zierlicher war.

Der Kellner teilte ihnen mit, dass sie soeben erst geöffnet hätten und die hintere Terrasse noch nicht gänzlich vorbereitet sei. Er bat sie deshalb, auf der vorderen Terrasse Platz zu nehmen.

Nachdem der Kellner ihnen den Rücken zugewandt hatte, um zurück ins Lokal zu gehen, meinte Doris: »Dann setzen wir uns eben hierhin.« Sie musterte ihn kurz und fragte: »Tragen Sie eine Waffe?«

»Ach, ich weiß nicht, Doris«, antwortete Roko schulterzuckend. »Wäre es nicht übertrieben, den Kellner deswegen zu erschießen?«

Sie lachte. »Ja, und einen Haufen Papierkram hätten Sie auch am Hals.«

Sie setzten sich an einen Ecktisch. »Gefällt mir, mit Blick auf die Kathedrale und neben der Kirche Sveti Vlaho.« Es war nur die Seitenwand der Kirche zu sehen, denn das Portal befand sich am Stradun. Roko fand jedenfalls, dass das Flair hier keinesfalls schlechter war als auf der anderen Seite des Lokals, wo man den Blick auf den alten Hafen hatte.

Doris orderte einen Cappuccino und Roko einen doppelten Espresso. Sie erzählte von ihren Plänen, die Frühjahrs- und Sommermonate in Dubrovnik zu verbringen, und von ihrem Geschäft, das sie sich in Zagreb aufgebaut und nun ihrer Schwester überlassen hatte.

»Ich brauche einfach mal eine Auszeit«, sagte sie. »Ich habe sieben Tage die Woche bis zu zwölf Stunden täglich gearbeitet. Nun möchte ich mir darüber klar werden, was ich in Zukunft machen möchte, ohne mich zu verausgaben.« Sie nippte an ihrer Tasse und ließ Roko dabei nicht aus den Augen. »Nun erzählen Sie mal. Ich habe gehört, Sie arbeiten bei der Kriminalpolizei. Ich finde ja, das ist einerseits sexy, und andererseits hat es etwas Spießiges.«

»Oh, tatsächlich?«, fragte er lachend. »Tja, sexy ist es eher nicht, und spießig? Irgendjemand muss den Scheiß ja machen.«

Doris lachte. Ein freies, herzliches Lachen, was Roko sehr gefiel. »Diese seltsame Mischung finde ich, ehrlich gesagt, selbst etwas verwirrend. Nein, im Ernst. Ihr Beruf ist bestimmt ungeheuer spannend. Ich weiß nicht viel darüber, habe noch nie etwas mit der Polizei zu tun gehabt, was hoffentlich für mich spricht. Na los, erzählen Sie mir davon.«

Roko berichtete in Kurzform über seine neue Position und erwähnte, dass er gerade an einem Mordfall arbeitete.

»Haben Sie schon jemanden in Verdacht?«

»Darüber darf ich leider nicht sprechen.«

»Ah, natürlich. Entschuldigen Sie meine Neugier.«

Ihre Blicke trafen sich, Rokos Herz schlug ein wenig schneller. »Dafür brauchen Sie sich wirklich nicht zu entschuldigen. Ich bin selbst sehr neugierig.«

»Wie ich hörte, haben Sie einen kleinen Sohn.«

Hatten die Nachbarn ihr seine ganze Biografie erzählt?

»Ja, ich bin geschieden, aber meine Ex-Frau und ich teilen uns das Sorgerecht. Wobei Luka die meiste Zeit bei seiner Mutter ist. Sie ist freiberuflich tätig und arbeitet von zu Hause. Ich dagegen bin den ganzen Tag nicht da, und für ein sechsjähriges Kind wäre das nicht so toll, so viel allein zu sein. Ich vermisse ihn ständig.«

Doris nickte verständnisvoll. »Ich selbst habe keine Kinder, aber ich weiß, wie viel meine Schwester und ich unseren Eltern bedeuten. Auch an meiner Schwester erlebe ich hautnah, was es bedeutet, Mutter zu sein. Jetzt sind meine Nichten fast erwachsen, aber ich bleibe eine hingebungsvolle Tante.«

»Das glaube ich gerne.«

»Wissen Sie, Roko«, wechselte sie nun das Thema, »ich erkunde die Stadt per Reiseführer. Vielleicht führen Sie mich bei Gelegenheit mal herum. Wenn Sie dafür Zeit haben und wenn Sie überhaupt Lust darauf hätten.«

»Das mache ich gerne.«

»Ja?« Darüber schien sie ehrlich erfreut. »Historisch habe ich mich schon eingelesen. Wie fortschrittlich Dubrovnik war, ist schon beeindruckend. Die älteste Apotheke der Welt, als erster Stadtstaat die Sklaverei abgeschafft und die Quarantäne eingeführt. Aber Frauen kommen in der Geschichte von Ragusa kaum vor.«

»Wie eben in der Geschichte aller Städte dieser Welt.« Mit einer Geste des Bedauerns zuckte er die Schultern. »Es gibt in der gesamten Altstadt nur eine kleine Straße, die nach einer Frau benannt ist, Cvijeta Zuzorić, einer Schriftstellerin. So war das alte Dubrovnik zwar in vielerlei Hinsicht seiner Zeit voraus, gleichzeitig war es eben auch den damaligen gesellschaftlichen Normen unterworfen. Zum Beispiel war eine Heirat zwischen Adel und Bürgertum verboten.« Roko musste dabei an seine

Eltern denken, die ihn und Viko nicht hätten in die Welt setzen können, hätten sie ein paar hundert Jahre früher gelebt.

»Eines ist jedenfalls sicher«, stellte Doris fest, »im 21. Jahrhundert zu leben, hat viele Vorteile.«

»Wohl wahr.«

»Da Sie mir zugesagt haben, den Fremdenführer zu spielen, könnten wir vielleicht mal in eine Vorstellung gehen. Ich möchte mir den Linđo-Tanz ansehen. Aber authentisch, verstehen Sie? Von einer professionellen Gruppe.«

»Sehr gerne. Ich mag den Linđo. Meine Mutter hat es mir etwas übel genommen, dass ich nicht Mitglied werden wollte, aber bei Volkstanz bin ich doch lieber Zuschauer als Tänzer. Ich habe lieber gemalt als getanzt.«

»Sie malen? Hatten Sie schon eine Ausstellung?«, fragte Doris, offenbar tief beeindruckt.

»Ausstellung?« Er winkte lachend ab. »Nein, Sie verstehen das falsch, Doris. Aber da sind Sie nicht die Einzige. Als die Erzieherin im Kindergarten nach den Berufen der Eltern fragte, sagte Luka: ›Mama ist Architektin, und Tata ist Maler.‹ … Als ich meinen Sohn abholte, stellte die Erzieherin mir diese skeptischen Fragen.«

»Sie hat gegoogelt und Sie nicht gefunden. Schlussfolgerung: ein Taugenichts, der sich als Künstler ausgibt.«

»Richtig«, antwortete er amüsiert. »Aber ich konnte die Sache aufklären. Ich bin einfach nur Hobbymaler. Es sind Bilder, wie Sie sie an jedem Touristenstand erwerben könnten.«

»Ein überaus schönes Hobby, finde ich.« Sie blickte zur Kirche Sveti Vlaho. »Ich bin gestern in dieser Kirche gewesen.«

»Dubrovnik hat viele schöne Kirchen.«

»Was ist Ihre Lieblingskirche?«

»Lieblingskirche? Schwer zu sagen. Vielleicht die Kirche Sveti Spas, gegenüber dem großen Onofrio-Brunnen. Weil diese Erlöserkirche völlig unbeschadet die Erdbeben im 16. und 17. Jahrhundert überstanden hat. Das macht sie irgendwie mystisch. Aber ich würde durchaus auch Sveti Vlaho auf die Liste meiner Lieblingskirchen setzen«, fügte er hinzu. »Eine Nachbildung dieser Kirche gibt es in Goa.«

»Goa? In Indien?«

»Ja. Händler aus Dubrovnik machten sich im 16. Jahrhundert auf den Weg dorthin. Sie waren interessiert an indischen Gewürzen und Textilien. Im heutigen Ort Gandaulim bauten die Dubrovniker Händler eine Kirche, die Nachbildung der Kirche Sveti Vlaho.«

»Das wusste ich nicht. Aber gewissermaßen ist auch diese Kirche mystisch, weil die Skulptur des Schutzpatrons als einzige bei Erdbeben und Bränden unbeschadet geblieben ist.«

»Ja, so ist es. Auch deshalb wurde Vlaho zum Mythos. Er ist übrigens auch auf der Fahne der Republik Ragusa abgebildet. Schade, dass Sie im Winter nicht in Dubrovnik sind, da gibt es am dritten Februar dem Schutzpatron zu Ehren ein großes Fest.« Roko warf einen Blick auf seine Uhr. »Verdammt! Zehn Minuten vor neun!« Er hätte beinahe den Stuhl umgeworfen, als er aufstand. »Tut mir leid, aber ich muss los.«

Als er nach seiner Geldbörse griff, begehrte Doris auf. »Kommt gar nicht in Frage. Ich habe gesagt, dass ich Sie einlade. Nun gehen Sie schon«, forderte sie ihn freundlich auf und wedelte dabei mit den Händen.

»Wir sehen uns, Doris. Danke für den Kaffee.«

»Ja, bis bald«, sagte sie lächelnd.

Im Eilschritt ging er durch die Altstadt zum Parkplatz.

Unterwegs rief er bei Korina an, um mit Luka zu sprechen. Es war Samstag, und Luka war bestimmt schon aufgestanden. Roko wechselte ein paar Worte mit Korina, dann reichte sie den Hörer an Luka weiter. Am Ende des Gesprächs sagte Roko: »Wir sehen uns, sobald ich wieder Zeit habe.«

»Gut, Tata«, hörte er Lukas zarte Kinderstimme am anderen Ende. »Ich freue mich schon.«

In diesem Moment spürte Roko einen dumpfen Schmerz in der Brust. »Bis bald, Luka.«

Als er wenige Minuten später ins Büro kam, stand Maša von ihrem Stuhl auf. »Vor zwanzig Minuten hat Lorena mir gesagt, sie habe Neuigkeiten für uns.«

»Und welche?«

»Sie wollte warten, bis du kommst.«

»Gehen wir.«

Lorenas Tür stand wie immer offen. Roko grüßte beim Eintreten, was Lorena ignorierte. Stattdessen hob sie den Kopf, musterte die beiden und sagte: »Heute im Partnerlook? Wie reizend.« Sie spielte darauf an, dass beide weiße Hemden zu dunkler Hose trugen. Als sie nicht darauf reagierten, nahm Lorena ihre Brille ab und berichtete: »Vor einer Stunde hat der Chef der Presse ein Interview gegeben. Montag soll dazu ein kurzer Artikel erscheinen, viele Informationen hat der Journalist ja nicht bekommen. Aber der Bericht, den Sie gestern noch geschrieben haben, war hilfreich, Roko. Auch wenn der Chef selbstverständlich keine Details daraus verwendet hat. Übrigens war Tudor zufrieden damit. ›Gut geschrieben‹, meinte er.«

»Tatsächlich?« Aus Tudors Mund war das fast schon ein Ritterschlag.

»Ich weiß, welche Frage Ihnen gerade durch den Kopf geht.« Sie sah ihm direkt in die Augen. »Ich habe ihm natürlich nicht gesagt, dass ich Sie dazu motiviert habe, ihn spätabends noch zu schreiben.« Den letzten Satz hatte sie leise gesprochen, damit Tudor nebenan ihn nicht mitbekam.

»Danke, Lorena. Das weiß ich zu schätz…«

»Kommen wir zum Wesentlichen«, sagte sie, um die ihr verhassten Floskeln abzuwürgen. »Vor etwa einer halben Stunde habe ich erfahren, dass keines der Mitarbeiter-Handys zum Tatzeitpunkt in Pažina eingeloggt war.«

»Und was ist mit der Anrufrückverfolgung im Pfarrhaus?«, wollte Maša wissen.

Lorena verdrehte die Augen. »Wenn Sie mich doch nur ausreden lassen würden.«

»Entschuldigung«, sagte Maša kleinlaut.

»Am besagten Tag kam um fünf Minuten nach elf ein Anruf, dessen Nummer auf Martin Farac registriert ist.«

»Martin Farac?« Maša blickte zu Roko. »Erst die Sache mit

dem abgehobenen Geld, und nun erfahren wir, dass der geheimnisvolle Anrufer Martin Farac war.«

»Wir müssen sofort mit ihm sprechen«, sagte Roko und ging zur Tür. Er drehte sich noch einmal um und fragte Lorena: »Oder haben Sie noch etwas für uns?«

»Ist Ihnen das nicht genug?«

Ohne das zu kommentieren, ging er aus Lorenas Büro und wählte die Nummer von Martin Farac.

»Wir möchten uns kurz mit Ihnen unterhalten, Herr Farac.« Roko gab sich Mühe, unbefangen zu klingen, um den Mann nicht zu erschrecken. »Wir sind in einer halben Stunde in Pažina, deshalb würde ich Sie bitten, zu Hause zu sein, wenn wir kommen.«

»Aber ich wollte gerade los. Mein Kunde wartet. Ich bin noch nie zu spät gekommen.«

»Dann geben Sie dem Kunden eben telefonisch Bescheid, Herr Farac. Bis später.«

»Ja gut, dann bis später.« Roko entging nicht, dass Farac ängstlich klang.

Kaum dass Roko das Auto neben dem von Marija geparkt hatte, lief Lola zur Pforte und bellte, allerdings nicht so aggressiv wie bei ihrer ersten Begegnung.

»Es dauert nur fünf Sekunden«, rief Maša ihrem Kollegen über die Schulter zu und ging zur Pforte, wo Lola anfing, heftiger mit dem Schwanz zu wedeln, je näher Maša kam. Zwischen den beiden hatte sich offensichtlich eine tiefe Zuneigung entwickelt, dachte Roko amüsiert. Maša zog ein Stück Wurst aus ihrer Hosentasche, das sie aus einer kleinen Tüte hervorholte. Sie gab der Hündin die Wurst und stopfte die Tüte wieder in ihre Hosentasche. Nachdem Lola das Leckerchen verdrückt hatte, sprang sie an der Pforte hoch und ließ sich von Maša streicheln.

In diesem Moment kam Mirjana Krmek aus dem Haus, hübsch zurechtgemacht, mit rotem Lippenstift und einem grauen Kostüm, unter dem sie eine rote Seidenbluse trug, in derselben Farbe wie der Lippenstift.

Roko ging ein paar Schritte auf sie zu. »Sie gehen zur Arbeit, Frau Krmek?«

»Ja, ich arbeite auch samstags, aber nur von zehn Uhr dreißig bis sechzehn Uhr.« Mirjana öffnete die Pforte und ging an Lola vorbei. Sie lächelte Maša an. »Wie es aussieht, haben Sie Lolas Herz gewonnen. Normalerweise geht das bei ihr nicht so schnell.«

Roko musterte sie unauffällig. Mirjana Krmek war durchaus eine attraktive Frau. Zu gern hätte er gewusst, ob sie wirklich eine Affäre mit Martin hatte. Roko würde sein Bestes tun, um das von Martin zu erfahren. Der Zeitpunkt, Mirjana jetzt ein paar heikle Fragen zu stellen, war denkbar schlecht, weil die Befragung von Martin Farac Priorität hatte. Außerdem standen sie draußen herum, und Mirjana war unter Zeitdruck, weil sie zur Arbeit musste.

Sie verabschiedeten sich, und Mirjana wünschte ihnen einen schönen Tag und viel Erfolg. Auf Roko wirkte sie entspannt, was ihn für einen Moment daran zweifeln ließ, dass sie in irgendeiner Weise involviert war. Aber das musste nichts heißen.

Martin Farac empfing sie frisch rasiert und auffällig nervös. Seine Bewegungen wirkten steif. Hektisch knöpfte er den obersten Knopf seines Hemdes auf, als er ihnen Platz auf der Couch im Wohnzimmer anbot.

»Warum wollen Sie denn so dringend mit mir sprechen?« Sein Blick wanderte von Maša zu Roko, während er sich die größte Mühe gab, sich seine Nervosität nicht anmerken zu lassen.

»Wir müssen über einiges sprechen, Herr Farac«, antwortete Roko.

»So?«

»Wie wir erfahren haben, änderte sich das Verhalten des Pfarrers schlagartig letzte Woche Dienstag um die Mittagszeit. Als Marija Šain von ihrem Einkauf zurückkam, bemerkte sie die Veränderung des Pfarrers. Da lag die Vermutung nahe, dass es ein Anruf gewesen sein musste, der den Pfarrer besorgt werden ließ.«

Martins Gesichtsfarbe wechselte von Weiß zu Rot.

»Deshalb wollten wir natürlich wissen, wer in dieser Zeit bei ihm angerufen hat.« Roko sprach nicht weiter und wollte Martin die Chance geben, es selbst auszusprechen.

Es folgte ein tiefes und lautes Ausatmen von Martin. »Ich habe befürchtet, dass Sie das prüfen werden. Trotzdem habe ich gehofft, dass es nicht so weit kommen würde. Ich hatte einfach eine Scheißwut auf ihn und hab ihm das auch ins Telefon gebrüllt. Der Kerl hat mich erpresst!«

Damit hatte Roko nun wirklich nicht gerechnet. »Der Pfarrer hat Sie erpresst?«

»Ja! Niemand sonst wusste über ... über ... über meine Sünde Bescheid, außer dem Pfarrer, dem ich das gebeichtet habe.«

»Moment, Herr Farac.« Roko hob die Hände. »Verstehe ich das richtig? Sie haben eine Sünde begangen, und von dieser Sünde wusste nur der Pfarrer?«

»Ja.«

»Daraufhin hat er Sie erpresst?«

»Genauso ist es!«, rief Martin mit einem Ton der Verzweiflung.

»Um welche Art von Sünde hat es sich dabei gehandelt, Herr Farac?«

Zitternd fasste er sich an die Stirn. »Ich bin sehr gläubig, wissen Sie. Ich weiß, dass es eine Sünde ist, aber ich kann nicht anders, weil ich diese Frau liebe.« Erschöpft ließ er die Hand sinken.

»Wir reden jetzt nicht von Ihrer Ehefrau.«

»Nein. Ich habe ein Verhältnis.«

»Nun gut, Herr Farac«, sagte Roko. »Sie sind nicht der Erste und gewiss auch nicht der Letzte, dem so etwas passiert. Für die katholische Kirche ist Ehebruch eine Sünde, aber ein Verbrechen ist es nicht.«

»Ja, ich weiß.«

»Mit wem haben Sie die Affäre?«

»Das kann ich nicht sagen.«

»Mit Mirjana Krmek?«

Martin starrte ihn entsetzt an. »Woher wissen Sie das?«

»Es ist nur ein Gefühl«, log Roko.

»Ein Gefühl?«, wisperte Martin. »Wie kommen Sie auf dieses Gefühl?«

»Kann ich nicht sagen. Einfach so.«

Nach einer längeren Pause ergriff Martin wieder das Wort. »Wir sind zusammen aufgewachsen, gingen in dieselbe Klasse, und als Teenager sind wir ein Jahr zusammen gewesen. Dann haben wir uns zerstritten, und später hat sie Erik geheiratet, und ich habe Stela kennengelernt. Mirjana und ich haben nie aufgehört, uns zu lieben. Nur aus Sturheit ist es nicht zu einer Versöhnung gekommen. Jedenfalls haben wir uns vor ein paar Monaten zufällig in der Stadt getroffen, sind Kaffee trinken gegangen, und dann haben sich sozusagen die Ereignisse überschlagen. Mirjana will ihren Mann nicht verlassen, bis die Zwillinge erwachsen sind. Das wird noch fünf Jahre dauern.«

»Sie haben die Affäre dem Pfarrer gebeichtet und wurden kurz darauf erpresst. Weshalb sind Sie sich so sicher, dass es nur der Pfarrer wusste? Könnte es nicht sein, dass Mirjana Krmek mit jemandem über Ihr Verhältnis gesprochen hat? Mit einem Verwandten vielleicht? Möglicherweise hat sie sich einer Freundin anvertraut.«

»Ausgeschlossen. Sie hatte panische Angst davor, dass es rauskommt. Sie will ihre Kinder beschützen, solange sie nicht erwachsen sind. Als ich von dem Mistkerl erpresst wurde, hat Mirjana mir versichert, dass sie keiner Menschenseele davon erzählt hat. Mirjana war ein bisschen sauer auf mich, dass ich es gebeichtet habe. Sie hatte ja recht. Ich hätte meinen Mund halten sollen, aber wie konnte ich ahnen, dass der Pfarrer zu so etwas fähig sein würde?«

»Wie wurden Sie erpresst?«

»Am Telefon. Von einer Frau. Er muss wohl jemanden engagiert haben. Vielleicht war es sogar Marija, wer weiß. Sie hat geflüstert, damit ich die Stimme nicht erkenne. Zehntausend Euro sollte ich als Schweigegeld bezahlen. Mein Vater hat ja herumposaunt, dass wir im Eurojackpot gewonnen haben. Als ich Mirjana von der Erpressung berichtet habe, ist sie durchgedreht und hat mich angefleht zu zahlen, damit unser Verhältnis nicht auffliegt.«

»Wohin haben Sie das Geld gebracht?«

Beschämt schüttelte er den Kopf. »Ich sollte es in eine Plastiktüte packen, in einen Abfalleimer in der Nähe des Busbahnhofs in Gruž werfen und mich dann sofort entfernen. Das habe ich gemacht und mich nach etwa dreißig Metern umgedreht. Aber wissen Sie, wie viele Leute da stehen? Außerdem hat eine Gruppe Rucksacktouristen mir den Blick auf den Abfalleimer versperrt.«

»In Gruž gibt es Kameraüberwachungen«, meldete sich Maša.

»Ja, aber nicht dort. Die Stelle liegt etwas abseits des Busbahnhofs.«

»Sie haben das Geld bezahlt, um Mirjana Krmek Unannehmlichkeiten zu ersparen? Nicht auch wegen Ihrer eigenen Ehe?«

Martin machte eine Grimasse, die Bitterkeit ausdrückte. »Meine Ehe ist schon lange kaputt. Ach, ich … ich will gar nichts gegen Stela sagen. Im Grunde hat sie wahrscheinlich ihr Bestes getan. Aber alles musste immer nach ihren Regeln gehen. Mirjana hat ebenfalls den falschen Mann geheiratet, der sie nicht versteht und als Ehefrau nicht zu schätzen weiß. Mirjana und ich verstehen einander und akzeptieren den anderen, wie er ist.«

Roko wollte auf den Anruf zurückkommen. »Was mich interessieren würde, Herr Farac: Warum haben Sie erst bezahlt und dann den Pfarrer angerufen?«

»Ich habe bezahlt, weil Mirjana mich innig darum gebeten hat. Letzte Woche Dienstag habe ich erst um dreizehn Uhr mit der Arbeit begonnen. Stela war bei der Arbeit, die Mädchen in der Schule, und ich bin hier herumgetigert und hab mich so in meine Wut hineingesteigert, dass ich zum Hörer gegriffen habe. Ich wollte, dass er weiß, dass ich es weiß! Dass er ein Erpresser ist, meine ich.«

»Angenommen, es hat sich so zugetragen. Sie haben gebeichtet, und der Pfarrer hat es trotz Beichtgeheimnis jemandem erzählt. Es war ja eine Frau, die Sie angerufen hat, nicht wahr?«

»Ja.« Martin beugte sich nach vorne und rieb sich die Augen.
»Was genau haben Sie dem Pfarrer am Telefon gesagt?«
»Geschrien habe ich. Dass er ein Erpresser ist, dass er sich was schämen solle. Aber irgendwann habe ich gemerkt, dass er mir nicht mehr zuhört, weil er aufgelegt hatte.«
»Glauben Sie, dass er Sie erkannt hat?«
Martin stieß einen Ton der Verachtung aus. »Vielleicht, wenn ich sein einziges Opfer war. Nein, wenn er mehrere Leute erpresst hat. Aber ich habe gebrüllt, weshalb er mich wahrscheinlich nicht erkannt hat.«
»War Ihre Stimme ihm vertraut?«
»Eigentlich nicht. Viel gesprochen haben wir nicht miteinander. Wenn ich von Zeit zu Zeit meine Beichte abgelegt habe, dann habe ich leise gesprochen, wie man das bei einer Beichte normalerweise macht.«
»Was haben Sie mit dem Anruf bezweckt?«
»Aber das sagte ich doch schon, Inspektor. Ich wollte, dass er weiß, dass ich ihn entlarvt hatte.«
»Ehrlich gesagt bin ich mir nicht so sicher, dass der Pfarrer der Erpresser war.«
Martin sah ihn ungläubig an.
»Da ist die Frau, die Sie angerufen hat. Sie allein könnte doch die Erpresserin sein.«
»Nein, sie muss es erst durch den Pfarrer erfahren haben, weil während meiner Beichte kein Mensch in der Kirche war.«
»Sicher?«
»Ich bin vollkommen sicher, Inspektor. Außerdem habe ich, wie gesagt, sehr leise gesprochen, und ich habe auch nicht die Kirchentür aufgehen hören. Und Ante oder Senka, die in der Kirche regelmäßig beschäftigt sind, waren auch nicht da. Montags arbeiten beide nicht.«
»In Ordnung, Herr Farac. Sie können jetzt zur Arbeit. Ich möchte Sie bitten, in nächster Zeit nicht zu verreisen. Falls Sie Pažina doch verlassen, dann geben Sie uns bitte Bescheid.«
»Ich habe nicht vor zu verreisen. Sie glauben aber nicht, dass ich etwas mit seinem Tod zu tun habe, oder, Inspektor?«

»Halten Sie sich einfach zur Verfügung, Herr Farac. Mehr kann ich Ihnen dazu nicht sagen.«

»Ja gut.« Martin sah besorgt aus. »Übrigens tut es mir leid, dass ich es Ihnen nicht erzählt habe, aber Sie haben mich und meine Frau gemeinsam befragt, und ich wollte Mirjana beschützen. Können Sie das zwischen Mirjana und mir vielleicht geheim halten? Wäre das möglich?«

»Ja, solange es eben möglich ist. Ich kann es aber nicht versprechen, weil es darauf ankommt, wie sich die Dinge entwickeln. Und ob es nötig sein wird, diese Information für eine wichtigere zu opfern.«

»Ich verstehe.«

Sie standen auf, Roko und Maša gingen zur Tür. Dann drehte Roko sich noch einmal um. »Wie ist es eigentlich abgelaufen?«

»Wie bitte?«

»Die Beichte. Wie hat der Pfarrer reagiert?«

»Er hat gefragt, ob ich bereue, und ich sagte Nein. Weil ich Mirjana liebe und wir zusammengehören. Darauf hat er lange geschwiegen und mich schließlich gefragt, warum ich dann beichte. Ich sagte, weil ich weiß, dass es eine Sünde ist und ich mich als Katholik im Zwiespalt befinde.«

»Warum haben Sie Mirjanas Namen genannt und nicht einfach von einer anderen Frau gesprochen?«

»Ja«, sagte Martin betrübt. »Das war der Kardinalfehler.«

Am Fußende der Treppe stand Đuro, Martins Vater. Er schien auf sie gewartet zu haben.

»Was wollten Sie denn wieder von Martin?«

Der alte Mann klang beunruhigt. Er tat Roko leid, weil er sich um seinen Sohn sorgte und es als kein gutes Zeichen sah, dass sie bei ihrem zweiten Besuch so lange mit ihm gesprochen hatten. Doch darauf konnte Roko nun einmal keine Rücksicht nehmen.

»So ist das leider während einer Mordermittlung, Herr Farac. Wir haben jede Menge lästiger Fragen.«

»Wenn das so ist«, meinte Đuro. »Sind Sie denn schon weiter? Haben Sie jemanden in Verdacht?«

»Darüber dürfen wir nicht sprechen.«

»Schade. Wollen Sie reinkommen? Celesta hat gerade Kaffee gekocht. Es ist zwar nur Seniorenkaffee, aber es ist genug da.«

»Sehr freundlich, aber leider haben wir keine Zeit.«

»Vielen Dank«, sagte Maša. »Aber was ist ein Seniorenkaffee?«

»Na, koffeinfrei natürlich!«

»Ist das da drüben Dijana Kralj?« Roko machte eine Kopfbewegung zum Haus gegenüber. Eine Frau fegte vor der Haustür, mit einer Zigarette im Mund.

»Ja, die Kraljs sind gestern Abend aus Split zurückgekommen. Sehen Sie sich Dijana an. Eine gut aussehende Frau von vierzig Jahren, aber immer das verfluchte *španjulet* im Maul.«

Roko verkniff sich ein Grinsen. Das dalmatinische Wort für Zigarette hatte Đuro mit hoher Stimme benutzt, um Verwunderung über Dijana Kraljs Sucht auszudrücken.

Der alte Mann schüttelte missbilligend den Kopf. »Ich kann mich nicht erinnern, wann ich sie das letzte Mal gesehen habe, ohne dass Rauch aus ihrem Körper aufgestiegen wäre.«

»Wir müssen weiter, Herr Farac.« Er wünschte Đuro noch einen schönen Tag.

Auf halbem Weg sagte Roko zu Maša: »Lass uns kurz mit der Kettenraucherin sprechen, dann gehen wir zu Marija.«

»Warte mal eben.« Flüchtig berührte Maša ihn am Ärmel und blieb dann stehen. »Wenn der Anruf bei Martin von einer Frau kam, dann kommen doch am ehesten Marija Šain und Ana Prović in Betracht. Denkst du nicht?«

»Aber nur, wenn sich die Theorie, dass der Pfarrer das Beichtgeheimnis gebrochen hat, bestätigt.«

»Kann es denn eine andere Theorie geben?«

»Wahrscheinlich nicht, aber wenn doch, dann müssen wir die andere Theorie herausfinden.«

Sie waren vor dem Haus angekommen. Dijana Kralj stellte den Besen zur Seite, nahm einen tiefen Lungenzug und ging auf die Beamten zu. »Sie sind die beiden *panduri*, die hier rumschnüffeln?«

Roko wusste nicht, was ihn mehr vor den Kopf stieß. Dass sie das wenig schmeichelhafte Wort für Polizei benutzt hatte oder dass sie ihre Arbeit als Herumschnüffeln bezeichnete.

»Ganz recht.« Maša hörte sich pikiert an. »Wir sind die beiden Inspektoren, die den Mord untersuchen. Das ist Roko Matić, mein Name ist Maša Marlais.«

Dijana nahm einen Zug von ihrer Zigarette, dann legte sie sich die Hand auf die Brust. »Und ich bin Dijana Kralj aus Pažina.« Offensichtlich hatte die hellblond gefärbte, spindeldürre Frau beschlossen, sie zu verhöhnen. Sie zog die Ärmel ihres gelben Schlabberpullovers hoch und hatte ein undefinierbares Grinsen im Gesicht. »Stehe zu Ihren Diensten.«

»Na gut«, meinte Roko und zwang sich zu einem Lächeln. »Wir wissen, dass Sie zur Tatzeit nicht hier waren, aber vielleicht können Sie uns ein paar Fragen zu …«

»Roko«, sagte sie plötzlich und starrte ihn an.

»Wie bitte?«

»Roko Matić«, grübelte sie. »Roko Matić … Warst du vor achtzehn Jahren auf Pelješac? Dein Vater kommt von dort, nicht wahr?« Sie schnippte die Kippe einfach weg und ließ Roko nicht aus den Augen.

»Kennen wir uns?«

»Oh ja, würde ich sagen. Es war ein heißer Sommer, für uns beide.« Sie zwinkerte ihm zu und zündete sich eine weitere Zigarette an. »Und wenn du sagst, dass du mich vergessen hast, glaube ich dir kein Wort. Ich hieß damals noch Dijana Jerinić.«

»Ja. Es fällt mir wieder ein. Wie könnte ich es vergessen! Wegen Ihnen wäre beinahe der Schuppen unserer Nachbarn abgebrannt.«

»Ja, ich bin mit der Zigarette eingeschlafen, als wir im Schuppen übernachtet haben.« Mit einem Blick zu Maša ergänzte sie unverfroren: »Wir waren sehr erschöpft, wissen Sie.«

»Ach so«, hörte er Maša sagen.

Roko räusperte sich. »Also, Frau Kralj …«

»Du bist echt zu den Bullen? Ich dachte, du wolltest Maler werden?«

»Das ist sehr lange her. Kann ich meine Fragen stellen?«

»Klar.« Sie nahm einen tiefen Zug von ihrer Zigarette und betrachtete Roko.

Plötzlich hatte er einen Blackout. Maša schien es zu bemerken, weshalb sie nun den aktiven Part übernahm.

»Wie Sie bestimmt wissen, wurde der Pfarrer in der Nacht von Mittwoch auf Donnerstag ermordet.«

»Ja. Krass.«

»Wie mein Kollege bereits sagte, wissen wir, dass Sie zur Tatzeit nicht in Pažina waren, trotzdem möchten wir Ihnen ein paar Fragen stellen.«

»Was wollt ihr denn wissen?«

»Wo ist denn Ihr Mann?«

»Ich habe ihn heute Morgen weggeschickt.«

»Zum Einkaufen?«

»Nein, für immer.«

»Sie haben sich heute Morgen getrennt?« Maša schien darüber ebenso verblüfft wie Roko. Gingen hier gerade reihenweise Ehen in die Brüche? Erst wurde Martin verlassen, und nun erfuhren sie von einer weiteren gescheiterten Beziehung.

»Ja. Wieso interessiert Sie das?«

»Darf ich fragen, warum?«

»Nein, dürfen Sie nicht. Seien Sie mir nicht böse, aber das geht Sie einen Scheißdreck an.«

»Äh … ja. Okay. Also …«

Offensichtlich war es nun Maša, die bei dieser Person den Faden verloren hatte, deshalb übernahm Roko wieder: »Gehen Sie regelmäßig zur Kirche?«

Dijana zog an ihrer Zigarette und ließ sich mit ihrer Antwort viel Zeit. »Weder regelmäßig noch unregelmäßig.«

»Und Ihr Mann?«

»Welcher? Der letzte? Darko, der heute Morgen ausgezogen ist?«

»Ja.«

»Manchmal hat er die Sonntagsmesse besucht. Ich glaube, nur deshalb, um im Dorf Anschluss zu finden. Darko ist es wichtig, von den Leuten gemocht zu werden. Warum auch immer, so ist er eben.«

»Wie war Ihr Kontakt zum Pfarrer?«

»Welcher Kontakt? Wir hatten keinen verdammten Kontakt.«

»Haben Sie sich nicht gegrüßt und mal eine kurze Unterhaltung geführt?«

Dijana zuckte die Schultern. »Früher schon, aber dann habe ich total den Respekt vor ihm verloren.«

»Warum?«

»Weil er richtig schlimm über seinen Vorgänger Ludvig Marelić hergezogen ist. Nicht dass mich Marelić interessiert hätte. Für mich war er auch nur ein Pfarrer, der halt da war. Aber Jukić hat über ihn dermaßen übel geredet, dass ich dachte, so was sollte ein Pfarrer nun wirklich nicht machen. Er hat überall herumerzählt, dass Marelić ein uneheliches Kind hat, und die Bücher hat er angeblich frisiert, das Geld rausgeworfen, statt es in die Kirche zu investieren und für Wohltätigkeiten zu spenden. Mag ja alles sein, mich hat dieser Klatsch nicht interessiert. Jedenfalls ist der Schuss für Jukić nach hinten losgegangen. Dieses Getratsche nahmen ihm die Leute viel übler als die angeblichen Fehler von Marelić. Wenn ihr mich fragt, war der Kerl total neidisch auf seinen Vorgänger, hat ständig um Anerkennung gebuhlt, das arme Schwein. Šime Didović war mit Marelić sozusagen befreundet, und Jukić hat Šime geholfen, als es der Familie nicht gut ging. Aber als er dann anfing, so über Marelić herzuziehen, war Jukić bei Šime unten durch.«

»Wann war das ungefähr?«, fragte Maša.

»Die Lästereien über Ludvig Marelić?« Dijana dachte kurz nach. »Weiß nicht genau, letztes oder vorletztes Jahr hat das ungefähr angefangen.«

»Danke, Frau Kralj«, sagte Roko. Er überreichte ihr seine Karte.

Während sie die Karte an sich nahm, sah sie ihm in die Augen. »Was soll ich damit? Ich hab doch gerade alles gesagt, was ich weiß.«

»Es könnte ja sein, dass Ihnen noch etwas einfällt.«

»Glaube ich kaum.« In der einen Hand hielt sie die Karte, mit der anderen schnippte sie wieder die Kippe weg.

Roko sah den Haufen, den sie vorhin beim Kehren hinterlassen hatte. Es waren jede Menge Kippen. »Haben Sie Angst, dass der Mörder hier in Pažina zu finden ist?« Roko hatte sich zu der Frage veranlasst gesehen, weil Dijana wegen des Mordes so kühl reagierte.

Sie sah ihn belustigt an. »Angst? Ich hab schon genug Schreckliches überlebt. Außerdem habe ich eine Knarre im Haus. Völlig legal, falls ihr *panduri* das überprüfen wollt.«

Roko nickte. »Schon gut. Danke für das Gespräch.«

»Ich hoffe, Ihr Arztbesuch in Split war erfolgreich«, sagte Maša in versöhnlichem Ton.

»Ja, alles bestens.«

Sie verabschiedeten sich und gingen auf das Pfarrhaus zu. Plötzlich hörte er Maša kaum hörbar in sich hineinlachen. »Die Welt ist klein, oder?«

»Ja, verdammt klein.«

»Wie ich sehe, stehst du eher auf den rauen Typ.«

»Lass uns nie wieder darüber sprechen.«

»Okay. Aber wenn es dir ein Trost ist: Ich hatte mal einen Freund, der heute in einer Sekte ist und in unserem Dorf mit einem indischen Gewand herumläuft. Wir alle haben mal danebengegriffen.«

Roko schaute sie an. »Nett von dir, Maša.«

Diese Reaktion schien sie wirklich zu überraschen, denn plötzlich wurde sie ernst und sah für einen kurzen Moment verlegen aus.

Marija und Ante saßen gemeinsam am Küchentisch und tranken Kaffee. Auf dem Herd köchelte ein großer Topf. Der Duft von Gemüse lag in der Luft, was auf Maneštra, einen Eintopf, schließen ließ.

»Entschuldigen Sie, Herr Mijoč, aber wir möchten mit Frau Šain allein sprechen.«

»Ich wollte sowieso gerade gehen, Inspektor.« Ante stand

auf. »Muss noch alles für die Sonntagsmesse morgen vorbereiten.«

»Sonntagsmesse?«, fragte Roko verwundert. »Wer soll denn die Messe durchführen?«

Marija ergriff das Wort. »Vorhin hat die Sekretärin des Bistums angerufen und mir mitgeteilt, dass ein Diakon aus Dubrovnik kommen wird, um die Sonntagspredigt zu halten. Wegen der besonderen Umstände, wie sie sagte.«

Ante verließ wortlos die Küche.

Roko und Maša setzten sich zu Marija an den Tisch. »Frau Šain«, begann Roko. »Sie halten ständig Informationen zurück, und darüber sind wir allmählich irritiert, um es freundlich auszudrücken.«

Marija wich mit dem Oberkörper zurück. »Was? Welche Informationen halte ich denn zurück?«

»Erst die Sache mit dem Testament ...«

»Ja, das war unvernünftig von mir. Aber ich habe doch dann zugegeben, dass ich davon wusste.«

»Und dann erfahren wir von mehreren Leuten, dass Gabrijel Jukić seinen Vorgänger Ludvig Marelić verleumdet hat.«

»Aber ich habe doch erzählt, dass Hochwürden darunter gelitten hat, nicht so beliebt wie sein Vorgänger zu sein. Nehmen Sie Ihren Block zur Hand, Frau Marlais. Sie haben es bestimmt notiert.«

Maša schüttelte den Kopf. »Nicht nötig, Frau Šain. Wir erinnern uns, dass Sie das erzählt haben. Aber mit keinem Wort haben Sie den üblen Klatsch erwähnt, den der Pfarrer über seinen Vorgänger verbreitet hat.«

»Ich wusste ja nicht, dass ich so ins Detail gehen muss.«

Roko war genervt. »Frau Šain! Bitte! Halten Sie uns doch nicht zum Narren.«

Marija nahm einen tiefen Atemzug. »Es ist nicht meine Absicht, Sie zum Narren zu halten, Inspektor. Ich weiß nicht, ob Sie es verstehen, aber ich bringe es einfach nicht übers Herz, Schlechtes über Hochwürden zu verbreiten. So wie manche illoyalen Nachbarn das anscheinend tun.«

»Muss ich Ihnen wirklich erklären, dass jeder Hinweis hilfreich sein kann? Es muss doch in Ihrem Interesse sein, dass der Mörder Ihres verehrten Hochwürdens gefasst wird.«

»Selbstverständlich!«, spie sie wütend aus. »Was glauben Sie denn? Aber ich wollte nicht über ihn lästern, das ist alles. Außerdem hat Hochwürden immer gesagt, dass man über Tote nicht schlecht sprechen darf.«

»Ach ja? Würde man diese Einstellung konsequent durchziehen, dann dürften wir alle nur Gutes über tote Diktatoren und Massenmörder berichten.«

»Ich habe ihn gewarnt, aber er wollte nicht auf mich hören.«

»Sie haben versucht, ihn von den Verleumdungen abzuhalten?«

»Ja, aber er war unfassbar wütend. So kannte ich Hochwürden gar nicht. Es hat ihn tief gekränkt, dass von Marelić unberechtigterweise immer noch so geschwärmt wurde.«

»Was hat er über ihn verbreitet?« Auch wenn sie einiges bereits von Dijana erfahren hatten, wollte Roko es von Marija hören, die bestimmt besser darüber Bescheid wusste.

»Hochwürden hat behauptet, dass Marelić ein uneheliches Kind hat. Fragen Sie mich nicht, woher er das wusste. Er muss viel Zeit in Recherchen investiert haben. Dann hat er noch gesagt, dass Ludvig Marelić bei der Buchführung manipuliert hat. Marelić hatte keine Sekretärin und hat alles selbst gemacht. Na ja, jetzt weiß man, warum. Er soll das Geld mit vollen Händen rausgeworfen haben.«

»Wofür hat er es ausgegeben?«

»Armbanduhren, Autos und so etwas. Ich weiß nicht mehr, was Hochwürden noch aufgezählt hat.«

»Sonst noch etwas, Frau Šain?«

»Nein. Das ist alles, was ich Ihnen zu dem Thema erzählen kann.«

Roko sah sie eindringlich an. »Ich meine, ob es sonst noch etwas gibt, das Sie wissen, uns aber nicht erzählt haben?«

»Nein. Wirklich, Inspektor.«

»Nun gut. Und jetzt müssen wir Sie etwas fragen, und ich bitte Sie, kurz darüber nachzudenken, bevor Sie antworten.«

Auf ihrem Gesicht bildete sich ein Ausdruck von Beklemmung. »So? Was denn?«

»Halten Sie es für möglich, dass der Pfarrer das Beichtgeheimnis gebrochen hat?«

»Was?« Ein ironisches Auflachen, dann heftiges Kopfschütteln. »Das hätte er niemals getan. Niemals! Dafür würde ich sogar meine Hand ins Feuer legen, und so etwas sage ich ausgesprochen selten.«

»Aber der Pfarrer war auch nur ein Mensch. Vielleicht hat er sich mal verplappert oder …«

»Vergessen Sie das, Inspektor. Das hätte er keinesfalls getan, weder bewusst noch unbewusst.« Nachdenklich kratzte sie sich an der Wange. »Vor etwa zwei Wochen habe ich Martin Farac in die Kirche gehen sehen. Es war so um achtzehn Uhr, und ich wollte gerade nach Hause fahren. Ich war mir sicher, dass er zur Beichte wollte. Ich meine, Tag und Uhrzeit ließen darauf schließen. Am nächsten Tag habe ich Hochwürden scherzhaft gefragt, was Martin denn zu beichten gehabt hätte. ›Schmiedet er Pläne, seine Frau zu ermorden?‹, habe ich scherzhaft gefragt und dabei gelacht, weil doch jeder weiß, wie Stela ihn behandelt. Ich habe mir wirklich nichts dabei gedacht und auch nicht ernsthaft eine Antwort erwartet. Hochwürden hat mich entsetzt angesehen und gesagt: ›Sie sollten sich schämen, Marija, mir eine solche Frage zu stellen.‹ Ich habe Hochwürden versichert, dass es nur ein Scherz war. Er hat mir geglaubt, und damit war es bereinigt.«

»In Ordnung, Frau Šain.«

»Warum fragen Sie, ob er das Beichtgeheimnis gebrochen hätte?«

»Nur so.«

Marija sah skeptisch aus. »Nur so?«

»Ja. Heute tragen Sie Ihre Kette nicht«, bemerkte Roko lächelnd. »Wiegt wohl doch zu viel?«

»Sie sagen es. Der riesige Anhänger ist furchtbar unpraktisch. Ich bewahre sie lieber als Andenken.«

»Kann ich verstehen. Übrigens, wir fahren kurz weg, kommen aber wahrscheinlich heute noch mal zurück.«

»Wie Sie meinen. Ich bin bis sechs Uhr hier.«

Marija begleitete sie zur Tür. Aus der Ferne sahen sie Dijana, die gerade den Schutzbezug von den Gartenmöbeln entfernte.

»Unsere arme Dijana«, sagte Marija wie zu sich selbst.

Roko und Maša blieben gleichzeitig stehen, dann drehten sie sich zu Marija um.

»Was meinen Sie damit?«, wollte Roko wissen.

»Dijana ist todkrank. Der Spezialist in Split hat Bauchspeicheldrüsenkrebs diagnostiziert.«

Die Beamten sagten kein Wort.

»Heute Morgen habe ich Darko gesehen, als er Gepäck ins Auto lud. Darüber habe ich mich gewundert und bin deshalb zu ihm rübergegangen. Er hat geweint, und ich fragte, was los sei. Er hat gesagt, dass Dijana ihn gebeten hat zu gehen.« Marija schüttelte den Kopf. »Das habe ich überhaupt nicht verstanden, weil … Dijana hatte schon so einige Partner, und Darko ist ihr dritter Ehemann. Aber mit ihm hat sie sich wirklich gut verstanden. Darko wusste, wie er sie zu nehmen hatte, weil Dijana wahrlich kein einfacher Mensch ist. Und dann hat er mir von der Diagnose erzählt, die sie in Split bekommen hat. Der Arzt hat ihr Tabletten mitgegeben, und in ein paar Wochen beginnt sie mit der Therapie.«

»Aber warum hat sie sich dann heute von ihm getrennt?«, fragte Maša verwirrt.

»Darko sagte, dass Dijana nicht will, dass er sich das antut. Sie möchte nicht, dass er sie allmählich sterben sieht. Na ja«, meinte Marija schulterzuckend, »andere Leute wären froh, wenn sie in einer solchen Situation jemanden an der Seite hätten. Aber Dijana war schon immer ein spezieller Fall. Nach außen gibt sie sich unverwundbar, hat aber ein butterweiches Herz. Die Dorfältesten Tonka und Bepo kennen Dijana seit ihrer Geburt. Ein zartes Kind soll sie gewesen sein, hat immer verletzte Tiere aufgepäppelt und ist in Tränen ausgebrochen, wenn Đuro und Celesta ihre Hühner schlachteten, die sie damals noch hatten.« Sie stieß einen tiefen Seufzer aus. »Das Leben hat es nicht gut mit ihr gemeint. Sie war noch keine zwanzig, als sie nach dem

Tod des Vaters auch noch die Mutter verlor. Später hat sie sich eine Familie gewünscht, konnte aber keine Kinder bekommen.«

»Ist das traurig«, sagte Maša leise.

So standen sie zu dritt vor der Eingangstür des Pfarrhauses und beobachteten Dijana, die mit der Zigarette zwischen den Lippen über einen der Gartenstühle wischte. Plötzlich wandte sie den Kopf und blickte zu ihnen herüber.

Sie nahm die Zigarette zwischen die Finger und rief genervt: »Kann ich euch helfen?«

»Wir plaudern nur über das Wetter, Dijana«, rief Marija zurück. Sehr glaubwürdig war das nicht, fand Roko.

Was auch Dijana offenbar so sah, denn nun rief sie noch eine Spur lauter: »Von mir aus könnt ihr euch über mich das Maul zerreißen, ist mir scheißegal!« Dann steckte sie sich wieder die Zigarette zwischen die Lippen und putzte weiter.

»Nehmen Sie das bei Dijana nicht persönlich«, sagte Marija, während sie einen Blick auf ihre Armbanduhr warf. »Fünf Minuten vor zwölf. Das Essen muss auf den Tisch! Hochwürden verabscheute es, wenn das Essen nicht Punkt zwölf fertig war.«

»Aber jetzt müssen Sie sich doch nicht mehr daran halten«, erinnerte sie Maša.

»Sagen Sie das mal meiner inneren Uhr. Ich habe mich nach all den Jahren selbst daran gewöhnt. Ich frage mal Ante, ob er mitessen will.«

Im selben Moment ging sie auch schon los in Richtung Kirche.

»Fahren wir zu Ludvig Marelić?«

Roko blickte nachdenklich durch die Windschutzscheibe aufs Pfarrhaus. »Ich bin mir nicht sicher. Vielleicht sollten wir doch mal die Nachbardörfer abklopfen.«

»Hm, Nachbardörfer ist gut, liegen beide kilometerweit weg.«

»Ja, aber aus diesen beiden Dörfern kamen einige Leute zur Kirche, und sie hatten Kontakt zum Pfarrer. Wer kam regelmäßig und hat für kirchliche Dienstleistungen etwas bezahlt? Das würde darauf schließen lassen, dass diejenigen den Pfarrer zumindest oberflächlich kannten.«

»Aber wir haben die Nachbardörfer so gut wie ausgeschlossen, aus verschiedenen Gründen.«

»Ja, schon klar.«

»Also fahren wir nicht zu Marelić?«

»Lorena hat uns doch seine Daten durchgegeben. Wo wohnt er noch mal?«

»Babin Kuk«, antwortete Maša.

Das lag im Nordosten der Halbinsel Lapad, überlegte Roko. Ziemlich teure Gegend. Gab es dort überhaupt eine Kirche, für die er Dienst tun könnte?

»Ruf ihn mal an und schalte auf Lautsprecher.«

Eine Frau ging ans Telefon, Roko fragte nach Ludvig Marelić.

»Ja, hallo?«, meldete er sich und klang hochvergnügt.

»Herr Marelić, ich bin Inspektor Roko Matić, Polizei Dubrovnik.«

»Oh, ach so. Ich kann mir schon denken, weshalb Sie anrufen. Wegen dem Mord an Gabrijel Jukić, nicht wahr? Šime hat es mir erzählt.«

»Sie haben noch regelmäßig Kontakt zu Šime Didović?«

»Einigermaßen regelmäßig, ja.«

»In welcher Kirche dienen Sie, Herr Marelić?«

»Ich bin kein Kleriker mehr. Wissen Sie, ich habe mich verliebt. Das passiert.« Er lachte. »Jetzt bin ich glücklich verheiratet.«

»Und was machen Sie nun beruflich?«

»Ich betreibe einen Bootsverleih.«

Roko und Maša warfen sich einen überraschten Blick zu. »Das ist ja nun wirklich ganz etwas anderes.«

Ludvig Marelić lachte wieder. »Ja, ganz etwas anderes. Manchmal muss man seinem Leben eine neue Wendung geben.«

»Ich möchte nicht um den heißen Brei herumreden, Herr Marelić. Sie wissen, dass Gabrijel Jukić nicht gut über Sie gesprochen hat?«

»Ja, das weiß ich.« Er hörte sich gelassen an, ohne gekränkten Unterton. »Ach, es wussten doch alle, dass er bloß neidisch war.«

»Sie wissen auch, was er über Sie verbreitet hat?«

»Ja, ich habe eine uneheliche Tochter. Während meines Theologiestudiums hatte ich eine Liaison mit einer Kommilitonin. Als sie schwanger wurde, befand ich mich im Dilemma Familiengründung oder Priesterweihe. Damals habe ich mich eben für die Priesterweihe entschieden und meine Tochter verleugnet, wofür ich mich heute schäme. Ja, und dann soll ich die Bücher gefälscht und Geld unterschlagen haben. Kann man so auslegen, wenn man will. Mit Geld konnte ich noch nie gut umgehen, deshalb verwaltet das heute meine Frau.« Er lachte. »Ist ja kein Verbrechen so was.«

Sie sahen Marija durch die Scheibe, auf dem Weg zurück zum Pfarrhaus. Offenbar hatte Ante abgelehnt, ihr beim Mittagessen Gesellschaft zu leisten.

»Apropos Verbrechen, Herr Marelić. Wo waren Sie in der Nacht von Mittwoch auf Donnerstag?« Roko rechnete fest damit, dass auch er sagen würde »Im Bett, wo denn sonst«, doch er antwortete: »Wir waren von Montag bis gestern auf Mljet. Dafür gibt es so viele Zeugen, wie Sie wollen.« Marelić nannte ihm den Namen der Pension, nicht ohne hinzuzufügen: »Und nachts fahren keine Fähren oder Katamarane, die mich hätten aufs Festland bringen können.« Wieder lachte er.

Allmählich ging Roko dieses penetrante Gelächter auf die Nerven, weshalb er die Augen verdrehte.

»Wir haben alles hier, Inspektor. Sämtliche Belege und Rechnungen. Sie können jederzeit ab neunzehn Uhr vorbeikommen, dann sind wir zu Hause. Meine Frau und ich sind selbstverständlich kooperativ. Sie müssen nur anrufen, dann erwarte ich Sie und zeige Ihnen alles.«

»In Ordnung. Danke, Herr Marelić.«

»Nichts zu danken, Inspektor. Schönes Wochenende.«

Maša drückte ihn weg und steckte ihr Handy wieder ein. Sie machte eine angeekelte Grimasse. »Was für ein schleimiger Typ. Dieses ständige Gelächter kann einen verrückt machen.«

»Mich beschäftigt die Frage, ob die Erpressung etwas mit dem Mord zu tun haben könnte.«

»Doch eher nicht, oder?«

»Da bin ich nicht sicher. Wenn wir erfahren würden, wer die Anruferin war, wären wir einen großen Schritt weiter.«

»Möglicherweise war es am Ende doch Marija, und sie spielt uns die ganze Zeit etwas vor.«

»Kann ich mir nicht vorstellen. Es muss eine Frau gewesen sein, die Martin nicht gut kennt. Sie hat am Telefon geflüstert, um sicherzugehen, nicht erkannt zu werden. Aber Marija würde er wahrscheinlich trotzdem erkennen. Das wäre doch viel zu riskant für sie.«

»Ja, kann sein.«

»Gehen wir zu Ante. Er kennt die Kirchgänger am besten und soll mal einen Blick in die Bücher werfen und zusammenfassen, wer regelmäßig aus den Nachbardörfern hierherkommt.« Roko öffnete die Autotür.

»Warte kurz«, hielt Maša ihn auf. »Wird nicht lange dauern. Ich habe nur eine Frage.«

Er schloss die Tür wieder. »Was ist?«

»Nur so aus Neugier – und du weißt, wie schrecklich neugierig ich bin.«

»Durchaus.«

»Wie war sie früher?«

Roko wusste sofort, dass sie Dijana meinte. »Ich habe dich doch gebeten, nicht mehr darüber zu sprechen.«

»Ach, komm schon.« Mit den Händen machte sie ausladende Handbewegungen. »Los, Roko. Du bist acht Jahre älter und in einer höheren Position. Komm, lehre mich Menschenkenntnis. Lehre mich das Leben. Bring mir alles bei.«

Stirnrunzelnd sah er sie an. »Du spinnst doch. Indem ich dir von meinen … Bekanntschaften erzähle?«

»Ich hätte ein anderes Wort benutzt, aber okay.« Maša ließ die Arme sinken. »Nein, jetzt mal im Ernst. Es interessiert mich, aus menschlicher Sicht, meine ich.«

»Sie war ganz anders als jetzt.«

Interessiert beugte Maša sich nach vorne. »Wirklich?«

»Etwas Wildes hatte Dijana schon damals. Sie hat Kette geraucht und die Nächte durchgefeiert. Aber sie war sehr nett und lebenslustig. Dijana hat mich ständig zum Lachen gebracht, und sie hat über meine pubertären Scherze gelacht. Für mich als Achtzehnjährigen war es natürlich toll, ein paar Wochen lang eine zweiundzwanzigjährige Freundin zu haben.«

»Kann ich mir vorstellen.«

»Sie war unglaublich hübsch. Ich war total verknallt. Wir wollten uns wiedersehen und uns schreiben. Ich glaube, dass ich zweimal geschrieben habe. Sie hat sich noch mehrmals bei mir gemeldet, aber ich war so beschäftigt.«

»Du bist einer von diesen Typen, die danach nicht mehr anrufen?«

»Ich war achtzehn.«

»Das ist keine Entschuldigung.«

»Oh, ich denke doch.«

Er öffnete die Autotür und stieg aus.

Ante stand auf der obersten Sprosse einer Leiter und schraubte eine Glühbirne in den Lüster. »Sie schon wieder«, sagte er und drehte ein letztes Mal an der Glühbirne, bevor er von der Leiter kletterte.

»Wir brauchen Ihre Hilfe, Herr Mijoč.«

»Ich soll Ihnen helfen? Wie denn?«

»Sie sind es, der Namen und Gesichter der Kirchgänger kennt. Auch aus den beiden Nachbardörfern.«

»Ja sicher.«

»Wenn wir bitte ins Büro gehen und Sie einen Blick in die Bücher und auf die Namen werfen könnten? Erwähnen Sie bitte auch eventuelle Besonderheiten.«

»Besonderheiten?«

»Alles, was Ihnen im Zusammenhang mit der jeweiligen Person einfällt. Gab es mal einen Konflikt, kommt derjenige plötzlich nicht mehr zum Gottesdienst, hat sich der Pfarrer in irgendeiner Weise über die Person geäußert. So etwas eben.«

Ante schien nicht begeistert. »Also eigentlich hab ich hier noch zu tun.«

»Es wäre sehr hilfreich, Herr Mijoč.«

»Na gut«, sagte er gnädig und klappte die Leiter zusammen. »Ich bring das nur kurz weg, bin gleich wieder da.« Ante ging hinaus, und Maša ließ sich auf die hinterste Bank fallen. Roko fing an, auf und ab zu gehen.

Sein Blick fiel auf den Beichtstuhl. Er war aus dunklem Holz, links und rechts hingen halblange dunkelrote Vorhänge, die den Blick auf das Kniebrett frei ließen. Roko blieb vor dem Beichtstuhl stehen und stellte sich Martin Farac und den Pfarrer vor, als Martin seine Affäre gebeichtet hatte. Rokos Blick wanderte nach unten, bis er an etwas Winzigem auf dem Boden unter dem Kniebrett haften blieb. Was war das?

Er ging in die Knie und hatte schon den Arm danach ausgestreckt, als er innehielt. Es war ein kleines Stück Klebeband. Er zog den Arm zurück.

»Was machst du da?«, hörte er Maša fragen.

Im nächsten Moment ging die Kirchentür auf. »Was machen Sie da?«

Roko drehte sich zu Ante um. »Ich brauche eine Pinzette, einen kleinen Spiegel, eine Taschenlampe, eine Lupe und einen unbenutzten Gefrierbeutel.«

Ante starrte ihn an. »Was? Wieso das denn?«

Maša stand jetzt neben Roko und beugte sich hinunter. »Hast du etwas gefunden?«

»Ein Stück Klebeband.«

»Und?«

»Was macht ein Stück Klebeband in einem Beichtstuhl? Ich will wissen, ob da noch mehr ist. Unter dem Brett.«

»Tasten Sie halt den unteren Teil des Bretts einfach ab«, schlug Ante vor.

»Nein, wegen der Fingerabdrücke. Wenn Sie mir dann die Sachen holen könnten, Herr Mijoč?«

»Äh … was war das noch mal alles?«

Roko wiederholte es, und Ante ging endlich.

»Verstehe ich das richtig, dass hier vielleicht etwas befestigt wurde?«

»Ja, Maša, könnte sein.«

»Und was?«

»Möglicherweise ein kleines Abhörgerät.«

»Eine Wanze?«

»Vielleicht.«

Es dauerte mehrere Minuten, bis Ante zurückkam. Er hatte alles dabei. Marija hatte er ebenfalls mitgebracht, die er bestimmt beim Mittagessen unterbrochen hatte, weil sie ihm die Sachen zusammensuchen musste. Sie machte einen verstörten Eindruck.

»Ante sagt, dass Sie ein Stück Klebeband gefunden haben. Was hat das zu bedeuten?«

»Ich möchte einfach nur nachsehen, Frau Šain. Geben Sie mir bitte Pinzette und Gefrierbeutel, Herr Mijoč.« Ante tat wie befohlen. Roko griff mit der Pinzette das kleine Stück Klebeband und steckte es in den Beutel. Dann hielt er den Spiegel unter das Kniebrett, nahm die Taschenlampe in die andere Hand und bat Maša, die Lupe zu halten, damit sie die Unterseite des Kniebretts einsehen konnten. »Das kleine Stück muss sich gelöst haben und abgefallen sein, aber mehr ist da leider nicht.«

»Scheiße«, kam es spontan von Maša.

Roko hielt den Beutel vors Gesicht und schaute auf das winzige Stück Klebeband darin. »Das hier bringt uns nicht weiter. Es ist viel zu klein, als dass man darauf einen brauchbaren Fingerabdruck finden könnte. Aber es könnte sein, dass der Täter Fingerabdrücke hinterlassen hat, als er das unter dem Kniebrett befestigt hat. Deswegen würde ich gerne Frane Butigan kommen lassen.«

»Wer ist das?«, fragte Ante.

»Der Kriminaltechniker. Sagen Sie, Herr Mijoč, würde man in einem Beichtstuhl etwas befestigen?«

»Hä? Nein, gar nichts würde man da befestigen.«

»Was ich nicht verstehe«, meinte Marija, »ist, was das mit dem Mord an Hochwürden zu tun hat.«

»Vielleicht hat es das nicht«, erklärte Maša, »vielleicht aber doch.«

Marija und Ante wussten nichts von der Erpressung. Jedenfalls nicht offiziell, überlegte Roko. Ganz ausschließen konnte er es freilich nicht, da er nicht blind auf ihre Ehrlichkeit vertrauen konnte.

»Es wäre gut, zu wissen, wann das Klebeband dort angebracht wurde«, dachte Roko laut nach.

Ante kratzte sich am Kopf. »Also Senka reinigt den Beichtstuhl regelmäßig. Aber wenn Sie sagen, dass das Stück sich gelöst hat, dann kann's auch schon älter sein, oder? Und ich glaub nicht, dass Senka jedes Mal unter dem Kniebrett wischt, wozu auch.«

»Ich werde sie mal fragen. Danach rufe ich Butigan an.« Roko nahm sein Handy zur Hand und ging nach draußen.

Senka Ivandić meldete sich nach dem zweiten Klingeln auf ihrem Handy.

»Störe ich?«, fragte Roko. »Arbeiten Sie heute im Hotel?«

»Samstags arbeite ich bis zwölf Uhr dreißig. Ich bin gerade nach Hause gekommen.«

»Ich möchte Sie etwas fragen, Frau Ivandić. Reinigen Sie den Beichtstuhl regelmäßig?«

Schweigen am anderen Ende der Leitung.

»Frau Ivandić?«

»Warum fragen Sie mich das?«

»Können Sie bitte etwas lauter sprechen?«

»Ja, ich … reinige den Beichtstuhl regelmäßig, aber nicht jedes Mal.«

»Und wie reinigen Sie ihn? Das Innere des Beichtstuhls, meine ich.«

Es dauerte eine Weile, bis sie antwortete. »Mit einem feuchten Tuch, danach mit einem trockenen. Warum wollen Sie das wissen?«

»Putzen Sie auch den unteren Teil des Kniebretts?«

»Was? Wieso?« Es war ein Flüstern.

»Antworten Sie bitte, Frau Ivandić.«

»Ja, manchmal auch unter dem Kniebrett.«

»Und warum?«

»Weil … ich gründlich arbeite.«

»Wann haben Sie an dieser Stelle das letzte Mal geputzt?«

»Ich weiß nicht mehr. Letzte oder vorletzte Woche.«

»Na gut, wollte ich nur wissen.«

»Ja, aber … warum …? Warum wollen Sie das wis… wissen?«

»Ich habe ein Stück Klebeband unter dem Kniebrett entdeckt. Deshalb denke ich, dass dort etwas befestigt wurde. Wie es aussieht, hat es sich von der Unterseite des Bretts gelöst. Es wird heute noch auf Fingerabdrücke untersucht. Vielleicht finden wir etwas, falls Sie durchs Putzen nicht die Spuren beseitigt haben.«

Sie reagierte nicht.

»Frau Ivandić? Sind Sie noch da?«

»Ja.«

»Danke und ein schönes Wochenende.«

»Ja, Ihnen auch«, erwiderte sie mit gedämpfter Stimme und legte dann auf.

Seltsame Frau, dachte Roko, während er so dastand und auf das Display seines Handys blickte. Ihr Verhalten war eigenartig. Aber die anderen beschrieben sie als schreckhaft und sensibel. Trotzdem gab ihm ihr Verhalten zu denken. Diese Ängstlichkeit bei seinen Fragen, die Sprechpausen, das Gestotter. Möglicherweise hatte ihr Verhalten nicht nur etwas mit ihrem scheuen Wesen zu tun. Roko hatte das Gefühl, dass sie etwas verbarg. Vielleicht wusste sie etwas oder hatte etwas beobachtet. Er musste heute noch zu ihr, egal, wie spät es werden würde.

Roko rief Frane Butigan an und erzählte von seinem Fund. »Die Tüte mit dem Klebestreifen findest du im Beichtstuhl. Es wäre großartig, wenn unter dem Kniebrett noch Fingerabdrücke zu finden wären. Marlais und ich sind im Büro des Pfarrhauses, falls du mich brauchst.«

»In Ordnung. Ich bin in einer Stunde da.«

Butigan kam eineinhalb Stunden später. Roko und Maša saßen mit Ante im Büro und sahen durchs Fenster den Wagen des Kriminaltechnikers im Hof parken. Die Beamten waren zu zweit, da es nur darum ging, die Fingerabdrücke in einem kleinen Bereich zu sichern und die Tüte mit dem winzigen Beweisstück mitzunehmen.

Ante Mijoč tat sein Bestes, auf seine verschrobene Art jedenfalls. Während sie die Einträge, Zahlungen und Namen der Kirchgänger aus den beiden Nachbardörfern durchgingen, hatte Ante über jeden von ihnen eine kleine Geschichte zu erzählen. Der ansonsten eher wortkarge Küster gab banale Anekdoten zum Besten, die nicht im Geringsten aufschlussreich waren.

»Und die da«, sagte Ante gerade und zeigte auf einen Namen. »Ha! Das ist eine, sag ich Ihnen.« Er streckte Roko den Zeigefinger entgegen. »Keine müde Kuna wirft sie in den Klingelbeutel! Noch nie! Kein einziges Mal!«

»Herr Mijoč«, unterbrach ihn Roko geduldig. »Uns interessieren eher Konflikte mit dem Pfarrer, eventuelle Beschwerden, merkwürdige Äußerungen, solche Dinge. Sehen Sie sich bitte die Namen noch einmal in Ruhe an. Vielleicht fällt Ihnen noch etwas ein, das hilfreich für uns wäre.«

Ante gehorchte brav und starrte ewig lange auf die Namen. Verstohlen warf Roko einen Blick auf seine Armbanduhr. Halb vier! Das hier hatte einfach keinen Sinn. Eigentlich hatte Roko angenommen, dass Ante ihnen Zeit sparen würde, aber nun mussten Maša und er sich ein eigenes Bild in den beiden Dörfern machen. Roko ärgerte sich darüber, dass er nicht gleich so entschieden hatte, doch nun war es zu spät zu bereuen, in Ante eine zeitsparende Hilfe gesehen zu haben.

Butigan und sein Kollege waren vor einer halben Stunde weggefahren, Maša gähnte, und Roko wurde unruhig.

»Wissen Sie was, Herr Mijoč? Machen Sie sich wieder an Ihre Arbeit. Sie haben bestimmt noch einiges zu tun. Meine Kollegin und ich fahren hin und versuchen dort unser Glück. Vielen Dank für Ihre Hilfe.«

Roko stand auf, und es entging ihm nicht, wie dankbar Maša ihn ansah, als sie ebenfalls aufstand und den Riemen ihrer Handtasche auf ihre Schulter legte.

»Tja, wenn Sie meinen.« Ante sah enttäuscht aus.

In diesem Moment kam Marija mit einem Tablett herein, um die Kaffeetassen und Wassergläser abzuräumen. Freundlicherweise hatte Marija ihnen die Getränke gebracht, als sie sich an die Arbeit gemacht hatten. »Möchten Sie noch etwas trinken?«

»Nein, vielen Dank«, antwortete Roko. »Wir gehen jetzt.«
Sein Handy klingelte.
Marija begann, das mitgebrachte Tablett mit dem benutzten Geschirr zu beladen.
Er griff in die Hosentasche und sah aufs Display, bevor er sich meldete. »Ja, Lorena? Was gibt es?«
»Soeben kam ein Notruf herein. Ein Mann namens Jagor Perušina hat aus dem Haus von Veljko Vištica und Senka Ivandić angerufen.«
»Wer ist Jagor Perušina?«
»Offenbar ein Arbeitskollege von Vištica.«
»Was ist passiert?«
»Senka Ivandić wurde von den beiden Männern tot aufgefunden.«
»Was? Wann?«
»Gerade eben. Sie hat sich umgebracht, sagt er.«
»Wie … was …?«
»Das ist alles, was ich Ihnen sagen kann, Roko. Der Mann stand unter Schock und hat auf konkrete Fragen nicht geantwortet. Eine Streife und ein Krankenwagen sind unterwegs. Butigan habe ich vor einer Minute ebenfalls informiert.«
»Wir machen uns sofort auf den Weg.«
Roko rechnete damit, dass Lorena jetzt grußlos auflegen würde, wie immer. Aber sie fragte: »Wie alt war sie?«
»Achtundzwanzig.«
»Tragisch. Aber wie es aussieht, ist durch diesen Suizid der Mord am Pfarrer aufgeklärt.«
»Sieht so aus.«
Und allem Anschein nach hatte die Erpressung eben doch mit dem Mord zu tun gehabt. Nach dem Telefonat mit Roko hatte Senka ihrem Leben ein Ende gesetzt. Weil sie gewusst hatte, dass man ihre Fingerabdrücke am Kniebrett finden würde. Aber sie hätte sich nicht umgebracht, wenn es sich nur um Erpressung gehandelt hätte. Senka hatte gewusst, dass man sie früher oder später des Mordes überführt hätte. Gefängnis, Schande, gescheiterte Träume …

Lorena hatte längst aufgelegt, als Roko mit dem Handy in der Hand ins Leere starrte.

»Was ist passiert?«, fragte Maša.

Ante hatte die Hände in den Hosentaschen vergraben, Marija stand mit dem beladenen Tablett vor dem Schreibtisch, und alle drei warteten auf seine Antwort.

»Senka Ivandić hat Selbstmord begangen.«

Marija ließ das Tablett fallen. Das Geräusch zerbrochenen Glases und Porzellans war ohrenbetäubend. Sie fasste sich vor Entsetzen mit beiden Händen ins Gesicht.

Ante blieb der Mund offen stehen, und er sagte kein Wort.

Maša benötigte eine Weile, um zu reagieren. »Senka ist die Erpresserin und Mörderin? Deshalb hat sie Selbstmord begangen?«

Ante schüttelte den Kopf. »Senka ist bestimmt keine Erpresserin und Mörderin.«

»Ante hat recht«, sagte Marija. Sie stand regungslos da, mit kleinen Kaffeespritzern auf ihrem Rock. »Das ist lächerlich. Senka war etwas sonderbar, aber dass sie Hochwürden brutal ermordet haben soll, ist vollkommen ausgeschlossen.«

Roko ging zur Tür und wartete auf Maša. In Marijas Richtung sagte er: »Vollkommen ausgeschlossen ist es leider nicht, Frau Šain.«

Roko musste vor der Einfahrt eines Nachbarhauses parken, da vor dem Haus selbst nur noch ein Fahrrad Platz gehabt hätte. Ein Streifenwagen sowie die Fahrzeuge des Gerichtsmediziners und Kriminaltechnikers hatten die Einfahrt zum Tatort blockiert. Roko klingelte bei den Hauseigentümern und informierte sie über die Sprechanlage.

»Kein Problem«, sagte eine weibliche Stimme. »Sie können Ihr Auto hier stehen lassen, wir fahren heute nicht mehr weg.«

Ein paar Minuten später gingen Roko und Maša auf den Hauseingang zu. Sie sahen Veljko weinend vornübergebeugt auf der kleinen weiß gestrichenen Gartenbank neben der Eingangstür. Er hatte die Hände im Haar vergraben und schluchzte.

Neben ihm saß Senkas Schwester Vera mit stumpfem Blick aus den verheulten Augen. Starr und ausdruckslos saß sie da und wirkte beinahe wie eine Schaufensterpuppe. Ein Mann stand neben der Bank und blickte mitleidig auf die beiden Trauernden. Er war groß und schlank, hatte einen Dreitagebart und war etwa in Veljkos Alter.

»Sind Sie Jagor Perušina?«, fragte Roko.

Ruckartig wandte er den Kopf. »Ja.«

»Inspektor Roko Matić, meine Kollegin Inspektorin Maša Marlais. Bleiben Sie bitte hier, wir möchten mit Ihnen sprechen.«

»In Ordnung, ich bleibe hier.« Er setzte sich neben Veljko.

Vera hob nun den Blick. »Ich verstehe das nicht«, wisperte sie. »Senka hat mich doch noch vor drei Stunden angerufen. Wir haben geredet, aber sie hat nicht gesagt, dass sie … das hier tun will.«

»Vor drei Stunden?«, fragte Roko.

Veljko hatte zu schluchzen aufgehört, wischte sich übers Gesicht und sah Vera von der Seite an.

»Ja«, antwortete Vera auf Rokos Frage. »Sie hat gesagt, dass Sie ihr seltsame Fragen gestellt haben und dass es jetzt vorbei ist. Ich habe nicht verstanden, was meine Schwester damit meinte. Aber da hatte sie auch schon aufgelegt.«

»Was redest du da?«, fragte Veljko eine Spur zu laut.

Vera erschrak. »Ich weiß nicht … Senka hat das gesagt, und ich habe nicht verstanden, was sie meinte … hat aufgelegt, dann hab ich beschlossen, später zu fragen, was sie damit gemeint hat.«

»Wer hat Ihnen Bescheid gegeben, Frau Ivandić?«

»Niemand. Ich bin vor einer halben Stunde hergekommen, weil wir essen gehen und danach ins Kino wollten. Senka, Veljko und ich.«

Veljko nickte mechanisch.

»Ich bin hergekommen«, erzählte Vera wie in Trance, »und hab die Absperrung und die Autos und all das gesehen.«

»Und Sie haben Ihre Freundin tot aufgefunden?«, fragte Maša nun an Veljko gewandt. »Gemeinsam mit Ihrem Arbeitskollegen?«

Veljko und Jagor Perušina nickten gleichzeitig.

»Wir sprechen später weiter«, sagte Roko. »Frau Ivandić, Herr Vištica, mein Beileid.«

Vera fing an zu weinen. Veljko starrte auf den Boden, ohne darauf zu reagieren. Sein Arbeitskollege legte als Geste des Trostes unbeholfen seine Hand auf Veljkos Schulter.

»Warum hat sie das getan?«, sprach Veljko wie zu sich selbst. »Das ergibt keinen Sinn. Wir hatten Pläne, wir waren doch glücklich.«

Beim Hereinkommen wurden Roko und Maša Schutzanzüge übergeben, die sie eilig überzogen. Sie traten ein und sahen Senkas Leiche in der Ecke des Wohnzimmers liegen. Stanko Matana war über sie gebeugt und besah sich gerade ihren Hals. Es war ein schrecklicher Anblick. Die weit aufgerissenen Augen, der starre Körper. Ein Anflug von Mitleid überkam Roko, trotz allem. Warum hatte diese schöne junge Frau ihr Leben verpfuscht, verdammt noch mal? Erpressung, Mord – um dann ihrem eigenen Leben ein Ende zu setzen? Roko hob den Kopf und blickte zur Decke. Ein dicker Eisenhaken war daran befestigt, von dem ein Stück Seil herabhing, als wäre es in der Mitte abgeschnitten worden. Der große Blumentopf, der jetzt auf dem Boden stand, baumelte normalerweise von diesem Seil herunter. Das hatte Roko vorgestern flüchtig registriert. Senka Ivandić hatte demnach den Freitod durch Erhängen gewählt.

»Matić, Marlais«, unterbrach der Kriminaltechniker Frane Butigan Rokos Gedanken.

»Ja?« Rokos Blick blieb noch einige Sekunden bei der Leiche, bevor er Butigan seine Aufmerksamkeit widmete.

»Das Stückchen Klebeband muss ich noch im Labor untersuchen, auch wenn es meines Erachtens kaum von Belang sein dürfte, weil es schlicht zu klein ist. Viel wichtiger ist für Sie Folgendes: Wir haben tatsächlich Fingerabdrücke auf der unteren Seite des Kniebretts gefunden und sie soeben mit denen der Leiche verglichen. Die Fingerabdrücke am Kniebrett stammen allesamt und ausschließlich von Senka Ivandić.«

Roko nickte.

»Ansonsten habe ich derzeit keine weiteren Informationen. Wir sind hier noch bei der Arbeit.«

»Danke, Frane.«

Kaum hatte der Kriminaltechniker sich umgedreht, sagte Maša: »Wie es aussieht, war's das. Senka Ivandić hat die Beichten abgehört, war Martin Faracs Erpresserin und die Mörderin des Pfarrers. Nach deinem Anruf war ihr klar, dass sie bald auffliegen würde. Sie wäre für lange Zeit ins Gefängnis gewandert, und ihren Veljko hätte sie auch verloren.«

»Wurde ein Abschiedsbrief gefunden?«, rief Roko.

»Nein, Inspektor«, antwortete der junge, eifrige Polizeibeamte, den Roko noch darauf ansprechen wollte, dass sie hier nicht beim Militär waren. »Bisher kein Abschiedsbrief, keine Notiz gefunden. Nichts dergleichen, Inspektor Matić.«

Es fehlte nur noch, dass er salutierte.

»Kommen Sie bitte mal?«, rief Matana ihnen zu. Als sie bei ihm waren, erhob er sich und sagte: »Einen Suizid schließe ich aus.«

Roko brauchte ein paar Sekunden, um das in sich aufzunehmen. »Sie wurde ermordet?«

»Sieht ganz danach aus.« Matana ging wieder in die Knie und zeigte auf Senkas Genick. »Ich erkläre Ihnen, weshalb es kein Selbstmord gewesen sein kann.«

Roko und Maša beugten sich über die Leiche und blickten auf die rote Abschürfung.

»Wenn jemand sich erhängt«, begann Matana, »weisen die Abschürfungen im hinteren Bereich des Nackens ein Dreieckmuster auf, bedingt durch die Position des Seils bei einem hängenden Körper. Bei dieser Leiche jedoch ist die Abschürfung kreisförmig um den Hals, was bedeutet, dass sie erdrosselt wurde und erst dann aufgehängt, um es wie einen Selbstmord aussehen zu lassen.« Matana richtete sich wieder auf.

»Verstehe. Sie wurde wahrscheinlich mit dem Seil erdrosselt, an dem der Blumentopf vom Haken hängt.«

»Ja. Butigans Leute haben das Seil zur Analyse mitgenommen.«

»Wie präzise können Sie den Todeszeitpunkt eingrenzen, Stanko?«

»Der Tod ist um circa vierzehn Uhr eingetreten. Ich würde sagen, höchstens eine halbe Stunde früher oder später.«

Im kleinen Hausflur zogen Roko und Maša sich die Schutzanzüge aus. Bevor sie nach draußen traten, um mit Vera, Veljko und dessen Arbeitskollegen zu sprechen, sagte Maša: »Das Ganze wird immer skurriler. Wenn Senka die Erpresserin und Mörderin war, warum bringt dann jemand *sie* um?«

»Du weißt doch, warum. Sie hatte einen Komplizen, der Angst hatte, dass Senka jetzt einknickt.«

»Veljko Vištica.«

»Die Frage ist, wer den Mord am Pfarrer begangen hat. Senka oder ihr Freund. Wer Senka ermordet hat, ist ziemlich offensichtlich.«

Maša sah ihn überrascht an. »*Ziemlich* offensichtlich?«

»Solange es keinen Beweis gibt, kann man sich nicht vollkommen sicher sein.«

Roko hielt Veljko derzeit für den Hauptverdächtigen, aber sie mussten zunächst nach seinem Alibi fragen. Als er mit Maša hinaustrat, saß Veljko immer noch auf der Bank. Vera ging auf und ab, einen Arm hielt sie sich vor den Bauch, mit der anderen Hand hatte sie ihren Mund bedeckt. Jegliche Farbe war aus ihrem Gesicht gewichen, sie schien um Jahre gealtert.

»Herr Vištica?«

Mit einer langsamen Bewegung nahm Veljko die Hände vom Gesicht und hob den Blick. »Ja?«

»Wir möchten uns zuerst mit Ihnen unterhalten. Allerdings können wir bis auf Weiteres das Haus nicht betreten. Gibt es eine Möglichkeit außerhalb des Hauses, außer dieser hier?«

Veljko stand auf. »Hinter dem Haus.«

»Mit Ihnen beiden möchten wir später auch noch sprechen«, sagte Roko an Vera und Jagor gewandt. Der Mann nickte, Vera sah Roko nur kurz an, bevor sie sich auf die Bank fallen ließ.

Veljko führte sie zu einem hübschen kleinen Garten hinter

dem Haus, an dessen Ende sich eine Teak-Sitzgarnitur befand, die aus einem rechteckigen Tisch, zwei Stühlen und einem Zweisitzer bestand. Die Polsterkissen waren grün, mit Rosen darauf. Veljko setzte sich auf den Zweisitzer, Roko und Maša nahmen auf den Stühlen Platz. Eine idyllische Oase, die das junge Paar sich hier eingerichtet hatte. Die Palmen zu beiden Seiten gaben den Blick aufs Meer frei, was so aussah, als ob sie einen Rahmen für den Ausblick bildeten.

»Erzählen Sie uns bitte, wie es sich zugetragen hat«, forderte Roko ihn auf. »Jedes Detail, lassen Sie nichts aus.«

»Senka hat mich angerufen, nach dem Gespräch mit Ihnen.«

»War das vor oder nach dem Anruf bei ihrer Schwester?«

Veljko zuckte die Schultern. »Das weiß ich nicht.«

»Was hat sie zu Ihnen gesagt?«

»Sie war vollkommen aufgelöst, hat gesagt, dass Sie wissen wollten, wie oft sie den Beichtstuhl reinigt. Ich hab gemeint ›Na und?‹, aber sie hat angefangen zu weinen, und sie hatte Angst, dass Sie sie verdächtigen, den Pfarrer ermordet zu haben.«

»Was genau hat sie gesagt, Herr Vištica?«

»›Sie werden mich in den Knast stecken, weil sie denken, dass ich es war.‹«

»Und was haben Sie darauf gesagt?«

»›Was redest du denn da?‹, hab ich gesagt. ›Die müssen halt jede Menge verdammter Fragen stellen. Was ist denn los mit dir?‹, hab ich gefragt. ›Sei doch deswegen nicht hysterisch!‹ Dann hat sie wieder angefangen zu weinen, und ich hab gesagt, dass wir dann heute Abend in Ruhe darüber reden. Ich dachte, in einer Stunde beruhigt sie sich schon wieder. Senka war nicht das erste Mal wegen einer Kleinigkeit aufgebracht. Sie war nicht gerade belastbar. Ich musste immer Rücksicht darauf nehmen, was mir nicht viel ausgemacht hat. Deswegen hab ich mich ja in sie verliebt, weil sie ein sensibler Mensch war. Aber in letzter Zeit war sie noch schreckhafter, noch nervöser als sonst. Seit dem Mord am Pfarrer. Vorletzte Nacht ist sie so aufgeschreckt, dass ich davon aufgewacht bin. Letzte Nacht bin ich um drei Uhr morgens aufgewacht, und sie lag nicht im Bett. Ich fand sie in der Küche. Sie hatte ein Glas Cognac in der Hand und starrte aus dem Fenster. Ich hab gefragt, was sie da mitten in der Nacht macht. Sie könne nicht schlafen, hat sie geantwortet. Ich hab mich sehr über den Cognac gewundert, weil sie niemals harte Sachen trinkt, wollte aber nicht wie eine nörglerische Vaterfigur rüberkommen. Deswegen hab ich nichts gesagt.«

»Sie hat Ihnen gegenüber also nicht erklärt, was sie belastete?«

»Nein, gar nichts. Dabei waren wir immer so offen zueinander, haben uns immer alles anvertraut.«

»Erzählen Sie bitte den Ablauf, als Sie mit Ihrem Arbeitskollegen nach Hause gekommen sind.«

Veljko schloss für einen Moment die Augen, sein Atem ging stoßweise und laut. »Wir sind ins Haus, ich hab nach ihr gerufen. Wir kamen ins Wohnzimmer, und da hab ich sie gesehen. Ich hab ›Nein!‹ geschrien, immer wieder ›Nein!‹. Jagor hat die Polizei angerufen, während ich aus der Küche ein Messer geholt hab, um das Seil durchzuschneiden.«

Schweigen.

»Ich verstehe einfach nicht, warum sie das getan hat.« Veljko strich sich mit der zitternden Hand übers Gesicht. »Warum? Es lief doch alles gut mit uns.«

Maša rutschte auf ihrem Stuhl ein Stück nach vorne. »Herr Vištica, Ihre Freundin hat sich nicht umgebracht.«

Vollkommen verstört sah er sie an. »Was? Wie meinen Sie das?«

»Sie wurde ermordet.«

Entsetzt rief er: »Was reden Sie da? Wer sollte denn Senka ermorden?«

»Das heißt, ein Selbstmord wäre noch einigermaßen erklärbar, aber ein Mord nicht?«, fragte Roko.

»Nein!«, rief Veljko aufgebracht. »Das heißt es nicht! Nichts davon ist erklärbar. Ich …« Veljko fasste sich mit Zeige- und Mittelfingern an die Schläfen. »Ich bin total durcheinander. Das alles kann ich nicht verstehen. Wir haben uns geliebt. Sie war der liebste Mensch überhaupt und wollte niemandem etwas Böses.

Wer soll denn Senka ermordet haben? Das ist Irrsinn!« Kraftlos ließ er die Hände sinken. Es sah aus, als dächte er über etwas nach, dann fragte er: »Ist es derselbe, der den Pfarrer getötet hat?«

»Das ist anzunehmen«, antwortete Roko.

»Was für ein Wahnsinn. Vollkommener Wahnsinn.«

»Herr Vištica, wo waren Sie zwischen dreizehn und fünfzehn Uhr?«

»Wie bitte? Sie denken ... Wir haben uns geliebt! Ich hätte ihr kein Haar krümmen können.«

»Bitte antworten Sie auf die Frage, Herr Vištica.«

»Sie wissen doch, wo ich war. Bei der Arbeit.«

»Die ganze Zeit? Bei unserem letzten Besuch haben Sie uns gesagt, dass die Baustelle, auf der Sie gerade beschäftigt sind, ganz in der Nähe ist.«

»Ja, ist sie. Normalerweise haben wir eine Stunde Pause, aber heute war es nur von eins bis zwanzig vor zwei. Ich bin in einen Fast-Food-Laden gegangen und hab dort im Stehen ein Sandwich gegessen und eine Cola getrunken. Hat sich nicht gelohnt, nach Hause zu gehen, weil der Fußweg hin und zurück insgesamt über zwanzig Minuten dauert.«

Roko überlegte, ob es für Veljko dennoch möglich gewesen wäre, den Mord zu begehen. Wenn er in normalem Schritttempo zwanzig Minuten brauchte, könnte er gelaufen oder gerannt sein – und dadurch Zeit gespart haben. Er hätte genügend Zeit gehabt, das Seil durchzuschneiden, Senka zu erdrosseln und sie aufzuhängen.

»Als wir von der Pause zurückgekommen sind, hat unser Chef gesagt, dass wir um halb vier nach Hause gehen können, weil wir gut in der Zeit sind. Er wollte heute noch auf eine Hochzeit, nur deshalb hat er uns heimgehen lassen.«

»Wie heißt der Fast-Food-Laden, in dem Sie waren?«

Veljko sah gleichzeitig wütend und beleidigt aus, nannte aber dann den Namen und die Straße.

»Hätten Sie etwas dagegen, wenn meine Kollegin kurz ein Foto von Ihnen machen würde? Sie könnte dann gleich hinfahren und fragen, ob sich jemand an Sie erinnert. Das wäre hilfreich. Auch für Sie, Herr Vištica, weil wir Sie dann ausschließen könnten.«

»Ja, von mir aus.«

Maša nahm ihr Handy aus der Tasche, und Veljko ließ sich bereitwillig fotografieren. Dann machte sich Maša auf den Weg zum Fast-Food-Laden.

»Möchten Sie mir vielleicht noch etwas erzählen?«

Veljko schüttelte den Kopf. »Was denn zum Beispiel?«

»Ich denke an nichts Konkretes. Ich frage nur, ob es noch etwas gibt, das Sie mir mitteilen möchten.«

Nach einer Überlegungspause sagte Veljko: »Ich glaube, im Moment nicht.«

»In Ordnung.«

Veljko wollte gerade aufstehen, als Roko sagte: »Eine Frage noch.«

»Ja?«

»Hatte Senka noch andere Verwandte außer ihrer Schwester Vera?«

»Nein. Verwandte hat sie zwar keine außer Vera, aber da ist so eine Art Stief-Nona, die Senka hin und wieder im Seniorenheim besucht hat.«

»In welchem Seniorenheim?«

Veljko nannte den Namen. Es war dasselbe, in dem Manuel Jukić lebte. »Sie heißt Alma Raguž, war die zweite Ehefrau von Senkas und Veras Großvater. Nachdem die Eltern tödlich verunglückt sind, haben die Großeltern die Mädchen aufgezogen. Also der Großvater und seine zweite Frau Alma.«

»Dann sollte jemand Frau Raguž Bescheid sagen. Wir kümmern uns darum. Haben Sie sie kennengelernt?«

»Ja. Sie ist eine sehr nette alte Dame. Senka wollte, dass wir sie bald mal übers Wochenende zu uns holen. Ehrlich gesagt war ich davon nicht begeistert. Ich weiß, das klingt egoistisch, aber ich arbeite hart und will am Wochenende nicht einen alten Menschen im Rollstuhl spazieren fahren. Aber ich konnte schon verstehen, dass Senka sich verpflichtet gefühlt hat, ihr ein bisschen was zurückzugeben, weil Alma so lieb zu ihr gewesen ist. Deshalb hab ich eingewilligt.«

»Im Moment ist das alles, Herr Vištica. Schicken Sie mir bitte …« Roko musste tatsächlich überlegen, wie er sie nennen sollte. Veljkos Schwägerin war sie nicht offiziell, und »Frau Ivandić« würde sich nach Senkas Tod makaber anhören. »Vera Ivandić«, sagte er schließlich.

Veljko ging, und kurz darauf tauchte Vera auf. Sie setzte sich auf den Zweisitzer, auf dem Veljko gesessen hatte.

»Was möchten Sie von mir wissen, Inspektor?«

Roko hatte den Eindruck, dass sie all ihre Kraft bündelte, um sich zusammenzunehmen. »Erzählen Sie mir von dem Anruf, Frau Ivandić.«

»Senka hat gesagt: ›Dieser Inspektor hat mich gerade angerufen und mich gefragt, wie oft ich den Beichtstuhl reinige.‹ Das fand ich zwar merkwürdig, aber ich habe nicht kapiert, warum deswegen ihre Stimme zitterte und sie zu weinen anfing. Ich habe gefragt, was denn mit ihr los sei. Darauf hat Senka gesagt: ›Es ist vorbei.‹ Dann hat sie aufgelegt.« Veras Augen füllten sich mit Tränen. »Das geht nicht in meinen Kopf. Warum ist sie deswegen ausgerastet? Was hat sie damit gemeint, dass es vorbei sei? Und warum bringt sie sich um? Weil sie den Pfarrer ermordet hat, wie Sie jetzt wahrscheinlich annehmen? Das hat sie ganz bestimmt nicht getan, Inspektor. Meine Schwester hat damit nichts zu tun, das können Sie mir glauben. Ihren Selbstmord verstehe ich nicht«, schloss Vera mit bebender Stimme.

»Ihre Schwester hat sich nicht umgebracht. Der Gerichtsmediziner schließt einen Selbstmord aus schlüssigen Gründen aus.«

Vera zuckte zusammen und hielt ihr Taschentuch fest umklammert. »Soll das heißen, dass meine Schwester ermordet wurde?«

»Ja, Frau Ivandić. Das soll es heißen.«

»Aber … Wer sollte denn Senka ermorden um Himmels willen?« Als sie darauf keine Antwort bekam, sagte sie fassungslos:

»Das kann doch nur ein verrückter Serienmörder sein. Ist es ein Zufall, dass erst der Pfarrer tot ist und jetzt Senka?«

»Dazu kann ich noch nichts sagen, aber es dürfte eher kein Zufall sein. Sie wollten heute zu dritt essen gehen und danach ins Kino?«

»Wie bitte?« Zerstreut meinte sie: »Ja, ja. Wollten wir. Deshalb bin ich hergekommen. Ich hab schon von Weitem die Fahrzeuge vor dem Haus gesehen und wusste, dass etwas Schreckliches passiert sein muss. Aber wer denkt schon an … so was?«

»Können Sie mir bitte sagen, wo Sie in der Zeit zwischen dreizehn und fünfzehn Uhr waren?«

Sie sah ihn an, als wäre sie kurz vor einem Tränenausbruch. Es war nicht zu übersehen, wie sehr sie sich erneut bemühte, sich zusammenzureißen.

»Sie fragen nach meinem Alibi?«

»Ja, Frau Ivandić. So unangenehm das für uns beide sein mag.«

Mit einer Geste der Hilflosigkeit hob sie die Hände, um sie gleich darauf wieder fallen zu lassen. »Ich war bei der Arbeit. Normalerweise arbeite ich am Wochenende nicht, nur hin und wieder am Samstag ein paar Stunden, wenn meine Chefin mit Lieferung und Verwaltung nicht nachkommt. Als meine Schwester anrief, war ich bei der Arbeit, bis fünfzehn Uhr.«

»Wo ist die Buchhandlung, in der Sie arbeiten?«

Sie nannte ihm den Namen der Buchhandlung am Hafen. »Meiner Chefin gehört das Haus, unten hat sie die Buchhandlung, und im ersten Stock ist ihre Wohnung.«

Roko kannte den Buchladen dem Namen nach, war aber noch nicht dort gewesen. Er kaufte seine Bücher am Stradun in der Buchhandlung »Algebra«, sowohl aus praktischen Gründen als auch wegen der nostalgischen Atmosphäre im Laden.

»Wo wohnen Sie, Frau Ivandić?«

»Ganz in der Nähe, in der Koritska ulica, unten am Hafen.« Sie nannte ihm die Hausnummer. Die Koritska ulica begann am Hafen, wo eine Treppe nach oben führte. Mit einer Länge von etwa hundertfünfzig Metern erstreckte sie sich bis zur Jadranska cesta. Von ihrem Wohnort war es nur ein Katzensprung zum Haus ihrer Schwester.

»Sie haben bis fünfzehn Uhr gearbeitet und waren dann um wie viel Uhr zu Hause?«

»Etwa um Viertel nach drei.«

»Haben Sie in letzter Zeit Veränderungen bei Ihrer Schwester bemerkt?«

»Ja, doch«, antwortete sie zögerlich. »Sie wirkte nervlich angespannt. Ich habe sie natürlich gefragt, was sie belastet, aber sie meinte, sie sei nur von der Arbeit etwas gestresst.«

»Wann haben Sie diese Veränderung bemerkt?«

»Zum ersten Mal letzte Woche, verstärkt dann nach dem Tod des Pfarrers. Senka war schon immer zerbrechlich, und die Ermordung des Pfarrers hat sie total erschüttert.«

Maša kam wieder zurück und setzte sich schweigend auf den Stuhl.

»Danke, Frau Ivandić«, sagte Roko. »Gehen Sie bitte wieder zurück zum Hauseingang.«

Als sie ging, sah Roko ihr nach, dann hörte er Maša fragen: »Hat sich etwas Interessantes ergeben?«

In wenigen Sätzen schilderte Roko ihr die restliche Befragung von Veljko und das Gespräch mit Vera. »Und bei dir? Kann sich jemand an Vištica erinnern?«

»Der Mann hinter dem Tresen ist der Besitzer. Bedauerlicherweise war er nicht im Geringsten hilfreich. Ich habe ihm Veljkos Foto gezeigt, das er sich flüchtig angesehen hat, um mir dann die rhetorische Frage zu stellen, ob ich wüsste, wie viele Kunden er tagtäglich bedient. Außerdem könne er sich keine Gesichter merken.«

»Das ist schlecht für Vištica.«

»Er hat ein Sandwich gegessen und eine Cola getrunken wie hundert andere auch. Der Besitzer meinte, es bringe nichts, im Kassensystem nachzusehen, ob er ein Sandwich und eine Cola um diese Zeit registriert hat. Das sei reine Zeitverschwendung. Etwas anderes wäre es, wenn Veljko einen Fischeintopf und frisch gepressten Grapefruitsaft gekauft hätte, weil das wegen dem hohen Preis am seltensten verkauft werde, besonders in dieser Kombination.«

»Klingt einleuchtend.«

»Aber was, wenn er wirklich dort war und jetzt nur deshalb kein Alibi vorweisen kann, weil der Besitzer sich nicht an sein Gesicht erinnert?«

»Und was, wenn nicht?«, konterte Roko, wobei ein leicht gereizter Unterton mitschwang. »Du weißt doch genauso gut wie ich, dass er momentan unser Hauptverdächtiger ist.«

»Ja sicher«, gab Maša ihm recht.

Zwei Minuten später saß Jagor Perušina auf dem Teak-Bänkchen und sah immer noch mitgenommen aus. Roko forderte ihn auf zu erzählen.

Seine Oberlippe zuckte, bevor er anfing: »Veljko hat die Tür aufgesperrt, und wir sind ins Haus …«

»Entschuldigen Sie, Herr Perušina«, unterbrach Roko. »Wir müssen zum Anfang. Wie kam es dazu, dass Sie heute mitgegangen sind? Wann hat Herr Vištica Sie eingeladen?«

»Heute, gleich nach der Mittagspause.«

Roko war nicht überrascht. Wie es aussah, hatte Veljko nach Senkas Ermordung den Kollegen eingeladen, damit sie die Leiche gemeinsam fanden. Vermutlich hielt Veljko das für eine Art glaubwürdiges Alibi. »Erzählen Sie bitte von dieser Einladung.«

»Veljko ist nach der Mittagspause auf mich zugekommen und hat gefragt, ob ich Lust hätte, nach der Arbeit zu ihm nach Hause zu kommen. Er und Senka würden mit Senkas Schwester heute Abend essen gehen und danach ins Kino. Ich habe mich bedankt und gesagt, dass es eine anstrengende Woche war und ich heute nur noch nach Hause möchte, in die Glotze schauen und dann ins Bett. Außerdem müsste ich sowieso vorher heimgehen, mich duschen und umziehen. Aber Veljko sagte, ich könne auch bei ihnen duschen und er würde mir Klamotten leihen, weil wir ja ungefähr dieselbe Größe hätten. Er war hartnäckig, hat mich dann am Ende doch noch überredet. Ich habe dann einfach Ja gesagt, weil ich ihn nicht enttäuschen wollte.«

»Waren Sie vorher schon mal bei ihm zu Hause?«

»Nein, noch nie. Deshalb hat es mich ja auch so gewundert, wie wichtig es ihm war, dass ich heute mitkomme. Ausgerechnet jetzt, nach dieser anstrengenden Arbeitswoche.«

»Entschuldigen Sie mich kurz, Herr Perušina.« Mit einem Blick zu seiner Kollegin sagte Roko: »Auf ein Wort.«

Die beiden entfernten sich ein paar Schritte, dann sagte Roko: »Geh ins Haus und schau, ob du etwas Aufschlussreiches findest. Irgendwas. Vielleicht sogar das Abhörgerät. Ich komme gleich nach. In diesem Fall können wir nicht auf den Durchsuchungsbeschluss warten. Zu viele Indizien sprechen gegen Vištica. Außerdem habe ich Bedenken, dass er abhauen könnte. Weshalb wir ihn auch vorläufig festnehmen, zumindest bis übermorgen, wenn der richterliche Haftbefehl offiziell erteilt wird.«

Nachdem Maša gegangen war, setzte Roko das Gespräch mit Jagor fort. »Wie hat Veljko reagiert, als Sie Senka Ivandić fanden?«

»Na ja, wie soll er schon reagiert haben. Ausgeflippt ist er, war total verzweifelt und hat geschrien. Er ist in die Küche gerannt und hat nach einem Messer gesucht, um das Seil durchzuschneiden, während ich den Notruf gewählt habe.«

»Sind Sie beide befreundet?«

»Befreundet ...« Der Mann dachte über die Frage nach. »So würde ich es nicht nennen, weil wir privat bis jetzt nichts miteinander zu tun hatten. Ich würde Veljko als guten Kollegen bezeichnen oder als guten Bekannten.«

»In welcher Weise hat er seine Freundin Senka erwähnt? Hat er sich mal über sie beschwert oder sich abfällig geäußert?«

Jagor schüttelte heftig den Kopf. »Nein, im Gegenteil. Wenn er sie erwähnt hat, dann immer liebevoll. Erst letzte Woche habe ich zu ihm gesagt, dass ich es manchmal deprimierend finde, allein zu leben, und gerne eine Freundin hätte, aber es ergibt sich einfach nichts. Darauf hat Veljko gesagt: ›Ja, kann ich verstehen, Kumpel. Senka ist das Beste, was mir im Leben passiert ist. Sie ist mein Ein und Alles. Ohne sie hätte mein Leben keinen Sinn mehr.‹ Genauso hat er es gesagt, wortwörtlich.«

Roko nickte. Gleichzeitig wusste er, dass der Übergang von

Liebe zu Hass manchmal fließend sein konnte. Dass es Menschen gab, die Abhängigkeit mit Liebe verwechselten und sich so stark mit der Liebesbeziehung identifizierten, dass sie daran all ihren Erfolg und ihren Wert als Mensch knüpften.

»War er jemals verärgert über sie? Hat er mal einen Streit erwähnt?«

»Nein, jedenfalls nicht mir gegenüber.« Jagor sah Roko direkt an. »Glauben Sie ernsthaft, dass Veljko etwas mit Senkas Selbstmord zu tun hat, Inspektor?«

»Es war kein Selbstmord, Herr Perušina, sondern Mord. Sie wurde erdrosselt und erst danach aufgehängt.«

Jagor schluckte. »Großer Gott«, flüsterte er. »Das ist ja grauenhaft. Und jetzt … nachdem ich Ihnen erzählt habe, dass Veljko mich überredet hat, mitzukommen … glauben Sie, dass … er es war – damit wir zusammen die Leiche finden?«

»Es geht nicht darum, was ich glaube, sondern darum, was offensichtlich ist. Er hat kein Alibi. Der unbedingte Wille, dass Sie mitkommen. Leider auch die Tatsache, dass er Senkas Lebenspartner war und die meisten Morde von Tätern aus dem nahen Umfeld begangen werden.«

»Also, ich behaupte ja nicht, ihn besonders gut zu kennen, aber Veljko würde doch nicht seine geliebte Senka umbringen!«

»Das hören Kriminalbeamte oft, Herr Perušina, dass derjenige es bestimmt niemals getan hat. Vielleicht ist Herr Vištica unschuldig, aber deshalb müssen wir ihn dennoch zur Vernehmung mitnehmen.«

»Armer Veljko.« Mitleidig schüttelte Jagor den Kopf. »Nicht genug damit, dass jemand Senka getötet hat. Jetzt wird er auch noch des Mordes beschuldigt.« Er schien fest überzeugt, dass Veljko unschuldig war. Sein Arbeitskollege, den er nicht besonders gut kannte, wie er selbst sagte.

»Danke, Herr Perušina.«

Die beiden Männer erhoben sich und gingen zurück zur Hausfront, wo Veljko mit gesenktem Kopf auf der Bank saß. Jagor setzte sich neben ihn. In diesem Moment trat Maša durch die Eingangstür nach draußen.

Den rechten Arm hatte sie am Rücken, als ob sie etwas versteckt hielte.

»Auf welcher Seite des Bettes schlafen Sie, Herr Vištica?«, fragte sie.

In Zeitlupe wandte Veljko ihr das Gesicht zu. »Auf welcher Seite … Wie bitte?«

»Würden Sie bitte darauf antworten?«

»Auf der rechten Seite.« Er wirkte benommen, als wäre jegliche Energie aus seinem Körper gewichen.

Maša streckte ihren Arm aus und ließ die durchsichtige Tüte von ihrer Hand baumeln. Darin war unverkennbar ein schwarzes Mini-Aufnahmegerät, etwa fünf mal drei Zentimeter groß.

Veljko sprang auf. »Was soll der Scheiß? Was ist das überhaupt?«

»Ein Aufnahmegerät«, antwortete Maša ruhig, während sie den Arm sinken ließ. »Es lag in Ihrem Nachtkästchen, versteckt unter Zeitschriften und Hygieneartikeln.«

»Was denn für Zeitschriften? Senka las im Bett Zeitschriften, ich nicht. Aufnahmegerät, was soll das? Ich sehe das zum ersten Mal.«

»Wie ich soeben erfahren habe«, fuhr Maša fort, »befinden sich zwar keine Fingerabdrücke darauf, aber das muss nichts heißen.«

Roko beobachtete, wie Jagor auf der Bank ein Stück wegrückte, auch wenn Veljko mehrere Meter vor ihm stand. Vielleicht drückte er damit unbewusst aus, dass er zu Veljko auf Distanz ging. Roko fragte sich, weshalb Veljko sich die Mühe gemacht hatte, die Fingerabdrücke wegzuwischen, statt das Ding gleich zu entsorgen. Aber in der Panik hatte er wahrscheinlich nicht klar denken können.

Veras Gesicht war wie versteinert. Sie starrte Veljko an, stand schwerfällig auf und stellte sich zwischen Maša und Veljko, Roko gegenüber.

»Was bedeutet das alles, Inspektor?«

»Ich habe ein Stück Klebeband am unteren Kniebrett im Beichtstuhl gefunden, weshalb ich angenommen habe, dass dort etwas befestigt wurde. Ein Bewohner von Pažina wurde erpresst, nachdem er seine Beichte abgelegt hatte. Unter dem Kniebrett fanden sich Fingerabdrücke von Senka Ivandić.«

In diesem Moment rief Veljko: »Was?«

»Möglicherweise«, fuhr Roko fort, »haben Ihre Schwester und Herr Vištica gemeinsam die Erpressung geplant, später auch den Mord am Pfarrer verübt. Die Gründe für den Mord müssen wir noch herausfinden. Auch den Grund für Senka Ivandićs Ermordung. Vielleicht wurde sie von ihrem schlechten Gewissen geplagt und wollte sich stellen, weshalb sie mundtot gemacht wurde.«

Vera drehte sich zu Veljko um. Sie schnaubte, das Gesicht wutverzerrt. Plötzlich holte sie zum Schlag aus und schlug Veljko mit der flachen Hand ins Gesicht.

»Du Dreckstück!«, schrie sie.

Veljko taumelte.

Roko machte einen Satz auf Vera zu und hielt sie zurück, bevor sie zu einem weiteren Schlag ausholen konnte.

Veljko begann lautstark zu weinen. Mit beiden Händen fasste er sich an den Kopf.

»Das ist ein Alptraum«, wimmerte er. »Ein totaler Alptraum …«

Im Vernehmungsraum saß Veljko Vištica auf der anderen Seite des Tisches und starrte durch Maša hindurch. Roko war stehen geblieben.

»Möchten Sie ein Glas Wasser oder einen Kaffee?«

»Ein Glas Wasser, bitte«, antwortete Veljko leise.

Maša stand auf. »Ich hole es.«

»Herr Vištica?«

Er hob den Kopf und sah Roko an. »Ja?«

»Die Vernehmung wird aufgezeichnet.«

»Von mir aus«, meinte Veljko lethargisch.

»Außerdem möchte ich Sie darauf hinweisen, dass Sie einen Anwalt hinzuziehen können, wenn Sie möchten.«

Maša kam mit dem Wasserglas zurück und stellte es vor Veljko auf den Tisch, dann setzte sie sich wieder.

Veljko bedankte sich höflich, griff nach dem Glas und trank es halb leer. Während er es mit einer langsamen Bewegung zurückstellte, sagte er: »Einen Anwalt kann ich mir aber nicht leisten.«

Roko nahm ihm gegenüber Platz. »Einen Pflichtverteidiger müssen Sie nicht bezahlen. Falls Sie unschuldig sind, trägt die Kosten der Staat. Wenn Sie verurteilt werden, müssen Sie jedoch die Kosten tragen. Ich bringe Ihnen gleich ein paar Formulare, die Sie dafür ausfüllen müssen.«

Veljko nickte schweigend.

»Es ist so, Herr Vištica: Wir haben Sie wegen dringendem Tatverdacht festgenommen. Vorläufig. Es ist Samstagabend, und der Haftrichter wird sich erst am Montag mit Ihrem Fall beschäftigen können. Bis dahin dürfen wir Sie auch ohne Haftbefehl hierbehalten.«

»Und am Montag entscheidet der Haftrichter, ob ich weiter in Untersuchungshaft bleibe oder gehen kann?«

»So ist es.«

»Und was ist jetzt mit meinem Pflichtverteidiger?«, fragte Veljko gereizt. »Kommt der heute noch?«

»Ich hole die Formulare und die Liste mit den Namen.«

»Ich hätte lieber eine Frau als Anwältin.«

»Auf der Liste sind sowohl Männer als auch Frauen. Es liegt bei Ihnen. Darf ich fragen, warum Sie lieber eine Frau zur Verteidigung hätten?«

Veljko zuckte mit den Schultern. »Weiß nicht. Mit Frauen habe ich in meinem Leben immer die besseren Erfahrungen gemacht. Zufall vielleicht, keine Ahnung.«

Während der nächsten Stunde füllte Veljko die Papiere aus, während Maša nicht anwesend, sondern im Büro damit beschäftigt war, telefonisch die Anwältinnen zu erreichen.

Als sie zurück in den Vernehmungsraum kam, sagte sie: »Adriana Odak ist morgen um vierzehn Uhr hier. Vorher geht es nicht, weil sie gerade auf dem Weg zurück aus dem Urlaub ist, und morgen früh ist sie Taufpatin bei der Tochter ihrer Schwester, was sie unmöglich absagen kann.«

Veljko sah enttäuscht aus.

»Bei Frau Šeparović ist das Handy ausgeschaltet, und Frau Mojtić sagt, sie kann derzeit keine neuen Klienten aufnehmen. Ich könnte noch versuchen …«

»Nein, lassen Sie's gut sein«, meinte Veljko. »Ich kann bis morgen warten.«

»Gut«, sagte Roko und nahm die ausgefüllten Papiere an sich. »Dann müssen wir also bis morgen warten, um von Ihnen etwas zu hören.«

Veljko sah ihm ins Gesicht. »Da gibt es nur leider nichts zu erfahren, Inspektor Matić. Ich habe keine verdammte Ahnung, was es mit den Fingerabdrücken von Senka auf sich hat und warum sie eine Erpresserin sein soll. Den Pfarrer hat sie ganz sicher nicht ermordet, da schwöre ich Ihnen auf alles, was Sie wollen. Und ich habe Senka nicht ermordet. Wissen Sie, warum nicht? Weil ich mir lieber selbst den Strick um den Hals gelegt hätte, als Senka zu töten.« Er machte eine Pause, während er mit den Tränen kämpfte. »Einmal im Leben hatte ich Glück, verstehen Sie? Es war der Tag, an dem ich sie traf. Und da soll ich sie getötet haben? Meine große Liebe? Meine beste Freundin?« Als die Beamten nicht reagierten, beugte er sich über den Tisch und flüsterte traurig: »Ich war's nicht. Ich schwöre bei Gott, ich war's nicht.«

Roko schien es, als würden Veljkos Worte im Raum nachhallen. Ein flüchtiges Gefühl von Mitleid stellte sich bei ihm ein. Es war, als ob das Gefühl für den Bruchteil einer Sekunde sein Herz berührt hätte. Er wollte es nicht zulassen, weil es zu viele und zu starke Indizien gab, die gegen diesen Mann sprachen.

»Ich frage mich, Herr Vištica, wie das Abhörgerät in Ihre Nachttischschublade kommt.«

»Ich sage nichts, bis diese Anwältin morgen kommt.«

»Wie Sie wollen.« Roko schob den Stuhl nach hinten, um aufzustehen, als Veljko schrie: »Ich habe dieses Scheißding noch nie gesehen! Jemand hat das da hingelegt.« Nervös blinzelte er ein paarmal, dann fügte er hinzu: »Wieso sollte ich denn meine Fingerabdrücke wegwischen und es mir dann in die Schublade legen? Ich bin vielleicht kein Genie, aber bescheuert bin ich auch nicht.«

»Es besteht aber die Möglichkeit«, klinkte Maša sich ein, »dass Sie es einfach gereinigt haben und dann zurück in die Schublade gelegt haben, wo Sie es ansonsten aufbewahren.«

»Nein, die Möglichkeit besteht *nicht*!«

Roko räusperte sich, als Mahnung an Veljko, sich zu mäßigen.

Tatsächlich lehnte Veljko sich im Stuhl zurück und sagte kleinlaut: »Entschuldigung.«

»Schon gut. Dürfte ich noch ein, zwei Fragen an Sie richten, oder muss ich bis morgen warten?«

Veljko hob kurz die Hände und ließ sie dann unsanft auf seine Oberschenkel sinken. »Ach, Scheiße, fragen Sie doch, was Sie wollen! Ich hab schließlich nichts getan.« Er rieb sich mit Daumen und Zeigefinger die Augen. »Tut mir leid, aber das Ganze ist so schrecklich nervenaufreibend. Ich … Senka … Wie soll ich denn ohne sie …?«

Dann schluchzte er. Es war lange her, dass Roko einen Erwachsenen so hatte weinen sehen. Als er sich einigermaßen beruhigt hatte, hörte sich Roko sagen: »Ich kann verstehen, dass es schwer für Sie ist.«

Die Worte waren einfach über seine Lippen gekommen. Aber es half immerhin, denn Veljko wischte sich die Tränen aus dem Gesicht, setzte sich aufrecht hin, schniefte kurz und meinte: »Gut. Stellen Sie Ihre Fragen.«

»Warum war Ihnen so daran gelegen, dass Ihr Arbeitskollege Jagor Perušina heute mit Ihnen nach Hause ging? Er war bis jetzt noch nie bei Ihnen zu Besuch gewesen, aber heute waren Sie sehr hartnäckig und haben ihn überredet mitzukommen.«

»Ja, das stimmt. Ich wollte Vera und Jagor verkuppeln, weil sie toll zusammenpassen würden, wie ich finde. Jagor hätte gerne eine Freundin, und Vera hatte ziemlich viel Pech in der Liebe. Weil wir heute mit Vera verabredet waren, wollte ich, dass die beiden sich mal kennenlernen.«

»Nun gut, Herr Vištica. Das klingt sogar plausibel.«

»Weil es so ist, wie ich sage.«

»Ein Problem stellt allerdings Ihr fehlendes Alibi dar. Genau in der Zeit, als Ihre Freundin ermordet wurde, kann niemand Ihre Anwesenheit bezeugen.«

»Aber ich war doch in dem verdammten Fast-Food-Laden.«

»Ja, aber der Besitzer kann sich leider nicht an Sie erinnern.«

Veljko schluckte, starrte auf die Tischplatte, während sich sein Brustkorb sichtlich hob und senkte. Ruckartig hob er den Kopf und rutschte auf seinem Stuhl ein paar Zentimeter nach vorne.

»Aber ich mich an ihn!«, sagte er aufgeregt.

Roko lächelte milde. »Und wenn schon. Sie können schon vorher mal dort gewesen sein und …«

»Nein, das meine ich nicht! Als ich dran war, ist der Grill kaputtgegangen, dann hat er zu einer Frau nach hinten gebrüllt: ›Stana, der Grill funktioniert nicht! Hol schnell den kleinen Reservegrill aus dem Keller!‹ Dann musste ich warten, aber diese Stana kam relativ schnell wieder, mit dem kleinen Grill in der Hand. Der Mann hat sich bei mir entschuldigt und mir wegen der Umstände die Cola nicht berechnet.«

»Schau mal, ob der Laden noch geöffnet hat«, sagte Roko zu seiner Kollegin. »Daran wird er sich wohl erinnern, wenn schon nicht an Gesichter.«

Während Maša im Büro telefonierte, schwieg Veljko eine ganze Weile. Kurz bevor Maša zurückkam, sagte er dann doch noch etwas: »Ich habe mit der ganzen Sache wirklich nichts zu tun. Bitte! Glauben Sie mir! Und finden Sie Senkas Mörder, der immer noch da draußen frei herumläuft! Wir sitzen hier und verschwenden unsere Zeit, Inspektor!«

Bevor Roko darauf reagieren konnte, kam Maša herein. Sie blieb mitten im Raum stehen.

»Er wollte gerade absperren«, berichtete sie, »aber ich habe ihn in letzter Minute noch erreicht.«

»Und?«, hakte Roko nach.

»Herr Vištica sagt die Wahrheit. Der Besitzer hat den Ablauf genau so wiedergegeben. Gesichter kann er sich zwar nicht merken, aber an das schwarze T-Shirt mit grauen Streifen kann er sich erinnern.«

Veljko trug ein solches T-Shirt. Mit einem Blick auf Roko sagte er: »Glauben Sie mir jetzt?«

Roko vermied es, direkt darauf zu antworten. »Sie können gehen, Herr Vištica.«

Veljko erhob sich. »Geben Sie mir Bescheid, wenn Sie diesen Abschaum gefunden haben?«

»Selbstverständlich werde ich Sie benachrichtigen, sobald wir den Täter überführt haben.«

»Sind Ihre Leute denn schon fertig in meinem Haus?«

»Falls nicht, müssen Sie eben bei einem Bekannten unterkommen oder in eine Pension gehen.«

Daraufhin verschwand Veljko, ohne noch ein Wort zu sagen.

»Wer zum Teufel ist der Mörder?«, sprach Maša ihren Gedanken laut aus. »Ich war so sicher, dass wir den Richtigen haben.«

»Ja, ich auch.«

»Und jetzt?«

»Gib Adriana Odak Bescheid, dass Veljko Vištica ein Alibi hat und sie morgen nicht zu kommen braucht. Danach fährst du nach Hause.«

»Du fährst doch auch nach Hause, oder?«

Roko stand auf. »Ich bleibe noch hier und schreibe den Bericht.«

»Nein, diesmal bin ich damit dran. Ich schreibe den Bericht.«

»Du hast den ganzen Tag nichts gegessen. Wenn ich nach Hause komme, hat Viko gekocht, während du dir etwas in der Mikrowelle warm machst.«

»Ich werde es überleben«, meinte sie gereizt. »Erst einmal rufe ich Odak an, dann schreibe ich den Bericht. Basta.«

»Na meinetwegen. Danke, Maša.«

Sie ging zur Tür, doch bevor sie hinaustrat, drehte sie sich noch mal um. »Wie ist der Plan für morgen?«

»Wir treffen uns vor dem MUP und fahren dann mit meinem Auto zum Seniorenheim, um mit dieser Stief-Nona zu sprechen. Man kann nie wissen, vielleicht gibt es etwas, das Senka ihr erzählt hat, angedeutet hat, was weiß ich. Danach sehen wir weiter.« Roko überlegte. »Am besten ist es wohl, wenn wir nach dem Frühstück im Seniorenheim auftauchen. Wann haben die dort Frühstück?«

Maša zog die Augenbrauen zusammen. »Woher soll ich das wissen? Sagen wir, um halb neun vor dem MUP?«

»Einverstanden.«

Maša ging aus dem Vernehmungsraum und schloss die Tür hinter sich.

Er blieb noch eine Weile nachdenklich stehen. Die Wendung, die sich ergeben hatte, war gut für Veljko Vištica, aber schlecht für ihn und Maša. Er stieß einen derben kroatischen Fluch aus, was er schon lange nicht mehr getan hatte.

Tag vier

Roko wurde ungeduldig. Es war acht Uhr fünfundzwanzig, und Maša hatte noch fünf Minuten Zeit zu erscheinen, um pünktlich zu sein. Der Fall setzte ihm zu, und er stand unter Strom.

Als er gestern Abend nach Hause gekommen war, war er zu müde und zu angespannt gewesen, um Vikos köstliches Essen zu genießen. Sein Bruder hatte panierte Hähnchenfilets und Raštika gemacht. Viko bereitete den Blattkohl mit zerstampften Kartoffeln besonders gut zu.

Roko hatte keine große Lust gehabt, sich zu unterhalten, weshalb er nur das Wesentliche über den Fall berichtet und dann angefangen hatte, das Geschirr in die Spülmaschine zu räumen, aber Viko hatte gesagt: »Geh ins Bett, ich mach das schon. Morgen habe ich frei. Mein lieber Chef sagt, dass der Sonntag der Tag des Herrn und ein Ruhetag ist. Keine Einwände meinerseits.«

Roko war mehrmals in der Nacht aufgewacht, hatte gegrübelt und sich hin und her gewälzt. Die Erpressung, der Mord am Pfarrer, der Mord an Senka – wie hing das alles zusammen? Wie kam es, dass es ein Motiv für den Mord an dem Pfarrer gab und gleichzeitig ein Motiv, die Putzfrau ebenjenes Pfarrers zu ermorden? Senka war mit hoher Wahrscheinlichkeit die Erpresserin gewesen. Weshalb sonst sollten sich ihre Fingerabdrücke auf der Unterseite des Kniebretts befinden, wenn nicht deshalb, weil sie dort das Aufnahmegerät befestigt hatte?

Aber wie war es zum Mord am Pfarrer gekommen? Hatte Martin Farac ihn getötet – oder Mirjana Krmek? Der Mord an Senka Ivandić war in gewisser Weise das größte Rätsel. Warum und wer? Veljko hatte ein wasserdichtes Alibi. Vera war zu jener Zeit bei der Arbeit. Damit waren die beiden Personen aus dem nächsten Umfeld ausgeschlossen. Es musste jemand aus Pažina sein …

So hatten sich seine Gedanken die ganze Nacht im Kreis gedreht. Als er seinen Morgenkaffee getrunken hatte – zum ersten

Mal seit langer Zeit aus einer anderen Tasse –, hatte er sich ans Fenster gestellt und wie immer nach unten auf die Treppe geblickt, die durch seine Gasse führte. Insgeheim hatte er darauf gehofft, dass Doris das Fenster öffnen würde, um Guten Morgen zu sagen. Doch das Fenster war geschlossen geblieben, und die Vorhänge waren zugezogen gewesen. Was hatte er erwartet? Ihr Treffen war für sie offenbar ein Desaster gewesen. Dieser Zeitdruck, und dann sein plötzliches Verschwinden. Sie war allein zurückgeblieben, hatte ihm nachgesehen und die Rechnung bezahlt.

Ein Traum für jede Frau sozusagen. Er konnte sie verstehen.

Als er kurze Zeit später unten durch die Haustür auf die Steinstufen getreten war, hatte er gehört, wie ein Fenster geöffnet wurde, und zwei Sekunden später Doris' Stimme: »Roko, *dobro jutro*!«

Er hatte sich umgewandt und ihr lächelnd zugewinkt. Wahrscheinlich war sie heute etwas später aufgestanden als sonst, überlegte er.

»Ich wünsche dir einen schönen Tag!«

»Wünsche ich dir auch, Doris!«, hatte er ihr zugerufen.

Er saß im Auto und blickte verträumt durchs Fenster, als Maša die Tür auf der Beifahrerseite aufriss.

Roko zuckte zusammen. »Großer Gott! Warum so brutal?«

Maša kniff die Augen zusammen. »Was ist denn los mit dir? Okay, ich werde das nächste Mal anklopfen, bevor ich einsteige.« Plötzlich hatte sie ein leicht höhnisches Grinsen im Gesicht. »Was träumst du denn vor dich hin?«

»Ach, ich musste nur an … eine lustige Filmszene denken, die ich gestern gesehen habe.« Er startete den Wagen.

»Ach ja? Erzähl mal.«

»Es ist nicht so lustig, wenn man es erzählt.«

»Filmszene, na klar.« Sie griff nach dem Gurt. »Ich weiß, wie ein verliebter Mann aussieht. Also? Wer ist es?«

»Blödsinn. Was du dir zusammenreimst! Bloß weil ich …«

»Nun sag schon!«

»Ich bin nicht verliebt, nur interessiert.«

»Wer ist es? Marija Šain? Lorena? Oder sind die alten Gefühle für Dijana wieder hochgekommen?«

»Ja, ja. Sehr witzig. Es ist eine Nachbarin.«

»Aaah, eine Nachbarin. Na ja, wenn es funktioniert, ist das sehr praktisch. Wenn nicht, ist es ungünstig. Du wirst ihr regelmäßig begegnen, und dann müsst ihr beide jedes Mal so tun, als ob ihr nie etwas anderes gewesen wärt als Nachbarn.«

»Meinen Morgenkaffee werde ich dann auch woanders trinken müssen.«

»Was?«

»Ach, nichts.«

Es war auch diesmal Miro, der ihnen die Tür öffnete.

»Oh, Sie mal wieder«, sagte er, klang dabei jedoch freundlich. »Manuel Jukić hat vorhin das Heim verlassen. Er wollte spazieren gehen.«

»Wir sind nicht wegen Herrn Jukić hier«, erklärte Roko.

»Sind Sie nicht?«

»Nein, wir möchten zu Alma Raguž.«

»Aha. Na gut, dann kommen Sie doch bitte rein.« Miro hielt ihnen die Tür auf und ließ sie eintreten. »Alma ist draußen im Garten, mit ein paar anderen Damen. Sie schnattern und genießen den warmen Morgen. Ich kann Sie beide zu ihr führen.«

Er hatte sich schon in Bewegung gesetzt, als Roko ihn zurückhielt. »Moment, bitte!«

»Ja?«

»Wir möchten mit ihr über ihre Enkelin sprechen. Das heißt, es handelt sich nicht um ihre richtige Enkelin, sondern …«

»Senka?«

»Ja«, antwortete Roko überrascht. »Sie kennen sie?«

»Klar, sie hat Alma regelmäßig besucht, und ein paarmal haben wir uns kurz unterhalten. Nette Frau. Ist was mit ihr?«

»Ja. Sie ist gestern ermordet worden.«

Miro wurde schlagartig ernst. »Wie bitte? Sie ist ermordet worden?«

Roko nickte. »Wir müssen mit Frau Raguž sprechen. Allerdings halte ich es für besser, wenn jemand anderes ihr die traurige Nachricht überbringt, bevor wir sie befragen. Jemand, den sie kennt. Haben Sie einen Psychologen im Haus?«

Der Angestellte war immer noch benommen von der schlimmen Neuigkeit, als er antwortete: »Nein, aber unsere Heimleiterin ist psychologisch geschult. Sie hat diese Aufgabe schon öfter übernommen.«

»Gut, dann werden wir hier im Eingangsbereich warten, und Sie geben uns Bescheid, wenn wir zu Frau Raguž können.«

»Klar, das mache ich.« Miro ging und nahm die Treppe nach oben. Roko und Maša setzten sich auf die Bank in der Vorhalle.

»Das ist wirklich nett von dir, Roko.«

»Na ja. Ich will nicht, dass sie einen Herzinfarkt bekommt.«

Vierzig Minuten später konnten sie endlich zu Alma Raguž. Sie saß im Rollstuhl unter einem üppigen Kirschbaum. Die unteren Äste waren bereits abgepflückt worden. An den oberen hingen die Früchte knallrot und prall von den Zweigen.

Alma drehte ihnen den rundlichen Rücken zu, mit gesenktem Kopf. Als sie näher traten, blickte sie auf. Ihr Haar war schneeweiß, die hellblauen Augen waren trüb, dennoch war der Blick der alten Dame interessiert und wach.

»Ihr Verlust tut uns sehr leid, Frau Raguž«, begann Roko. »Ich bin Inspektor Roko Matić, das ist meine Kollegin Inspektorin Maša Marlais. Wir untersuchen den Mordfall eines Pfarrers und nun bedauerlicherweise auch den Mord an Ihrer Enkelin.«

Es war unübersehbar, dass Alma Raguž mit den Tränen kämpfte. Sie versuchte, sie wegzublinzeln, doch lief ihr jetzt eine Träne über das faltige Gesicht.

»Ja, setzen Sie sich doch.«

Sie nahmen auf der abgenutzten Holzbank Platz. Alma sah mit ihrem zierlichen Körper in dem großen schwarzen Rollstuhl etwas verloren aus. Es war ein älteres Modell, so wie auch die Einrichtung dieses Heims älteren Datums war. Doch hielten die Bediensteten dieses staatliche Altenheim offensichtlich gut instand.

»Können Sie uns ein paar Fragen beantworten, Frau Raguž?

Wenn Sie noch ein bisschen Zeit benötigen, um sich zu sammeln, können wir heute Nachmittag wiederkommen.«

Die weißen Locken wippten, als sie vehement den Kopf schüttelte. »Ich habe schon so einige Dramen erlebt und überlebt. Stellen Sie bitte Ihre Fragen, damit diese Kreatur so bald wie möglich hinter Gitter kommt.«

Roko lächelte dankbar.

»Senka Ivandić war nicht Ihre richtige Enkelin, wie wir hörten«, sagte Maša.

»Es kommt darauf an, was man unter ›richtig‹ versteht.« Sie stützte sich mit den Armen an den Lehnen des Rollstuhls ab. »Blutsverwandt waren wir nicht, aber ich habe sie geliebt wie meine Enkelin und sie mich wie eine Nona. Meines Erachtens war sie meine richtige Enkelin.«

»Natürlich«, meinte Maša. »Wann war sie das letzte Mal hier?«

»Vor einer Woche etwa, vielleicht auch vor zehn Tagen. Ich weiß es nicht mehr so genau.«

»Ist Ihnen in letzter Zeit eine Veränderung an ihr aufgefallen, Frau Raguž?«

»Ja, in der Tat. Sie war zerstreut und so furchtbar ernst. Normalerweise haben wir Scherze gemacht und uns über alles Mögliche unterhalten. Aber bei ihrem letzten Besuch war sie sehr wortkarg.«

»Hat sie etwas darüber geäußert?«

»Nein, und ich wollte auch nicht fragen, weil ich meinte, dass sie es von sich aus erzählen sollte, wenn sie etwas belastete. Es stand mir nicht zu, sie darüber auszufragen.«

»Haben Sie eine Vermutung über Senkas verändertes Verhalten?«, fragte Roko.

»Ich habe eine Vermutung, möchte aber niemanden in Schwierigkeiten bringen.« Alma ließ die Arme sinken und legte die Hände in den Schoß. »Sie wissen ja, dass es mit Vermutungen so eine Sache ist.«

»Das ist wahr, Frau Raguž«, meinte Roko behutsam. »Aber ich möchte Sie bitten, Ihre Vermutung dennoch zu äußern.«

Mit der Antwort ließ sich die alte Frau viel Zeit. Offenbar suchte sie nach den richtigen Worten.

»Menschen ändern sich manchmal, aber manchmal auch nicht«, sagte sie. Roko fragte sich, wen sie damit im Sinn hatte. Dachte sie dabei an die Person, über die sie gesagt hatte, dass sie sie nicht in Schwierigkeiten bringen wollte? »Senka war schon immer ein lieber Mensch. Sie war zart und empfindsam, aber leider auch beeinflussbar. Das war sie schon als Kind. Ich habe ihren Großvater mit dreiundsechzig geheiratet, und er war ein Jahr älter als ich. Für mich war es die erste Ehe, für ihn die zweite. Da war Senka drei Jahre alt, und Vera war fünf. Als der Sohn meines Mannes und die Schwiegertochter ums Leben kamen, waren die Mädchen sechs und acht. Wir haben sie dann natürlich zu uns genommen. Aber sie waren auch davor schon viel bei uns und haben die Wochenenden in unserem Haus verbracht, weshalb es in dieser Hinsicht keine große Umstellung für die Mädchen war.«

Sie brach ab, grübelte über etwas, und plötzlich schien sie verbittert.

»Woran denken Sie gerade, Frau Raguž?«, wollte Roko wissen.

Sie schüttelte nur schweigend den Kopf.

»Was meinten Sie vorhin damit, dass Senka beeinflussbar war?«

»Sie vertraute den Menschen blind, die ihr nahestanden. Manchmal ist das ein großer Fehler, weil die Menschen es nicht immer gut mit einem meinen.«

Roko glaubte zu wissen, an wen sie dabei gedacht hatte. »Sie meinen, ihr Freund Veljko hat Senka in negativer Hinsicht beeinflusst?«

»Veljko? Ich spreche doch nicht von Veljko! Er war das Beste, was Senka passieren konnte. Ein paarmal war er bei den Besuchen dabei. Ich habe sofort gesehen, wie sehr er sie liebt, wie gut die beiden sich verstehen. Glauben Sie mir, ich habe eine ausgezeichnete Menschenkenntnis, Inspektor. Ich meinte nicht Veljko, sondern Vera!«

»Vera?«

»Ja.« Alma blickte nachdenklich zum Kirschbaum, ohne diesen wahrzunehmen. »Als Kinder waren sie so unterschiedlich wie Tag und Nacht. Senka war brav und folgsam. Mit ihr war ich manchmal wieder selbst ein Kind.« Bei diesem Gedanken lächelte sie, doch dann verhärteten sich ihre Gesichtszüge wieder, als sie hinzufügte: »Aber Vera, dieses fiese Balg, hat andere Kinder drangsaliert und Senka zu kleinen Diebstählen überredet. Das war Senkas einziger Fehler, dass sie zu Vera nicht Nein sagen konnte. Sie war ihr hörig, aus Angst oder vielleicht auch, weil Vera manchmal so eine diabolische Überzeugungskraft hatte. Ich weiß es nicht. Jedenfalls habe ich mehrmals versucht, mit Senka darüber zu sprechen, aber Vera hatte weiterhin Einfluss. Sie hat meine Senka davon überzeugt, dass ich eine altmodische, schrullige Frau bin, unterbelichtet und naiv.«

»Vera hat Sie nie hier besucht?«

»Nein, natürlich nicht. Als ob ich sie interessieren würde. Senka hat mir gesagt, dass Vera wütend wurde, als sie mir von der Sache mit dem Führerschein erzählt hat. Vera ist betrunken Auto gefahren, weil sie nicht auf Senka hören wollte, die vorgeschlagen hatte, ein Taxi zu nehmen. Dann hat es einen Unfall gegeben, und Vera hat von Senka verlangt, dass sie die Schuld auf sich nimmt. Ich hab mit ihr geschimpft, weil sie das getan hat. Wissen Sie, was Senka darauf gesagt hat? Dass Vera es ihr nie verzeihen würde, wenn sie das nicht für sie getan hätte. Manchmal wollte ich Senka schütteln, aber Vera ist so manipulativ, sage ich Ihnen. Vielleicht hat Vera sich ja verändert, wer weiß. Aber ich glaube nicht, dass ein so böser Mensch sich zu einem guten wandeln kann.«

Roko stand auf. »Ich danke Ihnen, Frau Raguž. Vielleicht besuchen wir Sie wieder, aber jetzt müssen wir los.«

Alma nickte. »Sie können jederzeit herkommen. Ich werde hier sein«, fügte sie hinzu, ohne über den kleinen Scherz zu lächeln.

Als Roko und Maša sich schon verabschiedet und entfernt hatten, blieb Roko auf halbem Weg plötzlich stehen und ging noch mal zurück.

»Eine Frage noch, wenn Sie erlauben.«

»Selbstverständlich.«

»Wie kamen Ihr Stiefsohn und dessen Frau ums Leben?«

»Sie waren mit den Mädchen wandern, im Nationalpark Biokovo. Senka war zum Glück nicht anwesend, als es geschah, weil sie im Gebüsch Pipi machte. Vera war dabei. Ihr Vater stolperte und hielt sich in diesem Moment an seiner Frau fest, wie Vera später erzählte. Er riss sie unbeabsichtigt mit sich, und so stürzten beide den Abhang hinunter.«

Großer Gott, dachte Roko. Die Vorstellung, dass Vera die Eltern getötet haben könnte, war sogar für Alma zu schrecklich, als dass sie diese Möglichkeit in Betracht ziehen würde.

Als sich Roko und Maša wenig später ins Auto setzten, machte er keine Anstalten, den Wagen zu starten.

»Fahren wir zu Vera?«, fragte Maša. »Das Problem ist nur, dass sie ein Alibi hat. Sie war bei der Arbeit.«

»Möglicherweise gibt es da eine Lücke.«

»Vielleicht haben sie sonntags nicht geöffnet.«

»Während der Saison haben in Touristengebieten doch so gut wie alle geöffnet. Falls nicht, dann ist es auch kein Problem. Die Besitzerin wohnt über dem Laden. Das hat Vera erwähnt, kurz bevor du zurückgekommen bist.«

Die Buchhandlung war geschlossen. An der Tür hing ein Schild in Leuchtbuchstaben, das darüber informierte: »Zatvoreno!«

Roko blickte durch die Scheibe. Der Laden war gut sortiert, mit vielen englischsprachigen Romanen und Reiseführern, demnach war das Angebot auch auf Touristen ausgerichtet.

Sie gingen um das Haus herum und klingelten.

Wenige Minuten später standen sie im Wohnzimmer der Ladenbesitzerin Snježana Velat, einer vollschlanken Frau Anfang fünfzig. Sie trug eine pinkfarbene Leinenbluse und eine knöchellange Pepita-Hose. Ihr rotbraunes Haar war zu zwei Zöpfen geflochten, die nicht recht zu ihrem Alter passten, wie Roko fand. Mit der exzentrischen pinkfarbenen Brille und den vielen Ohrsteckern wirkte die ganze Erscheinung aber auf seltsame Weise harmonisch.

»Möchten Sie sich setzen?«

»Nein, vielen Dank. Wir sind etwas unter Zeitdruck, Frau Velat.«

»Gut, dann bleiben wir eben stehen«, meinte sie freundlich.

»Wir untersuchen einen Doppelmord. Bei dem einen Opfer handelt es sich um Senka Ivandić, die Schwester Ihrer Mitarbeiterin Vera Ivandić.«

»Ja, ich weiß. Vera hat mich gestern Abend noch angerufen und es mir erzählt. Sie war völlig aufgewühlt. Na ja, verständlich.«

»Es gibt einige Fragen, die Sie uns beantworten könnten.«

»Über Vera?«, fragte sie erstaunt.

»Ja, bitte.«

»Na gut.« Sie verschränkte die Arme vor der Brust. »Was möchten Sie denn wissen?«

»Hat Frau Ivandić gestern gearbeitet?«

»Ja. Am Wochenende hat sie eigentlich frei, weil ich samstags nur bis sechzehn Uhr geöffnet habe und sonntags geschlossen ist. Aber manchmal springt sie samstags ein, wenn ich mit der Arbeit über die Woche nicht fertig geworden bin.«

»Von wann bis wann hat sie gestern hier gearbeitet?«

»Angefangen hat sie um neun, und um fünfzehn Uhr hatte sie Schluss. Aber warum stellen Sie mir denn diese Fragen? Es hört sich an, als ob Vera ein Alibi bräuchte, um Gottes willen.«

Für Erklärungen hatte Roko keine Zeit. »Sie war die ganze Zeit über im Laden?«

Veras Chefin schüttelte den Kopf. »Nein, wenn sie samstags arbeitet, dann wegen der Warensortierung und der Verwaltung. Sie ist dann im hinteren Teil des Gebäudes.«

»Im hinteren Teil des Gebäudes?«, wiederholte Maša. »Die ganze Zeit über?«

»Was? Ja, schon.« Snježana Velat konnte ihre Verwirrung nicht verbergen. »Ich habe sie nur am Morgen und um fünfzehn Uhr gesehen. Was hat denn das alles zu bedeuten? Vera ist die netteste und herzlichste Person, die ich kenne.«

»Können Sie uns bitte den Raum zeigen, in dem Frau Ivandić gestern beschäftigt war?«

»Ja sicher.«

Gemeinsam verließen sie die Wohnung und stiegen die Treppen nach unten. Snježana Velat sperrte das Geschäft auf, das sie daraufhin durchquerten, um in den hinteren Bereich des Gebäudes zu gelangen. Dort war ein großer Raum, der als Büro sowie als eine Art kleine Lagerhalle diente, wie sie erfuhren. In einer Ecke standen der Computer auf einem riesigen Schreibtisch und ein Bürosessel. Überall lagen Stapel von Büchern, teilweise ausgepackt und teilweise noch in Kisten.

»Was hat Frau Ivandić gestern gemacht?«, wollte Roko wissen.

»Wie gesagt, samstags macht sie die Verwaltung und sortiert die gelieferte Ware.« Snježana sah sich um, dann blickte sie ängstlich von Maša zu Roko. »Glauben Sie, dass sie … eine Weile weg war?«

»Hätte sie dafür an Ihnen vorbei durch den Laden gehen müssen?«

»Nein. Neben der Toilette gibt es einen Notausgang. Dort parkt sie auch immer ihr Auto. Oder ihr Fahrrad. Manchmal kommt sie auch mit dem Fahrrad zur Arbeit.«

»Fahrrad«, wiederholte Roko nachdenklich. »Verfügt Ihre Buchhandlung über eine Kamera? Innerhalb oder außerhalb?«

»Nein, so was habe ich nicht.«

»Was ich Sie jetzt fragen werde, ist sehr wichtig, Frau Velat.« Roko versuchte, ruhig und gelassen auf die Frau zu wirken.

»In Ordnung.«

»Sehen Sie sich einmal in Ruhe um, Frau Velat. Würden Sie sagen, dass Frau Ivandić ihre Arbeit gestern vollständig erledigt hat? So wie immer? Oder ist etwas liegen geblieben?«

Snježana Velat brauchte keine Bedenkzeit. »Die Kisten sind nicht vollständig ausgepackt wie sonst. Die Reiseführer hat sie auch nicht sortiert. Nein, sie hat die Arbeit nicht gänzlich erledigt. Wie weit sie mit der Verwaltung gekommen ist, weiß ich nicht. Dafür müsste ich das System starten …«

»Dafür haben wir keine Zeit.«

Snježana Velat wirkte verstört. »Als sie sich um fünfzehn Uhr verabschiedete, war sie verschwitzt und etwas rot im Gesicht. Ich habe mich noch darüber gewundert, weil es schließlich noch nicht so heiß ist.«

»Haben Sie Frau Ivandić darauf angesprochen?«

»Nein, das hätte ich unhöflich gefunden.«

Roko nickte. »Vielen Dank, Frau Velat.«

»Glauben Sie wirklich, dass Vera sich hier fortgeschlichen hat, um ihre Schwester zu ermorden?«

Und den Pfarrer hat sie wahrscheinlich ebenfalls getötet, dachte Roko. Doch er antwortete: »Danach sieht es jedenfalls aus.«

Snježana stand wie angewurzelt da und stammelte: »Das ist doch … Vera … immer so nett … unmöglich … Missverständnis.«

»Ich muss Sie bitten, nicht mit Frau Ivandić in Kontakt zu treten. Haben Sie verstanden, Frau Velat? Wir werden jetzt gehen, und Sie rufen Frau Ivandić nicht an und gehen auch nicht ans Telefon, falls sie anruft.«

»Wie bitte? Nein. Keine Sorge.«

»Gut.«

Mit einer fahrigen Bewegung strich sie über einen ihrer Zöpfe. »Nach dem, was Sie jetzt von mir erfahren haben, könnte sie mich doch auch umbringen, wenn sie wirklich so verrückt ist. Und das ist sie ja anscheinend.«

Roko legte seine Hand leicht auf den Oberarm der Buchhändlerin. »Vera weiß nicht, dass wir hier sind. Ich denke, dass für Sie kein Grund zur Beunruhigung besteht. Aber wenn es Sie beruhigt, dann gehen Sie jetzt zurück in Ihre Wohnung und sperren die Tür ab.«

»Und ob ich das tue, Inspektor.«

Vera Ivandićs Renault Clio war im Carport untergebracht. Auf den Klingelschildern des großen Privathauses waren drei Namen zu lesen. Auf dem vom ersten Stock stand »Krile«, im Erdgeschoss »Barčot« und »Ivandić«. Im oberen Stockwerk wohnten wie üblich die Hausbesitzer. Offensichtlich vermieteten sie unten zwei Apartments.

Maša drückte mehrmals den Klingelknopf, doch Vera Ivandić öffnete nicht oder war nicht zu Hause.

»Was machen wir jetzt?«, fragte Maša. »Vielleicht ist sie da, will aber nicht aufmachen.«

Roko klingelte bei »Krile«. Vom oberen Balkon rief eine Frauenstimme: »Ja bitte?«

Roko blickte nach oben. Dort stand eine junge Frau mit Kurzhaarschnitt und einem ärmellosen weißen Rollkragenpullover. Sie beugte sich über das Geländer des Balkons und blickte nach unten.

»Entschuldigen Sie die Störung. Polizei Dubrovnik.« Roko zeigte ihr seinen Ausweis, den sie zwar nicht lesen, aber so zumindest den Ernst der Lage begreifen konnte. »Wir müssen dringend mit Vera Ivandić sprechen, doch sie öffnet nicht. Wissen Sie zufällig, ob sie weggegangen ist? Oder wohin sie gegangen ist?«

»Polizei? Sie untersuchen bestimmt den Mord an Veras Schwester, oder?«

Antworte einfach, hätte Roko am liebsten gerufen. »Für lange Erklärungen haben wir nicht die Zeit, Frau Krile.«

»Ich habe sie zufällig weggehen sehen, als ich hier auf dem Balkon die Wäsche aufgehängt habe.«

»Wann war das?«

»Vor etwa einer Stunde oder so.«

»Wo ist sie hingegangen? Richtung Hafen?«

»Nein.« Mit dem ausgestreckten Arm zeigte sie nach Osten. »In Richtung Jadranska cesta.«

»Haben Sie mit ihr gesprochen?«, wollte Maša wissen.

Die Frau schüttelte den Kopf. »Nein. Ich weiß auch nicht, wohin sie gegangen ist.«

»Hatte sie etwas dabei? Einen Koffer oder eine größere Tasche?«

Nach ein paar Sekunden Bedenkzeit antwortete die junge Frau: »Nur ihre Handtasche.«

Zwei Minuten später saßen sie im Auto. »Wohin kann sie gegangen sein?«, überlegte Maša laut. »Ich glaube kaum, dass sie abgehauen ist, ohne Gepäck.«

»Wenn sie zu Fuß unterwegs war, kann es eigentlich nur ein Ziel gegeben haben.«

Roko parkte etwa fünfzig Meter entfernt, damit ihr Ankommen nicht bemerkt wurde. Während sie die kurze Strecke eilig zu Fuß zurücklegten, sagte Maša: »Wenn wir Glück haben, können wir ein aufschlussreiches Gespräch mithören.«

»Ja, und wenn wir Pech haben, kommen wir zu spät.«

Vor dem Häuschen waren die Absperrbänder bereits von Veljko entfernt worden. Um nicht durch das Wohnzimmerfenster gesehen zu werden, gingen sie ein Stück weiter zur Seitenwand. An der Hausecke war das Wohnzimmerfenster gekippt, doch sie hörten keine Stimmen. Nur ein Stühlerücken und das Schließen einer Tür. Dann vernahmen sie Schritte durchs Wohnzimmer.

Plötzlich ging die Haustür auf.

Vera Ivandić kam heraus und starrte in die Gesichter der Beamten.

Sie gingen auf Vera zu.

»Was tun Sie hier?«, fragte Roko.

Vera schwieg und rührte sich nicht.

»Wo ist Veljko Vištica?«

Als sie wieder nicht reagierte, sagte Roko: »Gehen Sie wieder ins Haus.«

Vera gehorchte.

Roko und Maša folgten ihr.

»Setzen Sie sich auf die Couch! Lass sie nicht aus den Augen, Maša – und ruf einen Streifenwagen, damit sie Frau Ivandić in den MUP bringen.« Er blickte zu Vera und erklärte: »Sie sind vorläufig festgenommen. Wo ist Veljko Viš…?« Er hielt inne. »Verdammt! Es riecht nach Gas!«

Er lief zur Küchentür, machte sie auf und hielt dabei die Luft an. Veljko Vištica lag auf dem Boden, vor dem geöffneten Backofen. Roko hoffte, dass er nur bewusstlos und noch nicht tot war. Er drehte die vier Herdplatten und den Backofen ab, dann ging er zum Fenster, um es zu öffnen.

»Ruf einen Krankenwagen, Maša!«, rief er aus der Küche.

Dann griff er Veljko unter die Achseln und schleifte ihn aus der Küche. Er legte den Körper ins Wohnzimmer und fühlte den Puls. »Er lebt noch.« Schnell stand er auf, öffnete auch hier die Fenster und die Haustür.

Maša beendete soeben das Telefonat mit dem Rettungsdienst.

»Haben Sie ihn vorher betäubt?«, fragte Roko. Die Sanitäter mussten wissen, was passiert war, um Veljko effektiv behandeln zu können. Als Vera immer noch schwieg, schrie er: »Reden Sie endlich!«

Maša zuckte ein wenig zusammen, doch Vera antwortete mit der Gelassenheit einer Psychopathin: »Ich habe ihm ein paar Schlaftabletten in die Limonade getan.«

Im Vernehmungsraum hatten sie sich auf denselben Plätzen wie am Vorabend niedergelassen. Nur dass auf dem Stuhl, auf dem Veljko gesessen hatte, nun Vera saß. Vor ihr stand ein Pappbecher mit Kaffee. Das Tonband lief. Einen Anwalt wollte Vera Ivandić nicht, weil der sie auch nicht mehr retten könne, wie sie sich ausdrückte.

»Wie konnte es so weit kommen, Frau Ivandić?«, fragte Maša. »Warum haben Sie das alles getan?«

»Das Ganze ist eskaliert. Angefangen hat es ja eher harmlos.« Ihre Stimme klang rau und monoton.

»Von Anfang an, bitte«, sagte Roko. »Sie haben Herrn Farac erpresst?«

»Ja.«

»War das Ihre Idee?«

»Ja, war es. Senka hat mir immer wieder kleine Geschichten aus Pažina erzählt, von den Leuten und ihren kleinen Geheimnissen. Als ich sie einmal abholte und wir schon auf der Hauptstraße waren, musste sie noch mal zurück, weil sie ihre Tasche in der Kirche vergessen hatte. Als sie sich dann später ins Auto setzte, erzählte sie mir, dass gerade jemand beim Beichten war und sie alles gehört hatte. So bin ich dann auf die Idee mit dem

Abhörgerät gekommen. Die Leute beichten ihre tiefsten Geheimnisse, und manche dieser Geheimnisse bieten die ideale Gelegenheit zur Erpressung.«

»Und weil Herr Farac in der Lotterie gewonnen hatte und seine Affäre gebeichtet hatte, war er das ideale Opfer?«

»Ganz genau.« Vera schlug die Vorderteile ihrer roten Strickjacke übereinander, als ob sie fror. »Am Telefon habe ich geflüstert, um zu vermeiden, dass er mich erkennt. Senka und ich haben eine ähnliche Stimme, und auch wenn er uns beide nur selten hat sprechen hören, wollte ich kein Risiko eingehen. Als Nächstes wäre Mislav Barbir dran gewesen. Er ist ein Hehler. Jedenfalls hatten wir die Aufnahme von der Beichte schon, aber diese Erpressung hat sich dann nicht mehr ergeben, weil ... Sie dann aufgetaucht sind.«

»Ja, weil Sie den Pfarrer ermordet haben.«

»Leider war das nötig«, erklärte Vera roboterhaft.

»Und warum war das nötig?«

»Weil Senka ihre Klappe nicht halten konnte. Das schlechte Gewissen wegen der Erpressung fresse sie auf, hat sie gesagt. ›Wir ziehen das durch, und alles geht gut‹, habe ich auf sie eingeredet. Aber sie war schwach, so abartig schwach. Sie hat mir erzählt, dass sie sich davon befreien müsse, den Pfarrer aber dabei nicht ansehen könne. Also hat sie ihre Beichte abgelegt und ihm alles brühwarm erzählt.«

»Wie hat er darauf reagiert?«

»Er war schockiert, hat sie gesagt, vollkommen sprachlos. Dann hat er gesagt, wenn sogar Gott den Sündern vergebe, so könne er als kleiner Diener Gottes ihre Entschuldigung nicht ablehnen. ›Der arme Pfarrer war sooo traurig‹«, äffte sie ihre tote Schwester nach. »Ich habe sie angeschrien, wie sie nur so blöd sein kann! ›Der wird uns doch bei den Bullen verpfeifen!‹, hab ich sie angebrüllt. Aber Senka sagte: ›Nein, Vera. Jetzt ist alles wieder gut.‹ Ja, sie hat es wirklich so gesagt.« Vera lachte höhnisch auf. »Alles wieder gut.«

Roko stützte sich mit den Ellbogen am Tisch ab und faltete die Hände vor seinem Kinn. »Wie sind Sie nach Pažina gekommen?«

»Ein paar Kilometer vor Pažina gibt es einen Feldweg, wo ich reingefahren bin und das Auto abgestellt habe. Dann bin ich mit dem Fahrrad gefahren, bis zum Aufstieg nach Pažina. Das Fahrrad habe ich im Gebüsch versteckt und bin zu Fuß hoch. Ich hatte einen schwarzen Jogginganzug mit Kapuze angezogen, um sicherzugehen. Aber die Leute schlafen um diese Zeit, und die Hunde kennen mich. Lola hat nur kurz aufgebellt, und als sie mich erkannt hat, hat sie Ruhe gegeben. Ich hab die Scheibe an der Hintertür eingeschlagen und bin rein. Zuerst hab ich ihn getötet, dann hab ich nach Geld gesucht. In einer Schublade im Schlafzimmer und im Büro.«

»Wie viel war es insgesamt?«

»Etwas über dreiundzwanzigtausend Kuna.«

»Was ich nicht verstehe, ist, warum Sie so brutal vorgegangen sind. Die durchgeschnittene Kehle oder ein Stich ins Herz hätten doch genügt, um ihn zu töten.«

»Ich hab ihm ins Herz gestochen, dann hat er schreiend die Augen aufgerissen. Ich wollte es beenden, deswegen hab ich ihm die Kehle durchgeschnitten und dann noch mal ins Herz gestochen.«

Roko ließ die Hände auf die Tischplatte sinken. »Senka wusste, dass Sie es waren, nicht wahr?«

»Ja. Sie hat mich angerufen, nachdem Sie bei ihr waren. Senka war vollkommen hysterisch. Sie hat mich beschuldigt und gesagt, dass sie wüsste, dass ich es war. Zunächst konnte ich sie beruhigen, aber dann fing sie wieder mit diesem Scheißdreck von schlechtem Gewissen an und wollte jetzt zu Ihnen, wie sie vorher zum Pfarrer gerannt ist.«

»Nachdem ich Ihre Schwester angerufen und ihr die Fragen über den Beichtstuhl gestellt hatte, hat sie Sie angerufen und Ihnen gesagt, dass sie uns alles erzählen will. So war es doch?«

»Ja, was ich natürlich nicht zulassen konnte. Also bin ich zu ihr gefahren. Ich wollte sie ja nicht töten, aber diesmal ließ sie sich nicht überzeugen. ›Ich will mich nicht mehr von dir ausnutzen lassen. Damit ist jetzt Schluss‹, hat sie gesagt. Und Veljko würde sie ebenfalls die Wahrheit über mich erzählen. Sie war dumm. Es lief doch alles gut. Wir hatten bereits eine hübsche Summe erpresst. Wenn wir so weitergemacht hätten, das Geld nicht angerührt hätten und keine teuren Sachen gekauft hätten, wären wir gar nicht aufgefallen. Ich sagte zu Senka, dass sie Veljiko, wenn er sich über das Geld wundert, sagen soll, dass ich in der Lotterie gewonnen hätte. Dieser Martin Farac hat mich darauf gebracht. Alles war so gut durchdacht. Und dann bricht sie zusammen, wegen der Fingerabdrücke im Beichtstuhl. Das wäre für den Mord am Pfarrer doch kein Beweis gewesen!«

Roko sah in ihr ausdrucksloses Gesicht. »Senka konnte Veljko nun nichts mehr erzählen. Warum haben Sie ihn dann töten wollen?«

»Heute bin ich zu ihm gegangen, weil ich glaubte, dass wir in unserem Schmerz zusammenhalten müssen. Einander trösten, verstehen Sie?«

Und ob Roko verstand. Vera wollte Veljko für sich. Ob sie ihn schon länger begehrte oder erst seit Kurzem, wollte er gar nicht wissen. Es war auch nicht wichtig.

»Er hat mich gestern noch angerufen und mir erzählt, dass er jetzt ein Alibi hat. Damit ich ihn nicht mehr für den Mörder halte. Ich wollte ihn besuchen und mein Leben neu ausrichten. Mit Veljko, dieser treuen, gutmütigen Seele. Als ich heute zu ihm gekommen bin, war er anders als sonst. Abweisend, misstrauisch, kalt. Dann hat er angefangen, seltsame Fragen zu stellen. Ob mein Alibi denn auch glaubwürdig sei, ob ich meine Anwesenheit dort beweisen könne. Und dann hat er mir den Brief gezeigt.«

»Welchen Brief?«, fragte Maša.

»Meine dämliche Schwester hat einen Brief an mich geschrieben, den sie noch nicht beendet hatte. Veljko hat ihn heute Morgen gefunden. Senka fordert mich darin auf, aus ihrem Leben zu verschwinden, weil ich ihr immer nur Unglück gebracht hätte. Diese verdammte Idiotin hat darin Andeutungen über die Erpressung und den Mord gemacht. Auch wenn sie mich offenbar nicht direkt beschuldigt, hat er sich das Ganze dann zusammengereimt.«

»Wo ist der Brief?«, wollte Roko wissen.

Vera zog ihn aus der Hosentasche und legte ihn auf den Tisch. »Ich wollte ihn später vernichten.« Sie nahm einen Schluck aus dem Pappbecher, bevor sie fortfuhr: »Und dann hat Veljko gesagt, dass nur ich es sein kann, die ihm das Abhörgerät im Nachtkästchen untergeschoben hat. Ich sei die Einzige, die tagsüber zu Besuch kommt, und einen Unbekannten hätte Senka nicht hereingelassen.«

»Dann haben Sie ihm die Tabletten ins Getränk getan?«

»Ja, ich habe ihn gebeten, mir aus dem Bad eine Kopfschmerztablette zu holen. In der Zwischenzeit habe ich ihm die Tabletten ins Glas gemischt.«

»Sie wollten es auch diesmal wie einen Selbstmord aussehen lassen. Sie dachten, wir würden annehmen, dass er ohne Senka nicht mehr weiterleben wollte.«

»Sicher. Schließlich hat doch jeder gewusst, wie sehr er sie geliebt hat.«

Für einen Moment versetzte es Roko einen Stich ins Herz. Traurig. Dieses junge Paar hatte die besten Voraussetzungen gehabt, miteinander glücklich zu werden.

»Sie sind schon mit der Absicht hingegangen, ihn zu töten. Sonst hätten Sie die Schlaftabletten nicht dabeigehabt.«

»Nein. Die hatte ich für den Fall der Fälle dabei.«

»Wie bitte?«

»Falls er mir blöd kommen sollte. Leider hat sich dann meine Befürchtung bestätigt.«

Roko schaltete das Tonbandgerät aus, ohne sie aus den Augen zu lassen. »Kann ich Sie etwas fragen, Frau Ivandić? Etwas, das nichts mit diesem Fall zu tun hat?«

»Was denn?«

»Haben Sie Ihre Eltern den Abhang hinuntergestoßen?«

Ihr Zögern zeigte, dass sie mit dieser Frage nicht gerechnet hatte. »Ich war acht Jahre alt.«

»Das ist keine Antwort auf meine Frage.«

Zum ersten Mal sah er eine Spur von Verletzlichkeit in ihrem Gesicht, nur für den Bruchteil einer Sekunde, aber sie war da.

»Nein. Ich bin neben ihnen gestanden. Senka war im Gebüsch verschwunden, um zu pinkeln. Plötzlich ist mein Vater mit dem Fuß umgeknickt und hat das Gleichgewicht verloren. Er hat sich reflexartig an der Jacke meiner Mutter festgehalten und sie mit in die Tiefe gerissen.« Vera starrte an Roko vorbei. »Ich stand da und sah, wie meine Eltern hinunterstürzten, wie ihre Körper aufschlugen und sich dann das Blut auf dem Felsen verteilte. Wie aus weiter Ferne hörte ich meine Schwester fröhlich fragen: ›Wo sind denn Mama und Tata? Haben sie sich versteckt?‹ Aber ich konnte nicht sprechen, viele Monate nicht. Als wir zu den Großeltern kamen, hat uns regelmäßig eine Frau vom Jugendamt besucht, später dann nicht mehr. Das Haus war sauber, die Großeltern fürsorglich, und ich habe irgendwann wieder angefangen zu sprechen. Danach haben die Besuche aufgehört, weil es für sie keinen Anlass mehr gab zu kommen. Was die Frau nicht gesehen hat, war, wie ungerecht Alma uns behandelt hat. Besonders, als dann auch noch unser Großvater starb. Senka war unübersehbar ihr Liebling. Jeden Wunsch hat sie ihr erfüllt, hat sie auf den Schoß genommen und ihr vorgelesen. Ich dagegen bekam von ihr nur Kälte zu spüren, weil ich meine Gefühle nicht zeigen konnte, so wie meine Schwester. Alma ist nie auf die Idee gekommen, dass ich gerade deshalb mehr Aufmerksamkeit brauchte als Senka.« Verbittert lachte sie auf. »Welche Ironie. Durch Alma habe ich erst gelernt, dass man niemandem trauen kann.«

Roko verschlug es die Sprache. In seinen Gedanken wurde Alma zu seiner Nona, die ihn und Viko ebenfalls ungerecht behandelt hatte. Plötzlich empfand er eine große Erleichterung und Dankbarkeit. Darüber, wie heil Viko aus der Sache herausgekommen war. Es hatte Spuren bei Viko hinterlassen, aber trotz allem war er zu einem anständigen und heiteren Menschen herangewachsen.

Sein Handy klingelte. Er blickte auf das Display, erkannte aber die Nummer nicht. Es war eine Ärztin aus dem Krankenhaus. Einer der Sanitäter hatte Roko versprochen, seine Bitte weiterzuleiten, ihn über Veljko Višticas Zustand zu informieren.

Nach dem kurzen Gespräch legte er sein Handy auf den Tisch und sagte: »Herrn Vištica geht es besser. Er wird wieder gesund.«

Keine Regung bei Vera. Es war, als hätte er ihr die Uhrzeit mitgeteilt. Sie sagte nichts mehr. Auch nicht, als sie kurz darauf abgeführt wurde.

Roko und Maša rührten sich nicht, nachdem die Tür des Verhörraums zugeschlagen worden war. Sie hingen beide ihren Gedanken nach. »Was geht dir gerade durch den Kopf?«, fragte er seine Kollegin.

»Ich bin nicht sicher, ob ich dir das sagen soll.« Sie lächelte verunsichert.

»Ich würde es gerne hören.«

»Gut, aber glaub bloß nicht, dass ich Mitleid mit ihr habe. Was sie alles getan hat, ist entsetzlich. Aber ... Wenn ich mir vorstelle, da ist diese Achtjährige, die mit ansieht, wie ihre Eltern zu Tode kommen, ihre blutenden Leichen sieht, total verstört und traumatisiert ist – und diese Großmutter kommt nicht einmal auf die Idee, dass das Kind dringend psychologische Hilfe braucht.«

»Ja, ich weiß. Aber Alma Raguž gehört einer anderen Generation an. Ihrer Meinung nach sind Psychologen wahrscheinlich nur etwas für irre Leute in einer geschlossenen Anstalt. Tja, und genau das erwartet Vera Ivandić jetzt.«

»Weißt du, Roko, ich sage es ungern, aber all die Leute, die dazu beigetragen haben, aus einem Kind einen Mörder zu machen, gehören ebenfalls ins Gefängnis. Aber so was ist ja nicht strafbar.«

Er nickte solidarisch. »Ja, aber wo sollte man da anfangen? Wie würde man gesetzlich festlegen können, dass dieser Erziehungsberechtigte eine Teilschuld hat? Und auch ich sage das jetzt ungern, aber das wäre fatal. Es käme zu Fehlinterpretationen und übereifriger Willkür.«

Sie wich seinem Blick aus. »War nur so ein Gedanke.«

Zwölf Tage später

Viko bereitete die Zutaten fürs Abendessen vor. Er hatte das Radio aufgedreht. Oliver Dragojević sang »Kad mi dođeš ti« – Wenn du zu mir kommst. Geradezu passend, fand Roko, da Maša heute zum Essen eingeladen war. Gestern hatte Roko mit Doris am Fenster geplaudert, als Viko hinter Roko aufgetaucht war und zu Doris hinüberrief, ob sie nicht ebenfalls zum Essen kommen wolle. Mit einem Blick zu Roko hatte er hinzugefügt: »Das wäre doch schön, oder?«

Ja, das fand Roko schön, aber wenn es anders gewesen wäre, hätte er die Frage ebenfalls bejahen müssen. Viko dachte manchmal einfach nicht nach. Doris hatte zugesagt, und als sie das Fenster geschlossen hatten, hatte Roko ihn zurechtgewiesen.

»Wieso? Willst du nicht, dass sie kommt?«

»Doch, sehr sogar«, hatte Roko zugegeben.

Viko hatte eine verwirrte Grimasse gemacht. »Wo ist dann das Problem?«

Es hatte keinen Sinn mit Viko, und deshalb hatte Roko nichts mehr gesagt.

Viko hatte bereits ein paar Überstunden angehäuft und sich dafür heute freigenommen. Es war Freitag, und am nächsten Morgen würde Roko Luka abholen und mit ihm das Wochenende auf Pelješac verbringen. Sie würden zum Strand gehen und Beeren sammeln. Roko würde seine Staffelei aufstellen und Luka ihm Vorschläge erteilen, wie er das Bild noch schöner machen könne …

Bei dem Gedanken musste er schmunzeln. Dann blickte er Viko über die Schulter und fragte: »Was gibt es denn?«

»Šporki makaruli«, antwortete Viko, während er das Kalbfleisch in Stücke schnitt. Die schmutzigen Makkaroni, wie sie im dalmatinischen Dialekt genannt wurden, waren eine alte Dubrovniker Spezialität.

»Fleisch? Aber es ist doch Freitag!«

»Und? Wir kommen schon nicht in die Hölle deswegen, du ehrfürchtiger Katholik.« Er warf ihm grinsend einen Blick zu. »Ich wollte wegen deiner *purgerica* eine regionale Spezialität servieren.«

»Aha. Nicht wegen Maša?«

»Maša ist aus Dalmatien, die wird das kennen. Als Dessert gibt es übrigens Rožata. Original, versteht sich, mit Rosenlikör und Zitronenschale. Sonst wär's ja bloß Crème Caramel. So, und jetzt verschwinde aus meiner Küche.«

»Also, eigentlich ist das auch meine Küche.«

»Gut, dann mach dich mal nützlich in deiner Küche und gib einen Kochlöffel Schweineschmalz in den Topf.«

Roko blickte über die zahlreichen Zutaten, die Viko auf der Anrichte vorbereitet hatte: Petersilie, Lorbeerblätter, Rotwein, Knoblauch, Zwiebeln, Zimt, Nelken, frische und getrocknete Tomaten, Nudeln, Käse – und zu guter Letzt entdeckte er das Schweineschmalz. Roko nahm das Glas, mit der anderen Hand griff er nach einem Kochlöffel, den er in das halb volle Glas mit Schmalz steckte.

»Wie viel ist ein Kochlöffel?« Er wollte wissen, ob es ein gestrichener oder ein gehäufter Kochlöffel sein sollte.

Doch Viko hielt inne, sah ihn irritiert an und sagte: »Bitte geh raus. Du machst mich wahnsinnig.«

Roko saß neben Maša und gegenüber von Doris, die wiederum neben Viko platziert worden war. Sie lobten Vikos Essen, den Mašas Kompliment unübersehbar am meisten erfreute.

»Ich beneide dich, Roko«, sagte Maša. »Jeden Abend nach Hause kommen, die Wohnung aufgeräumt und ein köstliches Mahl serviert.« Lächelnd sah sie zu seinem Bruder. »Viko, willst du mich heiraten?«

Er nickte, schluckte den Bissen hinunter und antwortete: »Sehr gerne. Wie wär's mit Juli?«

»Der beste Monat dafür.«

Viko streckte ihr über dem Tisch die Hand entgegen. »Abgemacht.«

»Mein Wort drauf«, sagte sie und schüttelte seine Hand.

Doris und Roko sahen sich an und lachten.

»Übrigens werde ich noch dieses Jahr nach Pažina umziehen«, berichtete Maša wie nebenbei.

»Was? Wirklich?«

»Ja, Roko. Ich bin bereits zweimal dorthin gefahren und habe von Đuro Farac Informationen über die Besitzer eingeholt. Dann habe ich sie in Schweden angerufen, und sie sind bereit, günstig zu verkaufen. Wenn ich die Wohnung verkauft habe, bleibt sogar noch etwas übrig. Na ja, nicht wirklich. Die Renovierungsarbeiten werden einiges verschlingen. Martin wird mir übrigens zu einem fairen Preis den Garten machen. Das hat er angeboten, und ich habe dankbar angenommen.«

»Hört sich doch gut an.«

»Marija hat gesagt, dass mein Einzug dort gefeiert und sie sich um die Verköstigung kümmern wird. Eine Widerrede war zwecklos, als sie anfing, die Menüliste vorzutragen. Und Marija bleibt uns als Pfarrhaushälterin erhalten. Von dem Erbe kauft sie für sich und Tomo ein Häuschen, hat sie gesagt. Jedenfalls sind in Pažina alle erfreut darüber, dass ich das Haus herrichte und da hinziehe. Eigentlich sind sie wirklich nett, sogar die blöden Barbirs.«

»Wenn es so sehr dein Wunsch ist, dann freut mich das für dich, Maša«, sagte Roko aufrichtig. »Ehrlich gesagt dachte ich nicht, dass du das ernst meinst.«

Sie neigte bedauernd den Kopf. »Das Stadtleben ist einfach nichts für mich. Ich bin eben ein Mädchen vom Land.« Sie wollte gerade die Gabel zum Mund führen, als ihr noch etwas einfiel. »Der neue Pfarrer ist übrigens ziemlich cool, jung und lustig. Marija meint, dass sie sich daran erst gewöhnen muss. Ach ja, ich soll dich von ihr grüßen. Mit Dijana habe ich ebenfalls eine *ćakula* gehalten.«

Roko hätte gern gewusst, wie sich das abgespielt hatte, da das Wort sowohl leichte Konversation als auch Tratsch bedeuten konnte.

»Dijana hat nach dir gefragt.«

»Ach ja?«

»Nun, auf ihre Art. Sie meinte: ›Wo ist denn der andere *pandur*?‹ Ich sagte, dass ich privat hier bin. Jedenfalls haben sich mittlerweile alle einigermaßen von dem Schock erholt. Marija und Ante sind doch nach Supetar auf die Beerdigung. Das fand ich wirklich nett von den beiden.«

»Und was ist mit Martin und Mirjana?«

»Ich war ja seitdem erst zweimal dort. Soweit ich weiß, gibt es keine neue Entwicklung.« Sie kaute den Bissen zu Ende, dann nahm ihr Gesicht einen begeisterten Ausdruck an. »Du hättest sehen sollen, wie Lola sich gefreut hat.« An Doris und Viko gewandt erklärte sie: »Das ist eine Hündin im Dorf. Sie ist bei der Begrüßung an mir hochgesprungen.«

»Erstaunlich«, meinte Roko. »Ihr müsst nämlich wissen: Sie hatten daheim immer nur Katzen.«

Maša lehnte sich nach hinten und lachte. Roko stimmte mit ein, dann stieß sie ihn sanft mit dem Ellbogen in den Arm. »Ja, so wie es bei dir heißt: ›Fleisch? Aber es ist doch Freitag!‹«

Darüber lachten sie noch mehr.

»Oh, ihr beide« – Viko zeigte abwechselnd mit dem Zeigefinger von einem zum anderen – »habt schon eure Insiderwitze?«

»Das ergibt sich zwangsläufig«, sagte Roko, immer noch lachend. Er blickte zu Doris hinüber, die kaum zu Wort gekommen war. Es war Zeit, sie einzubinden. »Doris ist aus Zagreb«, sagte er zu Maša. »Sie hat hier gegenüber eine Wohnung gekauft und wird die Frühjahrs- und Sommermonate in Dubrovnik verbringen.«

»Interessant«, sagte Maša. »Zagreb und Dubrovnik, eine gute Kombination, wie ich finde.«

Doris betupfte sich die Mundwinkel mit einer der grässlichen Servietten, die Viko kürzlich gekauft hatte. Eine Zehnerpackung mit Motiven der Sehenswürdigkeiten von Dubrovnik. »Eigentlich spiele ich mit dem Gedanken, ganz nach Dubrovnik zu ziehen.«

Seltsamerweise verharrten sie alle in ihren Bewegungen, als ob Doris gesagt hätte, dass sie vorhabe, Präsidentin zu werden. Roko konnte nur erahnen, welche Rädchen sich nun in den Köpfen von Viko und Maša zu drehen begannen: dass die Chance auf eine Beziehung mit Doris hiermit gewachsen war. Dabei waren sie von einer Beziehung noch weit entfernt.

»Wie kommt es zu dem Sinneswandel, Doris?«, wollte Roko wissen.

»Ich habe mich nun einmal hier verliebt.« Als sie bemerkte, wie Maša und Viko grinsend Roko ansahen, wurde sie rot und fügte hastig hinzu: »In die Stadt, meine ich. Ich habe mich in die Stadt verliebt.«

»Verständlich«, kommentierte Viko unbescheiden.

»Vielleicht werde ich hier eine Filiale meiner Boutique eröffnen. Allerdings mit einer Angestellten, weil ich nicht mehr siebzig Stunden pro Woche arbeiten möchte.«

»Du besitzt Boutiquen?«, fragte Maša beeindruckt.

»Ja. Interessierst du dich für Mode?«

»Sehe ich so aus? In meinem Schrank findest du nur Jeans und weiße Blusen. Und ein Kostüm für besondere Anlässe.«

»Ach, weißt du, Maša«, sagte Doris lächelnd, »schönen Menschen steht alles gut.«

Es war nicht zu übersehen, dass Maša sich über das Kompliment freute, besonders, als Viko hinzufügte: »Ein wahres Wort.«

Die nächsten Stunden vergingen wie im Flug. Bei Roko, Viko und Doris zeigte der Wein seine Wirkung. Die Zunge löste sich, und das Lachen wurde lauter. Nur Maša blieb bei ihrem Mineralwasser. Wenn man den Deziliter Wein nicht mitrechnete, den Viko ihr ins Glas geschüttet hatte, mit den Worten: »Bis du dich ins Auto setzt, ist das längst abgebaut.«

Es war fast Mitternacht, als Doris und Maša sich schließlich verabschiedeten. Maša bedankte sich bei Viko für den schönen Abend und das köstliche Essen.

»Hab ich gern gemacht. Wir sehen uns bestimmt bald wieder.« Sie tauschten Telefonnummern und E-Mail-Adressen aus. Roko war nicht entgangen, dass es zwischen den beiden gewaltig knisterte.

»Ich begleite euch«, sagte Roko, als Doris und Maša aus der Küche gingen.

»Kein Problem!«, rief Viko scherzhaft und breitete die Arme aus. »Begleite du die Damen, und ich erledige den Abwasch. Wenn das nicht fair ist.«

»Achtet nicht auf ihn«, winkte Roko ab. »Er ist manchmal etwas theatralisch.«

Als sie schon fast zur Tür hinaus waren, sagte Doris: »Ich würde gerne mal deine Bilder sehen.«

»Oje. Du wirst enttäuscht sein.«

»Bestimmt nicht.«

Roko führte sie in den Raum, der eine Art größere Abstellkammer war. An einer Wand hingen die gelungeneren Bilder, darunter lehnten diejenigen, die Roko weniger gut fand.

»Die sind wunderschön!«, rief Doris. Roko glaubte, dass es das dritte Glas Wein war, das aus ihr sprach. Sie tat, als wäre er ein zweiter Vlaho Bukovac, der bedeutendste Maler dieser Region. »Ich liebe Aquarellbilder. Diese Farbkombination, einfach großartig. Nicht wahr, Maša?«

»Ich kenne mich damit nicht so aus.« Maša betrachtete die Bilder, als stünde sie vor der Aufgabe, Hieroglyphen zu entziffern. »Aber … na ja …« Mit einem aufmunternden Kopfnicken sah sie Roko an und sagte: »Tolles Hobby jedenfalls.«

Als sie kurze Zeit später nach unten gingen und in die Gasse traten, berührte Doris flüchtig seinen Arm.

»Danke für die Einladung und den netten Abend.« Sie gab Maša die Hand. »Es war schön, dich kennengelernt zu haben«, sagte sie freundlich und wandte sich dann der Eingangstür zu.

»Ach, Doris?«, rief Roko ihr nach.

»Ja?« Sie drehte sich um.

»Nächste Woche gibt es eine Linđo-Aufführung. Soll ich uns Karten besorgen?«

»Das wäre wundervoll.«

Dann ging sie hinein.

Roko und Maša kamen zum Stradun, wo die Cafés sich geleert hatten und die Kellner die Tischdecken zusammenfalteten. Die beleuchtete Altstadt ließ eine Atmosphäre vergangener Zeiten entstehen, als noch Mönche und Händler über die heutige Flaniermeile und durch die Gassen gegangen waren. Roko musste sich nur die Cafés und die Läden wegdenken, dann konnte er sich Dubrovnik gut vorstellen, wie es bis 1806 gewesen war, als Napoleons Soldaten hier einmarschiert waren und die Republik zwei Jahre später zerschlagen wurde.

»Doris ist sehr sympathisch.« Maša riss ihn aus seinen Gedanken. »Könnte das etwas werden zwischen euch?«

»Grundsätzlich schon. Aber ich will nichts überstürzen. Zusammengenommen habe ich gerade mal sechs oder sieben Stunden mit ihr verbracht. Wir sind uns noch gar nicht nähergekommen.«

»Ja klar.«

Sie stiegen die unzähligen Treppen in der Boškovićeva ulica hoch, unter Wäscheleinen hindurch und an kleinen Schaufenstern vorbei, deren Läden längst geschlossen waren.

»Warum hast du erst heute davon erzählt, dass du zweimal in Pažina warst?«, fragte Roko.

»Ach, ich weiß nicht. Ich dachte, wenn das mit dem Haus nichts wird, dann mache ich mich lächerlich.«

»Ich hätte das nicht lächerlich gefunden. Außerdem wollte ich dir ebenfalls noch etwas erzählen. Ich habe bei Veljko Vištica vorbeigeschaut, um zu fragen, wie es ihm geht.«

»Ja? Und wie geht es ihm?«

»Kannst du dir ja vorstellen. Seine Freundin wird ermordet, er gerät unter Verdacht, überlebt gerade noch einen Mordversuch … Er hat mich hereingebeten, und wir haben Kaffee getrunken. Jedenfalls hat er sich ein paar Wochen freigenommen, um seine Gedanken zu sortieren. Er ist vollkommen durcheinander. Bevor ich ging, hat er gesagt: ›Schön, dass Sie hier waren. Wirklich.‹ Wir haben uns alles Gute gewünscht, dann bin ich gegangen.«

»Ich glaube, dass ihm dein Besuch gutgetan hat. Nachdem wir ihn unter Verdacht hatten, meine ich.«

»Kann sein.«

»Unseren ersten Mordfall haben wir doch alles in allem nicht schlecht gemeistert, oder?«

»Ich denke, das haben wir«, antwortete Roko. »Wir sind ein gutes Team.«

»Aber so was von. Tudor hätte uns den roten Teppich ausrollen sollen, statt ein knappes ›Bin zufrieden‹ zu sagen. Dagegen war Lorenas ›Saubere Arbeit‹ beinahe eine Liebeserklärung.«

Sie gingen durch den Torbogen Vrata od Bože und kamen kurz darauf zum Parkplatz. Als Maša die Tür ihres Wagens öffnete, hatte Roko den Eindruck, dass sie etwas loswerden wollte.

»Was ist? Komm schon, sprich mit Onkel Roko.«

»Hättest du etwas dagegen, wenn Viko und ich uns daten?«

»Ich bin nicht sein Vater, und ihr seid nicht minderjährig.«

»Du weißt, was ich meine. Wir sind Kollegen, und er ist dein Bruder. Manche Leute haben das nicht so gern, wenn sich Beruf und Privatleben vermischen.«

»Maša, ihr könnt tun und lassen, was ihr wollt. Ich will nur nicht, dass du es an mir auslässt, falls das … nichts wird. Aber das traue ich dir eigentlich nicht zu.«

»Keine Sorge. Und bitte erzähle Viko nichts von diesem Gespräch. Okay?«

»Mein Wort drauf.«

Sie nickte und machte einen Schritt auf ihn zu. Völlig überrumpelt von der herzlichen Geste, mit der sie ihn umarmte und ihren Kopf an seine Schulter legte, fiel ihm nichts Besseres ein, als ihr unbeholfen auf den Rücken zu klopfen. Eine Schwester hatte er nicht, aber in diesem Moment fühlte es sich ein bisschen so an, als würde er seine Schwester umarmen. Er kannte den Grund nicht, weshalb sie ihm in diesem Moment menschlich näherkam, aber es war auch nicht wichtig.

»Danke«, sagte Maša, als sie ihn losließ und sich wieder einen Schritt entfernte. Er hatte keine Ahnung, wofür sie sich bedankte, trotzdem sagte er: »Nichts zu danken, Maša.«

Sie setzte sich ins Auto und kurbelte das Fenster hinunter. »Genieße dein Wochenende mit Luka!«

»Das werde ich.«

»Bis Montag.«

»Ja, bis dann.«

Als sie losfuhr, hupte sie kurz und winkte fröhlich durchs Seitenfenster.

Roko hob den Arm zum Gruß. Er sah ihr nach. Seiner Kollegin, die er innerhalb kürzester Zeit ins Herz geschlossen hatte. Vielleicht sogar seiner *zukünftigen Schwägerin*.

Wer weiß, dachte er und lächelte dabei.

Ranka Keser

111 ORTE IN KROATIEN,
DIE MAN GESEHEN HABEN MUSS

Broschur, 240 Seiten

ISBN 978-3-7408-0557-9

Wo gibt es eine Open-Air-Kathedrale? Wo hat sich die kroatische Variante von Romeo und Julia abgespielt? Wo ist eine Rettungsweste der Titanic ausgestellt? Und wo werden die Gaslaternen noch per Hand angezündet? Dieses Buch führt Sie an ungewöhnliche Orte mitsamt ihren Geschichten und Legenden. Sie werden überrascht sein, selbst wenn Sie glauben, Kroatien bereits gut zu kennen.